ФИШКИ

ОЛИВИЯ ГОЛДСМИТ

билли-талисман

Dumping Billy.

Olivia goldsmith

Санкт-Петербург

RedFish
ТОРГОВО-ИЗДАТЕЛЬСКИЙ ДОМ «АМФОРА»
2004

УДК 82/89
ББК 84(7Сое)6
Г 60

OLIVIA GOLDSMITH
Dumping Billy

Перевел с английского А. В. Евстигнеев

Издательство выражает благодарность
литературному агентству Andrew Nurnberg
за содействие в приобретении прав

Защиту интеллектуальной собственности и прав
издательской группы «Амфора»
осуществляет юридическая компания
«Усков и Партнеры»

Голдсмит, О.
Г 60   Билли-талисман : [роман] / Оливия Голд-
смит ; [пер. с англ. А. Евстигнеева]. – СПб. :
Ред Фиш. ТИД Амфора, 2004. – 495 с.

ISBN 5-901582-40-3 (рус.)
ISBN 0-446-53110-3 (англ.)

Билли, владелец бара в Бруклине, настоящий Казано-
ва, — женщины обожают его, хотя он всегда их бросает.
Но есть у Билли одна особенность: после расставания
с ним бывшие возлюбленные обретают настоящую любовь и счастье.

Ироничная и очень актуальная книга известной амери-
канской писательницы.

УДК 82/89
ББК 84(7Сое)6

ISBN 5-901582-40-3 (рус.)
ISBN 0-446-53110-3 (англ.)

Благодарности

Поскольку это уже мой десятый роман, стало быть, я несколько запоздала с выражением признательности моим читателям. Писатель работает в одиночестве, и доброжелательные замечания, теплый прием в книжных магазинах и сам факт, что вы продолжаете покупать достаточно моих книг для того, чтобы я не потеряла работу, — это само по себе уже чудо. Не так уж много писателей пользуются привилегией иметь постоянную работу, и я благодарна всем, кто взял в руки и прочел хотя бы один из моих романов. Надеюсь, они доставили вам удовольствие и развлекли.

Особое спасибо Джеми Рааб за прекрасное воспитание и ее веру в меня; спасибо Ларри Киршбауму за то, что смеялся над моими шутками и угощал меня ланчем; спасибо Нику Эллисону просто за то, что он — Ник; спасибо ресторану «Онил», моему неофициальному офису, и его превосходному персоналу: Крису Онилу, Николь Блэкхэм, Кристен Коллен, Кристин Принзо, Жаклин Хэгарти, Анне Шмидт, Стюарту Брюсу, Лорен Ред и Джоди Мак-Марти.

Особое спасибо Джону Клафлину из «Колорс», который не только построил (и украсил!) мой дом, но и выручал меня неоднократно из трудных ситуаций. Также спасибо Джеду Шульцу за всю его бесценную помощь; Рою Гринбергу за его добрый юмор и правовую экспертизу; П. Дж. Кэйну за его творческий вклад; как всегда, Нан Робинсон за ее огромное участие. Всем, кого я пропустила — вы знаете, о ком я. Спасибо вам.

Глава I

Кэтрин Шон Джеймсон сидела за столом и смотрела на своего пациента. Нелегко оказать помощь пациенту, но особенно трудно приходится, если он настолько нуждается в ней и так отчаянно сопротивляется. Это задевает за живое. Сердце разрывается. Сторонний наблюдатель увидел бы в Кэйт хрупкую прелестную женщину лет двадцати четырех с длинными прядями буйных рыжих кудрей (в действительности же ей был тридцать один год).

Сейчас, глядя на Брайана Конроя, она машинально, привычным движением скручивала свои кудри в узел, пытаясь с помощью карандаша закрепить их на затылке.

— Так о чем же ты думаешь? — спросила Кэйт и тут же едва не прикусила себе язык: вопреки расхожему мнению, хороший врач вовсе не сидит вот так целыми днями, повторяя «О чем же вы думаете?». Ей следовало действовать как-то иначе. А так она понапрасну тратит время — и свое, и Брайана. Ну почему пациентам, к которым она испытывала особое расположение, ей часто не удавалось помочь?

В кабинете Кэйт не было кондиционера, но ветерок из открытого окна приятно ласкал затылок. Брайан угрюмо смотрел на нее, он весь потел — скорее от нервного напряжения, чем из-за весенней жары.

Кэйт сидела молча. Молчание — важный прием в ее работе, хотя не всегда оно кажется естественным. Но она убедилась в том, что иной раз молчание, пауза — это как раз то, что нужно.

Но, по всей видимости, не в этом случае. Брайан виновато отвел глаза и стал рассматривать кабинет. Стены были увешаны рисунками детей, в некоторых из них ощущалась тревожность. Кэйт стала ждать, не привлечет ли какой-то из них внимание Брайана.

Она затаила дыхание, пытаясь дать Брайану время и сознавая, что оно уходит и пора бы уже добиться какого-то результата. Очевидно, у Брайана был кризис. Кэйт с сочувствием посмотрела на восьмилетнего «пациента». Учительница говорила, что он постоянно срывает уроки и что в его поведении явно просматриваются признаки какой-то мании, а возможно, даже и шизофрении.

А нарушение дисциплины — вещь просто неприемлемая в дневной школе Эндрю Кантри. Частная школа в лучшем районе Манхэттэна отбирает только самых достойных и способных — это касается как учеников, так и персонала. В ней есть все: и собственный плавательный бассейн, и великолепный компьютерный центр, и изучение языков, включая японский и французский, с шестилетнего возраста. Вот почему в школе был нужен психолог. Кэйт лишь недавно получила это выгодное место, и Брайан, как и другие дети с «трудным» поведением, немедленно препровождались в ее кабинет. Ничто не должно мешать детям элиты усваивать знания.

— Знаешь, почему ты оказался здесь, Брайан? — спросила Кэйт мягко. Брайан мотнул головой. Кэйт поднялась и, выйдя из-за стола, пересела в одно из маленьких кресел поближе к мальчику. — Не догадываешься? Может, думаешь, из-за того, что ел сладких слоников на уроке? Сладких носорогов? — продолжала Кэйт. Брайан снова мотнул головой. — За то, что ел сандвичи с енотами из арахисового масла?

— Нет, совсем не потому, что я ел что-то, — сказал он. Затем, снизив голос до шепота: — Это за то, что я разговаривал. Разговаривал на уроке.

Кэйт кивнула, отчего карандаш вывалился из ее прически и скатился на пол, и волосы рассыпались по плечам. Брайан улыбнулся и даже слегка хихикнул. «Хорошо», — подумала Кэйт. Она наклонилась поближе к своему маленькому пациенту.

— Ты здесь не потому, что разговаривал в классе, Брайан. Если бы ты просто разговаривал на уроке, тебя бы отправили в кабинет директора, верно?

Прекрасные глаза Брайана, устремленные к Кэйт, выражали испуг.

— Вы *еще хуже* директора? — спросил он.

В этот миг Кэйт прониклась таким состраданием к мальчику, что у нее возникло желание взять его за руку, но он был настолько испуган, и она боялась, что он может вырвать ее. Тут нужно действовать так осторожно, словно имеешь дело с венецианским стеклом, которое даже от легчайшего прикосновения может расколоться, она же часто чувствовала себя такой неуклюжей.

— Нет никого хуже директора, — ответила Кэйт. Она улыбнулась и подмигнула Брайану. Никто из детей в школе Эндрю Кантри не любил доктора Мак-Кея, и, как это часто бывает, интуиция их не подводила. — Разве я такая же злая, как доктор Мак-Кей? — спросила Кэйт, притворно изображая возмущение.

Брайан решительно мотнул головой.

— Ну ладно. Слава Богу. Как бы то ни было, я поступаю несколько иначе. И здесь ты не для наказания. Ты не сделал ничего плохого. Но все слышали, что ты разговаривал, хотя ты ни к кому и не обращался.

Она увидела, что глаза Брайана, наполнились слезами.

— Я буду сидеть тихо, — пообещал он. Кэйт хотела обнять его и дать ему выплакаться столько, сколько потребуется. Ведь, в конце концов, его мать только что умерла от рака, а он еще так мал! Мать Кэйт ушла в мир иной, когда ей было одиннадцать, и девочке тогда казалось, что это несчастье невозможно пережить.

Она осмелилась взять мальчика за руку.

— Я не хочу, чтобы ты стал тихим, Брайан, — сказала она. — Ты поступишь так, как пожелаешь. Но мне хотелось бы знать, что же ты говорил.

Брайан опять тряхнул головой. Его глаза в слезах снова выражали страх.

— Я не могу рассказать, — прошептал он и отвернулся от нее. Он пробормотал что-то еще, и Кэйт уловила только одно слово, которого оказалось достаточно.

«Не спеши, — сказала она себе. — Продолжай, но очень непринужденно и очень осторожно».

— Ты занимался колдовством? — спросила она. Брайан, не поворачиваясь, кивнул, но промолчал. Кэйт уже подумала было, что позволила себе лишнее. Она перевела дыхание и после долгой паузы, понизив голос до шепота, спросила:

— Ты не можешь рассказать? Но почему?

— Потому что... — начал Брайан, и затем его словно прорвало. — Потому что это волшебство, об этом нельзя рассказывать, иначе твое желание не исполнится. Ну как свечи на день рождения.

Это всем известно! — он вскочил и забился в угол комнаты.

Кэйт, по правде говоря, почувствовала облегчение. Мальчик вовсе не шизофреник. Он попался в обычную для детей ловушку: полная беспомощность — сочетание неодолимого желания и чувства вины. Гремучая смесь. Кэйт выждала минуту, она не хотела, чтобы мальчик чувствовал себя пойманным в капкан. И он не должен оставаться наедине со своей болью. Она осторожно приблизилась к нему, словно к чудному щенку, и положила руку на маленькое детское плечико.

— Желание, которое ты загадал, связано с мамой, так? — спросила она, выдерживая по возможности спокойный тон. Брайану не нужны ее эмоции — ему нужно пространство для своих собственных. — Правда?

Брайан взглянул на нее и кивнул. На его лице читалось некоторое облегчение. Страшная ноша детских секретов! Подобные вещи всегда брали Кэйт за душу. Хотя она давно уже порвала с католичеством, но все еще помнила притягательную силу и облегчение исповеди. Она должна помочь этому ребенку.

— Чего же ты хотел добиться? — спросила она так мягко, как только сумела.

Брайан заплакал. Его лицо, обычно бледное, густо покраснело. Сквозь слезы, он произнес:

— Я думал, если я повторю «Мамочка, вернись» миллион раз, то она вернется.

Он прижался лицом к блузке Кэйт и зарыдал.

— Но у меня не получилось. Я, наверно, сказал это два миллиона раз.

Глаза Кэйт наполнились слезами. Она глубоко вздохнула. Сквозь тонкую ткань блузки она чувствовала горевшее лицо Брайана. К черту эту профессиональную сдержанность. Она обхватила Брайана и отнесла его в кресло. Мальчик прильнул к ней. Через некоторое время он перестал плакать, но его молчание казалось еще горше. Они сидели так несколько минут. Кэйт понимала, что их сеанс почти закончен и ей нужно было говорить.

— О, Брайан, я сожалею, но колдовство здесь бесполезно, — начала она. — Я бы хотела, чтобы это было не так. Врачи сделали, что могли, для твоей мамы. Они не смогли сохранить ее, и волшебство не сможет. Ты не виноват в том, что врачи не смогли ее спасти, — она сделала паузу. — И ты не виноват, что твою маму невозможно вернуть, — Кэйт вздохнула. Разбивать детские сердца не входило в ее должностные инструкции. — Она не может вернуться, и твое колдовство бесполезно.

Брайан резко отстранился, стремясь вырваться из ее объятий. Он вскочил и сердито посмотрел на нее.

— Почему не может? — спросил он. — Почему мое волшебство бесполезно? — Он смотрел так на Кэйт еще мгновение, затем с силой оттолкнул ее и выбежал из комнаты, едва не споткнувшись о кукольный домик. Дверь кабинета хлопнула и от удара открылась вновь. Из коридора послышался голос Эллиота Уинстона, пытавшегося остановить Брайана.

— Заткнись, козел вонючий! — крикнул Брайан. Кэйт поморщилась. Она слышала затухающий звук шагов убегавшего мальчишки.

Через минуту голова Эллиота показалась из-за двери.

— Еще один недовольный пациент? — спросил он, выгнув брови почти до линии роста волос. — Боюсь, тебе не отделаться от французского.

Студенткой Кэйт специализировалась на французском. Одно время она даже думала продолжить изучение языка в аспирантуре, но впоследствии никогда не жалела, что не пошла по этому пути, поскольку работа с детьми была такой благодарной, хотя иной раз — как, например, в такие моменты — Эллиот, учитель математики и ее лучший друг, подтрунивал над ней подобным образом.

— Насколько я помню, немецкий аналог для «вонючий козел» — это *riechende Steine*. Как бы ты сказала то же по-французски?

— Я бы сказала, что ты слишком назойлив, — ответила Кэйт. — Этого достаточно. И я бы добавила, что у нас с Брайаном наметился некоторый прогресс. Сегодня он поделился некоторыми своими переживаниями.

— Что ж, он умудрился вполне внятно выразить свои переживания по поводу меня и моего мужского аромата. Если это прогресс, поздравляю. — Эллиот вошел в комнату и сел возле кукольного домика на стул — единственный предмет взрослой мебели в кабинете Кэйт. Эллиот был темноволос, среднего роста, слегка полноват и обладал коэффициентом интеллекта значительно выше среднего. На нем, как и обычно, были смятые хлопчатобумажные штаны, растянутая футболка и поверх совершенно не подходящая рубаха. Закинув ноги на ящик с игрушками, он открыл свой пакет с завтраком.

Кэйт вздохнула. Они с Эллиотом обыкновенно завтракали вместе. Но сегодня Эллиот выполнял крайне неприятную повинность дежурного по кафетерию, и только теперь, без мала в половине третьего, он получил возможность поесть. Кэйт была ему рада, но еще не развеялась грусть после сеанса с Брайаном. Эллиот, освободившись наконец от ужасов столовой, пребывал в беспечном неведении по поводу ее настроения. Он достал из пакета какие-то свертки и набросился на сандвич, источавший запах, напоминавший соленую говядину.

— Брайан учится в классе Шэрон, верно? — небрежно спросил Эллиот.

Кэйт кивнула.

— Бедняга. Его мать умирает, а учительница — злая ведьма Верхнего Уэст-Сайда, — тут Кэйт не смогла сдержать улыбки. И она, и Эллиот не слишком жаловали Шэрон Каплан, откровенно ленивую преподавательницу и весьма неприятную женщину.

— А помимо смерти матери, какие еще проблемы у Брайана? — спросил Эллиот.

Кэйт чувствовала, что пока не способна поддерживать обычную для них веселую беседу.

— У тебя на подбородке горчица, — заметила она, и когда Эллиот попытался вытереть лицо, капля упала прямо на рубашку.

— Упс, — вымолвил он и попытался стереть пятно с помощью одного из грубых бумажных полотенец из школьной душевой, но безуспешно. Желтое пятно особенно предательски выделялось на зеленой рубашке. «Это настоящее развлечение — смотреть, как он ест», — частенько думала Кэйт.

— Он верит, что колдовством можно вернуть его маму обратно, — сказала она с глубоким вздохом.

— Знаешь? Знаешь что? Они все только и думают, что о ведьмах и колдунах. Проклятый Гарри Поттер! — проговорил Эллиот — и откусил огромный кусок сандвича. — И каковы же твои предписания? — спросил он, жуя и потому с трудом выдавая слова.

— Я хочу убрать колдовство и прикоснуться к его гневу и боли, — отвечала Кэйт.

— *Ой вей!* — воскликнул Эллиот с лучшим еврейским прононсом, какого только можно было ожидать от гея из Индианы. — И как ты себе это представляешь? Как ты сможешь лишить этого мальчика из Эндрю Кантри, когда соприкоснешься с его подлинными переживаниями? И зачем это делать в его случае? Что еще осталось у ребенка?

— О, брось, Эллиот! Затем, что все это бессмысленно, и он не должен винить себя за то, что у него ничего не получается. Ты как все. Опытный статистик. Человек, который мог бы бросить эту работу, утроил бы свое жалованье, устроившись в любой пенсионный фонд. *Ты* советуешь мне поощрять их колдовство?

Эллиот пожал плечами:

— Тебе не приходилось видеть, как сбываются мечты?

Кэйт отказалась от борьбы. Эллиот, выросший на Среднем Западе и стоик до мозга костей, как-то сказал ей: «Только благодаря неизведанности жизнь стоит того, чтобы прожить ее». Он часто провоцировал ее на предмет эффективности психологии. Сейчас, чтобы подразнить ее, он собирался принять вид, будто разделяет парадоксальные толкования о магии.

— Если ты надеешься затеять спор сегодня, — предупредила она, — выбрось из головы. — Затем, чтобы досадить ему, для его же блага, она добавила: — Полагаю, соленое мясо не слишком способствует поддержанию баланса твоего холестерина.

— Да ну, что значит пара сотен единиц вверх или вниз по шкале? — весело ответил он, пережевывая очередной кусок.

— Ты хочешь умереть, — сказала Кэйт.

— О-о-о! Суровые слова из уст психиатра, — он скроил насмешливую гримасу, открывая банку сока.

— Я ухожу, — сказала она, собирая какие-то записки со стола и рассовывая их в шкаф с папками. Если уйти сейчас, можно еще успеть за покупками до встречи с подругой Биной. Она достала из сумки губную помаду и зеркальце, подправила губы и широко улыбнулась, чтобы убедиться, что помада не испачкала зубы. — Увидимся за ужином.

— Куда ты направляешься?

— Любопытной Варваре на базаре нос оторвали.

— Секрет? Брось. Скажи! Что, если я закачу истерику, как Брайан? — Эллиот запустил ногу в ящик для игрушек. Затем он швырнул тряпичного медведя в сторону Кэйт. — Так ты мне расскажешь? — Плюшевый снаряд попал ей прямо в лицо. Эллиот скрючился на стуле, закрыл руками лицо и стал скороговоркой умолять: — Это был несчастный случай. Я виноват, виноват, виноват.

— Я тебе покажу «виноват»! — предупредила Кэйт. Она бросила медведя назад в Эллиота, но промахнулась.

— Ты бросаешь как девчонка, — высмеял ее Эллиот. Затем он достал другую зверушку и швырнул ее в Кэйт. — Утка! — провозгласил он, дотянувшись до следующей игрушки. Это и правда была утка, желтая и пушистая.

— Ну, держись, ты, тупой математик, — почти кричала Кэйт, схватив пушистого кролика и принявшись тузить им по голове Эллиота. Было полезно слегка выпустить пар.

— Насилие! Насилие! — кричал довольный Эллиот, отворачиваясь со стулом, чтобы защититься. — Насилие над учителем! Насилие над учителем! — продолжал он вопить.

— Заткнись, идиот! — бросила Кэйт, поспешно закрывая дверь кабинета. Она повернулась спиной к двери как раз вовремя для того, чтобы получить прямо по лицу тряпичным слоником. Она на миг оторопела, но тут же схватила несчастное животное и бросилась на Эллиота.

— Я покажу тебе насилие, сопливое хранилище холестерина, — грозила она, падая на Эллиота и продолжая колотить его игрушкой.

Эллиот отвечал ей тем же, используя надувного фламинго и плюшевую собаку. Он был гей, но отнюдь не слабак. Когда оба обессилели, то, пыхтя и смеясь, уселись вместе на большой стул — Кэйт сверху. Дверь растворилась.

— Простите, — произнес доктор Мак-Кей, однако сам он вовсе не относился к людям, способным простить что-либо. — Мне показалось, я слышал шум.

Джордж Мак-Кей, директор школы Эндрю Кантри, редкий лицемер, карьерист, был просто помешан на слежке, к тому же всегда безвкусно одет. А еще он имел обыкновение употреблять слова, которые не были в ходу в последние десятилетия.

— Шум? — переспросил Эллиот.

— Мы просто опробовали новый метод психотерапии, — выпалила Кэйт. — Надеюсь, мы вас не побеспокоили.

— Да уж, это было действительно громко, — пожаловался доктор Мак-Кей.

— Хотя я и мало знаю об этом, но ВИТ — воздушно-игрушечная терапия — как правило, сопровождается шумом, — заметил Эллиот с непроницаемым лицом, — и все же она пользуется значительным успехом в школах для одаренных детей, при умелом руководстве. Правда, для нее, возможно, требуется специальная обстановка. Я не эксперт, — добавил он, кивнув в сторону Кэйт, как бы ожидая от нее профессиональной оценки. Она же пыталась кашлем побороть приступ смеха.

— Мы сообщим о результате после трех часов, доктор Мак-Кей, — пообещала она.

— Ну, хорошо, — чопорно ответил тот и исчез так же внезапно, как и появился, затворив дверь решительным, но рассчитанным движением. Кэйт и Эллиот переглянулись, досчитали до десяти, а потом разразились хохотом, который им до того приходилось сдерживать.

— ВИТ? — захлебывалась Кэйт.

— Знаешь, гетеросексуалы любят акронимы. Вспомни про армию. Через каких-нибудь десять минут он будет искать в Интернете «воздушно-игрушечную терапию», — предсказывал Эллиот. Он поднялся и стал собирать плюшевых зверюшек. Кэйт помогла ему. Вся пикантность ситуации состояла в том, что Эллиот был тем, кто помог Кэйт получить работу, и с тех пор Джордж Мак-Кей неоднократно повторял в беседах с некоторыми учителями, что он подозревает связь между ними. Какой бы нелепой ни показалась эта идея, вид обоих, сидевших на одном стуле, не располагал к рассеиванию недоверия доктора Мак-Кея, много раз на учительских совещаниях заявлявшего о том, что он «не поощряет панибратства между профессионалами — работниками на ниве образования».

Когда Кэйт и ее «коллега по профессии» перестали смеяться, она встала, поправила блузку и убрала волосы назад, на этот раз с помощью заколки, которую отыскала в ящике стола. Эллиот стоял недвижно, глядя на стул. Наконец он издал театральный вздох.

— Черт! — сказал он. — Ты раздавила мой банан. — Он достал искалеченный фрукт из своего пакета, который пострадал во время баталии.

Кэйт обернулась и, приняв позу роковой женщины, произнесла:

— Как времена переменились! Раньше ты, бывало, любил, когда я проделывала это.

Эллиот рассмеялся:

— Предоставляю упражняться с бананами вам с Майклом.

Кэйт и ее новый бойфренд, доктор Майкл Этвуд, собирались поужинать с Эллиотом и его партнером Брайсом. Там должно было состояться представление Эллиота Майклу, и у Кэйт слегка покалывало в желудке от одной мысли об этом. Она очень надеялась, что они понравятся друг другу.

— Если я тотчас не уйду, то опоздаю, — сказала она.

— Хорошо, хорошо.

Кэйт схватила свитер со спинки стула и направилась к выходу.

— Однако ты любишь свою работу, — сказал Эллиот, глядя на нее.

На ходу она кивнула: ей было ясно, что последует дальше.

— Похоже, что, хоть я и был тем, кто помог тебе получить это место, ты не собираешься сказать мне, куда направляешься?

Кэйт не потрудилась ответить, выплывая из кабинета. Эллиот поспешил вслед за ней. Он был из тех, кого в Бруклине называют «приставалой».

Глава II

На протяжении всех лет, что Кэйт знала Эллиота — а это уже больше десяти, — ему всегда удавалось утешить ее в грустные моменты и порадоваться ее успехам. Теперь, когда они шагали по коридору к его классу, она с нежностью поглядывала на него. И растянутая футболка, и жутко-зеленая рубаха с украшением в виде горчичного пятна, и мятые штаны, и небрежные рассуждения о любви — конечно, все это не в плюс ему, но он был человеком тонкого ума и преданным и щедрым другом. Она испытывала к нему что-то вроде благодарности. Как обычно, он ободрил ее и помог отвлечься от школьных неурядиц.

Кэйт гордилась тем, что работала с детьми. Она и сама многому училась у них. Школа однозначно внушала детям, что необходимо быть богатым и успешным, но Кэйт видела: деньги, привилегии и образование несут с собой не меньше страданий, чем те, что она сама испытала в свои исковерканные детские годы. Она рассталась со своей ненавистью к тем, кто богат, и была благодарна за это. Она выбрала свою профессию не из-за денег, на самом деле она смотрела на работу как на своего рода призвание. К ней она никогда не относилась легкомысленно и часто обнаруживала, что в конце рабочего дня ей трудно от нее отключиться. Но сегодня ей это было необходимо, чтобы помочь Бине подготовиться к важному вечеру, а позднее представить Майкла Эллиоту и Брайсу за ужином.

Она ждала в классе Эллиота, пока тот заталкивал многострадальный пакет от завтрака в мусорное ведро, затем рылся в своем неопрятном столе.

— Знаешь, трудно не думать о Брайане. Он такой славный, и ему было по-настоящему тяжело. Я думаю, его разочарование в том, что колдовство не помогло, да и не могло помочь, может впоследствии создать ему проблемы, — вздыхала Кэйт. — Мальчишки куда более хрупкие, чем девочки.

— Будешь еще мне рассказывать об этом! — глубоко вздохнул и Эллиот. — Я до сих пор не могу забыть, как Филлис Беллусико сказал мне про мой запах.

— Правда? — спросила Кэйт, всегда готовая превратиться в зрителя. Она привыкла к выходкам Эллиота. Со времен колледжа они развлекали друг друга, припоминая черный юмор из своего детства.

— Ну, да, — подтвердил Эллиот без энтузиазма, — но от меня пахло *хорошо*. Должно было пахнуть хорошо. Я вылил в трусы целый флакон маминых духов «Белые плечи».

— Фью-фью, — произнесла Кэйт, подражая кое-кому из своих «пациентов». — Пожалуй, Брайан был прав. Должна согласиться с Филлисом. Это и правда было?..

— Да, в третьем классе, но после некой специальной терапии и с помощью и любовью Брайса я надеюсь избавиться от этого воспоминания лет этак через десять.

Кэйт радовалась, когда Эллиот был в ударе. Она не могла не рассмеяться.

— Мальчишки привыкли ломать вещи, которые любят.

— Если они не в состоянии уничтожить их, — горько добавил Эллиот — дети часто изводили его в школе. Через минуту он сказал: — Мне нужно зайти в «Дин и Де-Люка» за рисом для нашего сегодняшнего ужина. Брайс готовит свое всемирно знаменитое ризотто. Ты можешь сказать Майклу, что это твой рецепт. Это путь к сердцу мужчины...

Кэйт бросила подозрительный взгляд и ответила:

— Да уж, и прошу, веди себя безупречно. Эллиот, ты не можешь просто...

— Нет, — прервал ее Эллиот, — я ничего не могу просто так. — Он подошел и быстро обнял ее. — Я не хочу ни обескураживать, ни критиковать вас. Просто я хочу убедиться, что вы знаете, что делаете.

— О, Боже! Кто же знает, что он делает, пытаясь найти родственную душу?

— Ладно, тут ты права. Но я не хочу, чтобы тебе снова было больно, Кэйт. — Он сделал паузу.

Кэйт понимала, куда он клонит, и не хотела продолжать разговор. Ее последняя связь завершилась так неудачно, что она даже не знала, как бы она смогла пройти через это без поддержки Эллиота. Она отдала массу времени и чувств Стивену Каплану, и все напрасно. Она стала так подозрительна и недоверчива к мужчинам, что боялась даже признаться в этом. Что было хорошо в Майкле, так это то, что она могла полностью доверять ему. Он, возможно, не обладал веселостью и легким обаянием Стивена, но зато в нем чувствовались основательность, упорство и честность. По крайней мере, ей так казалось.

— Вот для этого ты и познакомишься с Майклом.

— После Стивена мне позволяют познакомиться с твоими *новыми* любовниками. Я был бы рад, если бы ты нашла своего единственного и сделала из него *старого* бойфренда.

— Ему тридцать четыре. Достаточно старый?

Эллиот закатил глаза.

— Я беспокоюсь за тебя.

Кэйт смотрела прямо на Эллиота.

— Этот — другой. Он защитил докторскую диссертацию по антропологии, и от него многого ждут.

— Ждут чего? Ты всегда считаешь, что они другие, что они многообещающие, пока они не надоели тебе, и тогда...

— Ну, хватит! — прервала Кэйт. — Я знаю одно: я не стану выбирать неудачника или победителя по образу и подобию моего отца. Да-да-да.

— Не забывай о своем страхе связывать себя обязательствами, да-да.

— Я повяжу тебя самого, если ты начнешь все снова. И как только тебе в тридцать один год удается быть одновременно и блестящим геем, и блестящим бакалавром — и однажды ты вдруг взял и связался с Брайсом. Бинго! С тех пор я переживаю, что не сделала это сама.

— Эй, я вовсе не хочу, чтобы ты связалась с Брайсом, — шутливо запротестовал Эллиот. — Мы оба строго моногамны!

— Не могу выразить тебе, какое я испытываю облегчение после этого, — парировала Кэйт. — Но не переноси свои страхи на меня. Так непросто найти добросердечного, надежного, умного, чуткого одинокого мужчину в Манхэттэне.

— Кому бы говорила! — воскликнул Эллиот. — Я перебрал почти всех парней на острове, пока не встретил Брайса.

— Попробуй не язвить, Эллиот. Я, например, очень стараюсь. — Она протянула руку и смахнула большим пальцем с его рта прилипший кусочек банана, а затем быстро поцеловала его в губы.

— Тебе и правда так необходимо быть геем? — она улыбнулась. Эллиот был для нее кем угодно, но не любовником. Иногда ей казалось, что именно это позволяет любить его так сильно. Эллиот был безопасен. В отличие от других мужчин в ее жизни, Эллиот мог всегда быть рядом с ней.

— А что подсказывает тебе, что я гей? — спросил Эллиот, широко и наивно распахнув глаза. — Это ваше профессиональное суждение, доктор, или так, догадка? Внешность выдает меня?

В действительности Эллиот не был выраженным гомосексуалом. Он не выглядел и не поступал подобно тем, кого бывшие бруклинские приятели Кэйт называли «голубыми». В отличие от большинства молодых нью-йоркских геев, он не гонялся за высокими стандартами журнала «*GQ*». Эллиот выглядел и вел себя как школьный учитель математики — нет, его внешний вид, подумалось ей с умилением, вызывал представление о нем как о классическом недотепе. Не хватало только треснувших очков, перевязанных тесемкой.

— И как только этот маленький чудак из Индианы сумел так приспособиться? — спросила его Кэйт уже не в первый раз.

Эллиот взял Кэйт за руку и, удерживая ее, сказал:

— Послушай, я тебе расскажу нечто, вынесенное мной из Индианы, о том, как войти в контакт со своими чувствами. — Он посмотрел на нее пристально и переспросил: — Ты слушаешь? Я не собираюсь повторять это.

Кэйт кивнула, и Эллиот продолжал:

— Я разобрался со своими подлинными чувствами, научившись скрывать их очень рано. Когда ты понимаешь, что выражение подлинных чувств может выпустить твое дерьмо наружу, ты учишься скрывать их и лелеять их внутри себя до тех пор, пока не найдется безопасное место, чтобы открыть их.

Он улыбнулся и слегка сжал руку Кэйт:

— Вокруг тебя и Брайса и есть то пространство, где я могу выразить их. И я не могу не пожелать нашим подопечным со временем найти такого же друга, а кому-то, возможно и любовника.

— Я понимаю тебя, — согласилась Кэйт, и ей снова подумалось о Брайане.

— Так что ты будешь делать теперь до ужина? Похоже, совершишь со мной прогулку до «Дин и Де-Люка»?

Кэйт проверила часы — она должна торопиться — и схватила свою сумку и хлопчатобумажный свитерок.

— Не могу. Я должна бежать. У меня встреча.

— Ты так рано встречаешься с Майклом? —

спросил Эллиот удивленно. — У тебя свидание с ним *перед* тем, как он придет на обед с нами?

— Не с Майклом.

— У тебя назначено с кем-то еще до встречи с Майклом? И мне об этом не известно? — голос Эллиота срывался от обиды. — Как такое могло случиться? Обычно мы говорим шесть целых и четыре десятых раза в день лично и два целых и девять десятых раза по телефону. Свидание, о котором я не знаю, просто статистически невозможно.

Кэйт, закатив глаза, решила все же сжалиться над ним.

— Это всего лишь встреча с Биной. Барби сказала ей, что Джек наконец-то решит вопрос сегодня вечером — они идут в «Нобу», поскольку Джек хочет сделать для нее что-то особенное. Чтобы помочь ей подготовиться, я поведу ее делать маникюр, — она растопырила пятерню. — Пальцы должны смотреться красиво с кольцом, — добавила она с акцентом, подобным бруклинскому говорку Бины.

— Шутишь! И ты мне не сказала? — воскликнул Эллиот.

Она пожала плечами, повесила сумку на плечо и направилась к двери.

— Пожалуй, нет.

Эллиот следовал за ней к классной двери.

— Легендарная Бина и тугодум Джек наконец вместе.

— Да, свадебные колокольчики развалили мою старую банду, — сказала Кэйт. — Бай-бай, «бушвикские шавки». Только Банни и я еще не замужем, — она посмотрела на свои «Свотч», пытаясь скрыть досаду, которую вызывала эта мысль. — Пора.

— Где вы встречаетесь с Биной?

— В Сохо, — ответила Кэйт, толкая безопасную школьную дверь.

— Прекрасно. Мне как раз в ту сторону. Дай мне только собрать вещи.

— Забудь, — сурово парировала Кэйт.

— Нет, нет. Подожди! — просил он. — Мы можем вместе поехать в метро, и наконец-то я познакомлюсь с Биной.

Кэйт старалась сохранить спокойное выражение лица. Эллиот целый год вел кампанию, направленную на знакомство с ее старой бруклинской шайкой. Но Кэйт это было не нужно. Как она давала ему понять бессчетное число раз, сама идея ей была не по нраву. Все двенадцать лет, с тех пор как Кэйт ушла из дома, она пыталась выкорчевать мрачные воспоминания о своем бурном прошлом, и, хотя она по-прежнему близко дружила с Биной Горовиц и периодически виделась с другими прежними подругами, ей было ни к чему, чтобы они попали на глаза придирчивому Эллиоту.

Кэйт посмотрела на него и исчезла за дверью, крикнув напоследок:

— Тебе так же нужно познакомиться с Биной, как мне нужен еще один никчемный бойфренд.

Она уже чувствовала себя в безопасности, сбегая вниз по школьным ступенькам, когда вдруг обнаружила Эллиота за своей спиной. В нелепой шляпе, обхватив рюкзак одной рукой, он раболепно трусил вслед, напоминая своим видом Гручо в позе попрошайки.

— Ну, пожалуйста, — просил он, — это несправедливо.

— Печально. Просто печально. Как и многое в этой жизни, — сказала ему Кэйт, продолжая идти, пока он надевал на плечо вторую лямку рюкзака.

— Почему я не могу познакомиться с кем-нибудь из твоих бруклинских друзей? — вопрошал он. — Похоже, они так очаровательны.

Кэйт остановилась посреди школьного двора и обернулась к Эллиоту:

— У Бины бесспорно множество хороших качеств, но очарование не входит в их перечень.

Бина Горовиц была ее лучшей подругой с третьего класса и оставалась, так или иначе, самой надежной. Кэйт проводила у Бины все праздники и большую часть летних каникул отчасти потому, что дом Горовцев был так чист и содержался в образцовом порядке, а мама Бины была так добра, но в еще большей степени из-за того, что это позволяло Кэйт бежать подальше от квартиры, служившей ей домом, и от вечно пьяного отца.

Если Кэйт в чем-то переросла Бину, вылетевшую из бруклинского колледжа и работавшую в отцовском офисе, это не мешало ей по-прежнему любить ее. Просто у Бины были другие интересы, и они ни в чем не совпадали с интересами Эллиота и других ее друзей с Манхэттена.

— Эллиот, — сказала Кэйт строго, когда они вышли на улицу, — ты знаешь, что интерес к Бине — это только праздное любопытство.

— Да нет же, — уговаривал Эллиот. — Позволь и мне пойти. В конце концов, это свободная страна. Так говорится в конституции.

Кэйт фыркнула:

— В отличие от принятого в конституции США, я сторонница отделения церкви от государства.

— Нет, — парировал Эллиот, — ты за отделение геев от гетеросексуалов.

— Это не так. Ты же ужинал со мной и Ритой на прошлой неделе, — она не собиралась позволять ему манипулировать черным ящиком политкорректности. — Ты не увидишь Бину не потому, что она моя старая подруга, — просто между вами нет ничего, абсолютно ничего общего.

— Мне нравятся люди, с которыми у меня нет ничего общего, — спорил Эллиот. — Вот почему я люблю тебя и живу с Брайсом.

— Не будь таким жадным, ты же встретишься сегодня с Майклом, — ответила Кэйт. — Этого не достаточно для такой пары кумушек, как вы с Брайсом?

— Ну вот, — уступил Эллиот сдаваясь. — Придется подчиниться.

Кэйт рассмеялась и сказала:

— Ладно, я уже опаздываю на свое девичье свидание. Позволь повторить тебе совет, который я дала пару часов назад своей ученице Дженнифер Уэйлен. Старайся завести собственных друзей, дорогой.

Они были у входа в подземку. Кэйт широко улыбнулась Эллиоту и обняла его на прощание. Пожав плечами, он констатировал свое поражение. Когда она сбегала вниз по ступенькам в темноту тоннеля, Эллиот бросил вслед:

— Не забудь, ужин в восемь!

— Там и встретимся! — крикнула она через плечо и побежала к поезду.

Глава III

Кэйт и Бина шли по Лафайет-стрит, глазея на витрины фешенебельных бутиков и художественных галерей, заполнявших район Сохо. Кэйт чувствовала себя в Сохо как дома. Она была бы не против жить где-нибудь тут рядом, но это было слишком дорого, учитывая жалованье школьного психолога. Кэйт снимала квартиру в Челси, но вполне могла сойти за жительницу центра. Бина Горовиц же была истинной обитательницей Бруклина: ее темные волосы были идеально уложены, одежда слишком «подходящая», как говорила Барби в студенческие годы. Небольшого роста и коренастая, несколько излишне увешанная золотом, она невыгодно выделялась среди модельного вида покупателей, толпившихся в одном из самых модных кварталов центра Манхэттэна, и хотя все это не мешало Кэйт нежно относиться к своей подруге, она была благодарна Брайсу, колледжу, манхэттэнским бутикам и новым нью-йоркским друзьям за то, чему она от них научилась. Ее собственный бруклинский колорит остался, слава Богу, в далеком прошлом.

— Бог мой, Кэти, и как ты только живешь здесь, — говорила Бина. — Это из-за этих людей с Манхэттэна девчонки по всей стране теряют аппетит. — Кэйт смеялась, но Бина была недалека от правды.

Бина вытягивала шею по всякому поводу, притормаживая, чтобы взглянуть на заурядные образчики ню, на витрину магазина готового платья в стиле «стрип» или подивиться, увидев лавку под названием «Для тупых». Кэйт была вынуждена объяснить ей, что это был всего лишь магазин одежды вроде «Отпрыска желтой крысы» — лавки, в которую сама она не ходила за покупками, но имела сумку для покупок оттуда.

— К чему такие смешные названия? — спросила Бина. — Правда, жарко? — добавила она, обмахиваясь как веером, небольшой афишей выходящего из моды бродвейского шоу, которую какой-то парень вручил ей, когда они проходили мимо. Он даже не попытался всучить такую Кэйт: она не была похожа на собирательницу всякого мусора.

— Ладно, успокойся, — сказала Кэйт. Она пыталась ускорить шаг — салон пользовался славой заведения, требовавшего от клиентов пунктуальности, но Бина оставалась верна себе, ее трудно было заставить поторопиться или помолчать. Семья Горовиц приняла Кэйт, когда ей было одиннадцать, и она знала практически все про Бину. Как-то раз Кэйт не поленилась подсчитать и обнаружила, что миссис Горовиц скормила ей не меньше пятисот обедов, по большей части приготовленных на курином жире. Доктор Горовиц учил ее кататься на двухколесном велосипеде, пока ее собственный папаша пил или просто ленился (или то и другое вместе). Брат Бины, Дэйв, учил их обеих плавать в муниципальном бассейне, и Кэйт до сих пор была не против при случае поплавать на время.

Раньше, в Бруклине, где у Кэйт не было никакой отдушины, зато было стремление обзавестись более утонченными друзьями, вроде Эллиота и Брайса или Риты, с которыми она могла пошутить или поговорить о книгах, Бина порой ей надоедала. Но, находясь постоянно теперь в окружении интеллектуалов, друзей-космополитов, она могла оставить придирки к местечковым интересам и разговорам Бины и просто ценить ее доброе сердце.

— И правда жарко, — повторила Бина — привычка, выработавшаяся на случай, когда Кэйт не удостаивала ее ответом.

— Что, в Манхэттэне жарче, чем в Бруклине? — спросила Кэйт поддразнивая.

— В Манхэттэне *всегда* жарче, чем в Бруклине, — подтвердила Бина, совершенно не заметив иронии Кэйт. Бине решительно недоставало иронии. — Все из-за этих проклятых тротуаров и движения, — она посмотрела вдоль Лафайет-стрит и покачала головой в знак неодобрения. — Я бы не смогла жить здесь, — ворчала она, как будто у нее была возможность выбора и гнездышко за миллион долларов было по карману им с Джеком. — Я бы просто не смогла.

— Так ты и не живешь здесь, — напомнила ей Кэйт, — и в чем проблема?

Бина вдруг перестала обмахиваться, вытаращилась на Кэйт и кротко спросила, как она обычно делала:

— Я, наверно, ужасная?

Кэйт почувствовала, как нежность в ней побеждает раздражение, и, как обычно, вспомнила, за что так любит Бину. И она ответила как всегда:

— Ты все та же Бина.

— Все та же, Кэти, — сказала Бина: привычная литания[1] — так они мирились и сглаживали противоречия вот уже второй десяток лет.

Кэйт улыбнулась, и они обе вернулись в обычную колею. Кэйт не могла себе вообразить, как она бы представила Бину своим манхэттэнским друзьям, но она также не могла жить без Бины, хотя иногда пыталась. Бина совершенно отказывалась развиваться, и это одновременно раздражало и устраивало Кэйт, а порой приводило в совершенное замешательство.

Когда они переходили Спринг-стрит, Бина, словно читая мысли Кэйт, вскрикнула:

— Боже, посмотри-ка на него!

Кэйт обернулась, предполагая увидеть нечто вроде уличного ограбления. А всего лишь увидела на другой стороне улицы татуированного парня с пирсингом, шагавшего по своим делам, который вовсе не был сколь-нибудь значительным образчиком безумной местной жизни. Кэйт даже не отпустила замечания, а лишь посмотрела на часы.

— Мы не должны опаздывать, — поторопила она Бину. — У меня приготовлено для тебя что-

---

[1] Литания (*греч.*) — краткая молитва, которая читается во время торжественных религиозных процессий.

то особенное. — Затем она решила сменить тему: — Ты уже подобрала цвет для маникюра?

Бина неохотно отвлеклась от местного уличного слайд-шоу.

— Я подумывала о французском маникюре, — созналась она.

Кэйт не испытала особого воодушевления и не скрыла того. У Бины со школьной поры кончики ногтей были окрашены белым, а остальная часть оставалась натурально-розового цвета.

— А чем тебе не нравится французский маникюр? — попробовала защититься Бина.

— Ничем, если ты — француженка, — парировала Кэйт, благополучно забывшая свои отроческие дни, когда она тоже считала французский маникюр верхом совершенства. Бина выглядела смущенной. Кэйт забыла об отсутствии чувства юмора у Бины.

— А что, если попробовать что-нибудь более модное?

Бина вытянула вперед руки и принялась их рассматривать. Кэйт заметила, что она все еще носила рельефное кольцо, которое Кэйт подарила ей в знак дружбы на шестнадцатилетие, на нем было изображено сердце с короной в ладонях.

— А если что-нибудь... рискованное? — предложила Кэйт.

— Что, например? — спросила Бина, продолжая защищаться. — Татуировку на ногте?

— О-о! Сарказм. Дьявольское оружие.

— Джеку нравится французский маникюр, — хныкнула Бина, все еще разглядывая левую руку. — Не подначивай меня, как обычно, — она опустила руки. С минуту обе молчали. — Прости. Я немножко нервничаю, — сказала Бина. — Я просто немножко нервничаю. Ты же знаешь, я ждала предложения Джека больше...

— Шести лет? — подхватила Кэйт, не злясь на свою подругу.

Она пыталась вспомнить, как воздержаться от нежелательных советов, что было трудно для женщины ее темперамента и ее профессии. Она улыбнулась Бине, и они продолжали свой путь вдоль улицы.

— Я думаю, вы с Джеком уже с первого свидания начали обсуждать вензеля на свадебных полотенцах.

Джек и Бина встречались так много лет. Он был ее первой и единственной любовью. Он заставил ждать ее, пока окончит колледж, получит степень, сертификат.

Бина рассмеялась:

— Что ж, я уже тогда знала, что он — тот самый. Такой горячий.

Кэйт размышляла о разнообразии людских вкусов. Ей Джек не только не казался горячим, но от него ее бросало в холод. Конечно, она никогда за эти шесть лет не признавалась в том Бине. А Бина считала, что Стивен слишком угрюмый и суровый, тогда как для Кэйт он был...

— Я просто не могу поверить, что он уезжает сегодня в Гонконг на пять месяцев, и сегодня тот самый вечер, — продолжила Бина, прервав раздумья Кэйт. Кэйт улыбнулась.

В старой бруклинской команде Кэйт почти не было секретов, потому, когда Джек стал справляться у отца Барби, ювелира, о том, как приобрести «доброкачественное» обручальное кольцо, весть распространилась быстрее электронной почты. День, которого Бина ждала так долго, наконец наступил, однако, глядя на свою подругу, Кэйт заметила что-то странное в ней — Бина казалась какой угодно, только не счастливой. Конечно, она не могла передумать. Но Кэйт знала ее достаточно хорошо, чтобы почувствовать: что-то здесь не так.

«О, бог мой, — думала Кэйт, — Бина что-то задумала, но боится рассказать об этом. Ее родители, особенно мама, будут вне себя, если...»

— Бина, у тебя появились сомнения? — спросила она как можно осторожнее, отведя взгляд от своей подруги. — Ты же знаешь, тебе *не обязательно* выходить за Джека.

— Ты с ума сошла? Конечно, я выйду! Я хочу. Я просто нервничаю оттого, что... ну, просто нервничаю. Это нормально, верно? Так где же этот салон, в конце концов?

— Теперь налево по Брум-стрит, — сказала Кэйт, подумав про себя: «Если Бина не хочет

продолжать, это правильно. Надо дать девуш-
ке время». — Это полицейское управление, — сказала, чтобы переключить внимание, когда они проходили мимо здания с куполом, которое Тедди
Рузвельт построил в бытность шефом полиции. —
Теперь здесь квартиры, — продолжала она, — и там
нашли потайной туннель в питейное заведение через улицу, который...

— Который служил ирландцам-полицейским,
чтобы их не поймали за распитием спиртного, —
ляпнула Бина, остановившись в замешательстве.
Кэйт просто улыбнулась. Ее отец, отставной поли-
цейский-ирландец, умер три года назад от цирроза
печени, и Кэйт не могла расценивать это иначе как
облегчение для них обоих. А Горовицы никак не
могли забыть про это.

— Ни стыда ни совести, — сказала ей Кэйт. —
Мы почти пришли и опоздали всего на четыре минуты. Тебе там понравится. У них прекрасные лаки для ногтей, но на всякий случай я захватила
с собой еще несколько для разнообразия, — она порылась в своей сумке от Прадо — единственной,
которая была у нее, и она таскала ее повсюду. Сумка стоила ей целой зарплаты, но всякий раз, открывая ее, Кэйт испытывала наслаждение. Сейчас она
достала маленький пакет, в котором было три раз-
ноцветных флакона лака для ногтей, каждый по-
своему притягательного оттенка.

Бина взяла пакет и заглянула в него.

— О-о-о! Они похожи на волшебные бобы из «Джека и его бобов», — промолвила она и захихикала. — Ты помнишь про Джека и его бобы? — спросила она, подняв брови.

Кэйт взглядом показала ей: «Я не в настроении продолжать эту тему». Видно, момент нервозности миновал.

— Избавь меня от деталей «бобов» Джека и прочих подробностей его анатомии, — попросила она. — Пусть это будет мне подарком как подружке невесты.

Она потянула Бину за руку, чтобы обойти на ходу парня — уличного торговца подержанными журналами. И тут, когда они переходили улицу, Бина внезапно остановилась, как будто движение тоже будет остановлено, чтобы дожидаться ее, и указала на противоположный угол:

— Боже ж мой! Это же бывший ухажер Банни.

Кэйт посмотрела в указанную сторону, одновременно одергивая Бинину руку. Она хотела было попросить ее не тыкать пальцем, как вдруг выделила взглядом одного из самых привлекательных молодых людей, которых ей приходилось когда-либо видеть. Он был высок и строен, а джинсы и куртка сидели на нем как влитые. Когда из-за набежавшего облачка выглянуло солнце, его лучи с запада осветили угол и отразились от волос молодого человека, образуя подобие гало вокруг его головы. Он остановился у светофора и полез во внутренний карман. Кэйт не могла оторвать глаз от движения его руки, и когда он направился через улицу, она повернула голову, чтобы взглянуть на его ягодицы. У нее была слабость к этой части тела, а парень был... в общем, его ягодицы походили на изделия самой лучшей булочной.

— Он гулял с Банни? — спросила Кэйт. Из ее команды Банни, пожалуй, была самой отъявленной и бестолковой пустышкой.

Бина кивнула. Кэйт заметила это боковым зрением, поскольку она все еще не могла оторвать глаз от мужчины, бывшего всего лишь футах в двадцати от нее.

— Ты уверена, что это он?

К удовольствию Кэйт, парень остановился, помедлил и направился в их сторону. Кэйт стояла, приклеившись к нему взглядом, хотя им еще оставалось пройти несколько шагов до бордюра тротуара. Ей показалось, что он посмотрел на нее. Какое-то такси принялось сигналить, его водитель решил предупредить, что они рискуют быть сбитыми, и Бина завизжала, Кэйт оторвала взгляд от парня, и обе кинулись бегом через улицу. Пока они петляли между припаркованными автомобилями, добираясь до тротуара, адонис надел солнцезащитные очки и быстро зашагал прочь.

— В какой цвет, по-твоему, нужно нарядить подружек невесты? — спросила Бина.

Кэйт подавила стон. Бев всех одела в серебро, а Барби выбрала фисташково-зеленый, который даже блондинку делает желтушной.

— Что, если в черный? — ответила Кэйт, зная наперед, что на это нечего и надеяться.

Она вздохнула. Они с Банни были последними из школьных подруг, кто не был замужем, — что ж, по крайней мере, еще оставалась Банни. Кэйт старалась не брать это в голову, хотя любая другая переживала бы на ее месте. Все на свадьбе Бины заметили бы отсутствие кольца на ее левой руке.

— Бина, пожалуйста! Не заставляй меня снова проходить через это. Может, мне еще нацепить табличку с надписью «Несосватанная»?

— Кэйт, ты должна быть моей почетной подружкой. Барби была всегда ближе с Банни, а Бев... она, по сути, никогда меня не любила.

— Бев никогда никого не любила, — сообщила Кэйт Бине не в первый раз, взяв ее за руку. — Ах, я тронута, правда.

Они подошли к двери салона. Кэйт придержала дверь для Бины, которая с трепетом вступила внутрь.

Глава IV

Кэйт знала, что салон-спа был не похож ни на что виданное Биной до сих пор, — своего рода постиндустриальный французский будуар с мавританскими мотивами. Вот почему она выбрала это место. Не из хвастовства, а для того, чтобы сделать своей подруге что-то особенно приятное.

— Вот мы и здесь, — театрально прошептала она, — в самом дорогом салоне в Нью-Йорке, — и она посмотрела в лицо Бине, оценивая произведенное впечатление. — Во *всем* городе, — повторила она.

— Вот это да! — смогла лишь выдать Бина, обводя взглядом легкие занавеси, пол и кресло «бержер» в стиле Людовика XVI.

Кэйт улыбнулась и подошла к стойке. Юная азиатка улыбнулась в ответ и изогнула великолепно очерченные брови в молчаливом вопросе. Они здесь прекрасно подправляют брови.

— Кэйт Джеймсон, — заявила Кэйт. — Нас двое, — добавила она, пока Бина застенчиво пряталась у нее за спиной. — Нам нужен маникюр, педикюр и депиляция пальцев ног.

— Пальцев ног? — прошептала Бина из-за спины, но Кэйт не обратила внимания.

— У нас заказано заранее. У меня есть номерок.

— Одну минуту, — ответила очаровательная распорядительница. — Пожалуйста, присядьте.

Конечно, было не так просто устроиться на единственном антикварном кресле, поэтому Кэйт настояла, чтобы Бина присела, и она с робостью подчинилась.

Затем она вскинула глаза к Кэйт и схватила ее за руку:

— Ах, Кэйт, я боюсь. Что, если я пройду через все это, и оно принесет мне несчастье? А если Джек не...

— Бина, не глупи. Как ты можешь утверждать такое? — вздохнула Кэйт. — Я сегодня целый час убеждала восьмилетнего мальчишку в том, что колдовство бессмыслица. Не заставляй меня повторять это снова.

— Ладно, что тут скажешь, маленькая мисс Логика. Да, я суеверная. Никаких черных кошек, шляп на кроватях, не дарить обуви подругам.

— Обуви подругам?

— Ага. Ты даришь подруге туфли, и она бросает тебя, — пояснила Бина. — А ты не знала?

— Бина, ты просто сумасшедшая, — ответила Кэйт. — Как бы то ни было, это для тебя важный день, и я хочу быть к этому причастна. Расслабься и наслаждайся. Все будет отлично, и вечер с Джеком пройдет чудесно.

Бина все еще сомневалась. Она вытянула шею и снова огляделась вокруг.

— Должно быть, это дорогое удовольствие, — молвила она. — Прикинь, я могла бы сделать все в Бруклине у корейца Кима за четверть здешней цены. И думаю, было бы нисколько не хуже.

Кэйт улыбнулась:

— Может, и да, а может — нет. Зато какая здесь обстановка!

— Моя мама сказала бы: «Обстановка — шмобстановка, покрасьте-ка мне ногти».

— Знаешь, я люблю твою маму, но иногда она не совсем в курсе дела.

Бина выглядела смущенно.

— А как пишется «шмобстановка», а? — спросила Кэйт весело.

— Это не напишешь, — ответила Бина. — Это идиш. Разговорный язык.

Кэйт рассмеялась. Это была обычная словесная игра между ней и Биной, которая была в ходу у них с тех пор, как Кэйт переступила порог дома Горовицев, и миссис Горовиц заявила, что отец Кэйт не знает «бупкис», как вырастить «шейну майделу».

Тогда Кэйт еще не ведала, что «бупкис» значит «абсолютно ничего», а «шейна майдела» — «красивая девочка», но она поняла это из контекста. Она узнала также, что означают слова «пуц», «шноррер» и «гониф», все они звучали благозвучнее их английских эквивалентов.

Кэйт отмечала все праздники в доме Бины, даже если это были ее собственные праздники, и она научилась ценить субботнюю тарелку со сладкой еврейской лапшой. Когда для Кэйт пришло время первого причастия, миссис Горовиц сшила ей белое платье и купила головной убор.

(Бина, тоже захотевшая белое платье и головной убор, получила их, хотя доктор и миссис Горовиц и не пошли на то, чтобы позволить ей встать в ряд с девочками-католичками во время церемонии.)

Кэйт была сильно разочарована, когда священник на уроке катехизиса убеждал их, что дурачества на Хеллоуин — это смертельный грех. Она поделилась этим с мамой Бины и получила от нее наставление:

— Грех-шмех! Делай что вздумается в этом *мешугене*[1] костюме и получай свои конфеты. И не думай об этом.

— Но я не хочу отправиться в ад после смерти, — говорила ей Кэйт с ужасом.

— Ад-шмад, — отвечала миссис Горовиц. — Поверь мне, детка, есть только один ад — и он здесь, на Земле. — Она привлекла Кэйт к себе и прошептала: — Есть только рай, милая. И именно там сейчас твоя мама.

Так или иначе, но убеждения миссис Горовиц сыграли свою роль. Через несколько месяцев после урока катехизиса Вики Браун сказала Бине, что ее мама-еврейка отправится в ад после смерти, и тогда Кэйт повернулась к Вики и заявила:

— Ад-шмад! Да что ты знаешь?

После того Кэйт и Бина заключили договор заступаться друг за друга.

---

[1] Сумасшедший (*евр.*). (*Здесь и далее — примеч. пер.*)

Возможно, именно с тех пор их стали звать «бушвикскими ведьмами». Подростковая команда росла, когда к ним присоединились Бев и Барби, а потом и Банни, а они держались вместе, а в околотке их теперь уже называли «шавками». Позже Кэйт уплыла из банды.

Бина все еще держалась за руку Кэйт.

— Ай, Кэйт, — сжимала она ее, — я так волнуюсь! Сегодня мне сделает предложение человек, которого я люблю.

— Не забудь изобразить удивление, — предупреждала Кэйт. — Ты же не хочешь показать Джеку, что знала об этом заранее.

— И зачем только Барби сказала мне, что видела, как он покупал кольцо, — вздыхала Бина. — Я так нервничаю. Ну, почему она не могла сделать мне сюрприз?

— Ах, дорогая, — засмеялась Кэйт. — Ты же не любишь сюрпризов. Ты хочешь выглядеть наилучшим образом.

Теперь другая азиатка, еще привлекательнее распорядительницы, вошла в фойе:

— Кэйт Джеймсон? Мы уже подготовили комнату для вас. Пройдите за мной, пожалуйста.

Кэйт и Бина последовали за ней в небольшой кабинет, и Кэйт села в одно из стоящих друг напротив друга кресел. Оба кресла, напоминавшие троны с встроенными джакузи, уже были наполнены заманчиво пахнущей, пенящейся водой.

Мягко освещенная комната была оформлена в умиротворяюще синих морских тонах, в ней было два стеклянных столика на колесах, приготовленных для предметов ухода за руками. Две молоденькие азиатки стояли на коленях, на подушках голубого шелка, на полу позади ванн для ног. Они помогли своим клиенткам разуться и предложили им окунуть ноги в душистую джакузи, чтобы подготовиться к педикюру. Бина смотрела на Кэйт в восхищении. Кэйт лишь улыбалась в ответ. Воздух благоухал фрезией, и Кэйт сделала глубокий дегустирующий вздох. Если даже ей и пришлось заплатить ползарплаты за «обстановку-шмобстановку», она *стоило* того. Вторая красавица азиатка вернулась к ним в этот небесно-голубой рай и спросила:

— Желаете воду, кофе, чай, сок или шампанское?

— Вы серьезно? — завопила Бина.

— Пожалуй, шампанского, — ответила Кэйт так, словно Бина не выказала никакой реакции. Обычно Бина не пила, но Кэйт сказала ей: — Сегодня у нас большое событие.

В наступившей тишине Кэйт закрыла глаза, и ей представился образ высокого, стройного молодого человека в джинсах — того самого, на которого ей указала Бина. Она, должно быть, ошиблась. Банни ни в жизнь не могла встречаться с кем-либо подобным. Кэйт думала об этом одну-две минуты, чувствуя себя виноватой, ибо сравнивала увиденного с Майклом. У Майкла были чуть широковаты бедра, и что-то не так было в его походке... Кэйт решила выбросить эти пустые мысли из головы.

— Как его зовут? — спросила она Бину.

— Кого? Джека? Его зовут Джек. — Бина взглянула на нее и рассмеялась. — Ты такая забавная.

Кэйт покраснела и решила забыть о парне на углу.

— Кэйт, как мило с твоей стороны, — начала Бина, когда одна из специалисток принялась массировать ее ноги. Она хихикала, брыкалась и снова принималась хихикать.

— Ах, Бина, расслабься, — отвечала ей Кэйт. — Вдыхай.

Минуту обе молчали. Кэйт снова закрыла глаза и сосредоточилась на том, как сильные руки растирали ей пятки и своды стоп.

Бина наклонилась вперед, чтобы прошептать:

— Правда, что здесь делают маникюр Сандра Баллок, Жизель и Гвен Стефани?

— Ага, — буркнула Кэйт. — И здесь делают себе маникюр Кэйт Джеймсон и Бина Горовиц.

— Скоро это будет Бина Горовиц-Вайнтрауб, — напомнила ей Бина. — О, Кэйт, я так люблю Джека. Я так... так счастлива сегодня и так рада, что могу разделить это с тобой. Знаешь, я хочу, чтобы ты тоже нашла своего Джека и была так же счастлива, как я.

Кэйт засмеялась:

— Твоя мама сказала бы: «Твои слова да Богу в уши».

Прежде чем Бина смогла ответить, дверь растворилась, и вошла женщина с подносом и двумя бокалами шампанского. Она предложила один Кэйт, другой — Бине:

— Наслаждайтесь!

Кэйт ощутила легкие перемены в своем эмоциональном пространстве. Было время, когда она думала, что будет пить шампанское, отмечая что-нибудь со Стивеном, но она жестоко ошибалась. Она гадала, наступит ли день, когда она и Майкл... Она снова отмахнулась от этих мыслей и попыталась сосредоточиться на происходящем.

Бина уставилась на свой бокал.

— Не думаю, что правильно начинать пить так рано.

Кэйт закатила глаза. Бина никогда не хотела пить.

— Да брось, Бина, не переживай, — сказала Кэйт, поднимая бокал. — За твою свадьбу!

— О, Кэйт! — Бина явно была тронута.

Девушки попробовали по глотку шампанского. Потом Кэйт принялась просматривать лаки.

— Клянусь, Банни не прочь была бы сидеть сейчас в моем кресле, — сказала Бина, откидываясь назад.

— И как она *сейчас*, Банни? — спросила Кэйт. Банни была дантистом-гигиенистом и общепризнанной неудачницей в отношениях с мужчинами. И снова Кэйт вспомнила великолепного молодого человека, которого видела на улице. Бывший ухажер Банни? В это трудно поверить.

— Да ты же и не хочешь знать, — ответила Бина.

Она была права. Кэйт *не хотела* знать. Банни была скорее подругой Бины. Она появилась в жизни Кэйт на предпоследнем году учебы в школе, присоединившись к «шавкам» пятым номером и переименовав себя из Патриции так, чтобы ее имя начиналось с «Б», как и название банды[1]. К тому времени Кэйт уже расставалась с группой. Она проводила все больше времени за учебой и чтением. Пока остальные в основном были заняты прическами, макияжем и парнями, Кэйт сосредоточилась на вступительных экзаменах и занятиях в колледже. Когда наступил срок окончания колледжа, «шавки» устремили взоры на поиск непритязательной работы, удачные замужества и детей, а Кэйт объявила, что она не для того шла в колледж, чтобы теперь «отсыпаться», и вознамерилась стать доктором психологии.

Бев оценила это так: «Она думает про себя, что она это, черт возьми, она». Только ради Бины Кэйт не стала разрывать отношения с «шавками»

---

[1] Bitches — «шавки» (*англ.*).

и вообще со всеми в Бруклине. Однако Бина заводила дружбу навечно. Поначалу Кэйт возмущала «прилипчивость» Бины. Потом до нее дошло, что на свете нет никого, кто бы знал ее лучше Бины. Она предпочла забыть многое из бруклинского прошлого, но была благодарна Бине за преданную дружбу.

Кэйт выпила до дна бокал шампанского и тут же принялась за другой. Бина продолжала о Банни:

— ...и парень бросил ее. Ты же его видела. Я думаю, Банни знала, что он не для нее, но держалась за него крепко. И теперь она пытается отыграться. Она уже гуляет с другим — Арни, или Барни, или что-то в этом роде, и уже рассказывала Барби, что у них это серьезно.

Вот новость. Банни выбирала одного неподходящего мужчину за другим, всегда утверждая, что это «серьезно», и всегда разочаровываясь. «Классический заколдованный круг», — думала Кэйт.

— А как у тебя дела с Майклом? — спросила Бина, пытаясь держаться непринужденно.

— Все хорошо, — ответила Кэйт спокойно, пожав плечами. Она предпочитала не распространяться о своей личной жизни, а то еще Горовицы, чего доброго, начнут распускать нежелательные слухи.

— Он очень умен и может многого достичь. Сегодня вечером мы идем на ужин к Эллиоту и Брайсу.

— А кто такой Брайс? — спросила Бина.

Кэйт вздохнула. В родном Бруклине Бина помнила, в какие дни месяца начинались циклы у всех подруг, но за пределами Бруклина...

— Партнер Эллиота.

— Кто?

— Помнишь?! Эллиот Уинстон. Мой друг из Брауна. С которым я работаю в школе.

— Ах да. Если он учитель, к чему ему партнер?

— Это его партнер *по жизни*, — теряя терпение, объяснила Кэйт.

Бина помолчала, а затем, понизив голос, спросила:

— Они что, геи?

«Да, и твой неженатый дядя Кенни тоже», — подумала Кэйт, но лишь многозначительно улыбнулась в ответ. Что делать, если взгляды Бины на отношения полов были безнадежно устаревшими. Она решила сменить тему:

— Какой цвет ты собираешься выбрать? Учти, что к бриллиантам идет любой цвет!

— Не знаю. А *ты* какой бы выбрала?

Конечно, вопрос совсем не по адресу, но Бина оставалась собой. До того как она выберет что-то из меню, она должна узнать ваше мнение.

— Все та же Бина, — произнесла Кэйт, улыбаясь своей неугомонной подруге.

— Все та же, Кэти, — ответила Бина не слишком внятно.

Шампанское явно начинало действовать на нее, и, глядя на подругу, готовящуюся к важному шагу, Кэйт вздрогнула. Джек никогда не подходил ей, и этот вывод отнюдь не был навеян бокалом шампанского, — но он, казалось, любил Бину, ее родные любили его, и... что ж, смотря на Бину, Кэйт вынуждена была признать, что Джек, вероятно, хорошая партия. Она была на грани: то ли удариться в слезы, то ли расхохотаться. Бина, слегка окосевшая от вина, улыбнулась ей.

— Я люблю тебя, Кэти, — сказала она.

— Я тоже тебя люблю, Бина, — подтвердила Кэйт, и это было правдой. — Но ты больше не будешь пить. Тебе предстоит великий вечер.

Бина допила последний глоток шампанского, потом наклонилась поближе к подруге.

— Кэйт, — прошептала она, — есть одна вещь, о которой я до смерти хочу спросить у тебя.

Кэйт насторожилась:

— И что же?

— Что такое депиляция пальцев ног? — осведомилась Бина.

По ее тону можно было предположить, что речь идет о чем-то неприличном. Кэйт рассмеялась.

— Ну, ты не замечала, что на поверхности большого пальца ноги бывает иногда немного волос? — поинтересовалась она.

Бина вытащила ногу из джакузи и осмотрела ее.

— Ого, — воскликнула она, — гляди-ка. Ух ты!

Азиатки переглянулись и принялись хихикать. Лицо Бины покраснело.

— Как противно, — созналась она. — Как у снежного человека — Большая Нога. Бог мой, Кэти, ты меня выставила дурочкой. А я и не замечала этого раньше.

— Вот видишь, — продолжала Кэйт, — после депиляции Джек тоже ничего не заметит. И ты можешь позволить ему целовать твои маленькие ножки не стесняясь. Итак, какой же цвет тебе приглянулся?

Бина занялась разглядыванием флакончиков, принесенных Кэйт, и других, со вкусом расставленных на стенной полочке рядом с подлокотником ее кресла.

— У них, в Бруклине, и в помине нет таких оттенков, — признала она.

— Еще одно объяснение, почему я живу в Манхэттэне, — провозгласила Кэйт. — Рассмотри получше. И что же?

Бина, глянув на молодую азиатку, уже занятую ее левой рукой, спросила:

— Вы делаете французский маникюр?

Глава V

Манхэттэнская квартира Кэйт, без сомнения, была маловата. Однако найти и такую — большая удача. Квартира располагалась в бельэтаже дома из коричневого песчаника на Девятнадцатой Западной улице, в довольно зеленом жилом массиве, рядом с семинарией, словом, весьма завидном местечке, и состояла из просторной комнаты, некогда служившей гостиной, небольшой ванной, маленькой кухни и уютной спальни.

Главная комната выходила окнами во внутренний сад, к сожалению, принадлежавший квартире, расположенной ниже. Тем не менее здесь было тихо, и Кэйт могла любоваться в окно летом на зелень, а зимой на снег. У нее не было лишних денег на покупку мебели, но Эллиот, всегда следивший за распродажами, помог ей достать и притащить диван с бело-синей обивкой. В дешевом магазине она нашла старое плетеное кресло-качалку, превратив его — после окраски в синий цвет — в удобное, хотя и несколько неустойчивое, место для отдыха.

Макс, сосед с верхнего этажа, недавно установил полки для книг, которые теперь заполняли ниши по обе стороны от камина. Макс был приятелем брата Бины и работал на Уолл-стрит вместе со своим кузеном Джеком. Именно он познакомил Бину с Джеком, и, когда Кэйт прослышала, что он ищет квартиру, она рассказала ему об одной освобождающейся в ее доме. Макс был ей крайне благодарен, к тому же выказывал повышенный интерес к самой Кэйт, но его знаки внимания не вызвали у нее воодушевления. Он был мил и симпатичен, и все же им было не о чем говорить, хотя Макса, похоже, это и не смущало. Да и отец дал ей ценный для жизни совет, сформулировав свое жизненное кредо в словах: «никогда не пакости там, где ешь». Ей удалось дипломатично разрулить отношения с Максом, и теперь они были друзьями и добрыми соседями. Однако Макс не переставал забегать занять немного сахару, кроме того, он мог без стеснения спросить и чашечку кофе, и рюмку водки или, реже, справиться о какой-нибудь знакомой Кэйт девице.

Кэйт подняла занавески. Похоже, шел дождь. Она бросила сумочку на диван и бросилась в ванную. Сеанс красоты с Биной занял больше времени, чем она предполагала, и у нее было только полчаса до того, как за ней зайдет Майкл. Хотя сегодня днем она держалась с Эллиотом столь непринужденно, все же на деле несколько нервничала по поводу их встречи с Майклом. Представить Майкла Эллиоту было чем-то сродни приглашению парня в дом для знакомства с родными, и ей хотелось, чтобы все прошло гладко.

Спальня Кэйт в действительности была просто отгороженной частью большой комнаты. Ее самым большим недостатком являлся очень маленький стенной шкаф.

Но она смирилась с этим, как мирится большинство нью-йоркцев. Кэйт решила, что у нее слишком мало времени для душа, поэтому, схватив синее платье без рукавов в стиле Мадонны, купленное недавно, вернулась в ванную. Она успеет помыть лицо, распустить волосы, расчесать щеткой эти рыжие волнистые пряди, рассыпавшиеся по плечам, и воспользоваться косметикой, чтобы наскоро подправить макияж.

Она никогда не злоупотребляла косметикой. У нее была бледная кожа, наконец-то она переросла свои веснушки, мелкие, как булавочные головки, которые раньше выстраивались в каком-то танце на щеках и переносице, — своего рода ирландское наследство. Теперь ее лицо было цвета сливок, и все, что ей было нужно, — это губная помада, чтобы волосы не слишком бледнили лицо.

У нее оставалось всего десять минут до прихода Майкла, хотя он имел обыкновение немного опаздывать. И это, она поняла, было вызвано не небрежностью, чего Кэйт не выносила, считая проявлением нарциссизма, — он просто часто так углублялся в мысли о работе и о своих исследованиях, что мог легко пропустить нужную станцию в метро или проехать автобусную остановку.

Она улыбнулась, думая о нем. У него хорошие способности, добрые руки и волевой рот. Ей нравились его очки в серебряной оправе, пристальный взгляд и преданность работе.

Она лишь недавно стала спать с ним. Обычно Кэйт не была так щепетильна, но история со Стивеном заставила ее быть более осторожной. Они познакомились у ее подружки Тины; Тина работала с Майклом в одном университете. Тина не знакомила их раньше, поскольку считала Майкла не подходящим Кэйт, но после Стивена Кэйт перестала понимать, кто именно ей «подходит». Ухаживания Майкла были ненавязчивы, но упорны. Когда их отношения стали близкими, Кэйт с приятным удивлением обнаружила, что он нежен и щедр в постели. И казалось, с ним она обходилась так же. Однако эта сторона отношений могла оставаться на достигнутом уровне сколь угодно долго, безо всякого развития. Кэйт провела почти два года со Стивеном — писателем. Ей было тяжко, когда она осознала, что он никогда не женится на ней и вообще на ком-либо. Она не хотела потратить еще один год, чтобы в конце повторилось то же самое.

Кэйт присела на кровать и уставилась на окрашенные ногти пальцев ног. На одно мгновение ей даже показалось, что она завидует Бине, чья жизнь уже устроена. Но она напомнила себе, что Бина отдала Джеку шесть лет. Кэйт признавалась себе, что ей хочется детей, но она не способна выйти замуж только ради этого. Работа с Брайаном и прочими в школе Эндрю Кантри могла бы устроить ее, пока она будет зреть для того, чтобы завести собственную семью.

И Майкл, казалось, мог предоставить ей такую возможность. Между ними пока еще не было откровенного разговора, но, поскольку он звонил каждый вечер и они регулярно встречались, Кэйт полагала, что разговор может превратиться в простую формальность. Она не спешила и не собиралась ставить ультиматумов. Однако подспудно ей хотелось, чтобы ее надежды нашли встречное устремление.

Кэйт проскользнула в шелковое платье и принялась шарить под кроватью в поисках босоножек на высоком каблуке. Черные, с ремешками, они могли выгодно подчеркнуть только что покрытые лаком ногти. Ходить в них было убийственно трудно, но ей и не надо было никуда далеко шагать.

Когда через несколько минут послышался стук в дверь, Кэйт была готова. Она скользнула через комнату и открыла дверь. Но то был не Майкл. Там стоял Макс с букетиком львиного зева и кермека.

— Эй, — сказал он, — отлично выглядишь!

— Спасибо, — коротко улыбнулась Кэйт, стараясь дать понять, что у нее нет времени на болтовню. Макс неподвижно стоял, держа цветы. У него была приятная улыбка: один из резцов слегка выступал — был как бы выдвинут по отношению к соседним зубам, и Кэйт находила это пикантным. Впрочем, он был безобиден и, без сомнения, привлекателен.

— Это мне? — спросила она.

— Тебе, прошу, — ответил Макс. — Цветочный рынок еще работал, когда я шел мимо. Львиный зев напомнил мне твои волосы. Ты не можешь не согласиться.

Кэйт согласилась. Принимая букет, она заволновалась, что Макс, возможно, еще пытается ухаживать за ней. Ей не хотелось поощрять его, но и не хотелось быть грубой. Стуча каблуками, она направилась через гостиную в крохотную кухню в поисках вазы. Макс пошел следом и остановился в проходе. Кэйт наполнила вазу и не смогла сдержать улыбки, глядя на красные цветки с оранжевыми сердцевинками.

— Так и надела бы их в уши вместо сережек, — пошутила она.

— Ты не нуждаешься в сережках, — ответил Макс. — Ты прекрасно выглядишь. Как огурчик.

Кэйт взяла цветы и поставила их на небольшой обеденный стол. Здесь они замечательно смотрелись, как чудное пестрое пятно.

— Спасибо, Макс, — сказала она и поцеловала его в щеку, оставив легкий отпечаток губной помады.

— Куда собралась? — спросил он.

— Да на ужин к Эллиоту.

Макс, бухгалтер и статистик страховой компании, иной раз любил поговорить с Эллиотом о высшей математике. Она еще не рассказывала ему о Майкле.

— Что ж, это платье — для него? — воскликнул Макс и, к ужасу Кэйт, сел. Она не видела причины чувствовать себя виноватой, но ей не хотелось, чтобы Майкл явился и обнаружил в ее квартире другого мужчину, равно как и не улыбалась перспектива знакомить их друг с другом. Майкл, пожалуй, не был похож на собственника. Напротив, он казался несколько неуверенным. И Кэйт хотела, чтобы он чувствовал себя спокойнее, а для этого ей было нужно, чтобы Макс встал и ушел, хотя она не считала возможным прямо просить его об этом.

Макс, ерзая на полосатом диване, достал из заднего кармана несколько конвертов и свернутых в трубку журналов.

— Вот. Я захватил твою почту.

Кэйт улыбнулась, скрывая вздох. В доме не было отдельных почтовых ящиков для каждого их четырех квартиросъемщиков, посему почту оставляли на радиаторе в вестибюле.

— Ты сегодня так мил со мной, потому что намерен попросить в долг бутылочку «Абсолюта»?

— Нет, я стараюсь не пить, пока это не становится абсолютно необходимо.

Кэйт ответила еще одной вымученной улыбкой. Он был отличным парнем, но порой немного навязчивым.

— Ладно, мне надо идти.

Макс поднялся и двинулся к двери.

— Что же...

Наконец она проводила его и прикрыла за ним дверь, затем взяла почту, которую он принес, и направилась к корзине для бумаг, стоящей возле письменного стола. Она постаралась разгладить смятую газету «Нью-Йоркер», взялась за каталог «Сакса» и, разорвав его надвое, выбросила в корзину, пока не успела чем-нибудь соблазниться; положила счет от «Кон Эд» поближе к чековой книжке. И тут, внизу под кипой, она нашла квадратный конверт со своим адресом, выписанным золотыми каллиграфическими буквами. «О, боже мой, — подумала она, — неужели Бина заранее, еще до помолвки, разослала свадебные приглашения?»

Она перевернула злосчастное письмо и увидела адрес мистера и миссис Тромболи, подписанный на обороте. Руки Кэйт задрожали. Она вскрыла конверт и нечаянно оторвала уголок вложенного в него листка картона. Перед ней лежало приглашение на свадьбу Патрисии (Банни) Мари Тромболи и Арнольда С. Бэкмена. На секунду Кэйт почувствовала головокружение. И как это могло произойти? Что там говорила Бина про бруклинского парня, который разбил Банни сердце? Теперь Кэйт ощутила, как встрепенулось ее собственное. Если Бина обручена, а Банни выходит замуж, тогда только она из всех старых подруг остается одинокой. Когда у них появятся дети, она останется совсем одна. А Бев уже была на большом сроке беременности. Молодые мамаши будут неизбежно пропадать на игровых площадках, дошкольных занятиях, детских праздниках в свободное от беременностей время. Четыре «шавки» будут озабочены выполнением репро-

дуктивных функций, и окончательно исключат
Кэйт из этого круга.

Она положила приглашение, чувствуя легкое
головокружение. Тут раздался звонок. Уже не
оставалось времени, чтобы им с Майклом успеть
что-нибудь выпить, да ей, по правде говоря, и не
хотелось. Она подбежала к домофону, все еще под
впечатлением от полученного приглашения и, по-
здоровавшись с Майклом, сообщила, что спустит-
ся через минуту, вместо того чтобы пригласить его
подняться. Засунув упругую карточку в сумочку,
она пообещала себе не думать о Банни, но пока она
спускалась по ступенькам, стараясь не споткнуть-
ся в этих босоножках, мысли о Банни кружили
у нее в голове. Кэйт с грустью размышляла о том,
как сильно любит детей в своей школе, как привя-
залась к ним. Она понимала, что так будет продолжаться до тех пор, пока у нее не появится собственный ребенок.

Майкл стоял в вестибюле. Он был в отглажен-
ных хлопчатобумажных брюках, белой оксфорд-
ской рубашке и твидовом пиджаке спортивного
покроя — несколько не по сезону и немного даже
«по-школярски», но Кэйт заметила за ним склонность к консерватизму в одежде. Он был и красив,
и обаятелен, чуть выше ростом, чем Кэйт на каблуках, и ей очень нравились его густые вьющиеся
темные волосы.

— Привет! — сказала она, стараясь не думать о спрятанном в сумочку приглашении на свадьбу Банни.

Они поцеловались, слегка соприкоснувшись губами.

— Ты постригся, — заметила она.

— Да нет, просто подровнял виски, — оправдался он.

Кэйт не хотела, чтобы он подстригал волосы, особенно накануне встречи с Эллиотом и Брайсом. Так он выглядел как-то неестественно, но она отбросила эту мысль. Майкл прекрасно смотрелся, он был славный молодой человек. Ему удалось, оставив позади студенческие годы, получить степень, живя на стипендию и работая в разных местах. Его статьи уже публиковались в крупных журналах, и он стоял на пороге блестящей академической карьеры. Он был начитан, информирован и благонамерен, насколько об этом могла судить Кэйт. Факт его первой женитьбы (брак продолжался всего год, тогда он был слишком молод и неопытен) в ее глазах являлся положительным моментом. Он уже знал, что значит принять на себя определенные обязательства, пусть даже этот опыт он приобрел не с той женщиной.

Сейчас он смотрел на Кэйт глубокими карими глазами, блестящими за стеклами очков.

— Ты обворожительна, — промолвил он, и Кэйт ответила улыбкой. Покупка дорогого платья оправдывала себя.

— Нам пора идти, — сказала она. — Брайс ненавидит опаздывающих гостей, когда он готовит.

Не обратив внимания на ее слова, Майкл нежно обнял Кэйт еще в дверях и поцеловал. Он умел целоваться, и Кэйт позволила увлечь себя. Тут появился Макс в спортивном костюме, спускавшийся по лестнице. Они отпрянули друг от друга, но когда Макс поравнялся с ними, было заметно, как его брови вскинулись от удивления. След губной помады Кэйт все еще красовался на щеке Майкла.

— Ужин у Эллиота? — спросил он, продолжая спускаться к крыльцу. Кэйт почувствовала себя виноватой. Разумеется, она шла на ужин к Эллиоту, но скрыла, что шла в сопровождении эскорта. Теперь она выглядела лгуньей. Майкл, ничего не подозревая, взял ее за руку, они вышли и спустились с крыльца.

Кэйт невольно вспомнились те два года, что она провела в католической школе. Грехи вольные и невольные: она, кажется, еще помнила, что между ними нет разницы. Она обещала себе, что позже найдет способ попросить прощения у Макса.

Она держала Майкла за руку, и они зашагали по тенистой улице. Челси — прекрасный уголок к западу от Восьмой улицы.

— Давай пойдем через сад семинарии, — предложил Майкл.

Улыбкой Кэйт выразила согласие. В эту пору парк, размером в квартал, окружавший здания церкви и семинарии, был особенно красив. Они шли, держась за руки.

— Кэйт, постой, — вдруг сказал Майкл. — У меня кое-что есть для тебя.

Он немного замешкался, воюя с застежками портфеля. Он уже как-то дарил ей подарок — редкую английскую книгу по психологии Д. У. Уинникотта, весьма глубокомысленную, и теперь Кэйт ожидала увидеть еще какую-нибудь книгу. Но вместо этого он вынул небольшую продолговатую коробочку, обернутую серебристой бумагой. Без сомнения, футляр для драгоценностей.

— Помнишь ли ты, что сегодня исполнилось три месяца, как мы встречаемся? — спросил он.

Кэйт не помнила, и она была тронута тем, что он помнил.

— Вот, увидел это — и подумал о тебе, — продолжал он. Он вручил ей сверток, и она развернула его. Когда она открыла коробочку, то увидела тонкий серебряный браслет с крошечной буквой К, прикрепленной к нему цепочкой. Она подняла взгляд к Майклу: на лице его было написано ожидание. Безусловно, она сама никогда бы не выбрала ничего подобного, но все же ей было приятно.

— О, Майкл, спасибо, — они вновь поцеловались, и на этот раз никто не пытался им помешать.

— Тебе понравилось? — спросил он.

На мгновение Кэйт опять задумалась о невольных прегрешениях, но даже сестра Винсент не осмелилась бы сейчас упрекнуть ее.

— Да. Чудесно. Ты не поможешь застегнуть?

Майкл наклонился к ней и стал возиться с застежкой. Это заняло с минуту — и наконец браслет был на запястье. Она вытянула руку.

— Смотрится очень мило, — сказала она.

— Выглядит великолепно! — продолжил Майкл, схватив ее за руку.

Для Кэйт это был самый приятный момент за весь день.

Глава VI

Брайс и Эллиот встретились три года назад, но съехались вместе только в минувшем сентябре. Мебель Брайса оранжево-зеленых тонов в стиле ретро сохранилась в ущерб коллекции, которую Эллиот приобретал в дешевых магазинах и на уличных распродажах. Их квартира с двумя спальнями в доме из коричневого песчаника в Челси, неподалеку от Кэйт, отличалась от ее квартиры широкими окнами гостиной, выходившими в небольшой внутренний дворик. Длинный стол был накрыт перед окнами, и, несмотря на возражения,

Кэйт и Майкл были посажены за стол так, чтобы могли наслаждаться видом сада.

— Тюльпаны уже отцвели, а розы еще не распустились, так что сад явно не во всей красе, — словно извиняясь, говорил Брайс, рассаживая их; затем он удалился на кухню, чтобы подать ужин.

От Кэйт не укрылось, что они выставили на стол отличное стекло и хэвиллендский фарфор Брайса, и это ей было приятно. Эллиот принес ведерко для вина и поставил его на дубовый буфет.

— Подставку! Подставку! — воскликнул Брайс, водружая хрустальное ведерко на поднос. Кэйт подавила улыбку.

Через несколько минут блюда были поданы. Эллиот, стоя, принялся разливать вино в заждавшиеся бокалы. Майкл схватил свой бокал и почти демонстративно перевернул его вверх ножкой.

— Мне не наливать, спасибо, — сказал он.

Кэйт вздрогнула. Она должна была это предвидеть. Майкл совсем не пил, объясняя это тем, что ему просто не нравится. Помня пагубную привычку отца, Кэйт это казалось похвальной чертой, но она знала, что Эллиот будет другого мнения. Он так гордился своим винным погребом, хотя на самом деле это была всего-навсего кладовка, но он наверняка приложил немало стараний, чтобы раздобыть бутылку «Пино Грижо».

— Вы не пьете? — спросил Брайс, приподнимая бровь. Кэйт уже представляла, что будет сказано после: «Он алкоголик, он состоит в обществе Анонимных алкоголиков? Нет? Тогда он просто ханжа или новообращенный христианин». И так без конца.

— Предпочитаю сохранять голову ясной, — ответил Майкл.

— Ну да. Никогда не знаешь заранее, кому и чем можно угодить, — пробормотал Эллиот на ухо Кэйт, когда очередь дошла до ее бокала.

Когда тарелки были наполнены, а алкогольный кризис остался позади, они принялись за знаменитую закуску Брайса: великолепный, живописный овощной террин. Хотя формально беседа продолжалась, напряжение витало в воздухе, особенно это касалось Майкла и Эллиота. Конечно, Эллиот всегда стоял горой за Кэйт. И он уже выказал неодобрение этому самодостаточному и внешне привлекательному бойфренду. То, что Майкл был несколько педантичен и привередлив, не могло укрыться и от Кэйт, но у него ведь были и другие черты, уравновешивающие недостатки.

— У меня появилась возможность получить грант Саджермена, — сообщил Майкл Кэйт, когда они покончили с первым блюдом. — Меня вызвал профессор Хопкинс, и он сказал мне, что высказывания членов комиссии были очень... очень обнадеживающими.

Кэйт заметила, как Брайс и Эллиот переглянулись. Со стороны Майкла было грубостью игнорировать их, пусть даже неумышленно, но он поступил как бесцеремонный и эгоистичный ученый.

Кэйт вздохнула украдкой. Когда они оставались наедине с Майклом, ей тоже иногда сложно было держать в уме карты его академической колоды. Сейчас, например, чтобы вернуть разговор в общее русло, надо было объяснить, что представляет собой Фонд Саджермена, как сильно Майкл заинтересован в аспирантуре, насколько сложны его отношения с преподавателем, Чарлзом Хопкинсом. Все это имело значение для них двоих, но не могло служить хорошим предметом для разговора за ужином.

— Прекрасно, — сказала Кэйт.

Никто больше не сказал ни слова. Эллиот вновь наполнил бокалы, а Брайс раскладывал по тарелкам следующее блюдо. Взглянув на него, Кэйт поняла, что ее друзья не поскупились, чтобы поразить Майкла. Это было ризотто с трюфелями, а ей было известно, сколько стоят трюфели. Все попробовали ароматного риса. Когда неловкое молчание снова воцарилось за столом, Кэйт, повернувшись к Брайсу в надежде поддержать беседу, воскликнула:

— Брайс, ризотто просто превосходно!

— Очень вкусно, — подтвердил Майкл.

Брайс просиял в ответ на комплимент. Он гордился умением готовить, вкусом по части дизайна и своей обширной коллекцией кукол — мальчиков в шапочках, скрупулезно расставленных рядами по полкам над буфетом. Кэйт видела, как Майкл посмотрел на них и отвернулся. Она убедилась, что он не был слишком расположен к непринужденным беседам за ужином и рассуждениям о декоре жилища.

— И как же прошло сегодняшнее посещение салона? — осведомился Эллиот.

Кэйт улыбнулась. Она хорошо знала его: он сжалился над ней, стараясь сделать этот ужин не столь мучительным. И к тому же он подумал, что она охотнее проговорится просто ради того, чтобы поддержать беседу. «Доброе намерение, — подумала она, — но бесполезно».

— О, я покрасила ногти, — был ответ. И она показала лакированные кончики пальцев, продолжая держать вилку. — Полагаешь, доктор Мак-Кей не одобрит?

В прошлом семестре директор объявил, что кольца на пальцах ног носить неприлично, и дети вынуждены были разуваться и снимать носки, чтобы сдать контрабандную бижутерию на конфискацию.

— Да, как и кольца в члене.

— Эллиот, прошу тебя! — одернул его Брайс. — Не перед хэвиллендским фарфором, — и он улыбнулся Кэйт и Майклу.

Беседа продолжалась так же напряженно, но Кэйт уже видела, что Майкл не стал хитом вечера.

Конечно, Эллиоту очень нравился Стивен, но это не помогло, так что... не исключено, что первое впечатление Эллиота не столь важно, как ей казалось.

— Салат, сыр или фрукты перед десертом? — предложил Брайс. — У меня припасены груши Боск.

— Спасибо, не нужно, — ответила Кэйт.

— Мне тоже, — отозвался Майкл. Эллиот встал из-за стола и принялся убирать тарелки. — Все было очень вкусно, — добавил Майкл.

Даже Кэйт такое «спасибо» показалось слишком скупым.

— Разве террин не был сногсшибательным? — намекнула она, поощряя Майкла, который с некоторым смущением смотрел на опустевшие тарелки.

— А что такое террин? — спросил он.

Лицо Кэйт порозовело. Она представила, сколько труда вложил Брайс в это блюдо.

— Паштет из овощей, — объяснила она Майклу.

Эллиот, все еще убирая посуду и огибая сидевшего Майкла сзади, промолвил:

— Вам, наверно, с ясной-то головой, проще назвать его «густым соусом».

Кэйт поморщилась. А за спиной Майкла Эллиот показал ей «фу», опустив большой палец вниз, едва не ткнув им в испачканную тарелку.

— Осторожнее с хэвиллендом! — снова предостерег его Брайс.

— Эллиот, не стоит! — заметила Кэйт, имея в виду и его комментарии, и его старания убрать со стола посуду.

— О нет, все в порядке! — ответил он, осклабившись.

Она посмотрела ему в лицо. Конечно, им нужно было уединиться для разговора на кухне.

— Я помогу тебе, — предложила она, видя, что Майклу это даже не пришло в голову.

Брайс начал было возражать и тоже встал, но Эллиот покачал головой и взглядом указал на Майкла. Брайс умоляюще посмотрел на него, но Эллиот, наклонившись, прошептал:

— Кто-то же должен остаться с ним.

Брайс вымученно улыбнулся.

— Итак, что нового в антропологии? — начал он громко. — Суджерманский грант — дело решенное?

— Саджерменский, — поправил Майкл. — От Фонда Саджермена за исследования культуры первобытных племен.

Кэйт, вздохнув, взяла несколько тарелок и отправилась на кухню вслед за Эллиотом. Кухня была невелика, но хорошо оборудована, с полом из черно-белой плитки, красными стенами и шкафами, с новенькими приспособлениями из нержавеющей стали. Кэйт должна была подготовиться.

Эллиот молчал, складывая тарелки в раковину. Затем, как она и предполагала, он повернулся к ней и, подбоченясь, спросил:

— Где ты его откопала? Этот парень — худшее из того, что ты могла найти.

— О, Эллиот! Нет, — запротестовала Кэйт. — И говори потише.

— Брось, Кэйт. Проснись и понюхай, чем пахнут первобытные племена. Он туп, у него нет чувства юмора, и, кроме его стрижки, я не нахожу в нем ничего привлекательного.

«Так тебе *понравилась* его стрижка», — подумала Кэйт.

— Это *ты* брось, Эллиот, — прошептала она. — Тебе никогда не нравится никто из моих приятелей.

— Так же, как и тебе. После Стивена. А этот — он не только скучный, он еще и самовлюбленный, напыщенный, да *к тому же* гомофоб.

— Да нет же! — воскликнула Кэйт. — Ты всех упрекаешь в этом.

— Кэйт, парень за весь ужин не сказал в наш адрес ни единого слова.

— Это вовсе не значит, что он гомофоб. Может, он просто застенчив. Или ты сам ему не слишком понравился, — добавила она. — Что вполне вероятно.

Она выставляла бокалы на стойку. Один из них остался чистым.

— Сомневаюсь. Да и вполне вероятно, что он — алкоголик. Вот почему он не пьет. Что ни говори, а прийти сюда на ужин — это как будто познакомиться с твоей семьей, — толковал Эллиот и мыл тарелку. — Он хотя бы сделал вид, что мы ему понравились, раз уж мы in loco parentis[1].

— Да уж, loco[2], это точно, — согласилась Кэйт.

Эллиот скорчил гримасу. Она открыла моечную машину и принялась загружать туда фарфор.

— Нет, — вздохнул Эллиот, — только не фарфор. Это ручная работа. Брайс хочет сохранить позолоту, он сам его моет, — пояснил он, споласкивая руки. — Нам лучше вернуться в комнату. Уж кофе-то должен помочь разрядить ситуацию. Ты не нальешь молока в кувшин?

Кэйт кивнула и полезла в холодильник.

— Да, Эллиот, я тебе всегда говорила, что нелегко найти доброго, интересного, образованного и надежного мужчину, который не хотел бы встречаться с супермоделью.

— Наверно, ты права, — согласился Эллиот. — Не думаю, что молоко в морозилке, зато ты можешь вынуть оттуда профитроли.

— Забавно, — Кэйт достала молоко и сливки и поставила на стойку. — Я утверждаю, что ты не смог рассмотреть его лучшие качества. Поверь мне. Майкл намного приятнее в общении один на один.

---

[1] На правах родителей (*лат.*).
[2] Loco — «безумный» (*исп.*).

— Еще бы, — ухмыльнулся Эллиот.

Кэйт не обратила внимания на его намек:

— Ну да. Конечно. Это очевидно. Он может быть забавным. И по-настоящему остроумным. Он получил доктора в двадцать один год, преподавал в Барнарде в двадцать четыре и сейчас подумывает о кафедре. Думаю, он получит должность в Колумбийском университете.

— Я не просил читать его curriculum vitae[1], — перебил ее Эллиот, ставя шоколадный соус для профитролей в микроволновую печь. — Он просто тупой. Твой отец был алкоголиком, и ты никогда не знала, чего от него ожидать, когда он приходил домой. Твоя мать умерла, когда ты была еще девочкой. Я понимаю: тебе нужен ответственный мужчина, на которого можно положиться. Но этот парень вовсе не так надежен, он какой-то инертный. И где эта искра между вами? И он недостаточно хорош для тебя. Не допускай, чтобы пристрастие к академизму ослепляло тебя.

— Не буду, — заверила она, но в подсознании бродили сомнения в этом. Несмотря на профессиональную тренировку и склонность к анализу, Кэйт должна была пройти через испытания, порой сознавая, что многие из ее поступков были следствием безрадостного детства.

---

[1] Жизнеописание (*лат.*). *Здесь*: послужной список.

Эллиот пожал плечами и, слишком быстро повернувшись, чтобы взять поднос с кофейными чашками, столкнул на пол сумочку Кэйт, до того момента мирно лежавшую на стойке.

— Там мой сотовый телефон, — сказала Кэйт.

— Это не фарфор? — крикнул Брайс из гостиной.

— Нет, это «Мелмак»[1], — ответил Эллиот. — Брайс только и думает, об этих мелочах, — пояснил он ей.

Он опустился на колени, чтобы поднять сумку Кэйт и собрать высыпавшиеся на пол предметы.

— Мне очень жаль. Похоже, я разбил зеркальце.

— Ох! Оно было волшебным. Теперь у меня впереди четырнадцать несчастливых лет или семь очень несчастливых?

— Прекрати, Кэйт. Я статистик и математик, а не суеверный чурбан.

— Ты же все время говоришь о магии...

— Но не о Гарри Поттере. Не о суеверных бессмыслицах. Я толкую о магии отношений между двумя людьми.

— Может, помочь? — кричал Брайс.

— Нет, дорогой, — отвечал Эллиот.

Он подал Кэйт сумочку. Кэйт, тоже на коленках, собрала остальные предметы и запихнула их в сумку.

— А это что? — спросил вдруг Эллиот.

---

[1] Сорт посуды.

Кэйт взглянула на него. Он размахивал конвертом.

— Это приглашение на свадьбу Банни, — вздохнула Кэйт.

— Банни из «бушвикских шавок» выходит замуж? — спросил Эллиот. — И когда же? Ты мне никогда ничего не рассказываешь.

— Но я получила это только сегодня. И тебе вполне достаточно знать только это, — Кэйт встала. — Не веришь? Ее всего месяц назад бросил какой-то парень. Не представляю, откуда взялось это приглашение.

— Из Бруклина. В отместку, — сказал Эллиот. — А я могу пойти? Пожалуйста, могу?

— Нет, — ответила Кэйт. — Вот еще одна причина, почему я сейчас не могу порвать с Майклом. Бина помолвлена да еще это — я же тоже должна быть с кем-то.

— Но Майкл такой...

Эллиот не успел закончить тираду. Внезапно за дверью послышался страшный стук.

— Да что это там творится?..

Они поспешили в гостиную, а Брайс к двери. Он обернулся на Эллиота, но тот пожал плечами. Брайс открыл дверь. Женщина с растрепанными волосами, закрыв руками лицо, бросилась в комнату, неудержимо рыдая. Все стояли в молчаливом изумлении, а Брайс даже попятился назад. Лишь несколько мгновений спустя Кэйт заметила ногти женщины и с содроганием поняла, что у нее французский маникюр.

— Бина! — выдохнула она. — Боже, Бина! Что случилось?

Глава VII

Бина дико озиралась вокруг.

— Кэти, боже мой, Кэти!

Затем она бросилась на диван и разразилась рыданиями. Подойдя ближе, Кэйт тихо положила руку ей на плечо. Ее изнасиловали? Ограбили? Одежда в беспорядке, а волосы так растрепаны, что Кэйт подумала о физическом насилии.

Эллиот стоял и смотрел на плакавшую на его диване женщину.

— Так это Бина? — прошептал он. — Та самая знаменитая Бина?

Кэйт не обращала внимания на него.

— Бина, Бина, дорогая, что с тобой?

Бина отчаянно тряхнула головой. Кэйт села и обняла рыдающую подругу.

— Ш-ш-ш, — утешала она, поглаживая волосы Бины. Припомнились все истерические приступы Бины во время ночных бдений или на вечеринках, свидетельницей которых Кэйт была все эти годы. Она по-родственному обнимала ее, стоя рядом на коленях. Вдруг она вспомнила, что они не одни в комнате и что эта драма разыгрывалась в Ман-хэттэне, на чужом диване. Была надежда, что все не так плохо, как могло показаться. Еще одна мысль пронеслась в ее голове: — Бина, как ты нашла меня?

— Макс, — начала она, стараясь подавить слезы. — Он услышал, как я кричала в холле, и сказал мне, где тебя искать, — она заплакала, задыхаясь от слез.

Эллиот с Брайсом из любопытства подобрались поближе к дивану, а Майкл словно прирос к месту позади обеденного стола. Кэйт невольно подумала, что они вели себя довольно предсказуемо: Майкл, как гетеросексуал, отступил перед эмоциональной встряской, а Эллиот и Брайс предпочли вмешаться в нее.

Она снова взглянула на подругу.

— Бина, что произошло? — повторила она.

— Я задыхаюсь, — простонала Бина, заливаясь слезами.

— Ты? — спросила Кэйт в недоумении.

— Я владею способом поддержки дыхания по Химлику. Ей нужна помощь? — предложил Брайс с нарочитой готовностью.

Бина, продолжая рыдать, резко помотала головой в знак отказа.

Кэйт, взяв ее за руки, спросила четко и спокойно:

— Кто душит? Кто задыхается? — Она повернулась к Эллиоту. — Принеси ей стакан воды, пожалуйста.

Эллиот переадресовал просьбу Брайсу:

— Брайс, принеси воды. Это похлеще, чем сериал «Жизнь во имя жизни».

Тот не двинулся с места:

— «Жизнь во имя жизни»? Это лучше, чем «Юные и неугомонные».

Он повернулся к Майклу, все еще стоявшему в углу за столом:

— Сверните скатерть, — сказал он ему. — Заодно принесите воды.

Майкл, казалось, был очень рад покинуть сцену и моментально исчез в кухне. Бина издала очередной вопль.

— Бина, ты должна успокоиться, — уговаривала Кэйт. — И рассказать нам, что случилось.

Бина, едва переведя дыхание, зарыдала неудержимо. Кэйт предположила, что она, возможно, попала в аварию; может быть, ей было больно.

— У тебя что-то болит? — спросила она.

Бина кивнула.

— Тебе нужен врач? — продолжала Кэйт.

Бина кивнула еще увереннее:

— Да. Неженатый еврей. Кому я была бы по вкусу и кто ищет серьезных отношений... — Она вновь зарыдала.

Эллиот и Брайс подошли еще ближе.

— Ох, — выдохнул Эллиот. — Кэйт, взгляни на ее руку. — Он обменялся многозначительным взглядом с Брайсом.

Кэйт, не вполне понимая, решила, что проблема с сегодняшним маникюром.

— Бина, ты повредила руку? — Она рассмотрела руки Бины, но не заметила ничего особенного — кроме французского маникюра.

— Не правую руку, Кэйт, — вмешался Брайс, — *левую*. Безымянный палец.

Наконец Кэйт поняла. Крепко обняв Бину, она сказала:

— О боже, Джек...

— Джек уничтожил меня, — произнесла Бина. — У него было кольцо в нагрудном кармане. Я заметила выпуклость от коробочки, — стала выкрикивать она. — О, Кэти! Вместо того чтобы попросить меня выйти за него, он предложил: «Что, если мы проведем какое-то время поодиночке... испытаем наши чувства?»

— Вот сукин сын! — Кэйт, полагавшая, что она достаточно хорошо разбирается в людях и в мотивах их поступков, была в шоке.

Пока Джек заканчивал учебу, осваивался в компании, Бина ждала, работала и собирала все номера журнала «Невеста». Она наблюдала, как ее подруги выходят замуж, неустанно рассыпая вокруг свадебную мишуру. И вот теперь, когда подошла ее очередь, Джек отмахнулся от нее?

— Проклятый сукин сын! — плевалась Кэйт.

Она подняла глаза и увидела Майкла, вернувшегося с кухни, чтобы послушать ее брань и понаблюдать за вспышкой негодования. «Слава богу, что я не обозвала Джека как-нибудь хуже», — подумала она, увидев приблизившегося Майкла, который осторожно протянул Бине стакан воды. Та не обратила на это внимания.

— Я не могу поверить! — продолжала Бина, безуспешно вытирая лицо и размазывая слезы. — Он взял кольцо у отца Барби. Мистер Левенталь сделал ему скидку. Это было кольцо, достойное принцессы. Барби говорила, чуть меньше полутора каратов. — Она остановилась ненадолго, пока Майкл в изумлении смотрел на нее, а Эллиот с Брайсом почти в унисон качали головами.

— Теперь все узнают, — добавила Бина, снова начиная рыдать. — Я не могу поверить, что он так поступил со мной. Просто бросить меня. Так опозорить перед всеми.

Кэйт схватила со стола салфетку, смочила ее водой и принялась вытирать подруге лицо.

— Бина, золотая моя, — она попыталась, чтобы ее слова звучали убедительно, — ты же гуляла с Джеком шесть лет. Вы выросли вместе! Он любит тебя, — она продолжала стирать тушь с заплаканных глаз Бины. — Высморкайся, — посоветовала она, и Бина послушалась. — Поверь, это временно. Такое случается. Выбрать супруга — это серьезное решение. Это вовсе не значит, что Джек не хочет на тебе жениться. Скорее всего, он просто испугался. Я уверена, завтра он позвонит тебе.

— Завтра он будет в Гонконге. С моим кольцом! Я останусь в Бенсонхерсте, а он будет один, как Христофор Колумб, — кричала Бина, имевшая склонность делать нелепые сравнения в затруднительных ситуациях.

— Может, все же выпьете воды, — неловко предложил Майкл, втискивая стакан ей в руку.

Бина уставилась на стакан.

— В нем что, стрихнин? — спросила она.

— Да нет... — ответил Майкл.

Ловким движением Бина через плечо вылила воду прямо на диван.

— Тогда что в нем проку! — сказала она в пустоту, после чего повалилась спиной на диван и вновь разразилась слезами.

— Это был поступок, — заметил Эллиот, поднимая салфетку.

— На мебель от «Форчун» — добавил Брайс. — Это так по-бруклински.

— Я знал, что мне понравится Бруклин, — сказал Эллиот.

Кэйт взглянула на них через голову Бины и сделала им предупредительный знак. Она подумала о том, как ей забрать подругу в свою квартиру. Взять такси или идти вместе с Майклом показалось ей неприемлемым. Лучше пока оставаться здесь, а потом, попозже, уже идти домой. И первое, что было нужно сделать, это избавиться от испуганного Майкла и от глазеющей парочки. Впрочем, это был их собственный дом.

— Извините, ребята, — заявила Кэйт, глядя на всех троих. — Похоже, нам придется отменить десерт.

— Не говори глупостей, — отвечал Брайс. — В тяжелые минуты утопить свои проблемы в профитролях — лучшее средство.

Эллиот кивнул, но Майкл попятился к двери.

— Думаю, ты права, Кэйт, — согласился он, облегчение явно читалось на его лице. — Я сейчас же ухожу. — Он схватил портфель и закрыл за собой дверь со словами: — Приятного вечера.

Кэйт вскочила.

— Минуту, Бина, — сказала она и, бросив быстрый предостерегающий взгляд на парней, побежала в холл. Она успела выскочить как раз в тот момент, когда Майкл уже шагнул в лифт. — Задержи лифт! — крикнула она, дотянулась до кнопки и нажала ее. Майкл стоял в отделанной под красное дерево кабине. Он был похож на насекомое, застывшее в кусочке янтаря. — И ты уходишь так?

— Как? — спросил он, глядя вниз с таким видом, словно ему напомнили о расстегнутой ширинке.

— Моя подруга переживает сложный момент, а ты исчезаешь за дверью со словами «Приятного вечера»?

Кэйт, казалось, уже научилась не ожидать слишком многого от своих партнеров, но Майкл оказался действительно из ряда вон.

— Приятного вечера? — повторила она, передразнивая его.

— Кэйт, — начал Майкл, — Бина — твоя подруга, не моя. Я, действительно, не думаю, что мое дело...

— Быть милым, добрым, заботливым? Ты не мог хотя бы притвориться участливым?

Кэйт осознала, что задерживает его против воли, и отпустила кнопку. Дверь медленно закрылась, скрыв его жалкое лицо. Она отвернулась в надежде, что он откроет дверь и вернется, чтобы хотя бы поцеловать ее и помириться, но дверь лифта была такой же ровной и непроницаемой, как и чувства Майкла. Она покачала головой, словно подтверждая это. Ей нужно было возвращаться к Бине.

Войдя в квартиру, она с удивлением обнаружила, что Бина больше не ревет. Она сидела на диване рядом с Эллиотом, державшим ее за руку и делившимся с ней собственными сердечными неудачами.

— ...и он сказал: «Я пойду за вещами и вернусь». Я был взволнован, так взволнован, и я спросил: «Могу я тебе помочь?» Тогда он поцеловал меня и ответил: «Нет, милый. Это займет всего несколько часов». И с тех пор о нем ни слуху ни духу.

Бина покачала головой в знак безмолвного сочувствия.

— Так-то вот, — сказал Брайс. — Уличная дрянь. И это было к лучшему, — он поцеловал Эллиота в макушку. Кэйт заметила, как Бина моргнула. — Что ж, пожалуй, я принесу профитроли, — предложил Брайс и отправился на кухню.

— А я пока возьму одеяло, — вторил Эллиот и исчез в спальне. Бина благодарно кивнула Кэйт.

Кэйт в нерешительности присела рядом.

— Мне жаль, — сказала она, утешая подругу, пока они оставались наедине. — Должно быть, ты просто опустошена.

— О, Кэти, как он мог так поступить? Кем он себя считает? Магелланом с сертификатом бухгалтера? Как он мог?

Кэйт посмотрела в ее заплаканные глаза. У нее не было простого ответа.

— Даже если он едет в Гонконг, ему придется долго лететь в одиночестве, он будет скучать по тебе, он будет вспоминать приятные минуты и то, как он любит тебя...

Она остановилась, надеясь, что сказанное похоже на правду. Ей хотелось утешить Бину, но не лгать ей. Уж если восьмилетний Брайан вынужден был осознать смерть своей мамы, то и для Бины было бы лучше осознать разрыв отношений с Джеком, если действительно так и было. Но это не должно нанести смертельных ран. Бина привлекательна, и Джек, каким бы тугодумом он ни был, казалось, всегда обожал ее.

— Я уверена, что он позвонит. Если он едет в Гонконг, держу пари, он пришлет тебе билет, чтобы ты приехала к нему, и сделает тебе предложение на месте, — фантазировала Кэйт. — Мужчины такие чудаки...

— Да, но не гомосексуалисты, — подхватил Эллиот, внося в комнату афганскую вязаную накидку. — Мы чертовски истеричные.

Он опустился на колени возле Бины и закутал ее в накидку. Брайс вернулся с кухни с полным подносом, который грациозно поставил на кофейный столик. Перед ними были выставлены четыре десертные тарелки, блюдо с профитролями, серебряная соусница с дымящимся шоколадным соусом, кружевные салфетки, хрустальные рюмки и матовая бутылка «Финляндии».

— Все для вас, — сказал Брайс.

Бина смотрела на поднос.

— Я бы съела немного десерта, но я не пью, — сообщила она ему.

— Сегодня ты выпьешь, — возразил Брайс, наливая ей рюмку. — Шоколад в сочетании с алкоголем пробирают лучше пилюль «прозак».

Бина посмотрела на него, на налитую до краев рюмку и, к крайнему удивлению Кэйт, взяла ее и выпила залпом.

— Хорошая девочка, — похвалил ее Эллиот.

— Вот твоя закуска, — добавил Брайс, протягивая Бине пирожные. — Знаешь, как говорят: всего ложка сахару...

Бина протянула руку к тарелке, чтобы выбрать пирожное.

— Подожди минуту, — сказал Брайс. — Доктор тут как тут, — он взялся за серебряный соусник, театрально поднял его и полил пирожное горьким шоколадом.

Кэйт с восторгом смотрела на троицу, не понимая, радоваться или печалиться. Оба ее мира соединились здесь, на диване «Форчун», и она поняла — теперь это один мир. Брайс снова наполнил рюмку и потянул ее Бине, которая послушно, как кошерный ягненок, опрокинула ее. Это вывело Кэйт из транса.

— Ребята, все серьезнее, чем вы думаете — водкой с излишком углеводов это не лечится.

— Дорогая, это ничем не лечится. Но алкоголь и сахар временно снимут боль, — отвечал Брайс. — Поверь мне. Я знаю.

Бина, одурманенная десертом, вскинула кверху шальной взгляд. Эллиот вытер шоколад с ее губ кружевной салфеткой.

— А кто эти парни, Кэти? — спросила Бина, глядя на Эллиота и Брайса в некотором смущении. — Они тоже психотерапевты? Они очень добрые.

— Нет, дорогая. Это мой друг Эллиот, он работает со мной в школе, и его партнер Брайс, — ответила ей Кэйт.

Бина улыбнулась, но было очевидно, что слова Кэйт едва ли дошли до нее. Кэйт поняла теперь, насколько Бина пьяна.

— Почему я здесь? — спросила Бина. — И почему они живут вместе? — она проглатывала звуки, и только Богу было известно, что творилось у нее в голове. Кэйт снова захотелось не смешивать Бруклин с Манхэттэном. Это параллельные вселенные, и, раз уж они параллельные, они не должны пересекаться.

Несмотря на сделанные выводы, Кэйт все же было забавно наблюдать за выражением лица Бины: удивление, смешанное с любопытством и легким ужасом, когда та смотрела на Эллиота, потом на Брайса и наоборот. Но при следующих словах Бины она насторожилась в ожидании дальнейшего.

— А! Так вы...

— Математик, — закончил за нее Эллиот.

— А я очень эмоциональный, — добавил Брайс с преувеличенно глубоким вздохом. — Кто-то же должен быть...

Пора было забирать Бину домой, пока еще та держалась на ногах. Кэйт знала, что, если Бина

останется здесь, Брайс и Эллиот будут и дальше
утешать ее. Они были добры, но ничем не могли
помочь ей, а Кэйт предстояла огромная работа.

— Ты пойдешь сейчас ко мне, — заявила она. —
Это недалеко, и тебе полезен свежий воздух.

— Она может оставаться здесь, — предложил
Эллиот, но Кэйт понимала, что его доброта смеша-
на с изрядной долей любопытства.

— Спектакль окончен, — сказала она. — Скажи
«Доброй ночи, грацие». — Она стащила шатаю-
щуюся Бину с дивана и повела ее к двери.

— Спокойной ночи, грацие, — хором пропели
Эллиот с Брайсом.

Глава VIII

Позже Кэйт не могла вспомнить, с какими пе-
рипетиями она доставила Бину к себе в квартиру
той ночью. В ее учебниках это называют «избира-
тельной памятью» — некоторые события слишком
неприятны, чтобы хранить их в сознании. По пути
от квартиры Эллиота до дома Кэйт, пролегающе-
му через четыре квартала, Бина то плакала, то пе-
ла, то спотыкалась, то выла и раз даже присела на
поребрик тротуара, отказываясь идти дальше.
Кэйт полагала, что Бина все же не способна броситься под проходящий автобус или обмочиться, но
не была уверена ни в том, ни в другом. К счастью,

Макс был дома и услышал, как она пытается тащить Бину вверх по лестнице. Ни о чем не спросив, он помог ей. Кэйт не помнила, нес он Бину на руках или на плече. Она припоминала, что держала голову Бины, когда ту ужасно рвало, и как потом мыла ее. Макс оставил ей эту неблагодарную работу. Кэйт решительно отказалась от мысли положить Бину в спальне и предоставила ей диван. И об этом Кэйт впоследствии не пожалела.

На следующее утро Кэйт встала рано, сварила кофе, выпила тайленола и ждала, когда сможет позвонить на работу и сообщить, что заболела. Одного взгляда на перепачканную Бину, лежавшую на диване в бессознательном состоянии, было достаточно, чтобы представить, как она проведет ближайшие сутки. Кэйт достала свою любимую кофейную кружку. Это был, насколько она помнила, единственный подарок, который ей сделал отец. Керамическая кружка с ручкой в виде Золушки. Когда Кэйт была маленькой, она представляла себе, как Золушка склоняется над краем кружки, чтобы посмотреть, что туда наливают, и пожелать всем добра. Она размышляла, не позвонить ли мистеру Горовицу или даже Джеку, пока он не улетел, но потом передумала. Она не боялась вмешиваться, но не хотела брать инициативу на себя. Бина, хотя в чем-то она еще ребенок, сама должна решать, что делать, а Кэйт поддержит ее во всем, насколько сможет.

Когда зазвонил телефон, Кэйт глянула на определитель номера, подняла трубку и без всяких предисловий сказала:

— Да, она еще спит. Нет, я не собираюсь сегодня в школу, нет, ты не должен заходить.

— И тебе доброго утра, — живо прозвучал голос Эллиота. — Могу я хотя бы занести кое-что по пути в школу?

— Забудь. Я не думаю, что Бина захочет есть, а если и захочет, то у меня полно соленых крекеров. — Кэйт налила горячий кофе в кружку с Золушкой, как всегда стараясь не допустить, чтобы белокурая головка заглядывала через ободок.

— Бог мой, Брайс и я, мы так беспокоимся за нее.

— По крайней мере, вам не так плохо, как ей... я полагаю. Похмелье для Бины генетически неприемлемо, — ответила она. — Ты не должен был позволять Брайсу заливать в нее это пойло.

— Что ж, он не станет извиняться за то, что дал ей выпить, и я тоже думаю, что это было ей во благо, — начал Эллиот.

— Возможно, но это явно не во благо мне, — парировала Кэйт, бросив взгляд на Бину. Зрелище было не самое захватывающее. — Мне пришлось выгребать кучу грязи — в прямом и переносном смысле.

— Бедная девочка! — сказал Эллиот с неподдельным сочувствием. — И чем я могу помочь?

— Не мешало бы познакомить Майкла с человеческими чувствами и найти Джека, чтобы внушить ему немного здравого смысла, но я не думаю, что тебе удастся это осуществить, — ответила Кэйт.

— Да, я же говорил тебе, что Майкл мерзавец. Что между вами произошло в холле? Держу пари, что он получил взбучку.

Кэйт вспомнилось лицо Майкла за закрывающимися дверями лифта, и она решила сменить тему. Она расплескала немного кофе, помешивая его в кружке на стойке возле холодильника.

— Ничего не поделаешь, но мне предстоит сумасшедший день.

— Возможно, тебе стоит назвать его днем душевного здоровья, — поправил Эллиот. — За исключением одного, — это не относится к тебе. Ты не против, если я тоже возьму отгул? Дети сегодня пишут тесты почти целый день. Я могу составить тебе компанию и помочь с Биной.

— Не вздумай. Знаю, ты просто боишься, что придется дежурить в столовой вместо меня, — пошутила она. — И вообще, это была твоя первая и последняя встреча с «бушвикскими шавками». С тебя хватит Бруклина на всю оставшуюся жизнь.

Чтобы предупредить возражения, она добавила:

— Мне нужно идти. Она просыпается.

— Я перезвоню позже, — услышала она, вешая трубку.

Кэйт налила стакан газированной воды — ее излюбленного лекарства от обезвоживания с похмелья — и отправилась из кухни в гостиную с кружкой в одной руке и стаканом в другой. Бина издала стон, держась рукой за лоб, открыла глаза и снова быстро закрыла их.

— Ой, боже мой, — произнесла она, и Кэйт не поняла, было это реакцией на свет или на воспоминания пережитого. Бина охнула снова.

— Все хорошо, Бина, выпей это, — Кэйт держала перед подругой стакан, и Бина покосилась на него.

— Что это? — проскрипела она.

— Ну, это не водка, — уверила Кэйт. — Давай садись и прими лекарство.

Бина подчинилась. Взяв стакан и выпив три-четыре глотка, она поперхнулась. Бина поставила стакан на кофейный столик, и Кэйт убрала его, после чего вернулась к Бине.

— Боже мой! — повторяла Бина.

И Кэйт поняла, что теперь она вспомнила Джека и вчерашний вечер. Бина взглянула на нее:

— Кэйт, что мне теперь делать?

Кэйт села в плетеное кресло и взяла подругу за руку.

— Бина, — сказала она, — что вчера произошло?

— Ты верно говорила про французский маникюр, — отвечала Бина. Она покачала головой, и Кэйт отметила, что ей плохо. Она сходила на кухню и принесла три таблетки тайленола и пару таблеток витамина С.

— Вот, прими, — сказала она, высыпая пилюли на ладонь Бины. — Тебе станет лучше.

Она еще раз оставила Бину, чтобы взять на кухне экстренный запас крекеров. Когда она возвратилась, Бина только-только проглотила последнюю пилюлю. Она не хотела, чтобы таблетки попали в пустой желудок, и потому протянула Бине крекеры.

— Съешь это, — предложила она.

— Пожалуйста, не надо, — взмолилась Бина.

— Ешь, — скомандовала Кэйт, — и теперь расскажи мне, что произошло вчера вечером.

Она смотрела, как Бина ест соленое печенье маленькими кусочками, запивая газированной водой. Когда подруга покончила с порцией, Кэйт протянула ей еще и налила очередной стакан газировки.

— Хорошая девочка, — приговаривала она. — Так что же произошло?

Бина откинулась на подушки и закрыла лоб рукой. Ее слезы теперь были тихими. Кэйт встала, зашла в спальню и вернулась с коробкой носовых платков. Она молча протянула один Бине, и та, промокнув им глаза, срывающимся голосом начала рассказ:

— Мы с ним встретились в «Нобу», я была взволнована, потому что знаю, ты тоже бываешь в таких местах.

Кэйт сдержала улыбку. «Нобу» был одним из самых дорогих ресторанов в азиатском стиле, и она не могла себе позволить бывать там даже на день рождения.

— Словом, место великолепное, и, когда я проходила мимо стойки, я заметила, что все женщины там выглядели лучше меня. Не знаю почему, поскольку их платья были хуже моего, по крайней мере, не выглядели так хорошо, но в каком-то смысле они смотрелись лучше, если ты меня понимаешь.

Кэйт кивнула.

— Так вот, когда я вошла в кабинет, официантки там не было. Я осмотрелась, мне стало неловко, потом мне показалось, что я ее увидела. Она стояла спиной ко мне и разговаривала с каким-то парнем у стола, она держала его за руку и смеялась. Когда он тоже засмеялся, я поняла, что это был Джек. Я чуть не умерла.

Кэйт представила себе, как Бина закатывает истерику и устраивает сцену в «Нобу». «Боже мой, — подумала она, — это быстро положило бы конец романтическому вечеру». У Бины была склонность на все бурно реагировать.

— И ты...

— С минуту я ничего не делала. Я не могла в это поверить, — продолжала Бина. — Потом я подошла к столу и...

Зазвонил телефон, и Кэйт проверила определитель номера.

— Это твоя мама, — сказала она.

— Не отвечай! — почти завизжала Бина.

Телефон звонил, пока не включился автоответчик. Послышался озабоченный голос миссис Горовиц, и Кэйт убавила громкость.

— Ты должна рассказать ей, что случилось. Потом расскажешь мне, разумеется, — сказала Кэйт. — Она, должно быть, очень беспокоится. Откуда она знает, где ты? Она была в курсе твоих планов на вчерашний вечер?

Бина снова прикрыла глаза.

— Я сейчас не могу говорить с ней, — ответила она. — И я ей ничего не говорила, потому что мама довела бы меня до ручки. Но я уверена, что мама знала про кольцо и про то, что Джек уезжает. — Бина остановилась на мгновение и принялась причитать — это выглядело жалко. — Он уезжает сегодня вечером, боже мой, он уезжает сегодня вечером.

Кэйт придвинулась к краю дивана и обняла Бину. Она почувствовала, что подруга содрогается в рыданиях.

— Бина, тебе нужно успокоиться и рассказать мне, что же случилось. Возможно, мы сможем все уладить.

Бина молча покачала головой, все же умерив стенания. Вдруг опять зазвонил телефон. Кэйт неохотно оставила Бину и подошла к аппарату.

Это был Майкл. Она посмотрела на Бину, которая отвернулась и тихо рыдала в подушку. Кэйт подняла трубку.

— Кэйт, ты дома? — спросил Майкл.

— Да, — ей ни к чему было говорить что-то еще. Он знал, что обычно в это время она в своем школьном кабинете, и, будучи доктором наук, он вполне мог сообразить, что после всего того, чему он сам вчера вечером был свидетелем, Кэйт могла не выйти на работу.

— Ах, Кэйт, я... я только хотел попросить прощения.

Кэйт смягчилась. Она вздохнула, но прикрыла ладонью трубку, чтобы Майкл этого не услышал. Она убедилась, что есть два типа мужчин: те, которые извиняются и ничего не меняют в своем поведении, и те, которые извиняются и изменяют его. Она недостаточно долго была знакома с Майклом, чтобы определить, к какому типу он относится. На этом этапе своей жизни она смотрела на вещи так: любые отношения строятся на компромиссах, и потому мужчин нужно считать способными к совершенствованию.

— О'кей, — ответила она, стараясь сохранить как можно более безразличный тон.

— Вчера я поступил как бесчувственный чурбан. Знаешь, так уж вышло... твоя подруга, все *так* драматично.

Это замечание вывело Кэйт из себя.

— Полагаю, некоторая драматичность вполне оправданна, если твоя жизнь рушится на глазах, — она старалась говорить тише и поглядывала в сторону Бины, чтобы убедиться, что та не слышит. «И что толку в извинениях, если за ними следуют новые оскорбления», — подумала она.

— Кажется, я снова делаю то же самое? — спросил Майкл. Он мог быть бесчувственным, но не был глуп, что не ускользнуло от Кэйт. — Послушай, позволь мне пригласить тебя поужинать на этой неделе. Давай все обсудим. Я могу еще все исправить, — продолжал он.

«Не так уж плохо, — подумала Кэйт. — Но не в ресторане. Здесь нужна серьезная беседа, долгие препирательства и, возможно, примиряющий секс».

— Почему бы тебе не прийти ко мне на ужин? — предложила она. — Но только не сегодня. — Она снова взглянула на диван: Бина только что подняла голову. — Мне надо идти, — сказала Кэйт. — Поговорим позже.

— Я перезвоню тебе вечером, — пообещал Майкл перед тем, как повесить трубку. Она вернулась к Бине. Бина, с красными глазами и еще более красным носом, смотрела на нее.

— Как нам все уладить? — спросила она.

Кэйт села, и кресло скрипнуло.

— Для начала я должна до конца знать, что же произошло.

— Ну, я подошла к столу, Джек смеялся, и китаянка, та женщина, которая носит размер меньше второго и при этом выше меня ростом, смотрела на меня так, словно я посудомойка. Джек вскочил и протянул руку: «Эй, Си Лин учит меня здороваться на мандаринском диалекте. Ни-хау-ма!» Я смотрю на него и говорю: «И тебе ни-хау-ма». Потом поворачиваюсь к Си Лин и спрашиваю: «А как вы говорите „до свидания"?» Тут она посмотрела на меня свысока — знаешь, как Барби смотрит, если кто-то слишком плохо одет, — потом взглянула на Джека и сказала ему: «Приятного ужина». Ах, и это прозвучало тем обиднее, что у нее был маникюр того самого цвета, который выбрала ты. Мне бы всегда слушаться твоего совета.

— Бина, не глупи. Дело тут не в маникюре. Что же было дальше? Ты закатила сцену?

Бина снова заплакала.

— Нет, и это самое худшее, — продолжала она, глотая слезы. — Я ничего не делала. Это Джек, он...

Опять зазвонил телефон, Кэйт подошла и по определителю поняла, что это был номер сотового Эллиота.

— Подожди немного, — сказала она Бине, которая не обратила на ее слова внимания. Кэйт сняла трубку.

— Все отлично. Ни о чем не беспокойся, — послышался голос Эллиота. — Все под контролем.

Мы с Брайсом идем к вам с припасами, сливочным сыром и жидким кислородом. У нас также имеются две пинты «Хааген-Даза», пудинг «Роки род» и мороженое «Консешн обсешн». И это еще не все. Есть парочка десятимиллиграммовых пилюль валиума, которые Брайс одолжил в маминой аптечке. Мы — скорая помощь. И не пытайся чинить нам препоны. К тому же мы уже почти у двери.

— Эллиот, это серьезно, — напомнила Кэйт.

— Потому мы с Брайсом и взяли полдня отгула на работе. Ну хорошо, еще и из-за бешеного любопытства — тоже.

— Вы оба просто сплетники, — ответила Кэйт.

— Ты же знаешь. Не давай Бине говорить ни слова, пока мы не придем, хотя я и идиот в таких делах, зато Брайс знает, как уладить все, что касается личных отношений. В этом я профан.

Кэйт держала трубку и смотрела на чуть живую подругу. Может быть, еда, мороженое, расслабляющий препарат или развлечение и пошли бы ей на пользу. Но прежде всего она должна услышать завершение истории.

— Это был Джек? — спросила Бина.

— Нет, — ответила Кэйт. Она села рядом. — Скажи, что было дальше.

И тут раздался звонок в дверь.

Глава IX

— Это Джек! — закричала Бина, подскочив на диване. — О, боже мой! Это Джек, и посмотри, как же я выгляжу!

— Это не Джек, — заверила ее Кэйт, наблюдая, как у нее в душе боролись надежда и отчаяние. — Это Эллиот. Он единственный, кто может войти в дом без моей помощи. У него есть ключ.

Кэйт вышла в маленькую прихожую и посмотрела в глазок. Это был Эллиот, улыбавшийся и делавший знаки Брайсу, который стоял позади с обещанным пакетом съестного. Кэйт неохотно повернула защелку и открыла дверь. Если бы она этого не сделала, парни все равно вошли бы: у Эллиота была связка запасных ключей на экстренный случай (например, если Кэйт забывала свою сумочку в кабинете и вспоминала об этом на полпути домой). И Эллиот не раздумывал бы ею воспользоваться.

Эллиот и Брайс ввалились внутрь.

— Она поправилась? — прошептал Эллиот.

— Нет, — ответила Кэйт.

— Ей лучше?

— Нет, — повторила она.

— Тогда хорошо, что мы пришли, — заметил Эллиот.

— Я же говорил, — отозвался Брайс, и все трое вошли в гостиную, будто клоуны из балагана. По крайней мере, Кэйт это напомнило именно цирк.

— О, Бина! Бедняжка, — начал Эллиот, подлетая к ней и усаживаясь рядом в единственное кресло Кэйт.

— Ни о чем не беспокойся, — сказал Брайс, выгружая содержимое пакета на кофейный столик. — Что ты ела в последний раз? И когда это было?

Бина в некотором смятении попыталась ответить:

— Ну, думаю, я собиралась вчера вечером поужинать с Джеком, но ужин так и не был закончен. Я была ужасно расстроена. Потом я не могла найти Кэйт. Помню, я выпила немного водки...

— Что же, тогда тебе нужно что-нибудь из этого, — он протянул ей сверток в вощеной бумаге.

Она развернула его. Кэйт поморщилась, видя как маковые зерна сыпятся из свертка на диван, на пол, ковер, откуда их можно будет полностью извлечь не раньше чем через несколько месяцев.

— Ой, я не могу есть, — взмолилась Бина.

— Ты должна собраться с силами, — убеждал Эллиот.

Кэйт поддержала его:

— Тебе было бы полезно немного позавтракать. Съешь хоть кусочек.

Брайс, кивнув, сел на диван в ногах у Бины и, укутав их одеялом, положил себе на колени.

— А теперь расскажи дяде Брайсу все как есть, — сказал он шутливо, но искренне.

— Я никак не могу поверить, что вчера, когда планировался такой важный для тебя вечер, ничего не произошло, — начал Эллиот. — Должно быть, ты расстроилась.

Тут Кэйт поняла, что и сама окончательно расстроена. Она схватила подушку с дивана, бросила ее на пол и села возле кофейного столика.

— Еще бы! Наверное, Джек был взвинчен. Видимо, он сознавал, что кольцо еще в безопасности. Джек Вайнтрауб наконец-то решился сделать мне предложение, и он нервничал. Знаете, он такой перфекционист, любит все лучшее. Барби говорила, что он требовал безупречный камень класса «D».

— Безупречный класса «D»! — одобрительно воскликнул Брайс.

— Вот именно. Видите? Я не зря люблю его. Он разбирается в таких делах. Он хочет, чтобы все было как надо. И я думала, что он хочет, чтобы я была счастлива. И я была счастлива и готова забыть о «Розе Пекина».

— Да забудь про официантку, — перебила Кэйт. — Если, конечно, он не просил *ее* выйти за него. Ты же не подралась с ней, верно?

— И вовсе мы не дрались, — возразила Бина. — Я была немножко расстроена из-за леди-дракона, но не оттого, что он флиртовал с этой незнакомкой, — тогда я не могла бы дальше любить его. В общем, он поднял свой бокал шампанского, и я подумала, что сейчас прозвучит тост, и тут Джек заметил, что у меня нет бокала. Он попробовал позвать официанта или официантку, но их не было. И Джек сказал, что ему нужно выйти в туалет, а по пути он закажет мне выпить. Но я подумала, что он пошел искать ту официантку...

— Ее или таких, как она, развратник, — сказал возмущенно Брайс. — Ненавижу, когда мужчина...

— Эй, не переноси это на себя, — перебил его Эллиот с многозначительным видом.

— Не отвлекайся, дорогая, — добавила Кэйт, коснувшись лица Бины. Кэйт все больше убеждалась в том, что простой телефонный звонок до того, как Джек сядет в самолет, вряд ли сможет решить проблему.

— Ладно. Он извинился и направился в туалет. Я смотрела, как он шел от стола. Я все думала, какой же он красивый.

— Да уж. Мужчины здорово выглядят сзади, — заметил Брайс.

Бина мрачно кивнула.

— Я знаю, люди думают, что Джек обыкновенный, но это мне в нем больше всего и нравится, — продолжала она, не замечая или не обращая внимания на сексуальный оттенок замечания Брайса. Кэйт показалось, что Бина относится к Брайсу как к одной из своих подруг. — Джек не слишком высокий, но и не низкий, не тощий и не толстый, не слишком красивый, но и не уродливый. Он просто подходящий, — продолжала Бина. — По крайней мере, для меня.

Потом, словно вспомнив, где она и что произошло, она поправилась:

— Он *был* подходящим, но я не совсем подходила ему. Может быть, это я посредственная.

— Бина, — вмешалась Кэйт, сжимая в объятиях подругу. — Ты вовсе не посредственность.

И хотя утверждение это не бесспорно, она не сомневалась, что Бина уж точно не одного с Джеком уровня. Кэйт никогда не встречала никого более заурядного, чем Джек.

— Что же было дальше?

— Джек на некоторое время ушел. Наконец пришла та глупая официантка и спросила, не желаю ли я чего-нибудь выпить. Я ответила, что мой бойфренд пошел за выпивкой, и она сказала мне: «Ваш бойфренд? Но он говорил, что у вас деловая встреча. Иначе бы я предоставила ему более уединенный столик».

— Вот сволочь! — одновременно воскликнули Брайс и Эллиот.

— Да. Прекрасная, стройная экзотическая сучка, — горько согласилась Бина.

— А вот ругаться непродуктивно, — заметила Кэйт. Независимо от того, в чем было дело, она приходила к выводу, что не следовало слишком упрекать Джека, поскольку, если Бина помирится с Джеком (а они помирятся), она потом припомнит им сегодняшнюю критику. Кэйт усвоила этот суровый урок от Бев, когда та еще не вышла замуж за Джонни. — Бина, ты такая красавица. Любой парень в мире рад был бы дышать с тобой одним воздухом, — сказала она подруге, сама веря своим словам. Душа Бины была щедрой и преданной. Сердце ее было полно любви и прощения. И у нее были прелестное круглое личико и гибкая фигурка. Кэйт ласкала ее темные блестящие волосы. И что, черт возьми, нужно было Джеку? Это могло быть приступом страха. Обязательства — это довольно пугающая перспектива. — Разве ты не говорила мне на прошлой неделе, что Джек считает тебя прекрасной во многих отношениях?

— Детка, — заметил Брайс, — поздравительные открытки утверждают то же самое.

— Нет, он говорил, что я слишком красива и слишком хороша для него, — поправила Бина.

— У! О! — произнесли, опять в унисон, Брайс и Эллиот, переглянувшись.

Кэйт сделала им знак за спиной у Бины:

— Да, что бы там ни было, *ты* красавица, и я уверена, что Джек и сейчас так думает.

— Да? Вы еще не слышали конца моего рассказа, — возразила Бина.

— Мы слушаем, — заверила Кэйт, стараясь не обидеть ее.

— Продолжай. Выкладывай все, — поощрял Эллиот.

— Ну, разумеется, я возненавидела эту... женщину. — Бина остановилась, и Кэйт была рада, что она не отпустила никакого ругательства. — И я сказала ей, чтобы она ушла. Наконец Джек вернулся с моим шампанским и сказал, что... — вы в это не поверите. — Бина подражала глубокому бруклинскому баритону Джека: — «Я смотрел на тебя через зал. Ты хорошо смотрелась оттуда». Это комплимент или оскорбление?

Кэйт поджала губы и воздержалась от замечаний. Казалось, ее теория была верна: Джек способен разглядывать Бину только на расстоянии, в прямом и переносном смысле. А вблизи и в интимной обстановке страх парализовал его. «Если бы только он оставался у стойки и сделал свое предложение по сотовому телефону», — мысленно сожалела она.

— Я только взглянула на него, — продолжала Бина.

— И что же он?

— Я думаю, он ждал моей реакции. Он спросил, все ли в порядке. Казалось, он говорил искренне, заинтересованно, и мне стало не по себе, я подумала, что мне следовало бы пожалеть его. Похоже, у него был нервный срыв из-за этого предложения. К тому же Джек никогда не был... ну, короче, он очень осторожен, когда речь заходит о деньгах.

— Вот черт! — вырвалось у Брайса. — Скажи лучше, он просто подлец.

Бина широко распахнула глаза, и в этот момент Кэйт подумала, что ее подруга собирается рассмеяться.

— Продолжай, — сказала она.

— Ну, я покачала головой и предложила тост. И он сказал только: «За нас». Я ожидала большего, знаете ли, вроде: «И за будущих мистера и миссис Вайнтрауб, за супругов», но ничего этого не прозвучало. — Слеза потекла по щеке Бины, и Брайс взял ее за руку.

— И? — поторопила Кэйт. Она гадала, когда же улетает самолет Джека, собирается ли он на самолет, звонил ли в дом Горовицей, звонил ли своему кузену Максу.

— Потом он сказал, что, по правде, не хотел уезжать, объяснял про какую-то затруднительную ситуацию на рынке. И я сказала, что когда-нибудь, может быть, мы поедем вместе.

— И что он на это ответил? — спросила Кэйт.

— Ну вот, конечно же, официантка появилась раньше, чем он смог ответить. Мне так не везло. Ты же знаешь, сколько времени у Джека уходит, чтобы сделать заказ. И он настаивал на том, чтобы одни продукты на тарелке не смешивались с другими.

Кэйт забыла про эту его фобию. Она кивнула Бине.

— Мы выпили, и было похоже, что наш ужин пройдет отлично, пока я не стала говорить ему, как сильно мне будет не хватать его. Я полагаю, в этом нет ничего плохого, верно? Мужчина отправляется на месяцы на другой конец света. Мы с Джеком никогда еще не уезжали друг от друга дальше чем на десять миль с тех пор, как стали встречаться.

— Правда? — спросил Брайс. — Так романтично!

— Это так, правда, Кэйт? Она была на той вечеринке у Макса — ну, знаете, соседа Кэйт, что живет напротив, — на которой я познакомилась с Джеком.

Кэйт отвела глаза. У Бины была привычка заниматься тем, что ее друзья называли «еврейской географией». Кэйт получила квартиру, потому что брат Бины был знаком по летнему лагерю с Джейсоном, сыном владельца дома, и он рассказал Бине о том, что есть квартира, а она передала информацию Кэйт. Так Кэйт попала сюда. Потом они с Биной были приглашены ее братом на одну манхэттэнскую вечеринку, которую Макс устраивал еще на своей старой квартире. И Бина во время одного из немногих ее путешествий через Ист-Ривер встретила там Джека. В общем, это могло продолжаться бесконечно, через еврейские школы,

летние лагеря, мицва-бары, свадьбы, кузенов, и
так далее.

— Странная вещь, мы выросли в Брукли-
не, всего в шести кварталах друг от друга, а познакомились только в ту ночь и с тех пор не расставались. Я помню, он позвал меня выпить после
вечеринки и пригласил на следующий вечер тоже. А потом тот уикенд, когда он пришел к нам на
обед с моими родителями и братом и... мы так
долго прощались друг с другом. Так что я подумала, было уместно сказать, что мне будет не хватать его. И понимаете, мне казалось, что это по-
служит ему толчком, что он начнет говорить. Наверно, мы уже закончили с закуской и основным
блюдом. Я должна была ждать, когда он сделает
предложение сам?

— Мужчин так легко вспугнуть, — добавил
Брайс. — Помню, когда Этан Хаусхолдер мне
сказал...

— Не сейчас, Брайс, — прервала его Кэйт.

— Да, простите. Продолжай, дорогая.

Кэйт должна была признать, что Бина не могла найти двух более благодарных слушателей, чем
Брайс и Эллиот. Иногда просто выговориться
было лучшим методом лечения. Но тут, как только она подумала, что они начинают выпутывать-
ся, Бина снова заплакала. Легкие пошлепывания
Эллиота и воркование Брайса только усугубля-
ли дело.

— И вот его лицо словно все побелело. И он сказал: «Бина, ты знаешь, что мне придется пробыть в Гонконге почти пять месяцев, и это будет непросто». Он все держался за свой нагрудный карман, и напряжение было почти невыносимое. Мне все казалось: сейчас это произойдет. А он все сидел. Мне хотелось крикнуть: *«Почему ты сейчас же не вытащишь эту вещицу оттуда и не попросишь выйти замуж за тебя?»* Но — ничего. Он просто сидел, смотрел вниз и доедал этих чертовых цыплят по-рангунски.

Глава X

— И как ты поступила? — спросил Эллиот.

Кэйт боялась, что сейчас услышит, как Бина впала в истерику, набросилась на Джека, устроила страшную сцену или что-то еще более драматичное. Однако Бина ее удивила.

— Конечно же, я пошла в комнату для леди.

— Конечно, — одобрил Брайс. — Не будем говорить, сколько раз мне хотелось самому пойти туда.

— Итак... — продолжала Бина. Она широко распахнула глаза, и они остекленели, словно она увидела ту сцену опять.

Кэйт, Эллиот и Брайс задержали дыхание. Тут зазвонил телефон.

— Черт! — бросила Кэйт и схватилась за трубку, проверяя определитель. — Это опять твоя мама. Я думаю, тебе лучше поговорить с ней.

— Лучше застрели меня! — был ответ. Кэйт застыла на мгновенье. Она бы не смогла изложить ситуацию Майре Горовиц, но сердце не позволяло ей передать трубку Бине. Но она не могла снова не отвечать на звонок...

— Я отвечу, — вызвался Эллиот.

— Не смеши, — сказала Кэйт, осознавая, что он все глубже увязает в ее бруклинской жизни. Она нажала кнопку ответа.

— Кэти! Слава богу! Слушай, тебе известно, где Бина?

— У нее все отлично. Она здесь, со мной, — ответила Кэйт, солгав один раз вместо двух.

— Так пусть она подойдет.

Бина бешено трясла головой, прижав руки к лицу, будто защищаясь от удара.

Кэйт была благодарна за каждую минуту, проведенную в доме Горовицей, иначе даже с учетом ее тренировки никаких психотерапевтических приемов было бы недостаточно, чтобы переговорить миссис Горовиц. Кэйт сыпала льстивыми словами, отвлекала вопросами, убеждала, потом выразила свою любовь к доктору Горовицу. Все это время Эллиот, вращая рукой, настаивал на продолжении разговора, в то время как Брайс, наоборот, приставлял указательный палец к горлу, призывая закончить его поскорее. Можно подумать, ей нравилось быть посредницей! Наконец она повесила трубку.

— Кончено, — сказал Брайс.

— Итак, ты была в комнате для леди, — подсказал Эллиот.

— Да. Знаете, я просто хотела побыть одна хотя бы минуту, перед тем как вернуться, — объясняла Бина. — Я подправила макияж, и я до сих пор должна доллар работнице, хотя и не воспользовалась туалетом. Я только посмотрелась в зеркало и сказала себе: «Бина Горовиц, эта ночь изменит твою жизнь. Будь мила и счастлива».

— То, что и нужно было, — заметила Кэйт.

— Я вернулась к столу, и Джек встал. Он обычно делает так, когда мы в дорогом ресторане. Он наклонился, чтобы помочь мне со стулом и... — она подавилась, — коробочка с кольцом выскользнула из кармана. Это было похоже на автомобильную аварию. Я будто видела происходящее в замедленной съемке. Коробочка с кольцом падала, падала, падала. В момент, когда коробочка коснулась пола, Джек выпустил из рук мой стул. Кольцо вылетело из коробочки, и он пополз за ним. Я застыла, я видела, как кольцо скользило по полу, а эта тупая сволочь официантка согнулась *в три погибели*, чтобы поднять его.

— Вау! — все, что могла сказать Кэйт.

— И правда — вау, — добавил Брайс.

— И что же ты?

— Я просто села, как индейка, и поняла, что Джек с полу мог заглянуть этой женщине под юбку. Правда, это произошло быстро, потому что она сразу же распрямилась. И она не присела, сгибая колени, как вы, наверно, подумали, а согнулась в талии. И на ней не было нижнего белья.

— Что? — все трое воскликнули в изумлении.

— Ничего. И Джек на полу, смотрит прямо вверх на нее, прямо на нее...

— Мы можем себе представить, — сказала Кэйт.

— И Джек это видел. Все смотрели. Наверно, тогда он и потерял рассудок. Должно быть, именно в тот момент. Джеку удалось подняться и оторвать глаза от ее голого зада, а она поворачивается и отдает ему кольцо. Он встает и кладет его в правый карман. Потом он поднимает коробочку и кладет ее в левый.

Бина на минуту остановилась и замотала головой.

— Он идет назад к столу, — она повернулась к Кэйт. — Я уже не могу быть счастливой, Кэти. Я сказала Джеку, что если он хотел сделать вечер запоминающимся, то ему это удалось. Я чуть не ударила его, я была вне себя. И как вы думаете, что сказал этот гад?

— И что же? — спросила Кэйт

Бина, снова подражая Джеку, сказала:

— «Я бы не хотел запомнить тебя именно так, Бина».

— Ох, ну и ну, — обронил Брайс.

— Подожди, — оборвал его Эллиот.

— Вы, двое, вы как Твидл-ди и Твидл-веридам, — сделала им замечание Кэйт. — Дайте женщине закончить рассказ, который, похоже, приближается к финалу.

— Почти, — сказала Бина. — Так вот, теперь я гадала, в котором из его карманов было мое кольцо. Это мне напомнило игру, Кэти, в которую мой отец играл с нами, когда мы были маленькими. Ты помнишь, когда он приносил нам подарки, а мы должны были угадать, в каком они кармане.

Кэйт кивнула, почти улыбнувшись при этом воспоминании. Доктор Горовиц был так добр к ней. Обычно он дарил дочке что-нибудь каждое воскресенье, и, поскольку ее отец по воскресеньям обычно отсыпался и редко давал ей деньги, доктор Горовиц всегда дарил Кэйт такой же подарок: большим событием воскресенья был поход в кондитерский магазин и закупка леденцов «Джуниор минт» и конфет «Бит-о-хани». Не говоря уже о комиксах про Бетти и Веронику. Бина и ее семья были очень добрыми людьми, и Кэйт была в бешенстве от того, что она стала участницей этого жестокого фарса. Кроме того, у Бины с Джеком позади годы знакомства, и они были созданы друг для друга.

— И дальше что? — спросила она.

— Ну, — продолжала Бина, — Джек посмотрел мне прямо в глаза и сказал: «Бина, мне нужно кое-что тебе сказать». И я подумала, что когда-нибудь потом мы будем рассказывать обо всем этом нашим внукам и хохотать! Но Джек продолжал дальше: «Я хочу быть честным; Гонконг — далеко отсюда. Очень далеко». Как будто я не знаю географии, а? Мне подумалось, может, он хочет, чтобы мы сбежали. Это разбило бы матери сердце, да и мне хотелось свадебного платья и так далее, казалось, что я прямо сейчас умру. Я все ждала, когда же Джек достанет кольцо, но его руки лежали поверх стола. Он тяжело вздохнул, поглядел в потолок и сказал: «Я думаю, с моей стороны было бы непорядочно покинуть тебя и просить дожидаться меня». Я ему ответила, что я согласна, и посмотрела вниз на свою руку, словно уже примеряя кольцо. И тут он говорит: «Полагаю, что эта разлука нам будет полезна... да, будет полезна... думаю, она даст нам возможность проверить наши чувства».

— Я бы его убила, — сказала Кэйт.

— О, уж лучше я, — поддержал Брайс.

В комнате было тихо. Кэйт, Эллиот и Брайс сидели с широко открытыми ртами, пока Бина вновь не принялась рыдать. Тут все трое снова взялись за дело. Кэйт подвинулась к дивану и обняла Бину.

— О, милая, — говорила она.

Брайс же встал, взял подушку и подложил ее под ноги Бине, будто у нее было внутреннее кровотечение. Эллиот поднялся, направляясь в ванную, и вернулся с мокрым полотенцем, стаканом воды и голубой пилюлей. Всегда аккуратный, если не считать его одежды, он стал искать подстаканник. Прежде чем Кэйт успела ему подать его, он нашел на столе кусок картонки.

— Бери и выпей воду до конца, — сказал он. Бина выполнила приказание без возражений.

— Что это? — спросила Кэйт.

— О, просто я подумал, что ей нужна кузина Валерия, — сказал он. Это было его шутливое название для валиума, и Кэйт вспомнила, что голубенькая пилюля весила десять миллиграммов.

— Она заснет на целую неделю, — заметила Кэйт.

— Самое подходящее для нее, — отвечал Эллиот.

— Ладно, Бина. Скажи нам, что же было дальше.

— Я просто выбежала. Да, бежала так быстро, как только могла на своих каблуках. Я прибежала прямо к твоей квартире, Кэти, и, когда я тебя не застала, Макс помог мне найти тебя. Вы не представляете, в каком я была состоянии.

Кэйт молча возразила ей. Бина высморкалась и продолжала:

— Макс был дома. И он мне сказал, что ты отправилась на ужин, и еще, где живет Эллиот. И я пошла прямо туда под проливным дождем, и... Боже мой!

— Что! Что случилось? — закричала Кэйт.

Бина потянулась к кофейному столику и взяла подставку под стаканом с водой. То было приглашение на свадьбу от Банни.

— Банни? Банни выходит замуж? — изумилась она.

— Это что, плохо? — осведомился Эллиот. Бина не обратила внимания.

— Почему ты мне не сказала, Кэти?

— Я только что узнала. Я получила приглашение вчера.

— Ах вот как! Хорошо, что я не проверила почту. И это еще раз доказывает, какая я неудачница, — запричитала она. — Банни! Она же только что рассталась с парнем. С тем, которого я показывала тебе по пути в педикюрный салон.

— Парень делал себе педикюр? — спросил Эллиот. Кэйт посмотрела на него.

— Банни будет новобрачной, а Джек отправился изображать Марко Поло в одиночестве. Мне осталось только вскрыть себе вены.

— Ну, это никуда не годится, — молвил Брайс. — Пустить кровь, будучи в одежде, почти невозможно. Нужны очень холодная вода и перекись водорода...

Бина заревела, прикрыв лицо подушкой. Не то чтобы она соревновалась с Банни — это Кэйт понимала. Просто Банни была последней из присоединившихся к их банде, у нее было немного времени, чтобы утвердиться, и у Кэйт никогда не было с ней слишком доверительных отношений. У Банни с мужчинами все складывалось плохо, она всегда выбирала плохих парней или негодяев. Один из них, с которым она жила, обворовал ее, пока она ездила на уикенд. Он вынес даже диван и кухонный стол.

— И как только Банни удалось выйти замуж? Ее только что бросил тот парень, которого мы видели в Сохо. Она же только недавно познакомилась с Барни, или как там его, — Бина косилась на карточку. — И как они успели так быстро напечатать приглашения? Не иначе как на ксероксе.

И как Банни встретила своего жениха? Кэйт тоже размышляла, почему для нее самой это оказалось гораздо сложнее, чем для Барби, Бев или Банни. Когда Кэйт попадался мужчина, который казался подходящим, он обычно увлекался ею, но при ближайшем рассмотрении оказывался будто бы немного... тупым. Или посредственным. А когда она встречала мужчину выдающегося ума и успешного в карьере, вроде Майкла, ему не хватало силы чувства. «Конечно же, — думала она, — отец Бины, преуспевающий хиропрактик, ее любит. И, несмотря на сегодняшние неурядицы, вполне естественным казалось то, что она встретила удачливого бухгалтера, который полюбил ее». Кэйт вздохнула. Все это не сулило ей самой ничего хорошего.

— Бина, все уладится, — ободряла Кэйт.

— Тебе хорошо говорить. У тебя есть твой доктор Майкл, с которым ты можешь пойти. А с кем я теперь пойду? С братом?

— О, не думаю, чтобы Кэйт захотела взять с собой Майкла и отправиться с ним через Бруклинский мост, — начал Эллиот. Он обернулся к Кэйт и усмехнулся. — Если только ты не захочешь заодно подготовить его к путешествию в Остин, сама понимаешь.

Кэйт скроила ему гримасу. Эллиот повернулся к Бине.

— Если мои расчеты верны — а они всегда верны, — у нас есть две женщины, которым нужна пара, — объявил он, — и два мужчины с неутоленным любопытством к обычаям и ритуалам глубин и закоулков Бруклина.

— Неужели? — удивилась Бина.

— И не только, а еще у меня есть баснословный костюм. Я решительно буду одет лучше самой невесты, — добавил Брайс.

— В платье? — спросила Бина, снова истерически повышая голос.

— Нет. Шикарный смокинг. От Армани. И я тебе сделаю макияж. Ты будешь выглядеть офигительно классно, и все твои друзья захотят узнать, что это за прекрасный молодой человек с тобой. Ты можешь говорить им, что вздумается. Меня как-то раз приняли за норвежского принца. — Брайс испытующе и любовно взглянул на Эллиота. Затем, глядя на Кэйт, он сказал ей: — Мне известно, как он выглядит во взятом напрокат смокинге. Тебе самой решать.

— Благодарю тебя, — отреагировал Эллиот. — Думаю, в этом нет намека на оскорбление. Решено. Брайс и я поведем вас, девушки, и мы прекрасно проведем время.

— Пожалуй, это неплохая идея, — сказала Бина. — Но сейчас мне лучше немного вздремнуть.

Кэйт видела, что глаза у Бины слипаются.

— Парни, вы, должно быть, шутите, — сказала она. — Это невозможно.

Глава XI

Кэйт и Бина, обе с подарками, ждали Эллиота и Брайса в трех кварталах от римско-католической церкви Святой Вероники, той самой, где Кэйт приняла первое причастие в платье, сшитом для нее миссис Горовиц. Кэйт, теперь уже совсем взрослая, вовсе не сознавала того, что в платье цвета морской волны длиной ниже колена, подчеркивавшего ее огненно-рыжие волосы, она выглядит великолепно. Она была рада, что ей не пришлось надевать какое-нибудь дурацкое платье подружки невесты, как это обычно бывало.

Бина рядом с Кэйт выглядела абсолютно по-бруклински и пахла чем-то невероятным. На ней было розовое платье с оборками по низу. Ее темно-каштановые волосы были завиты, уложены кудряшками на французский манер и залиты лаком, словно она собралась на выпускной бал. Сэл, парикмахер, который причесывал их обеих для бала, вероятно, дал бы ей именно столько.

— Наверно, будет масса народу? — спросила Кэйт, вспомнив, как в юности ей было тяжко стоять, опускаться на колени, снова стоять на протяжении нескончаемой службы.

— Масса-шмасса, — отмахнулась Бина. Она вытягивала шею, выискивая парней. — Во время церемонии я в безопасности. Это после я стану мишенью для насмешек.

— Бина, это же не расстрел. Все эти женщины твои подруги, — пыталась успокоить ее Кэйт. — Ты всю жизнь с ними знакома. И они не собираются осуждать тебя.

Бина обернулась и посмотрела на Кэйт.

— Шутишь? — спросила она с изумлением. — Именно этим-то они и станут заниматься. Для того и существуют подруги.

— Да вспомни же: у нас разработана могучая стратегия, — напомнила ей Кэйт. — Все подумают, что Эллиот и есть Майкл; это займет некоторое время и отвлечет их, пока они будут разбираться, что к чему с этим. Если Бев откроет рот и назовет его Майклом, я добрых полчаса могу изображать полное смущение. Потом, все же знают, что Джек уехал. Так что твое появление с Брайсом собьет их с толку и, может, даже сразит наповал. Я думаю, он и правда красавец.

— Да, — уныло согласилась Бина, — но он ведь не Джек. — А Джек уехал в Гонконг не позвонив, и Бина с тех пор ничего о нем не слышала. Она снова выжидательно окинула взглядом улицу.

— И где же они? — скулила Бина.

— Они придут, — убеждала Кэйт, поглядывая на столь знакомую Вудбайн-авеню. Она была в некотором смятении: то ли из-за жары, то ли из-за этого места. Возвращение в Бруклин и к старым соседям вызвало у нее нечто вроде головокружения.

— А что, если они не появятся? Мне придется идти одной. Я еще могу спрятаться сзади во время церемонии, но во время приема, если я покажусь без Джека и без кольца, они все станут выяснять причину, почему он порвал со мной, и...

— Бина, успокойся, — участливо настаивала Кэйт. В последние две недели Бина проводила все дни и ночи у Кэйт или у Макса. Через несколько дней Кэйт запротестовала, но Бина отказалась ехать через мост.

— Я не могу идти домой. Там все напоминает мне о нем, — оправдывалась она.

Кэйт была счастлива предоставить ей убежище, но все же она настояла на том, чтобы Бина позвонила отцу и матери и сама преподнесла им новость. Мистер Горовиц собирался уже лететь в Гонконг, чтобы там «подпортить фасад этому *паршивцу*», но Бина убедила его остаться в Бруклине, тем самым сохранив фасад Джека нетронутым. Миссис Горовиц, несмотря на очевидность произошедшего, продолжала считать свою дочь обрученной.

— Я не могу так, — сказала Бина. Я вся взмокла от переживаний. Больше никогда не надену это платье.

Кэйт подумала, что это, пожалуй, даже неплохо. Тут подъехал черный «линкольн», и из него нарисовались Эллиот и Брайс.

— Вы опаздываете, — сказала она им вместо приветствия, но было видно, что она была рада видеть их.

— Что же, и вам привет, — улыбнулся Эллиот в ответ с непоколебимой любезностью. — А кто опоздал? — он посмотрел на свои часы. — Вы же говорили, церемония в три часа. Сейчас два пятьдесят семь.

Кэйт вздохнула:

— Прийти точно вовремя в такой ситуации — значит опоздать.

— Они разве не слышали, что можно опоздать с шиком? — поинтересовался Брайс.

— Это Бруклин, — напомнила Кэйт. Но, окинув взглядом ребят с головы до ног, уже не могла сердиться на них.

— Вау, — восхитилась Бина. — Мне нравится ваш прикид.

Кэйт улыбнулась:

— Да уж, вы оба почистили перышки.

— Конечно, — подтвердил Брайс. Мы же геи. — И он взял Бину за руку. — Но не сегодня, — он понизил голос до баритона. — Сегодняшний день я посвящаю вам. И не выпущу вас из своих рук.

Бина даже улыбнулась.

— Так ведь, милая? — спросил ее Брайс. Бина кивнула. — Хм-м, а кто вас причесывал? — И Кэйт в тоне его голоса услышала: «Я бы мог сделать это получше».

— Сэл Энтони. У него здесь неподалеку свое заведение, и...

— Его пора сжечь дотла, — приговорил Брайс. — Посмотрим, сможем ли мы смягчить прическу хотя бы немного.

— Он такой практичный, — тихонько сказала Кэйт Эллиоту.

— Да. Здорово, правда?

Они подошли к церкви Святой Вероники и поднялись по массивной лестнице ко входу. Как только они оказались внутри, Кэйт показала дорогу вниз в дамскую комнату.

— За мной, принцесса, — велел Брайс Бине и повел ее в подвал.

Появиться в последний момент было не так уж плохо, решила Кэйт. Уже не было времени для представлений и приветствий, и в особенности для расспросов. Кэйт с Эллиотом прошли в церковь и заняли места на предпоследней скамье. Вскоре Брайс с Биной присоединились к ним. Они старались не шуметь, но все уже ждали начала церемонии, и при их появлении повернули головы. И тут, к облегчению для Кэйт, орган заиграл «Свадебный марш».

Банни, как меренга из тюля и тафты, шла к алтарю под руку со своим отцом. Из толпы гостей слышались обычные возгласы «о-о!». Кэйт обнаружила, что как ни странно, но она готова заплакать. Она никогда не была слишком близка с Банни, даже не была уверена, что любила ее. Но слезы все же подступили к ее глазам. Она гадала, отчего это: оттого ли, что она огорчена из-за Бины, которой все это казалось просто невыносимым, или ее саму действительно так затронуло происходящее.

Кэйт смахнула слезу и воспользовалась возможностью взглянуть на гостей. Она думала, испытывали ли и они тоже сомнения при выборе партнера. Разумеется, Бина и другие ее подруги почти об этом только и говорили в годы, когда они вместе учились в школе. Мальчики, потом молодые люди, у кого прочные отношения, кто с кем расстался, замужества, медовые месяцы — все это было в центре многих, если не всех разговоров. Несмотря на всю эту болтовню, романтические высказывания, надежды и мечты, Кэйт не заметила, чтобы кто-то вокруг сделал разумный или обоснованный выбор, и ей не встречались семьи или отношения, которым бы она могла позавидовать.

Иногда она не могла понять, чем объяснить свой пессимизм в этом вопросе — обстановкой в ее доме в юности или профессиональным опытом. Правда, она слишком мало помнила о браке родителей и не считала его неудачным. Ее отец по-настоящему стал пить только после смерти матери. Так чего же ей опасаться? Или все боятся, но умеют это скрывать?

Что сейчас происходит с Банни? Она только что встретила этого парня. Или это реакция на тот факт, что кто-то ее бросил? Или она с головой погрузилась в марево сексуальной страсти, которая не сможет продлиться больше нескольких месяцев? Как она могла так быстро решиться ступить под руку с отцом на этот путь к алтарю? Хотя Кэйт и была заблудшей католичкой, она все еще оставалась в достаточной степени идеалисткой, чтобы верить: брак должен заключаться навсегда.

Здесь, в церкви Святой Вероники, глядя, как Банни соединилась с женихом у алтаря, она испытывала неприятное смешанное чувство зависти и страха: зависти, потому что вряд ли сама могла без колебаний предать себя в руки Майкла или другого мужчины, и страха, поскольку она желала этого, но вполне могла потерять саму возможность сделать это. Хотя она уже была связана с Майклом, проявленное им полное равнодушие к Бине заставило ее посмотреть на него иначе. А не будет ли он всегда сосредоточен только на своих собственных делах и проблемах, оставаясь безразличным к другим? Он казался искренним, когда извинялся, но Кэйт решила понаблюдать за ним. Ей однозначно был нужен партнер, умеющий сопереживать.

Она вздохнула. Сидевший рядом Эллиот улыбнулся ей, потом снова сосредоточился на Банни. Может, это влияние Манхэттэна. Здесь, в Бруклине, любовь казалась проще, продолжала рассуждать Кэйт. Молодая женщина знакомится с молодым человеком. Они некоторое время встречаются и потом либо расстаются, либо берут на себя определенные обязательства. Женщины подталкивают к браку, а мужчины, подчиняясь не всегда охотно, в конце концов все же склоняются над брачным свидетельством. Этого ждут. И семьи, всегда наблюдая издали, поощряют это.

Конечно, бывали исключения, вроде Джека, но, несмотря на его внезапный отказ, Кэйт была почти уверена, что он, возможно, сумеет преодолеть себя, немного развеется в Гонконге и вернется к Бине, любимой им женщине. Но как долго продлится их любовь, если они поженятся? Глядя на пары с опытом на скамьях рядом и впереди себя, Кэйт видела скучавших мужчин средних лет и непреклонных или чрезмерно сентиментальных женщин. Многих с носовыми платками или салфетками у глаз. Когда Кэйт замечала, как женщина в возрасте плачет на свадьбе (а она бывала на очень многих свадьбах), она часто думала, что эта женщина бессознательно оплакивает воспоминания о собственных надеждах и последовавшие за ними разочарования, которые замужество принесло им.

Кэйт стояла между двумя своими лучшими друзьями и между двумя мирами, и ей было и завидно, и очень-очень грустно. Если даже Майкл пойдет до конца, если он и впрямь для нее правильный выбор, она все равно не могла представить себя в свадебном платье. Конечно, она не будет венчаться в церкви, и отец не поведет ее к алтарю, и вряд ли она испытает ту радость, которой сквозь вуаль светилось лицо Банни. Хуже того, она хотела бы видеть Эллиота в качестве замужней подружки невесты, что создало бы трудности разного рода и оскорбило чувства ее старых друзей.

При этой мысли Кэйт улыбнулась. Конечно, Эллиоту идея бы понравилась. Она взглянула в его сторону и заметила, что за спиной Бины Эллиот и Брайс осторожно держали друг друга за руки. Это было так трогательно, что Кэйт снова почувствовала, как глаза наполняются слезами. Она была так счастлива за Эллиота, который все искал и наконец нашел себе замечательного партнера. И все же порой это заставляло ее чувствовать себя еще более одинокой, чем раньше.

— Забавно? — спросил шепотом Эллиот, толчком локтя выводя ее из задумчивости.

— Я просто думаю, — пробормотала Кэйт.

— Плохая затея почти всегда, — посетовал Эллиот. — *В особенности* во время ритуалов, — он снова улыбнулся ей. — И, кажется, я еще не говорил, что ты выглядишь крайне привлекательно в этом платье?

Кэйт, приблизив палец к губам, улыбнулась. В Бруклине к религии относились серьезно. Церемония начиналась. И проблемы тоже.

Не будучи католичкой, Бина, сидящая от алтаря достаточно далеко, принялась рыдать как раз в момент, когда священник начал речь. Сначала тихо, вздрагивая плечами. В первые моменты Кэйт этого не заметила. Но когда Банни и ее жених встали на колени, потом поднялись и снова опустились на колени, Бину можно было расслышать уже с середины нефа. Кэйт и Эллиот переглянулись, наклонились и посмотрели на Брайса. Тот одной рукой уже обнимал Бину и, как бы отвечая им, пожал плечами, словно говоря: «Что еще я могу поделать?»

Кэйт смотрела в сторону алтаря, отчаянно пытаясь найти выход из положения. Умеренное оплакивание на свадьбе приемлемо, даже обязательно, но тут ситуация выходила из-под контроля. Бессознательно она остановила взгляд на заполненной маслом кадильнице в руках алтарного мальчика. Красивое зрелище. Сейчас она была бы не прочь выхватить эту вещь и стукнуть ею Бину как следует по голове. Не разбить голову, разумеется, а лишь попробовать таким образом внушить ей немного здравого смысла. Будет нелегко выдержать прием, если Бина разоблачит себя и устроит свой собственный спектакль.

Уже несколько голов повернулись в их сторону. Кэйт улыбалась им и кивала, вытирая глаза как бы в признание уместности слез радости.

— Так красиво, — прошептала она чьей-то матери. Брайса осенило, и он, повернув Бину к себе, поцеловал ее в губы. На несколько мгновений Бина умолкла в смятении. Эллиот, обняв ее за шею, исподтишка прикрыл ей рот ладонью. Бина поняла намек, и все стали смотреть, как новобрачные встали, опустились на колени, встали вновь и наконец повернулись лицом друг к другу.

— Это свадьба или занятия аэробикой? — спросил Эллиот. Кэйт едва не рассмеялась вслух, но тут дело дошло до слов «любить, чтить и заботиться», и Бина не сдержалась и заревела громче, чем ребенок, заплакавший где-то впереди них.

Не дожидаясь, пока события окончательно выйдут из-под контроля, Брайс, протянув руку, отгибает манжету Эллиота и вытаскивает из нее булавку. Затем без колебаний он вонзает ее в руку Бины.

Кэйт испугалась, но не так, как Бина, которая, взвизгнув, умолкла и изумленно смотрела то на Эллиота, то на Брайса. Брайс наклонился к ней и что-то прошептал на ухо, и рыдания, как по волшебству, прекратились.

Наконец венчание закончилось, жених и невеста поцеловались, и Брайс с Эллиотом были вынуждены разъединить свои сплетенные руки и поддерживать Бину, чтобы она не демонстрировала всем свою физиономию и не принялась плакать вновь.

— Учтите, — сказала Кэйт, взяв Бину за плечи, — держитесь поближе друг к другу. Это еще не самое худшее. Худшее только начинается.

— О, ребята! — воскликнул Эллиот. — А что, будет семейная свара?

— Со стрельбой? — подхватил Брайс.

Кэйт не обратила внимания на их шутки.

— Нужно вывести Бину отсюда, пока нет столпотворения, — предупредила она.

— Ты права. Только посмотри на нее, — кивнул Эллиот в сторону Бины.

Кэйт его поняла: макияж Бины был размазан по лицу, а тушь растеклась по щекам. Кэйт сделала знак, и Эллиот наступил Брайсу на ногу.

— Нам пора идти, — сказал он ему.

— Черт возьми, тут не до шуток, — ответил Брайс. — Рисовое поле на лице — последнее, что сейчас пошло бы Бине. Это бы слишком бросалось в глаза.

Эллиот кивнул и поморщился от такой перспективы. И они потихоньку покинули скамью, пересекли вестибюль и вышли из церкви.

Им крупно повезло поймать такси, что не так-то легко в этой части города. Они направились в «Карл» в Кэррол-Гарденс, где, похоже, все бруклинцы справляли свадьбы.

— Ну вот, мы на месте, — заметила Кэйт, когда они остановились перед входом. Она нервно улыбнулась Эллиоту, и, взявшись под руки, они вместе вошли через вращающуюся дверь, а за ними и Бина с Брайсом. К счастью, в помещении еще было пусто, если не считать суетливых официантов, которым приходилось видеть кое-что и похуже, чем подтекшее лицо Бины.

— И где же туалетная комната? — прошептал Брайс Кэйт на ухо. — Я собираюсь отвести туда маленькую мисс «Три-Майлс-Айленд»[1], чтобы восстановить ее макияж. А то он совсем расплылся.

— Это дальше вниз и налево, — ответила Кэйт.

Она бывала в этом банкетном зале много раз. С десяток ее знакомых переженились здесь, но скорее в школе Эндрю Кантри наступит мир и покой, чем она согласится отметить свою свадьбу здесь. Типовая свадьба, с одной и той же музыкой, теми же гостями, тем же тамадой и тем же тортом.

— Уведи ее. И, Брайс, пожалуйста, будь с ней поласковее.

— Я постараюсь, — ответил он, слегка подталкивая Бину в спину. — Пойдем, дорогая. На небольшую операцию доктора Брайса.

Кэйт слышала, как по пути через зал Бина протестовала слабым гнусавым голоском.

— Что ж, — повернулась она к Эллиоту, — ты готов к первому в твоей жизни приему в Бруклине?

— О, Кэти! Это будет так занятно, — отвечал Эллиот с недоброй улыбкой.

— Прекрати звать меня «Кэти», пока тебе не укоротили язык, — предупредила Кэйт. — Я на задании. Давай лучше посмотрим, где мы должны сидеть, и поменяем места, если сможем, а потом будем держаться подальше от всех, пока не освоимся.

---

[1] Намек на американскую АЭС, где в 1979 г. произошла крупная авария.

— Разумеется. Я доволен и тем, что смогу понаблюдать. — Эллиот вытянул шею почти так же, как Линда Блэр в «Заклинателе». — Где они взяли эти тусклые зеркала? Они остались с шестидесятых, или их можно купить до сих пор? — спросил он тихим голосом. Это напомнило хэллоуин в Гринвич-Виллидже. Потом он взглянул на часы. — Кэйт, я хочу немного осмотреться, а потом, пожалуй, проверю, как там Брайс справляется с Биной. Я скоро. А ты подожди воскрешения здесь, — и он отправился фланировать по залу.

Оставшись одна, Кэйт подошла к столу для подарков и положила свою коробку от Тиффани в самый центр. Она знала, что будут и еще коробки с оберткой нежно-голубого цвета, но была уверена, что прекрасная ваза узорчатого стекла останется единственным подарком, купленным у Тиффани. Другие голубые коробки часто стоили дороже, чем их содержимое, их было множество, и подарки в них были родом из «Бэд Бат энд Бийонд» или из «Поттери Барн».

Фойе банкетного зала постепенно заполнялось. Через пятнадцать минут Кэйт забеспокоилась, почему Эллиот не возвращается с Брайсом и Биной. Она слышала, как машины останавливались перед входом. Не только Бина страдала на этой свадьбе. Кэйт, безусловно, тоже не была в настроении общаться со всеми этими людьми, с искренним сочувствием или без такового интересовавшимися ее «личной жизнью» и тем, когда же и для нее зазвенят свадебные колокольчики. Ее прежние соседи не считали неловким задавать глубоко личные вопросы и, с другой стороны, не замечали того, что она умудрилась присоединить к своему имени приставку «доктор». Их интересовало лишь, когда же к имени добавится «миссис».

Она выбросила все это из головы, поскольку у нее была другая задача. Она подошла к столу проверить разметку мест приглашенных, чтобы убедиться, что они вчетвером сядут за один стол. Затем она должна была пройти в закрытый банкетный зал и переставить таблички на этом столе так, чтобы Бина была ограждена от хищных гиен, всегда готовых напасть на отбившуюся или самую слабую особь в стаде.

Она приблизилась к столу с полным хладнокровием. В противном случае кто-нибудь из прислуги ее бы остановил. Здесь было принято незамужних женщин сажать к холостякам, зловредных тетушек отсаживать от родственников и даже родителей разъединять с детьми, чтобы те могли спокойно поесть. Кэйт быстро нашла свою карту: «Мисс Кэти Джеймсон и гость», стол номер девять. Она покачала головой. Не только было пропущено «доктор», но она еще и не удостоилась называться полным именем. Она не любила, когда ее называли «Кэти», только Банни и ее мать не интересовали подобные мелочи.

Две карты рядом были «Мисс Бина Горовиц и мистер Джек Вайнтрауб». Этого уж Кэйт никак не могла показать Бине. Мать Банни, возможно, забыла о поездке Джека. Кэйт взяла карту, перевернула ее и черным маркером на другой стороне написала «Мисс Бина Горовиц и гость», затем положила ее на место. Она надеялась, что Бина не станет переворачивать карту, а Брайс догадается спрятать ее в карман.

«Пока все хорошо», — подумала Кэйт. Следующим и последним этапом было подобраться к самому столу и перетасовать карточки. Если бы Бина села рядом с Бев или Барби, она бы не выдержала и пяти минут. Разумеется, она могла быть посажена в традиционном, набившем оскомину порядке: «мальчик–девочка–мальчик». Кэйт вздохнула в предчувствии еще одного обеда в компании Бобби, мужа Барби и крайне скучного типа. Она подошла к ближайшему входу в банкетный зал, и тут, к счастью, дверь отворилась, и появился загнанный официант. Кэйт придержала дверь за его спиной, пока он спешил с салфетками в руке, и проскользнула внутрь.

Она прочла объявление «Свадьба Тромболи и Бэкмена в субботу». Ниже значилось: «Мицва Айзенберга в воскресенье». Кэйт осмотрела помещение. Интерьер зала вполне соответствовал осуществленной мечте Банни Тромболи, но Кэйт он мог присниться только в страшном сне. Декорации, украшения столов, свечи — все в стиле посредственных фотографий, которые Банни вырезала из журналов и хранила с десятилетнего возраста. Все «шавки», кроме Кэйт, делали то же самое. Кэйт глубоко вздохнула. Уж если она и позволяла себе пофантазировать о свадьбе, то основное место в ее фантазиях отводилось жениху, а не столовым приборам.

Невероятная, кричащая расцветка скатертей — комбинация ярко-розового и оранжевого, не приемлемая ни для одежды, ни для мебели, сочеталась с черными приборами и украшениями стола из лакированной кожи с завитушками. И все же было что-то притягательное, спокойное... даже волшебное в этом пустом зале, приготовленном к пиру, но без его участников. Кэйт постояла немного, чтобы поразмышлять об этом. Затем она вспомнила о своей миссии и прошла вперед. Она нашла девятый стол, осмотрела его и переставила таблички так, чтобы в ряду были Эллиот, Кэйт, потом Бина и, наконец, Брайс. Ей нужно было пересадить Бобби и Джонни, мужей Барби и Бев, чтобы все уладить, и через пару минут с этим было покончено. Она вытащила четыре стула для своей компании и прислонила их спинками к столу — весьма несложный способ показать, что места заняты, и таким образом защитить произведенные ею пертурбации от постороннего вмешательства.

Шум вновь прибывавших снаружи становился все громче, двери распахнулись без предупреждения. Гости стали просачиваться внутрь. Кэйт, не желая засветиться в одиночестве посреди зала и превратиться в мишень, наподобие одинокой утки под прицелом охотника, решила выйти на террасу, расположенную за восточной стеной зала. Она могла подождать снаружи, подышать свежим воздухом и насладиться перед битвой одиночеством. Когда ее команда вернется, здесь будет достаточно много людей и шума, чтобы незаметно проскользнуть обратно, найти друзей и пообщаться в пределах необходимой достаточности. Она справлялась на десятках других свадеб, так что сможет справиться и сейчас.

Теперь, на террасе, Кэйт наконец могла подумать. Она была чрезвычайно довольна, что не пригласила Майкла. Ей было бы неловко и даже немного стыдно, хотя стыдиться было и нечего. Туалеты, акценты, громкая речь... словом, вульгарность всего происходящего ее коробила. Она привыкла к этому и любила многих из этих людей, но ей не хотелось оправдываться за них перед Майклом или кем бы то ни было. Однако она не смаковала этот визит в Бруклин, подобно Эллиоту и Брайсу. Для последних это было похоже на посещение парка развлечений сафари. Они наблюдали дикую жизнь с беспристрастностью другого биологического вида.

Кэйт поглядывала в зал. Заполнить его было делом недолгого времени. Здесь Брайс и Эллиот смогут побеседовать с теми, за кем наблюдали в церкви. Как бы то ни было, хотя сама Кэйт смотрела на этих людей как на чужих, ей претила сама мысль о возможности наблюдать за ними с подобной целью, даже если в качестве исследователей выступают Эллиот и Брайс. «Да уж, — подумала она, — идея оставить Майкла в стороне от всего этого была верна, но что бы я делала с Биной без помощи этих парней?»

Она видела, как люди входили, искали свои карты гостей, обнимались и целовались, шли выпить. Даже сквозь стекло она могла слышать, как они рассуждали о цене на каждое блюдо предстоящего обеда, о том, где невеста купила платье, о предполагаемой беременности... и тут Кэйт заметила Эллиота, Брайса и Бину, входивших в зал. Она должна была признать: Бина выглядела в тысячу раз привлекательнее и утонченнее с поразительным макияжем и зачесанными назад волосами — в образе, над которым так долго колдовал Брайс. Кэйт подбежала к двери, решив войти в зал, но обнаружила, что замок за ней захлопнулся. Она попробовала открыть другую дверь, третью. Все были закрыты.

Кэйт попала в ловушку. Она стучала в стекло и безрезультатно пыталась привлечь чье-либо внимание, но в зале было шумно. Она почти слышала, как гостьи постарше громогласно заявляли,

что церемония была лучшей из всех, на которых
им приходилось когда либо присутствовать, в то
время как мужчины перекрикивались друг с другом через весь зал.

В считанные минуты в тихое помещение вторг-
ся хаос, пустота заполнилась мириадами развевав-
шихся юбок и угрожающе высоких причесок, полностью закрывших поле зрения Кэйт. Она потеряла своих друзей из виду. Кэйт показалось, что она
мельком поймала в толпе Брайса и еще какую-то
женщину, похожую на Бину, на стороне, противоположной той, где был накрыт их стол, но она не
могла быть в этом уверена. Она снова пробежала
вдоль череды дверей террасы, стараясь проникнуть
внутрь, но все они оставались закрытыми. Что же,
ей придется ждать, пока кто-нибудь...

И тут высокий блондин вышел из двери в другом конце террасы. Какая удача!

— Подождите! — закричала Кэйт. — Подождите! Подержите...

Но прежде чем она успела закончить фразу
или сдвинуться с места, он отвернулся, и дверь за
ним захлопнулась.

Глава XII

— Проклятие! — вырвалось у Кэйт.

Она направилась к захлопнувшейся двери
и потянула за ручку, но дверь была заперта. А тем

временем парень шагал к увитой плющом стене и осматривался по сторонам. Она не могла не отметить, что это был один из самых красивых мужчин, каких она когда-либо встречала. Его светлые волосы отливали десятком оттенков — чтобы иметь подобные волосы, женщины безуспешно расстаются в салонах с сотнями долларов. Он был, вероятно, чуть выше шести футов ростом, широкоплечий, в отлично сидящем пиджаке, со стройными ногами — словом, сложен на редкость пропорционально. Кэйт предположила, что у него, должно быть, мускулистые, точеные руки — к этой детали она всегда питала слабость. Она едва различала его профиль, но даже издали было видно, что его лицо вовсе не было бледным, как чаще всего бывает у светловолосых. Его кожа была золотистого тона, который... в общем, он весь целиком был золотым — тип, который кажется лишенным всякой субстанции.

И тут он заметил Кэйт и повернулся к ней. Лицом к лицу он был, если это возможно, еще более красивым. К смущению Кэйт, она ощутила, как зарделась ее кожа на груди и шее, но, казалось, он этого не заметил. Он лишь спросил:

— Рискую сказать пошлость: что столь очаровательная девушка делает в таком месте? — Он сделал несколько шагов вперед. — Да вы выглядите расстроенной. Хм, я о настроении, — улыбнулся он. И эта улыбка была сногсшибательна.

Его зубы блеснули, мимолетные ямочки прояви-
лись на щеках, и притом взгляд его оставался открытым — он не щурился, как большинство людей, когда они улыбаются. Его можно было признать *un canon*[1], живым воплощением мужской
красоты.

Кэйт отпрянула. Она с подозрением относилась к таким красивым мужчинам, да еще с шар-
мом, и все же не могла отвести глаз. Что-то в нем
показалось ей знакомым, хотя она не забыла бы
его, если бы встречала раньше. Может быть, он
ведущий новостей или еще кто-то с телевидения.
Она сделала усилие, чтобы оторвать от него
взгляд.

— Вам нужно было оставить дверь открытой, —
сказала она, стараясь не выдать своего смуще-
ния. — Теперь нам, возможно, придется дожидаться, пока кто-нибудь с мицвы Айзенберга не впус-
тит нас в зал завтра вечером, — слова прозвучали
несколько резче, чем ей бы хотелось. Он, слегка
вскинув голову, оглядел ее. Она почувствовала себя неловко под его взглядом. Потому, что взгляд
этот был не оценивающим, а скорее пристраль-
ным — словно он пытался запомнить каждую деталь, начиная с ее выступавших ключиц до туфель
«Джимми Чу». Отвернувшись, Кэйт стала смотреть на банкет через высокое окно.

---

[1] Каноном, образчиком (*франц.*).

— И это было бы так плохо, в самом деле? — спросил он.

Продолжая смотреть в окно, Кэйт обнаружила Бину в дальнем конце зала, с Брайсом и Эллиотом по бокам, последний все озирался вокруг, скорее всего, он искал Кэйт. Ну, уж нет, она не может позволить Бине сидеть среди их старой гвардии без ее защиты! Это было бы настоящим безумием. Она загремела дверной ручкой. Напрасно.

— *Merde!*[1] — бросила она.

— *Ah. Parlez-vous français?*[2] — быстро спросил он. Она отвернулась от окна и посмотрела на него. Этот парень не был заурядным фатом. У него улыбка человека, который знает, что он красив и неотразим в глазах женщин. Это была натренированная улыбка, которая окутывала Кэйт теплом. Она почувствовала себя первой женщиной в мире, которую так радушно приветствовали. Парень был в высшей степени великолепен, то, что на французском жаргоне называют *un bloc*[3].

— *Oui*, — Кэйт покраснела и прокляла свою обычную бледность. С тем же успехом можно было написать о своих чувствах на лбу неоновыми буквами. — *Je parle un petit peu, mais avec un accent très mauvais*[4], — ответила она.

---

[1] Дерьмо (*франц.*).
[2] Вы говорите по-французски? (*Франц.*)
[3] *Здесь*: «всё в одном» (*франц.*).
[4] Да, немного говорю, но с ужасным акцентом (*франц.*).

Как ни красив был парень и сколь хорошим ни было его произношение, Кэйт вовсе не собиралась упражняться в иностранном языке прямо сейчас. Она отвернулась и постаралась снова открыть двери, но защелки, на которые те захлопывались, можно было открыть только изнутри.

— Мы здесь в ловушке, — объявила она.

— Неожиданное вознаграждение в подобной ситуации. Может быть, это знамение, — продолжал мистер Великолепие. — Может быть, мы и не хотели участвовать в свадьбе Банни Тромболи и Арни Бэкмена. — Он прислонился спиной к ограде террасы, скрестив ноги и оценивающе оглядывая Кэйт. — Лично я принимаю это как подарок судьбы.

Кэйт была слишком напряжена, чтобы отвечать на комплименты или флиртовать, в особенности с парнем, столь очевидно искушенным в этом деле.

— Вы не похожи на жительницу этих мест, — заметил он, копируя на ходу акцент Гари Купера. Он немного напоминал Купера, и это, скорее всего, было ему известно.

Кэйт предпочитала, увы, блеклых бойфрендов, что бы ни говорил Эллиот. Они были простодушны и искренни. После по-настоящему красивого студента, приехавшего по обмену из Оксфорда, который говорил: «Как мне было не влюбиться в тебя?» — на первом же свидании и затем благополучно встречался с ее подругой

по комнате неделю спустя, она всегда относилась
настороженно к обаяшкам.

— *Et vous?*[1] — спросила она для проверки.

— *Oui, je suis un fils de Brooklyn*[2], — отвечал он
с озорной улыбкой.

— У вас прекрасное произношение, — с восхищением признала Кэйт.

— Французское или бруклинское? — спросил
он, вновь улыбнувшись. «Похоже, его случай вы-
бивается из общего правила», — подумала она,
не в силах оторвать глаз от его руки, потянувшей-
ся к свадебному банту. Но банта не было. «Какое
это имеет значение?» — спросила она себя. Она не
знала, что этому парню было надо — скорее всего,
ответ был: *rien*[3], и ей было недосуг выяснять это.

Отвернувшись, Кэйт стала смотреть через стекло. Она заметила, что Эллиот нашел стол и их гос-
тевые карты. Она не видела его лица, но сумела
различить Бев Клеменс и ее мужа Джонни прямо
напротив него. Значит, Барби и Бобби Коэн были
рядом с ними.

— Мне необходимо попасть внутрь, — запа-
никовала Кэйт. Она схватилась за ручку и принялась с силой дергать дверь.

— Вы подруга жениха или невесты? — поинтересовался он.

---

[1] А вы? (*Франц.*)
[2] Да, я дитя Бруклина (*франц.*).
[3] Ничего (*франц.*).

Она снова постучала в окно.

— Невесты, — ответила она резко, сообразив, что это прозвучало грубо. — Банни — одна из моих старых подружек, — добавила она. Сквозь стекло, застыв от ужаса, она наблюдала, как Эллиот за руку поздоровался с Бобби и Джонни.

— И она намного старше, верно? — продолжал соблазнитель, подойдя поближе.

Кэйт не была расположена вдаваться в подробности.

— Мы с Банни дружим со школьных лет, — ответила она, отчаянно размахивая рукой перед стеклом в надежде, что кто-то заметит. — И да, в самом деле, Банни *старше* — почти на месяц. Но мы как-то этого не замечали.

— А что, если вы пропустите самое начало праздника?

— Мне необходимо быть там, чтобы поддержать одну подругу из моей команды.

— Вашей команды? — спросил он с улыбкой. — Я знаю кого-нибудь из нее?

— Бев Клеменс, Бина Горовиц, Барби Коэн.

— Вы шутите! — начал он, отступив, чтобы лучше видеть Кэйт. Она повернулась к нему на секунду.

— *C'est incroyable, mais vraiment*[1].

---

[1] Это невероятно, но это правда (*франц.*).

И что это ее потянуло на этот чертов французский? Она вспомнила о празднике. Боже, диджей заводит музыку!

— Вы, должно быть, одна из печально известных «бушвикских шавок», — рассуждал он. — Я наслышан о *вас*, девчонки.

— Простите? — спросила Кэйт с удивлением, повернувшись к нему.

— Как только я с вами не встретился ранее? — спросил он, не обращая внимания на ее недовольство. «Типичный нарцисс», — подумала Кэйт.

Он смотрел через ее голову в зал и пояснял:

— Я уже знаком с Бев, Барби и, конечно, с Банни. Все на «Б». А вы кто? Бетти?

— Меня зовут Кэтрин Джеймсон, — ответила Кэйт.

— А меня Билли Нолан. Почему мы не встречались раньше?

— Я покинула Бруклин, чтобы поступить в колледж.

— А я — чтобы уехать во Францию. Чем вы занимались в колледже? И куда направились после?

— Я защитила докторскую. Теперь живу в Манхэттэне, — она сделала паузу. — Послушай, Билли, мне нужно попасть внутрь.

— Я мог бы обернуть руку пиджаком и разбить стекло, но это...

— Это было бы, пожалуй, чересчур, — закончила за него Кэйт.

— Они откроют двери, когда там станет слишком жарко, — сказал он, присев на балюстраду. — Вы заметили, что они здесь, в Бруклине, никогда не вырастают из состояния, когда их имя теряло бы конечное «и»? Барби. Банни. Джонни. Эдди, Арни, — рассмеялся он. — Здесь, в Бруклине, я никогда не стану Уильямом или Биллом. Я Билли.

Он протянул руку, и Кэйт пришлось пожать ее. Она старалась держаться непринужденно, несмотря на мурашки, пробежавшие по спине.

— А вы предпочли бы Билла вместо Билли? — спросила она.

— Ну, мы же в Бруклине, — ответил он. — Плыви по течению. Здесь я Билли Нолан. А я должен называть вас доктором Кэтрин? Кэйт? Кэти или Кэйти?

— Пожалуйста, Кэйт. Не Кэйти. Ненавижу это, — призналась Кэйт. — Смотрите, они сейчас поставят свою песню.

К ее полному изумлению, Билли встал, взял ее за руку и начал танцевать. Но прежде, чем она смогла двинуться с места, он внезапно остановился.

— «Ду-уа-дидди» — это их песня? — склонив голову набок, он состроил мину, изображавшую озадаченность.

Кэйт рассмеялась:

— Ну, может быть, и нет.

— Надеюсь, что нет. Если это так, я отпускаю этому браку срок в три недели. По крайней мере, начинать надо с чего-нибудь романтического.

Она была уверена — уж он бы точно начал, и его романтика быстро бы улетучилась. Кэйт смерила его взглядом. Солнце играло в его золотых волосах. Он был из тех редких ирландцев с характерным загаром, который еще лучше оттеняет голубые глаза.

— Так вы считаете, что не в состоянии поддерживать длительные отношения? — спросила Кэйт.

— Если бы мог, я бы был женат, — рассмеялся Билли Нолан, и тотчас невесть откуда в голове Кэйт пронеслось: *coup de foudre*, молния и гром. «Он — особенный, и он знает об этом», — напомнила она сама себе.

— Ах, тирания обязательств, — кивнула Кэйт.

Билли широко открыл глаза и прижал руку к груди.

— Теперь они пляшут под «Хоки-поки»! — воскликнул он так, словно это его расстроило.

— Весьма необычно для бруклинской свадьбы, — сыронизировала Кэйт. — Они всегда ставят «Хоки-поки» и «Дворового кота». — Она смотрела в окно, за которым десятки немолодых женщин танцевали спиной к ним. — Нам определенно не удастся сейчас привлечь их внимание.

— О! Я в затруднении, — сказал Билли. Кэйт размышляла, какое впечатление на него произвело слово «обязательства». — Это хорошо, что вы — доктор, — сказал он.

Кэйт с подозрением спросила:

— Почему же?

— Мне может потребоваться помощь прямо сейчас. У меня ужасная покихокифобия.

— Вот как? — Кэйт было не до шуток, но уж коли они вынужденно торчали здесь... — Обычно в своей практике я спрашиваю: «Почему у вас такое ощущение?»

— Это же ясно, — пояснил Билли. — А вы об этом не задумывались?

— О чем?

— О песне. Слушайте: «Ставь левую ногу вперед, ставь левую ногу назад». Тра-та-та. «Делай хоки-поки и потом поворот». Вот и все, — объяснял он, нарочито преувеличенно дергаясь.

— Все?

— Так вот, о чем же тут говорится? Что, если жизнь — это выставить одну ногу перед другой, и все? Эта мысль вас не пугает?

Прежде чем до Кэйт дошел смысл его иронии, одна из дверей на противоположном конце террасы отворилась, и высокий парень в мятом синем костюме высунул голову наружу.

— Эй, Нолан! — крикнул он. — Давай сюда. Арни хочет поговорить с тобой по поводу тоста.

Пока он не исчез, Билли закричал:

— Ларри! Тормозни эту мысль и эту дверь!

Он проворно миновал террасу и ухватился за ручку двери в последний момент. Затем обернулся к Кэйт и, придерживая дверь, молвил:

— После вас, *chère mademoiselle*.

Кэйт снова покраснела, но без промедления прошла через дверь в забитый зал. Она собиралась поблагодарить Билли, когда вдруг услышала громкий хриплый голос Бев Клеменс:

— Кэти, Кэти! Сюда!

И она даже не обернулась.

Глава XIII

Направляясь к своей команде через зал, Кэйт чувствовала даже спиной невероятное влечение к Билли Нолану. Ее так поразила властность этого влечения, что она тут же решила выбросить мысли о нем из головы. Он был просто записным бруклинским фатом. А ей сейчас предстояла важная работа.

— Кэти! — Бев продолжала кричать. Кэйт с неохотой подумала о том, как должна быть испугана Бина. Без вины виноватая, она сожалела, что не смогла быть рядом с Биной в первые критические минуты. Пробираясь сквозь толпу, истово отплясывающую, словно это было последнее лето или последняя свадьба, она тихо проклинала Билли

Нолана и время, потерянное на террасе, каким бы занимательным оно ни казалось.

Наконец она преодолела танцплощадку и смогла разглядеть стол номер девять. К счастью, Бина задержалась где-то в толпе, а Эллиот, по видимости, покинул стол для развития интриги. Там осталась Бев, ее напомаженные волосы были зачесаны назад, а заметно увеличившийся живот подчеркивало неуместное лайкровое платье. Барби, с длинными волосами до середины спины, тоже сидела. Ее отец, торговец-ювелир, был успешнее отцов прочих подруг, и у нее всегда было больше платьев, поездок во Флориду, уикендов в Поконосе и вообще разных модных вещей. Однако теперь это была бруклинская жена, которая одевалась в магазине женской одежды на Ностранд-авеню. Ее муж Бобби занимался страховым бизнесом. Кэйт могла теперь смотреть на нее уже безо всякой зависти.

Барби сидела рядом с Бобби, глубокий вырез обнажал ее грудь, не стянутую бюстгальтером. Кэйт отвела взгляд, но присутствовавшим мужьям смотреть на это было нелегко. Если бы один не надел бабочку под цвет платья жены, а другой каммербанд,[1] Кэйт могла бы предположить, что мужей Бев и Барби не было рядом. Оба были приятной наружности бруклинские парни, но ни один из них не был так красив, как Билли Нолан. И в их глазах не об-

---

[1] Каммербанд — широкий пояс, оборачиваемый вокруг талии.

наруживался интеллект, которым обладал Майкл. Мысль о Майкле вызвала у нее мурашки по коже.

— Эй, — кричала Бев, — смотри-ка, кто пришел!

Сначала Кэйт подумала, что это сказано о ней, но Бев смотрела мимо. Кэйт обернулась и увидела Билли Нолана, присоединившегося к свадебной вечеринке за главным столом и беседовавшего с женихом. Банни смотрела с возвышения вниз и оттуда поприветствовала Кэйт коротким взмахом руки и широкой, гордой улыбкой, продолжая держать Арни за руку. Кэйт помахала в ответ, но ее глаза словно приклеились к Билли, деловито говорившему с женихом, затем рассмеявшемуся вместе с ним. «Да, за девятым столом будет не до смеха», — напомнила себе Кэйт. Она заставила себя повернуться к своей собственной компании.

— Вау, Кэйт, отлично выглядишь! — сказала Бев. — Конечно, ты же Скорпион, и твоя планета взошла в этом месяце, так что ничего удивительного.

— Да, все дело этом. И в распродаже в «Агнес Б.», — ответила Кэйт с улыбкой. Ее простое платье, без рукавов и с высоким вырезом, с разрезом, скрывающим пуговицы застежки, смотрелось как вызов вычурным нарядам ее старых подруг. Знала бы только она, что выглядела самой элегантной женщиной в зале. Кэйт всегда удивляло, почему ее бруклинская команда, никогда не пропуская ни одного номера «Вог», «Аллюра» или «Космо», все-

гда казалась одетой в одном и том же стиле. Если
и были перемены, то они заключались в том, что
блузки выбирались у́же, а рисунки крикливее. Бев,
несмотря на свой живот, напялила вещь из лимон-
но-желто-черной лайкры тигрового рисунка. Барби нацепила узкое цветастое платье без бретелек
гавайского рисунка, все в банановых листьях и ту-
канах, переплетающихся и корчащихся вокруг ее
торса. Кэйт никак не могла решить, то ли вкус
у них был непоправимо плох, то ли она сама была
навсегда втиснута в определенные рамки монахи-
нями в католической школе.

— Тебе не мешало бы добавить аксессуаров.
Шарф, может быть, подвеску, — заметила Барби
в ходе приветствия. Сама она нацепила изум-
руд — без сомнения, настоящий, — который висел
как раз над углублением между грудьми.

— Мне придется подождать, пока пополнеет
грудь и появится подходящий камень, — спокойно парировала Кэйт.

— Ты так цинична, — фыркнула Бев. — Настоящий Скорпион.

Забеременев, Бев, всегда читавшая гороскопы,
по-настоящему ударилась в астрологию. «Гормо-
ны или еще что? — подумала Кэйт. — А может, чувство неуверенности и поиск приемлемой системы
для объяснения устройства Вселенной». Кэйт снова повернулась, пытаясь найти Бину и парней. Она
переживала за них. Наконец она увидела Эллиота,
пересекавшего зал. Он нес три стакана с выпивкой.

— Для вас, вас и вас, — сказал он, предложив каждой из женщин по «космополитену».

— О, спасибо, — сказала Бев, — но мне нельзя.

— Какой джентльмен, — одобрительно промолвила Барби, тут же ткнув Бобби локтем под ребро.

— Это мой друг Эллиот, — Кэйт взяла его за руку.

— Мы уже познакомились, — сказал Эллиот. Кэйт подняла брови. — Еще в фойе. Твои друзья столь же уникальны, как и ты сама, Кэти.

— О, мы очень уникальны, — подтвердила Бев.

— А где Бина? — спросила Кэйт Эллиота украдкой. Она обследовала зал взглядом и наконец увидела Брайса и Бину, направлявшихся к столу.

Бев потянула Кэйт за локоть:

— Эй, тот парень с Биной, он ее воздыхатель или кто?

Барби подняла густо накрашенные брови.

— Люблю смокинги, — проворковала она. — Армани.

Кэйт не могла не улыбнуться. Если иудаизм был религией Бины, то мода была всегда вероучением Барби. И Кэйт вспомнила, как Брайс предсказывал впечатление, которое он произведет.

— А ты думала, появится Джек? — спросила Барби. — Помнится, он уехал пару недель назад, а она... А ему известно?

Кэйт пожала плечами. Пусть гадают. Пусть будут заняты и сбиты с толку.

— Его зовут Брайт или как-то так, — вспоминала Бев, поглаживая живот.

— Брайс, — поправила Кэйт.

— Какой знак у этого Брайса, а? — спросила Бев.

— Думаю, он Телец, но вам лучше спросить у него, — ответил Эллиот, подвигая стул для Кэйт, и она села с благодарностью.

— О, Кэти, Телец! Это не для Бины! — встревожилась Бев. — Это опасно, когда ее жених вдали.

— О, это опасный человек, — согласился Эллиот.

— Он на пике? — добавила Бев понимающе.

Кэйт не хотела объяснять, что Брайс был выше всяких пиков в качестве ухажера для Бины.

— Полагаю, они просто друзья, — сказала она.

— По мне, так не похоже, — сказала Барби, подсев к Кэйт с другого боку. — И он красавец. Просто модель. Он бы прекрасно подошел моей кузине Джуди. А чем он занимается?

— Он адвокат, — ответила Кэйт на вопрос Барби.

— В крупной фирме, или у него своя практика? — продолжала Барби.

— Спроси у него самого, — вздохнула Кэйт. Барби все та же. Всех разложит и расставит по

полочкам. Она вернулась к Брайсу и Бине, за-
стрявшим на светящейся дорожке танцплощад-
ки. Она с улыбкой наблюдала, как Брайс искусно
маневрировал, протискиваясь вперед и ведя Бину за собой.

— А что с Майклом? — спросила Бев. — Все
кончено? — У Бев была неважная дикция.

Но у Кэйт не было времени рассуждать об этом,
поскольку в этот момент Брайс с Биной добрались
до стола. Бина выдавила:

— Привет всем.

Она села, стараясь не встречаться ни с кем
взглядом. На деле, ей было нужно только ухватить
правой рукой оставшийся на столе бокал с вином
для Джека и удержать руку Кэйт левой. К удивлению Кэйт, она сразу выпила весь бокал.

— Здорово, — сказала Барби, но не Бине. Она
наклонилась через стол и протянула руку Брайсу,
выставляя напоказ грудь откровеннее, чем можно
увидеть на большинстве постеров и чем того мог
бы желать Брайс. «Что ж, может быть, она пытается заарканить его для своей кузины», — подумала
Кэйт снисходительно.

Тем временем Бина взяла бокал Кэйт и отпи-
ла половину. Прежде чем Кэйт успела сделать ей
замечание, остроглазая Бев заметила это.

— С каких пор ты стала пить? Козероги не
пьют! — закричала она.

— *Plus ça change, plus c'est la même chose*[1], — произнесла Кэйт, сама себе удивляясь. Похоже, встреча на террасе не прошла для нее бесследно.

— Что? — Барби с Бев спросили в унисон. Кэйт лишь улыбнулась и пожала плечами.

— Бобби, Джонни, это мой друг Эллиот, а это Брайс, друг Бины, — обратилась Кэйт к мужчинам, прерывая глубокие рассуждения о «за и против» переезда какой-то футбольной команды в Даллас. — Эллиот, Брайс, познакомьтесь: Бобби и Джонни.

Мужья синхронно кивнули в знак приветствия.

— Как вы, парни, думаете, что, если «Рейнджерс» переведут в Даллас? — спросил Бобби.

— По правде, я не знаток зрелищных видов спорта, — ответил Эллиот.

— О, а я люблю футбол. Пасы, широкие ворота. Вы-то знаете, — сказал Брайс улыбаясь.

Мужья казались несколько смущенными.

— А вы фанат «Джетс» или «Джайентс»? — поинтересовался Джонни с некоторой подозрительностью в голосе.

— Безусловно, «Джайентс». Люблю, когда «Джайентс»...

— Брайс! — попытался прервать его Эллиот.

---

[1] Как бы ни менялись вещи, они тем больше остаются самими собой (*франц.*).

— ...играет, — закончил Брайс, и Кэйт перевела дух.

Бев и Барби, теперь тоже в полном смущении, пристально уставились через стол на ее друзей. Кэйт догадывалась, что они рассматривали их как потенциальных мужей для двух их несчастных незамужних подруг. Ха! Как легко она может расстроить их планы, выдав новость о том, что Эллиот и Брайс уже женаты — друг на друге. Но Кэйт рассчитывала, что они хотя бы временно отвлекутся, разглядывая парней. Что ж, заблуждение вот-вот рассеется.

— Каков ваш знак? — спросила Бев Брайса.

— «Не входить», — ответил Брайс, выгнув брови и невинно улыбаясь.

Эллиот, всегда готовый к умиротворяющей лжи, улыбнулся тоже и сказал Бев:

— Он бык, — и слегка толкнул Кэйт под столом, будто она без этого не поняла бы шутки. Бина все еще держала Кэйт за правую руку.

— Хм-м. Телец, — пробормотала Бев, снова оценивая его.

А Бина в это время потянулась и достала «космополитен», от которого отказалась Бев. В следующее мгновение она опрокинула его.

— Бина! — воскликнула Барби. — Да ты что?

— Да уж, тебе бы следовало умерить темп, — посоветовал Бобби.

Брайс подвинул свой стул поближе к Бине и отобрал у нее пустой бокал. Они с Кэйт окружили ее с двух сторон, наподобие сандвича, как бы изолируя от друзей. Бина потянулась за винным бокалом Брайса. Он выждал момент, затем, пожав плечами, протянул его ей. Она выпила вино в несколько глотков. Бев и Барби уставились на Бину. Затем Барби опять вернулась к оценке Брайса в качестве кандидата в женихи Джуди.

Наступила полная тишина. Вдруг Барби задала проклятый вопрос:

— Бина, ты должна рассказать нам о предложении Джека. Покажи кольцо.

Кэйт сжала руку Бины и постаралась сменить тему.

— Посмотрите, какой браслет мне подарил Майкл, — спешно выпалила она, выставив на обозрение запястье с тусклой серебряной цепочкой и маленьким болтающимся брелоком.

Они едва взглянули на руку Кэйт. С обычным для нее благоразумием Бев открыла рот:

— Да уж, а что с твоим доктором Майклом? Бина рассказывала мне про него.

— Почему он не пришел? С ним уже все? — спросила Барби.

Кэйт покачала головой:

— Он на конференции. Эллиот — прекрасная замена, — они обменялись с Эллиотом нежными взглядами. Барби подняла брови.

— Тогда какой у Майкла знак? — спросила Бев.

— Ну, я не уверена, кажется...

— Подожди-ка, — прервала Барби. — Что здесь происходит?

Кэйт прочла вспышку подозрительности на ее лице.

— Бина, кольцо! — потребовала она. Вдруг, не дав опомниться, Барби бросилась через стол и, схватив Бину за руку, вырвала ее из тисков Кэйт. Над девятым столом на мгновение повисла абсолютная тишина. Неокольцованная рука Бины с французским маникюром на ярко-розовой скатерти была похожа на задыхающуюся белую рыбу.

Глава XIV

— И где же оно, черт возьми? — спросила Барби. — Мой отец продал Джеку совершенный алмаз. — Она смотрела на голый палец и затем снова на Бину, лицо которой вытянулось, словно она глотала слезы. — Подожди! — промолвила Барби, словно ее осенило. К чести Барби, в ее срывавшемся голосе было неподдельное участие. — Бина, с Джеком все в порядке?

Подошли два официанта и принялись расставлять тарелки с цыплятами и овощами. Кэйт надеялась, что это отвлечет Бину, но та не обращала внимания на аппетитную еду перед носом.

— Да... в какой-то степени, — произнесла с трудом Бина. Бев и Барби, обменявшись взглядами, нахмурились.

— В порядке. И в каком же порядке? — давила Барби.

— Ну, после его поездки мы... мы, возможно, поженимся тогда, после...

— Я знала! — воскликнула Бев. — Меркурий ретроградный!

— Совершенно верно, — подтвердил Брайс. — Это отразилось на всей моей юридической практике.

Но уловка не сработала.

— Ты его потеряла, Бина! — кричала Барби. — После шести лет на крючке ты так и не смогла удержать его?

— Барби! — возмутилась Кэйт. Эллиот покровительственно обнял Бину за ее маленькие плечи.

— О, боже! Ты держишься, верно? — спросила Бев с искренней симпатией.

— Да... и нет, — ответила Бина и принялась плакать не скрываясь.

— Так да или нет? — допрашивала Бев.

— По-моему, нет, — сказал Джонни, отодвигая тарелку и вставая.

Он посмотрел на Бобби, тот кивнул, заглотил с вилки еще кусок цыпленка и отодвинул свой стул назад.

— Эх, пойдем выпьем немного, — предложил Джонни, и они с Бобби отошли от стола.

— Милая, мы чем-нибудь можем тебе помочь? — спросила Барби.

— Ну, я была с Кэйт, с Эллиотом, Максом, и Брайс меня так поддержал, — говорила Бина своим подругам сквозь слезы. — Видите, мне хорошо, — начала она. — Я немного поплакала, но сейчас я нашла... — теперь она томно смотрела на Брайса, — новый фокус.

— Правильно! — поощрила Барби. — Оцени свои возможности, — она улыбнулась Брайсу. — Ты упустила автобус, но будет другой. Не в дверь — так в окно. Ты теряешь один дом, но находишь новый.

— Мы забрели не туда, — пробормотал Эллиот Кэйт, но она ему дала знак молчать.

Кэйт не могла дальше позволять играть в шарады.

— Брайс и Эллиот пришли вместе, — сказала она.

— Ну, мы и так видим, — отреагировала Бев.

— Нет, я имею в виду, что они по-настоящему вместе.

Кэйт наблюдала за тем, как постепенно смысл ее слов доходил до каждого из гостей за столом. Несмотря на «Куир ай» и «Парень встречает парня», а может быть, и благодаря им старой бруклинской братии было известно, что геи существуют, но, они полагали, только на телевидении.

Было тихо. Наконец Бев высказалась:

— Неудивительно, что вы, парни, так хорошо одеты.

Барби повернулась к Бине:

— Конечно, ты сейчас в отчаянии, но показаться с этими парнями еще не значит, что у тебя не будет... — она откашлялась, — гетеросексуального парня в будущем. Никого не хочу обидеть.

— Никто и не обижается, — заверил Эллиот.

— Вон, посмотри на Банни, — сказала Бев, махнув рукой с неправдоподобно длинными ногтями в сторону стола новобрачных. — Меньше двух месяцев назад ее бросили. Потом она встретила Арни... и все перевернулось.

— Я не хочу ничего переворачивать, — сопела Бина. Кэйт была уже рада, что та выпила вино, потому что без него потока слез было бы не избежать. — Мне нужен Джек...

Тут вернулись официанты, чтобы заменить тарелки. Начался вальс, и под пленительные звуки Штрауса глаза всех обратились к танцплощадке. Поначалу Кэйт обрадовалась этому развлечению, но затем поняла, что единственными танцующими были Билли и Банни, которую тот умело кружил по паркету. Кэйт вместе со всеми остальными женщинами в зале восхищалась его пластичностью и мастерством, впрочем, как и всем остальным. Благодаря его грации и Банни выглядела хорошо. Послышались рукоплескания, и другие пары стали присоединяться к ним в танце.

Кэйт хотела было воспользоваться случаем и порасспросить о Билли, как Бобби и Джонни возвратились к столу с полным подносом выпивки. Кэйт задумалась о том, что выбрать, но ее внимание привлекла Бина, опрокинувшая «Джека Дэниэла» с кока-колой.

— О, посмотрите на Банни! Слава Богу, она похудела еще на пять фунтов, — заметила Барби. — Я ей говорила не покупать шестой размер, если носишь восьмой. У нее ведь не было достаточно времени, чтобы сбросить вес. Она сидела на диете из «Хэген-Даза» после того, как ее бросили в последний раз. И тут бац! — и она выходит замуж.

— Это все звезды, — задумчиво пояснила Бев.

Кэйт отвлеклась от разговора, когда официант принялся разливать кофе.

— Она купила платье три недели назад, — сообщила Барби. — Им удалось достать его, потому что одна пара сбежала. Скверно. Вот если бы у нее было бы что-то от «Пайлетс»! Это сейчас самое то.

— Брось! — прервала Кэйт. — Она прекрасно выглядит, потому что счастлива.

Брайс рассматривал пары на паркете.

— Не уверен, что мне понравилось ее платье, но мне по душе ее вкус к женихам, — заметил он, щелкнув «Полароидом» Банни и Билли, когда они пролетали мимо. На его лице читались большее воодушевление и интерес, чем могла бы

одобрить Кэйт, но как будто никто больше этого
не заметил.

— О, *это* не ее муж! — усмехнулась Барби. —
Это же Билли. — Очевидно, что задели за больное
место. — Это тот парень, что бросил ее, но зато он
познакомил ее с Арни.

Кэйт откинулась назад — официант нес поднос
с десертом. Тут она припомнила, словно кадр из
фильма, момент, когда в Сохо выхватила взглядом
мужчину, которого ей указала Бина. Конечно. Она
уже видела его раньше.

— Видишь, Бина? Такое может случиться и
с тобой, — сказала Бев потеплевшим и ободряю-
щим голосом. — Я составлю твой гороскоп и проверю, что и как. Это вполне может быть Телец, —
лукаво подмигнула она Брайсу.

— И что за счастливый Телец это мог бы
быть! — галантно откликнулся Брайс. Он сидел,
прислонясь к спинке стула, и держал готовую фо-
тографию Билли. — О-о, красиво, — сказал он себе
и спрятал фото в карман.

— Конечно, — пробурчала Бина.

— Вчера бросили, а сегодня выходит замуж, —
уговаривала ее Барби.

— Но меня не бросали! — воскликнула Бина.

— Вы считаете, что Билли и в самом деле самый шикарный мужчина? — Барби обратилась
сразу ко всем, кого занимал тот же предмет.

— А ты не встречалась с ним до меня? — поинтересовался Джонни у своей жены. Бев покраснела, кивнув в подтверждение того, что она в действительности гуляла с упомянутым мужчиной.

— Я встречалась с ним несколько недель, до того как мы познакомились, но из этого ничего не вышло, — она потянулась и поцеловала мужа. — Так или иначе, он Овен, — объяснила она.

— Он дрянь, — прокомментировала Барби. — Дрянь, которая бросила Банни.

Хоть раз Кэйт была вынуждена согласиться с Барби. Ее оценка этому парню была верна: слишком красивый, слишком непринужденный, слишком слащавый.

— Старина Билли, — сказала Бина, почти опьянев. — Давайте выпьем за Билли-талисман.

— Билли-талисман? — с интересом откликнулся Эллиот. — Почему ты его так нарекла?

— Потому что он бросает женщин в новую жизнь, — объяснила ему Барби.

— Да он и правда неплохой парень, — сказала Бев. — Просто Овну трудно брать на себя обязательства.

Джонни фыркнул:

— Не могу поверить, что ты встречалась с ним.

— Ну, не я одна, — парировала Бев, защищаясь, — так ведь, Барби?

— Да, — смело сказала Барби, — Билли был последним парнем, с которым я встречалась до свадьбы Бобби. Но ему от меня ничего было не надо. Когда я бросила его...

— Позволь? — спросила Бев. — Одна поправка. Он бросил тебя.

— Да какая разница? Он не так ужасен, правда. Он забавный, и у него отличное чувство стиля. Только вот слова *обязательства* нет в его словаре.

Брайс, нагнувшись над столом, прошептал Кэйт:

— Эллиот был прав. Это куда лучше «Юных и неугомонных». Только намного менее реально.

— Это оттого, что мыльные оперы — киноиндустрия, а не реальная жизнь, — объяснила Кэйт. Ей даже не хотелось думать о том, какие впечатления получат эти двое, когда весь сегодняшний кошмар закончится.

Она посмотрела на Эллиота — тот достал карандаш и бумагу.

— Посмотрим, все ли я правильно уловил, — сказал он сам себе. Она недоумевала, о чем это он. Но прежде чем она успела спросить, Бина неуверенно встала, решив, что сейчас самый подходящий момент объявить всему собранию, как она несчастна.

— Леди и джентльмены, — начала она, — вы видите Бину Горовиц, неудачницу и будущую старую деву.

— Деву, — поправил Брайс.

— Пусть, — сказала Бина, стараясь влезть на стул. Эллиот подхватил ее раньше, чем она свалилась, но он не мог заставить ее понизить голос. — Одинокая женщина может родить детей, знаете ли. Не то что Рози О'Доннелл. Майкл Джексон родил, а он и не женщина вовсе. А я женщина, черт возьми!

Несмотря на невероятный шум в зале, люди стали прислушиваться. К счастью, в этот момент звуковая аппаратура щелкнула, и голос Билли Нолана перекрыл вопли Бины.

— *Excusez-moi*, — попробовал Билли, потом постучал по микрофону и повторил громче, уже на английском: — Простите. Обращаюсь ко всем!

Разговоры продолжались, пока он наконец не стукнул по микрофону так сильно, что высокий тон отдачи звукосистемы успокоил толпу.

— Будет болтать! — почти закричал Билли на всех.

Это была отличная возможность успокоить Бину. Кэйт с Брайсом пытались удержать ее за руку, но она сопротивлялась. В то же время по звуку динамиков можно было подумать, что Билли Нолан очень смущен.

— Эй, я знаю, что для б-бруклинских женщин нев-возможно посидеть т-тихо, но если см-можете, д-дайте парню сказать п-пару слов.

Кэйт съежилась, видя, как он старается преодолеть заикание. Она посмотрела на браслет, который ей подарил Майкл, и вздохнула. Потом повернулась узнать, что Эллиот думает о Билли, но тот, казалось, не обращал на происходящее внимания. Он выглядел так, словно пытался решить некую математическую задачу. Пока лучший мужчина провозглашал тост, Эллиот что-то отчаянно царапал ручкой на салфетке.

— Я поднимаю бокал за Арни и Банни, — начал Билли. — *À vous, mes amis! Toujours l'amour*[1].

— О, Иисус, — заворчала Барби, закатывая глаза, — он снова вообразил себя французом.

— Кого, черт возьми, этот парень из себя строит? — возмутился Бобби. — Говори по-английски! — крикнул он с места.

— Извините, — покраснел Билли. — Теперь по-английски. — Он глубоко вздохнул и продолжил: — Я, м-м... я познакомил Арни с Б-банни. Я знаком с Арни много лет, и Б-банни... в общем, я знал тоже!

Кэйт нахмурилась — хор непристойных гуканий и мяуканий заставил Банни покраснеть, а Арни опустить голову. Кэйт недоумевала по поводу заикания Билли. Если оно напускное, то тогда он еще большая дрянь, чем она предполагала. К счастью, он произнес остаток своего тоста по-французски непринужденно и кратко.

— Поздравления Арни и Банни! — сказал он — Они п-прекрасные люди. И брак — прекрас-

---

[1] За вас, мои друзья! Вечной любви (*франц.*).

ная вещь... если смотреть со стороны. За Арни и Банни, — и он поднял вверх свой бокал, тем самым показывая, что закончил.

Гости аплодировали и звонко стучали столовым серебром по бокалам, а Арни и Банни были обязаны поцеловаться. Когда приветствия и подкалывания стихли, Кэйт повернулась к остальным за своим столом и спросила:

— Вы и точно обе встречались с ним?

Бев с Барби уныло кивнули и пожали плечами.

В это время ансамбль снова заиграл, и народ перекочевал на танцплощадку. Это был вполне благоприятный факт, поскольку давал возможность проще уйти незамеченными. Однако Эллиот встал и, извинившись, собрался куда-то.

— Куда ты направился? — спросила Кэйт. — Нам нужно забрать Бину отсюда.

— Я сейчас, — ответил он и поспешил к толпе.

Кэйт по-прежнему держалась возле Бины и смотрела, как пары отплясывают твист и медленный танец под «Каждый твой вздох». Наконец Эллиот вернулся. Он выглядел довольным собой.

— Куда ты ходил? — спросила Кэйт. — Мы должны доставить Бину домой. Она уже готова начать отплясывать свою хору.

— Я просто проделал маленький вероятностный анализ, — отвечал Эллиот.

— Славно! — упрекнула Кэйт. — Зачем? Собираешься составить контрольную работу по математике для третьего класса на материале свадебного торжества? Если X подает четыре венские колбаски трем гостям, а Y подает две фаршированные...

— Видишь, статистика привлекается, — сказал Эллиот, — но не те проблемы решаются. Только одна сердечная проблема. Вот увидишь.

Он повернулся к Брайсу.

— Возьми ее под левую руку, — скомандовал он, указав на Бину, — а я возьму под правую.

Не говоря ни слова, оба обхватили Бину и невозмутимо и тихо повели ее от стола через зал на выход. Кэйт последовала за ними, забыв обернуться, чтобы бросить прощальный взгляд на Билли Нолана.

Глава XV

Несколькими днями позже, когда Кэйт заканчивала свои записи и была готова запереть их в шкаф на ночь, зазвонил телефон. Она не виделась с Майклом больше недели. Он уезжал на семинар, и у нее со свадьбы гостила Бина. Сегодня вечером Майкл должен был зайти на ужин, и Кэйт ждала его звонка. Она подняла трубку.

— Кэйт? — это не Майкл, и голос был незнакомый — мужской, молодой, но глубокий.

— Да, Кэйт Джеймсон.

— Привет. Это Б-б-билли Нолан, — заикание выдало бы его, даже если бы он не назвал своего имени. Кэйт почувствовала, как краска заливает ей лицо.

— Откуда у вас мой номер? — спросила она. — Мой рабочий телефон.

Какая наглость! Как будто он не мог позвонить ей домой. Кэйт была всегда щепетильна в отношении протокола. Кроме того, это же ее первая профессиональная работа. И вот этот... этот... тупица звонит ей на работу. Она убила бы ту из «шавок», которая дала ему номер телефона.

— Надеюсь, я не в самое неп-подходящее время.

У нее был тяжелый день. У Стиви Гроссмана, пятиклассника, обнаружились тревожные признаки шизофрении, нетипичные для ребенка его возраста. Кэйт поняла, что ему нужен осмотр психиатра — у нее был друг в Акерманском институте семьи, который мог помочь. Но и родители, и доктор Мак-Кей не придавали особого значения проблемам мальчишки, оспаривая ее профессиональные рекомендации. А теперь этот субъект — хотя и очень красивый субъект — звонит ей на работу!

— Боюсь, что как раз наоборот, — холодно ответила она. И сколько женщин у него на счету? Неужели он настроен добавить ее имя к этому списку?

— Может, найдется более удобное время? — спросил Билли.

— Боюсь, что не найдется, — сказала Кэйт. Она уже повесила бы трубку, но что-то, и она не понимала, что именно, сдерживало ее — трудно было быть по-настоящему грубой. — Сожалею, но я должна идти.

Она положила трубку на место, и приступ вины поглотил маленький глоток удовольствия, вызванный этим звонком. Она вот-вот встретится с Майклом. И что только о себе вообразил этот Билли Нолан?

Кэйт выбросила эти мысли из головы, собрала вещи и закрыла кабинет. Проходя мимо третьего класса Эллиота, она увидела его самого: он стоял на шатающемся стуле и вешал на окна плакаты. На них провозглашалось: «Математика — это забавно!» Он их вешал таким образом, что они лицевой стороной смотрели наружу и читались со стороны класса задом наперед.

— Что ж, это должно убедить их, — усмехнулась она. Ей была нужна порция общения с Эллиотом, чтобы поднять настроение. — По крайней мере, хорошо для дислексиков[1].

Эллиот завертелся, застигнутый врасплох ее замечанием, и чуть не упал со стула. Он оперся о подоконник, посмотрел на нее и улыбнулся.

---

[1] Дислексия — нарушение речи.

— Мне тоже приятно видеть тебя, — вздохнул он. — Дневная школа Эндрю Кантри. Дом учения ради самого учения.

Кэйт вошла в класс и, задрав ноги на письменный стол, села в учительское кресло Эллиота. Может быть, он подаст идею, как убедить родителей Стиви обратиться за профессиональной помощью. Он мог быть весьма изобретательным. Но он опередил ее.

— Как дела у Бины? — спросил он, спихивая ее ноги с письменного стола.

— Настолько хорошо, насколько можно ожидать, — ответила Кэйт, пожимая плечами. После свадьбы Бина согласилась отправиться домой в целях преодоления трудностей и «испытания себя одиночеством». Во всяком случае, это выразилось в постоянные посещения Кэйт в надежде найти сочувствие и выудить у Макса какие-нибудь сплетни про Джека.

— Несчастная Бина, — сказал Эллиот. — Я по-настоящему полюбил ее.

— И я, — согласилась Кэйт. — Она мне как сестра.

— Мне понравились и Бев с Барби тоже, — продолжал Эллиот. — Знатные крикуньи!

— Ну, я не была настолько близка с ними, — напомнила она Эллиоту. — Но я рада, что вам с Брайсом было весело.

— Весело? Брайс с тех пор ни о чем больше и не толкует. Он ждет не дождется следующей серии.

— Следующей серии не будет. Это же не мыльная опера. Это жизнь определенного рода. Бина вернулась в офис отца. Может быть, она встретит какого-нибудь парня, которому нужна коррекция позвоночника.

— Я бы хотел увидеть Бину, — сказал Эллиот.

— Учти, Бруклин — это не зрелище вроде спорта. — Кэйт встала. Она вовсе не хотела, чтобы ее друзья ударились в осмеивание и критику, даже если она этим грешила сама. — Бина очень подавлена. Она столько вложила в Джека, — Кэйт вздохнула. — Мне пора. У меня сегодня свидание с Майклом.

— Посиди еще минуту, — попросил Эллиот, впервые ни словом не обмолвившись о Майкле.

Кэйт была удивлена этим, но все же присела на краешек сиденья, готовая немедленно уйти, если он затянет старую песню.

— Слушай, — начал он, — мне кажется, я нашел способ помочь Бине.

— О, Эллиот, пожалуйста, — прервала его Кэйт, выразительно поведя глазами. — Если только у тебя в кармане нет письменного предложения от Джека, то ты ничем не можешь...

— А ты послушай, — убеждал он. — Это, возможно, не хуже письменного предложения.

Кэйт скептически смотрела на него, будто он пытался раскрыть перед ней секреты гробниц фараонов.

— Вспомни, как на свадьбе Барби говорила, что ее бросил тот красавец.

Кэйт не могла поверить. Неужели ее так и будет преследовать образ Билли Нолана? Она ни за что не скажет Эллиоту о звонке, иначе он впадет в истерику.

— Какой красавец? — спросила она.

— Лучший мужчина. Билли, — напомнил ей Эллиот. — Вспомнила? Тот, что похож на Мэтта Дэмона, только намного красивее.

— О да. Объявлявший тост. Ну и что он? — спросила Кэйт, стараясь напустить скучный вид.

— Так, Барби с ним гуляла.

— Барби гуляла со всеми, — сказала Кэйт. — Она дошла до того, что сбежала от бруклинских парней и начала гулять в Стейтен Айленде.

— Постарайся сосредоточиться, — продолжал Эллиот. — Ты помнишь, Банни тоже встречалась с Билли и была брошена им. Как раз перед тем, как выйти замуж за Арни.

— Банни и правда не везло с мужчинами, — заметила Кэйт. — И что же?

— Вот, ей повезло, как ты выразилась, после Билли... если ты, конечно, называешь Арни везением.

Кэйт пожала плечами, стараясь вспомнить, забрала ли она свою белую блузку из химчистки или нет. Она собиралась надеть ее вечером.

— И к чему ты ведешь?

— Так вот, Бев тоже встречалась с Билли, тоже была брошена и потом тоже вышла замуж. Когда я заметил такие совпадения, мой блестящий математический ум переключился на максимальную скорость, и я предпринял небольшое расследование.

— И? — подгоняла Кэйт.

— Так вот, — слегка раздраженно продолжал Эллиот, — я собрал некоторые факты и выяснил, что шесть женщин на этой свадьбе встречались с Билли и были оставлены им.

— Так он развратник, — сказала Кэйт. Она вспоминала, как Билли очаровал ее на террасе, его звонок, его потрясающе приятную внешность. Она бы не удивилась, если бы там нашлось тридцать женщин, которых он разочаровал. — Ну, Эллиот! Ты настоящий Шерлок Холмс.

— У тебя еще нет полной картины. Помнишь, как я помогал тебе по статистике?

— Да как же я забуду? Ты напоминаешь мне при каждой возможности.

— Ну, я же гений, — сказал Эллиот. — Гениев всегда недооценивают, — он говорил важно, чуть задрав нос. — Задержись, Кэйт. И ты узнаешь, что все шесть этих женщин после того, как Билли бросил их, *вышли замуж* за следующего мужчину, с которым они знакомились.

Кэйт пожала плечами.

— Да кто угодно будет хорош после эдакого парня. Он просто игрок, — даже она сама заметила, что ее голос звучал слишком резко. Всего-то — легкий флирт и телефонный звонок. Кем был Билли Нолан для нее?

— Кэйт, Кэйт! Ты не поняла! — Эллиот почти кричал уже в отчаянии. — Да я не о нем. А о том, что бывает после него. Да знаешь ли ты статистическую вероятность такого явления?

— Очевидно, нет, — призналась Кэйт, которая и сама была довольно раздражена. Она встала. Ей уже не хватит времени зайти в химчистку, и если белой рубашки нет дома, она наденет шелковую зеленую. Кэйт взяла сумочку — Мне пора.

— Кэйт, я обработал данные и ряды вероятности от единицы из шести миллионов трехсот сорока девяти до единицы из двадцати двух миллионов шестисот сорока трех. И это со стандартной погрешностью.

— Уж если о погрешности, — сказала Кэйт, — то когда ты найдешь время вымыть голову? — Она подошла к двери и остановилась на минуту. — Так как это может помочь Бине?

— А ты не поняла? — воскликнул Эллиот. — Мы *воспользуемся* этим к выгоде Бины.

Она замерла. Потом развернулась.

— Воспользуемся этим? — спросила она.

В этот момент доктор Мак-Кей возник прямо перед Кэйт неожиданно, как мигрень в солнечный день.

— У вас тут что, ссора? — спросил он.

— Разумеется, нет, — уверил его Эллиот. — Мы проверяли акустику в классе. По какой-то причине учащиеся в этом углу возле двери не слышат как следует урока. Кэйт думает, что это пробковые стены.

Кэйт кивнула.

— Пруст, и все такое, — выдала она.

Мистер Мак-Кей моргнул, и Кэйт чуть не расхохоталась. Он так легко ловился на литературные ссылки.

— О, понимаю. Ну думаю, на сегодня достаточно, — сказал он и исчез так же молниеносно, как и появился.

— Он решил, что у нас любовная ссора, — сказал Эллиот.

— Да, наверное, он пошел испечь несколько кексов. — Доктор Мак-Кей приносил собственную стряпню на каждую распродажу выпечки. — Так скажи же мне, в чем суть, пока я не отправилась на метро.

— Суть в том, — пояснил Эллиот, — что Бина собиралась испытывать себя одиночеством, так? Мы ее заставим встречаться с Билли, он ее бросит, потом они встретятся с Джеком и — бум, вот тебе на! — он ее просит выйти за него замуж.

Кэйт едва верила своим ушам.

— А я еще думала, что Стиви Гроссману нужна психотерапия, — сказала она. — Эллиот, ты настоящий псих. Скоро ты мне предложишь согласиться с Бев, что Бина должна была родиться под знаком Рыб, чтобы плыть к своему счастью.

— Кэйт, — продолжал Эллиот более чем серьезно, — мы говорим о статистике и вероятности, а не об астрологии. Я не Бев. Я все рассчитал, и это настолько близко к реальности, насколько только возможно.

— Перестань, Эллиот! — воскликнула Кэйт.— Ты заблуждаешься. Мне даже жаль тратить время на доказательство того, как порочен твой план.

— Попробуй, — бросил вызов Эллиот.

— Первое: Бина не желает встречаться с кем-то еще. Второе: Билли — дрянь, поскольку спал со всякой более или менее привлекательной девицей в Бруклине, а то и в Нижнем Манхэттэне. Третье: Бина, которая дорога мне, не станет встречаться с кем попало, и тем более с Билли Ноланом. Этого достаточно?

— Хорошо, — уступил Эллиот. — Но предоставь мне какой-нибудь более веский довод, почему это не сработает.

— Ты ненормальный, — она двинулась по коридору.

— Ты повторишь это, когда я буду у Бины посаженной матерью, — крикнул Эллиот ей вслед.

«Боже, — подумала Кэйт, — Мак-Кей занесет нас в свой секретный школьный дневник». Она повернулась лицом к Эллиоту:

— Нет, Эллиот. Нет — и все.

Эллиот вглядывался в ее лицо.

— Кто натаскивал тебя к вступительным экзаменам в аспирантуру?

— Ты, — вздохнула Кэйт. Она знала, что последует дальше.

— А кто был первым среди студентов в Колумбии?

— Ты, но...

— И кому предложили грант в Принстоне и место адъюнкт-профессора?

— Тебя, но это не значит...

— Но это значит, что ты все еще сомневаешься в моих способностях? — Он покачал головой. — В стране слепых... Кэйт, это совершенно удивительное открытие и потрясающая возможность его использовать, и ты это называешь ерундой?

— Не припомню, чтобы я употребляла слово «ерунда», — сказала она, понижая голос. — Это напоминает то, что мог бы сказать Мак-Кей.

— Но ты же знаешь, что я никогда не ошибаюсь, когда речь идет о расчетах, — сказал ей Эллиот, улыбаясь.

Кэйт взглянула на часы и повернулась к выходу. Пусть кричит на весь холл, если хочет.

— Эллиот, — сказала она на ходу, — я не верю в магию, не верю в сверхъестественное, в гороскопы или совпадения, которые предсказывают будущее. Теперь мне надо идти. У меня свидание с Майклом, а я уже неделю не брила ноги.

— Ах да, Майкл, — повторил Эллиот, проходя мимо шкафчиков. — Я думал...

— Мне лучше не вникать в твои мысли сегодня, — она была уже у двери. — Бай-бай.

Эллиот удержал ее за плечо.

— Смотри, Кэйт, это касается не только тебя, речь идет о Бине и *ее* будущем. По крайней мере, позволь мне изложить ей факты. Это должно быть ее решением.

Кэйт посмотрела на своего друга, покачала головой и пожала плечами. Затем она побежала вниз по ступенькам на свидание.

Глава XVI

Кэйт брела по Восьмой авеню в предвкушении приятного уикенда. Она решила, что после неприятностей с Биной, свадьбы Банни и выходок Эллиота имеет право не думать ни о чем. Она не станет вспоминать даже о своих маленьких пациентах. Она позволила себе так называемые «маленькие гастрономические радости»: зашла в несколько превосходных продуктовых магазинов по соседству и купила готовый куриный салат с карри, пакет прекрасного красного винограда и отварной палтус с лимонной приправой.

В пятницу пополудни у Кэйт был особый повод почувствовать уверенность в себе: наконец-то она дошла до того уровня, когда смогла нанять уборщицу. Тереза приходила только на полдня по пятницам, но стоило не пожалеть пятидесяти долларов, чтобы в конце тяжелой недели войти в прибранную, вычищенную пылесосом квартиру и затем лечь в свежезастеленную постель. Она вспоминала свои подростковые годы и отвращение, которое испытывала, возвращаясь домой в четыре грязные комнаты, где жила с отцом, нищету, дешевую еду — сардины, суп в банке и остывшую кашу. Она всегда с трепетом отворяла дверь, никогда не зная заранее, что увидит внутри, поэтому еще больше ценила уверенность, с которой могла открыть дверь своей нынешней квартиры, гордилась чистотой и порядком в ней.

Когда Кэйт проходила мимо корейского рынка, ее взгляд привлекли розы необычного, абрикосового оттенка. Было бы мило со стороны Майкла купить ей цветы, но если он не купит, хорошо бы все-таки поставить несколько таких роз в кувшин в гостиной и в вазу возле кровати. Она остановилась, и когда продавец предложил ей «специальную скидку — два букета всего за десять долларов для прекрасной леди», — улыбнулась ему и, заплатив десять долларов, отправилась дальше с упакованными в бумагу розами под мышкой.

Кэйт свернула за угол и оказалась в своем квартале. Многие окна были открыты, и, идя мимо домов из песчаника, она могла наблюдать, как люди на первых этажах готовили ужин, другие сидели в гостиной с книгой или бокалом вина, детишки играли на крыльце или в маленьких двориках напротив домов. Подойдя к своему крыльцу, она быстро взбежала по ступенькам, достала ключ, вошла в вестибюль и, забрав почту и даже умудрившись не уронить купленные деликатесы, сумочку и цветы, взлетела вверх по лестнице. Она вошла в свою маленькую чистую квартирку и перевела дух, затем сбросила у двери туфли. Был шестой час, ей надо было успеть выгрузить продукты, поставить цветы, принять душ и переодеться. Придется поторопиться. Только она поместила последнюю розу в вазу, предназначенную для спальни, как зазвонил телефон. Захватив его, с цветами в руке она направилась к столику в спальне, включив на ходу определитель номера. Ей просто было не до очередного звонка от Бины. Вероятно, это жестоко, но эти звонки начинали уже надоедать ей.

— Послушай, я не хотел бы, чтобы ты сердилась, — послышался голос Эллиота.

— Я не сержусь, у меня просто нет времени.

— Разумеется, пока ты еще не сердишься, — добавил Эллиот. — Я не хочу, чтобы ты рассердилась, когда я расскажу тебе то, что собираюсь рассказать.

— Неужели я выгляжу толстой в этой рубашке? — спросила она. Уже слишком поздно переодеваться. — Ты же говорил мне, что она смотрится хорошо.

Кэйт поставила цветы и отступила, чтобы оценить букет издали. Комната выглядела великолепно.

— Понятно, что ты шутишь, но я серьезно. Не злись. Я приглашаю Бину на завтрак в воскресенье.

Кэйт, в процессе разговора снимавшая рубашку, едва не выронила трубку, которую зажала между плечом и подбородком.

— Но зачем ты это делаешь? — спросила она. — С какой стати?

— Я знал, что ты разозлишься, — продолжал Эллиот, — но я провел еще некоторые изыскания, и...

— Да кто ты такой? Чертова Нэнси Дрю? — возмущалась Кэйт. — Никто не станет приглашать мою бруклинскую подругу в свою квартиру в Челси на завтрак, кроме меня, и я сама не уверена в том, что *сделаю* это.

Она повесила рубашку и порадовалась, что принесла из химчистки свою белую любимую блузку. Она наденет ее, оставив две верхние пуговицы расстегнутыми, и еще серые брюки из «Банана Рипаблик». Но сначала отделается от Эллиота и остановит его дурацкий план.

— Кэйт, это не только Барби и Банни. Шесть женщин, встречавшихся с Билли, сразу же после того, как он бросал их, выходили замуж за других мужчин.

— Ты все еще настаиваешь на своем?

— Статистическая вероятность практически неслыханная. И ты обязана ради Бины...

— Эллиот, не знаю, какая муха тебя укусила, но пора ее прихлопнуть.

Кэйт, раздосадованная не на шутку, разложила одежду на кровати и говорила прямо в трубку:

— Ты просто хочешь заманить Бину с тем, чтобы вы с Брайсом могли узнать ее поближе и потом посмеяться над ней.

— Но это неправда! Это просто способ помочь Бине.

Кэйт посмотрела на будильник на тумбочке.

— Майкл уже пришел. Мне нужно идти. Пока.

Она положила трубку, прервав тем самым хныканья Эллиота:

— Но, Кэйт...

Она побежала в ванную, приняла душ, стараясь не намочить волосы, оделась и несколько минут прихорашивалась перед запотевшим зеркалом. Потом взяла щетку, прошла в кухню и принялась расчесывать волосы, попутно налив себе персикового охлажденного чая.

После примирения Кэйт с Майклом спали вместе в этом комфортабельном гнездышке, проводили вместе большую часть уикенда и ежедневно перезванивались. День был жаркий, но Кэйт держала окно открытым. Она села на подоконник, потягивая чай и ожидая прихода Майкла. Оставалось лишь подготовить немного зелени и выставить закуску, чтобы все было готово к приятному ужину. В холодильнике стояла бутылка «Фраскати», а стол был уже накрыт. Майкл по обыкновению немного опаздывал, но Кэйт не переживала. Это лишь дало ей больше времени, чтобы насладиться уютом своего жилища и приятным видом из окна.

Прошлой зимой, после разрыва со Стивеном, когда деревья были голыми, этот же вид казался ей серым и унылым, как и ее жизнь. Эллиот был очень заботлив, и время... да, время прошло, и случилось то, что случилось.

Она улыбнулась на мгновение, довольная тем, что те дни остались позади. Забавно, кто-то должен написать книгу о новой форме взаимоотношений между людьми в двадцать первом веке, об обязательствах и причинах расставаний. Возможно, она предложит это Майклу. Любой поступок ведет либо к возрастанию, либо к ослаблению любви и доверия. Сначала пара обменивается лишь телефонными домашними номерами, потом рабочими. Потом наступает момент, когда вы вводите оба номера в память домашнего и сотового телефонов, затем следует церемониал оставления своей зубной щетки, а вскоре прочих предметов личной гигиены — дезодоранта, крема, бритвы. Затем наступает критический момент обмена ключами. Со временем все эти действия повторяются в обратном порядке. Кэйт не знала, когда именно Стивен стер ее имя из памяти своего сотового телефона, зато ясно помнила день, когда убрала его.

Пока они с Майклом еще не обменялись ключами, но Кэйт чувствовала, что они потихоньку продвигаются от свиданий к фазе, которую она назвала бы «отношениями», если бы это слово не заставляло ее поморщиться. И это было приятной переменой. Когда ей было двадцать, ей казалось, что свидания скорее носят случайный характер и парни играют в свою игру, и, когда они уходили, Кэйт никогда не была уверена в том, что они позвонят ей завтра, на следующей неделе или вообще когда-нибудь. Может быть, это объяснялось и тем, что она училась в колледже, а там был широкий выбор, и легко было найти замену тому, с кем встречалась в прошлом месяце. Теперь же, во всяком случае после Стивена, она смотрела на все иначе. Любовники всегда рассматривались ею с точки зрения возможности длительных связей, и если она не чувствовала сильной заинтересованности со стороны мужчины, то теряла к нему интерес.

Она думала о Майкле, когда он появился из-за угла. Со своего выгодного наблюдательного пункта она могла наблюдать за ним, сама оставаясь незамеченной.

— Эй, Майкл!

Он остановился внизу, посмотрел вверх на деревья и затем заметил ее, а она помахала ему рукой в знак приветствия.

— Эй, — крикнул он вверх. — Извини, я опоздал.

Кэйт не желала, чтобы он чувствовал себя виноватым, потому лишь пожала плечами, улыбнулась и жестом пригласила подняться. Она соскочила с подоконника и нажала кнопку замка наружной двери, потом открыла дверь квартиры и прислушалась к его шагам по лестнице. Увидев его, снова отмахнулась от повторных извинений и поцеловала. Он придержал ее ненадолго, и она почувствовала себя так хорошо, что испытала некоторое разочарование, когда он отпустил ее. Ужин удался. Кейт рассказывала Майклу о своих успехах с Брайаном Конроем, маленьким мальчиком, лишившимся матери, и о некоторых проблемах с двумя братьями-близнецами, которые заменяли друг друга на уроках и тем смущали не только преподавателей, но и своих одноклассников. Майкл в свою очередь пересказал ей события своей недели.

Все его новости в последнее время касались так или иначе его взаимоотношений с Фондом Саджермена. Он все еще надеялся получить предложение возглавить факультет в Техасском университете. Кэйт пока не была уверена, что включена в его остинские планы. Он не заговаривал об этом, а она и не спрашивала. Планировал ли Майкл, что она поедет тоже? Может, ждал подходящего момента? Может быть, он ждал предложения лишь для того, чтобы затем не принять его. Остин... Кэйт старалась не брать это в голову. Техас был не для нее.

Когда ужин закончился, Майкл помог ей убрать со стола и достал белую бумажную коробку с маковым кексом на десерт.

— У меня есть немного ванильного мороженого, его можно положить сверху, — сказала она.

— Я подумал о чем-то сверху чего-то еще перед десертом, — пошутил Майкл. Он взял ее за руку. — Я еще не говорил, как ты прекрасна?

Она покачала головой.

— Ты мне скажешь об этом сейчас? — спросила Кейт в надежде на большее.

Он смотрел на нее сверху.

— У тебя что-то не так с пуговицами на блузке.

С высоты своего роста ему была видна ее слегка приоткрытая грудь. Кэйт улыбнулась, глядя на него.

— Ты сделала все не так. — Мгновение она еще предполагала, что он сейчас застегнет ее блузку, но потом поняла его намерения. — Глупенькая. Ты не догадалась расстегнуть их все, — сказал Майкл.

Через несколько секунд они уже были на ее кровати, и она была полностью раздета. После Стивена, с которым ее связывала сильная взаимная страсть, Кэйт боялась, что любой, с кем ей придется спать, будет всегда вторым номером, но Майкл оказался таким умелым в постели, что этим с лихвой окупил даже недостаток чувства юмора.

Кэйт настолько была поглощена своими мыслями, что, почувствовав его проворные руки на своем теле, с трудом заставила себя обнять его. Они целовались, ласкали и обнимали друг друга. Когда Майкл, с силой обняв ее за плечи, навалился на нее, она была уже более чем готова.

Глава XVII

В субботу утром Кэйт проснулась с улыбкой на лице. Она потянулась, выгнув спину в сладкой истоме после секса, затем улыбнулась еще шире при мысли о предстоящем уикенде. Ей захотелось прижаться к Майклу и прошептать ему спасибо, может, даже соблазнить его на «анкор», но, повернувшись на бок, она поняла, что его нет. Она не сразу вспомнила, что он всегда бегал с шести до семи часов.

— Что бы ни происходило, — уверял он ее еще при первой встрече, и она восхищалась его само-дисциплиной. Но сейчас она была разочарована. Он вернется взбодрившимся, примет душ и захочет кофе, который она должна ему подать.

Кэйт вздохнула, приподнялась и, заметив, что еще без четверти семь, легла снова. Она оценила свои возможности: можно встать, принять душ и начать готовить завтрак или же поспать, пока он не вернется. Ей хотелось понежиться, она знала, что Майкл сразу же пойдет в душ, заботливо давая ей поспать одной. Вероятно, он тихо почитает «Таймс», пока она не встанет с постели. Кэйт решила прокрутить еще раз в уме вчерашний секс и уже закрыла глаза, когда зазвонил телефон. Никто не мог звонить ей так рано субботним утром, кроме...

— Привет, Эллиот, — сказала она. — Ты понимаешь, что сейчас без десяти минут семь и сегодня суббота?

— Я что-то прервал? — скромно спросил Эллиот. — Я могу перезвонить. Разве ему не хватает всего нескольких минут?

— Эллиот! Ты прервал мой сон, — сказала Кэйт. — Что за нужда?

— Послушай, Кэйт, я не хочу, чтобы ты сердилась.

— Сердилась? Что еще ты натворил?

— Слушай, я знаю, что ты сердишься. Я хотел, чтобы об этом знала только Бина, но она рассказала Барби, а ты же знаешь, какая *она*...

Да, Кэйт знала, какова Барби, но она не хотела слышать об этом, в особенности от Эллиота и в семь часов утра в субботу.

— Я должен был так поступить. Математика плюс перспектива счастья — это слишком важно, чтобы не брать в расчет.

— Эллиот, о чем это ты?

— О завтраке. Я рассказал Бине о своих открытиях, она захотела узнать больше, и Брайс предложил завтрак, но я уже хотел отменить его после нашего с тобой разговора. Но теперь она пригласила Бев и Барби. И Банни вернулась из медового месяца, так что Бев рассказала и ей, и теперь...

— О, боже! — закричала Кэйт. — Не говори мне, что ты растормошил Бину своей дурацкой идеей. Прекрати, Эллиот! И какое отношение это имеет к остальным? И завтрак? — Она рассчитывала на свободный от Бины уикенд, на возможность расслабиться с Майклом и набраться сил. Она пыталась сосредоточиться на словах Эллиота, но ей так хотелось оставаться беспечной, мягкой и пушистой, женственной и изнеженной. — Эллиот, не своди Бину с ума своими глупостями.

— Ты не понимаешь прозрачности и важности чисел, Кэйт, — убеждал ее Эллиот. — После того как Бина рассказала подругам, они припомнили еще два других случая, когда женщина выходила замуж непосредственно после разрыва с Билли.

— Ну и что? — Кэйт услышала скрип открывающейся двери. Может быть, если бы она сейчас встала, то уговорила бы Майкла... Ей он нравился потный, но он слишком эгоистичен, чтобы считаться с ее желаниями. И был шанс... — Мне нужно идти, — сказала она Эллиоту.

— Я понимаю, — многозначительно заметил Эллиот. — Развлекайся. Закрой глаза и думай об Англии. И приходи сюда завтра в одиннадцать тридцать.

— Я тебя ненавижу, — сказала Кэйт.

— Разве это не хорошо звучит, в несколько странном и возбуждающем смысле? — спросил Эллиот. — Одиннадцать тридцать завтра. Приходи или иди... знаешь куда.

В воскресенье без четверти одиннадцать Кэйт постучала в дверь к Эллиоту. Она хотела прибыть раньше «шавок», чтобы выработать основополагающие правила игры, выразить свое возмущение и обозначить пределы, в которых Эллиот и Брайс могли играть.

— Кэйт! — воскликнул Брайс с наигранным удивлением, открывая дверь. — Ты рано! И что тому причиной?

— Я подумала, что могла бы помочь вам подготовиться, подложив немножко битого стекла в куриный салат, — ответила она с недоброй улыбкой.

— Ой-ой-ой! Маленькая мисс Гостеприимность, — сказал Брайс.

Она прошла, не глядя на него, прямо в квартиру. Ей нужно было свести счеты — и пусть он трепещет — с Эллиотом.

Ее жертва стояла у дивана, едва различимая за ворохом таблиц и графиков. Когда он заметил ее, то выпустил все это на кофейный столик. Брайс, не будь дураком, спрятался на кухне, откуда доносились подкупающие ароматы.

— Что это? — спросила она Эллиота, принявшегося сортировать таблицы.

— Это доказательства, — ответил Эллиот. — Я подумал, если представить факты в наглядной форме, это убедит Бину.

— Эллиот, я запрещаю это безо всяких обсуждений. Тебе не позволено вмешиваться в жизнь людей подобным образом.

Эллиот нарочито моргнул, опустил голову, затем взглянул на нее через очки.

— И это говорит женщина, которая пытается перевоспитать пару десятков детишек в Эндрю Кантри.

Кэйт ощетинилась:

— Моя работа — это другое. Я профессионально изучаю детей, чтобы помогать им, некоторым —

в критические моменты, когда формируются их личности. Я стараюсь предупредить возможные проблемы. Ты связался со взрослыми, у тебя нет опыта, и ты можешь только *создать* новые проблемы.

— Прошу прощения, доктор Джеймсон, — ответил Эллиот, — но вы забыли, что я профессионал в своей области, а эти данные удивительны, — для убедительности он коснулся таблиц. — И я имею дело со взрослыми, обладающими собственной волей. Бина не обязана прислушиваться ко мне. Она не пленница.

Намек Кэйт не понравился: ее дети не были пленниками, но, возможно, она была несколько несправедлива к Эллиоту. Может быть, он всего лишь хочет помочь, даже если ценой эксперимента будет разбитое сердце.

— Ты только посмотри, Кэйт, — уговаривал Эллиот.

Кэйт взяла первую таблицу. Она начисто не представляла, верно это или нет, но если да, то это прекрасно. Она взглянула на другие тщательно выстроенные графики и вздохнула. Эллиот вложил в них огромный труд, и это впечатляло, но она не собиралась отменять свое вето. Эллиот находчив. Он знал, что Бину и других приведут в изумление и поразят ярко расцвеченные таблицы и графики, подобно тому, как туристов на Таймс-сквер поражают огни и реклама. Но туристы не меняют свою жизнь, основываясь на информации огромных рекламных щитов «Пепси».

— Кэйт, это не может принести вред. Наконец, это хоть какое-то развлечение для Бины, и это именно то, в чем она именно сейчас нуждается. Она не может сидеть в отцовском офисе и дожидаться, пока что-нибудь изменится.

Кэйт вспомнила о трех-четырех длинных сообщениях от Бины, которые она каждый вечер находила в автоответчике при возвращении с работы.

— О'кей, — согласилась она, — только я хочу, чтобы ты играл на уменьшение проблемы, а не на развитие. Для тебя это «занимательная математика», но на кону жизнь Бины. Даже если в этой безумной абракадабре что-то есть, смутьян вроде Билли Нолана вряд ли заинтересуется такой заурядной девушкой, как Бина Горовиц. Так не разжигай в ней надежду.

Эллиот истово закивал:

— Никаких разжиганий.

Брайс возвратился с кухни с двумя бутылками белого вина. Он поставил одну и откупорил другую.

— Выпей до дна, — сказал он, наливая бокал и протягивая его Кэйт.

В это время позвонили в дверь.

— Я открою, — пропел Брайс, бросаясь к двери. — Здравствуйте, леди! — поприветствовал он компанию.

То были «бушвикские шавки» во всем своем великолепии. Барби вошла первой, в ярко-розовом тугом топе и кожаном пиджаке поверх него. За ней следовала нервничающая, но обнадеженная Бина. Потом Бев со своим животом и Банни с загаром, свидетельствовавшим, что она только что вернулась из медового месяца.

— Привет. А вы Банни — невеста, — сказал Брайс. — Меня зовут Брайс, а того горячего парня — Эллиот.

Девушки захихикали, и только Банни покраснела. Кэйт заметила, что она чувствует себя неловко. Банни выросла в строгой католической семье, где, по убеждению Кэйт, гомосексуальность была синонимом греха, извращения и надругательства над маленькими мальчиками. Брайс, ощутив ее колебания, но не вникая в такие тонкости, обхватил ее за плечи.

— У нас не было возможности поговорить на вашей свадьбе. Она была великолепна. Абсолютно великолепна!

Он не мог сказать ничего более подходящего.

— Вы еще не смотрели видео! — воскликнула Банни, внезапно сдаваясь без боя.

Кэйт покоробило. Последствия просмотра этого видео могли быть хуже самой свадьбы, но Брайс выказал недюжинный энтузиазм.

— О, вы *обязаны* показать его. И что было за платье!

— Шестой размер, — гордо заявила Банни. — «Присцилла оф Бостон».

— Я догадался!

— Она счастливая, — пояснила ему Барби. — Это был специальный заказ, но невеста была беременна и скрывала это. Когда платье было готово, ну, вы можете себе представить.

— Я получила его по себестоимости, — сообщила Банни Брайсу.

Похоже, внимание к ней ее расслабило. Вскоре все стояли возле буфета, наполняя тарелки и пробуя вино, за исключением Бев. Кэйт исподтишка наблюдала за ними. Живот Бев, казалось, увеличился вдвое после свадьбы. Кэйт старалась не смотреть на него, но не смогла избежать приступа зависти, ощущая свой собственный плоский животик.

Эллиот тоже заметил перемены с Бев.

— О! — сказал он ей. — Не собираетесь ли вы приступить к делу прямо здесь, или у вас близнецы?

— Я знаю, он уже огромный, а мне еще долго дохаживать, — Бев смотрела вниз на свой живот и пожимала плечами.

— Помнишь, как после школы ты сидела на диете все лето и к сентябрю дошла до четвертого размера? — спросила Банни. Она в компании была летописцем веса и помнила, когда и сколько каждая из них весила, начиная со времени их знакомства.

— Я стараюсь не есть слишком много, — объясняла Бев Эллиоту. — Думаю, я прибавила около сорока фунтов. — Несмотря на это признание, она загрузила тарелку сливочным сыром, маковым и кунжутовым пирожными и, в качестве последнего штриха, добавила немного сельди в сливочном соусе. — Я буду в трансе, если не рожу крупного ребенка, — сказала она и рассмеялась.

— Вы хотите мальчика или девочку? — поинтересовался Брайс.

— Не важно, — ответила Бев, вперевалку направляясь к дивану вместе с Биной и Банни. — Джонни говорит, лишь бы ребенок был здоровым.

— Он будет вполне доволен, когда увидит твою задницу после того, как родится ребенок, — брякнула Барби и заржала.

Кэйт всегда поражало, что женщины могут так запросто жестоко шутить. Она наблюдала, как они уселись и принялись озираться вокруг, словно оказались в гнездилище невообразимого порока. Это было нешуточное приключение для четырех девушек из Бушвика — наконец-то увидеть квартиру гомосексуальной пары, даже у Бины не было возможности осмотреться во время ее прошлого визита сюда. Кэйт могла только догадываться, что они предполагали здесь увидеть. Но она не собиралась упоминать о том, что Тони — дядя Банни — и младший брат Барби, скорее всего, были гомосексуалистами, хотя и не признавались в этом открыто. Теперь они могли воочию убедиться, что в доме Эллиота не было ничего пугающего или экзотического и благодаря Брайсу здесь все было стильно и со вкусом (хотя куклы в шапочках чуть выбивались из общего тона). Все это заставило Кэйт улыбнуться. Она знала, как пугал жителей Бушвика хороший вкус.

Они сидели словно разноцветные птицы с широкими ртами на насестах. «Туканы», — подумала Кэйт. Несмотря на их провинциальность (и долю нездорового любопытства), все же было трогательно сознавать, что все девушки собрались ради Бины. Кэйт любила их за это.

Барби, конечно же, была наглее других. Она оценивающе рассматривала все вокруг.

— Сколько стоит в Манхэттэне жилье вроде этого? — осведомилась она.

— Почти даром, — охотно ответил Брайс. — Плата стабильная. Всего восемнадцать в месяц.

— Восемнадцать долларов ренты в месяц? — переспросила Бина в крайнем изумлении. — Квартира моей бабушки на Оушен Парквей оплачивается по регулируемой ренте, но она платит шестьдесят шесть баксов в месяц.

Лучше информированная Банни не была введена в заблуждение.

— Фу, — проворчала она недовольно, — за восемнадцать сотен долларов в месяц вы могли бы иметь три спальни и балкон в Бруклине.

— Милая, — ответил Брайс, — считай меня сумасшедшим, но я скорее согласен на клозет в Манхэттэне, чем на палаццо на Проспект-парк.

— А я считала, что вы, парни, все из клозета, — заметила Барби, оскалившись и, очевидно, довольная собой.

— Дорогая, некоторые из нас никогда там не бывали, — сказал Брайс. Какое-то время все молчали.

Почти в отчаянии, Кэйт заговорила первой:

— Разве это не здорово? — прощебетала она, обернувшись к Эллиоту, словно напоминая: «Я же тебе говорила». — Наконец-то все мои подруги собрались вместе в одной комнате.

Бина в ответ довольно нервно хихикнула, но Бев согласилась:

— У тебя полно подруг, Кэйт. На то ты и Скорпион. У женщин Скорпионов всегда полно подруг.

— И дружков, — добавил Эллиот вполголоса.

— Так вы строите планы сразить мерзавца Джека? — спросила Барби.

— Не совсем, — ответил Эллиот. Он положил вилку, встал и скромно подошел к подставке с таблицами. Он посмотрел сначала на Бину, а потом на Кэйт. Взявшись за первую таблицу, он повернул ее так, чтобы видели все, и сказал: — Как Бине уже известно, я сделал одно невероятное математическое открытие, когда мы были на свадьбе Банни.

— То есть? — спросила Бев.

— Я о вероятности, — отвечал Эллиот. — Некоторые события могут быть предсказаны на основе постоянства и достоверности накопленных данных.

— О! — сказала Бина. Кэйт подавила усмешку. Бедный Эллиот!

— Это поможет нам прижать мерзавца Джека? — спросила Барби.

— Эй, а что хорошего это нам даст? — спросил Эллиот. — Что, если вместо мести я предложу вам верный способ заставить Джека сделать предложение Бине? — обратился он к аудитории. — И женить его на ней.

Бина выронила кофейную ложку, Бев застыла с полным ртом, а Барби с Банни оценивающе зашептались. Только Кэйт предупредительно фыркнула на него:

— Эллиот! — Она повернулась к Бине. — Учти, Бина, это всего лишь теория, предположение. Оно может быть ложным. Ты не должна обольщаться. Я лично считаю, что это просто фокус-покус.

Эллиот посмотрел на нее с высоты своего роста.

— Кэйт, — сказал он. — Полагаю, нам известно твое отношение к магии. Хотя это и неплохо, но здесь совсем другое дело. Это математическая теория, используемая на практике.

— Да что с тобой, Кэти? — спросила Бев. — Не мешай.

— О чем конкретно идет речь? — спросила Барби.

Эллиот кивнул и, указав на таблицы, сказал:

— Эта статистика... в общем, хоть она и выглядит неправдоподобной, но на самом деле совершенно достоверна. Я провел небольшое исследование и установил вероятность, и вы увидите, что даже с расхождением...

— Он что, преподаватель колледжа? — прошептала Бина Кэйт.

Кэйт фыркнула:

— Он одержимый и неизлечимый неврастеник.

— Я знаю. Разве он не прекрасен? — сказал Брайс, приложив руку к сердцу.

Эллиот вошел в роль школьного учителя и не обращал на них внимания.

— Помните, как Бев и Барби обе говорили, что они когда-то встречались с Билли, парнем, который недавно бросил Банни? — Повернувшись к ней, он продолжил: — Не обижайся.

— Я не обижаюсь, — сказала Банни. — Когда я встречалась с ним, у меня был четвертый размер и вес в сто шестнадцать фунтов. Мой персональный рекорд.

— Ну, нас обеих он тоже оставил, — добавила Бев.

— Что мне пошло только на пользу, — заверила Барби. — Парень просто тупица.

— Верно, — Эллиот кивнул Барби, — и сразу же после этого вы встретились с Бобби и поженились.

— Ну, не совсем сразу. По меньшей мере, через три недели. — Барби помедлила, затем продолжила: — И Бев вышла замуж за Джонни сразу после того, как ее бросили.

— У моего Джонни и у меня наши Луна и Венера в соединении. Это судьба, — заметила Бев. Никто на нее не обратил внимания.

— Вот на свадьбе Эллиот... ну, он стал копать, — объяснил Брайс.

— Я собрал данные, — поправил его Эллиот с достоинством.

— Я не говорила тебе о Джине Морелли и Нэнси Лимбахер, Эллиот? — спросила Бев, уже жаждая принять участие в осуществлении плана. — Билли встречался с ними и бросил их тоже.

— Я это нашел сам. Они обе вышли замуж сразу после Билли Нолана. Они были на свадьбе Банни.

— Разумеется. Я работала с Джиной, а Нэнси — лучшая подруга моей кузины Мэри, — пояснила Банни.

— Мэри Дженетти? — переспросил Эллиот. — Билли гулял и с ней тоже.

— Он встречался с Мэри? Шутишь. Она мне никогда не рассказывала! — воскликнула Банни.

— Итак, теперь мы знаем, что Билли Нолан встречался со всеми женщинами отсюда до Олбани и бросил их. И кому есть до этого дело? — сердито возмутилась Кэйт. Она вспомнила, как он очаровал ее тогда, на террасе. Подумать только, что ее влекло к подобному идиоту!

— Бине есть, и тебе должно быть дело до этого, если ты ей подруга, — увещевал ее Эллиот. — Я собрал некоторые факты и сделал кое-какие звонки. Все, с кем встречался этот парень, вышли замуж.

— Как тебе удалось все это узнать? — спросила Барби. Кэйт улыбнулась. Будучи в ранге профессиональной сплетницы в компании, она чувствовала себя задетой.

— Он вообразил, что пишет статью для журнала «Джейн», — гордо ответил Брайс.

— Да ты прямо настоящий Коломбо, — восхищенно сказала Бев.

Эллиот засмеялся и поблагодарил Бев за комплимент легким поклоном. Затем он вернулся к своей первой таблице.

— Посмотрите сюда, — указал он. — Все пять этих женщин встречались с Уильямом Ноланом.

В таблице были имена всех женщин и день, время и место их первой встречи с Билли Ноланом.

— Теперь сюда, — продолжал он, переходя к следующей таблице. — Заметьте, пожалуйста, что между временем, когда Билли бросал женщин, и временем, когда они выходили замуж, был отрезок длительностью от трех целых и двух десятых недели до четырех целых и семи десятых месяца.

В комнате царила тишина. Даже Кэйт была в этот момент под впечатлением.

— Этот негодяй гулял с Джиной Морелли в то же время, что и со мной? — спросила Банни.

— По собранным мною данным, он всегда встречался только с одной женщиной. Однако это не суть важно, — ответил Эллиот. — Важно то, — и он указал на первую таблицу, — что вскоре после того, как каждая женщина была брошена мистером Билли Ноланом, она встречалась с новым или возвращалась к прежнему мужчине, а иногда, как в случае с Банни, Билли сам знакомил ее с этим мужчиной. Во всех случаях за этого следующего мужчину она выходила замуж.

Он остановился и посмотрел на Кэйт и «шавок» с широкой улыбкой, словно его идея была абсолютно ясной.

— Ого! Поздравляю, Эллиот — это целое открытие! — сказала Бев более серьезно, чем можно было ожидать.

— Верно. Теперь ты можешь рассчитывать, что станешь героем самой грандиозной сплетни во всех пяти частях города, — холодно заметила Кэйт.

— Да уж. И что за новость? — спросила Банни. — Нам всем прекрасно известно, что Билли Нолан — самый отъявленный гуляка всех времен.

— Но этого вы не подозревали, — продолжал Эллиот, разворачивая третью таблицу. В ней были занесены четырнадцать имен с колонкой, где указывалось время встреч с Билли, и другой —

с датами свадеб всех, кроме двух. — Так происходит не с *большинством* женщин, с которыми встречается Билли Нолан. А со *всеми* женщинами, с которыми он встречается.

Женщины изучали список.

— Вам непонятно? — спросил Эллиот. — А знаете ли вы статистическую вероятность такого феномена? — И он перешел к следующей таблице. — Я обработал это с учетом стандартной погрешности и без нее, вероятность оценивается от единицы к шести миллионам тремстам сорока семи до единицы к восьмидесяти двум миллионам шестистам сорока трем.

Кэйт подумала о двух выбивающихся из общего правила, но решила, что получит возможность выяснить это позже.

— Я не поняла, — созналась Банни. — Не думаю, что Билли Нолан мог бросить восемьдесят два миллиона женщин. Человеку это не под силу. Разве найдется столько женщин в Нью-Йорке?

— Да ему и не надо встречаться с восьмьюдесятью двумя миллионами женщин, — возразила ей Барби. — Ему только надо встречаться с Биной. Верно, Эллиот?

— Правда? Правда, Эллиот? — спросила Бина, и в ее голосе слышалось больше надежды и воодушевления, чем за все время, прошедшее со дня похода в маникюрный салон.

— О Иисус Христос! — воскликнула Кэйт, не в состоянии больше сдерживать свое возмущение. Она встала и принялась ходить по комнате. — Эллиот, тебе известно, что я не одобряю весь этот план. Это же просто смешно.

— Успокойся, Кэйт, — сказала Бев. — Я стараюсь это понять. — Она смотрела на Эллиота прищурившись. — Ты сказал, что все, кто встречался с Билли, сразу затем выходили замуж? — спросила она.

— Все? — повторила Бина.

Кэйт не могла позволить этому продолжаться. Вместо того чтобы провести утро в постели с Майклом и потом, почитав с ним вместе «Таймс», пообедать перед расставанием, она застряла здесь с кучкой маньяков, вдохновленных этим безумным планом. Она и не предполагала, что они окажутся способными принять его.

— Это всего лишь мистическая галиматья, — сказала она Бине и всем прочим.

— Это вовсе не суеверие, — настаивал Эллиот, задетый за живое. — Это факты.

Банни, все еще всматриваясь в таблицы, возжелала сказать нечто умное. Она так поступала еще в шестом классе и с одним и тем же результатом.

— Так ты говоришь, что шансы Бины никогда не выйти замуж оцениваются в восемьдесят два миллиона к одному, если она не станет встречаться с Билли Ноланом? — спросила она у Эллиота.

— Ну, — начал тот, стараясь глупому вопросу
придать глубины, — это *не совсем* то, что я говорил. Я не могу вычислить шансы Бины выйти замуж. У меня нет достаточных данных. Но шансы
действительно восемьдесят два миллиона к одному в ее *пользу*, если она будет встречаться с Билли.

Кэйт заметила, как Бина побледнела, и почувствовала, что ее собственное лицо горело от злости
и возбуждения. Она уже собиралась высказаться,
как вдруг Барби встала и расправила блузку.

— Тогда решено, — сказала она. — Бина должна пойти с Билли-талисманом. Вот и все. Кроме
того, а что она теряет?

Бина поднялась тоже, но она колебалась перед
тем, как начать говорить.

— Эллиот, я ценю время, которое ты потра-
тил на все это, но мне неинтересно встречаться
ни с кем, кроме Джека. — Кэйт видела, что ее глаза наполнились слезами. — Я просто хочу вернуть Джека.

— Это способ *заполучить* Джека, — ответил
Эллиот. — Ты встречаешься с Билли, потом он
тебя бросает, потом вы видитесь с Джеком и...
вуаля!

Кэйт повернулась к Бине.

— Все это смешно. Я даже не представляла,
насколько *это* безумно, но пообещала, что позво-
лю ему показать вам...

— Почему безумно? — спросила Бев.

— Ну, нам вряд ли удастся заставить Билли гулять с Биной, если учесть, как она сейчас выглядит, — сказала Барби, затем, прищурив глаза, она добавила: — Но если мы проведем с ней определенную работу...

— Да посмотри же на цифры, сердце мое. Цифры не лгут, — сказал Бине Брайс. Он держал ее за руку, но смотрел на Эллиота с видом матери, гордой своим сыном.

Кэйт была уверена, что Бина, однолюбка, не клюнет на эту бессмыслицу.

— Они *все* вышли замуж? — недоверчиво спросила Бина Эллиота.

— Да. Уж если быть до конца точным, одна ушла в монастырь, а еще одна стала лесбиянкой, — признался Эллиот. — Но обе устроились, одна с Богом, а вторая с подругой. Так что четырнадцать из четырнадцати.

— Разве он не чудо! — воскликнул Брайс, не обращаясь ни к кому в отдельности.

— Он совершенный псих, — бросила Кэйт. — Бина, и не думай об этом.

— Нам нужно выбрать время, чтобы Джек вернулся в стратегический момент — сразу после разрыва, — заметила Бев.

— И чтобы чувствовать себя в безопасности, мы должны быть уверены, что он бросит ее, — предостерег Эллиот. — У меня нет сведений, что случается с партнершей, если она его бросит.

Бев с Барби рассмеялись.

— Никто его не бросит, — сказала Барби.

— Конечно, он же красавец, — сказала Бев (это прозвучало как «каэшна, он же красавец»). — Но все же это не объясняет всего. Это только объясняет, чем он берет женщин.

— И, может быть, почему он их бросает, — добавил Эллиот.

— Нет, — сказала Банни. — Если честно, он всегда любезен, и он, кажется... ну, я не знаю, — она подумала с минуту. — Как будто он и правда переживает, что ничего не вышло.

Эллиот глубоко вздохнул:

— По правде, мне нет дела до его психологии, — признался он. — Ключевой вопрос в том, почему женщины выходят замуж сразу после того, как он оставляет их.

Кэйт тоже была удивлена.

Но Бина не слушала, она уставилась в таблицы. Кэйт было известно, в каком она отчаянии. Эллиот, видя, что Бина клюнула на его удочку, спросил:

— Тебе представить все в деталях?

На лице Бины читались любовь к Джеку и неодолимое стремление к нему.

— Не нужно. Я согласна! — воскликнула Бина.

— Бина! — закричала Кэйт в шоке.

— Тогда все решено, — сказала Банни, вставая. — Мне пора возвращаться к Арни.

— Ну, мы еще не совсем закончили, — произнесла Барби тоном, который приводил в трепет многих девочек в ее школьные годы. — Он не станет гулять с кем попало. Он ищет некоторого... стиля. — Она на мгновение остановилась. — Вы думаете, Билли пойдет с *Биной*?

— Барби! — Кэйт от Бины повернулась к ней, снова в шоке. Даже на фоне обычной для подруг бесцеремонности это было уже слишком.

— Парень, без сомнения, крутой, — буркнул себе под нос Брайс, вытащив полароидное фото со свадьбы и положив его на стол.

— Очень крутой, — подтвердила Бев, тоже глядя на фото.

— Верно замечено, — согласилась Банни. — Боюсь, Бина не в одной с ним лиге.

Прежде чем Кэйт успела броситься на защиту Бины, ее подруга взяла разговор в свои руки.

— Я пока еще здесь! — вдруг взорвалась Бина. — Почему вы говорите обо мне, словно меня здесь нет?

— Прости нас, Бина, — сказала Кэйт, извиняясь за всех. Она была способна понять чувство унижения, которое испытывала ее подруга. И из-за чего? Ведь все, что ей надо — это быть с Джеком.

— Мы и не думали оскорбить твои чувства, дорогая, — сказала Бев, обнимая подругу самым нежным образом.

— Послушай, никто не говорит, что ты не сможешь стать подходящей девушкой для Билли, — присоединилась к извинениям и Барби.

— Верно. Мы лишь хотели помочь, а не обидеть, — добавил Эллиот.

— И приспособить это для тебя... — Брайс принялся жестами изображать барабанную дробь. — Преобразить!

Раз волшебное слово было произнесено, Кэйт поняла, что обратного пути не будет.

Глава XVIII

Кэйт сидела в своем кабинете и старалась выкинуть из головы проблемы Бины, Джека, Билли и всю «прочую чепуху», как она это мысленно окрестила. Преображение Бины и идиотизм самой идеи подтолкнуть Билли встречаться с ней не столь важны, как проблема, которую она пыталась разрешить в текущий момент. Дженнифер Уйэлен, симпатичная и чисто одетая девятилетняя девочка, сидела напротив нее.

— Тут мой папа открывает дверь лимузина, и выходит Бритни Спирс. Она вошла в наш дом — и прямиком в нашу квартиру. Даже пообедала с нами. У нас был колбасный хлебец. Если вы мне не верите, так она мне подарила браслет. — Девчушка потянула за резинку браслет из бусин, который был у нее на запястье. — Видите? У меня есть доказательство.

Кэйт придержала вздох. Она знала, что бесполезно развенчивать эту конкретную ложь, как и оспаривать другие выдумки, о которых Дженнифер рассказывала не только своим одноклассникам, но и учителям. Вопрос был в том, зачем Дженнифер надо было лгать. Искала ли она внимания? Она была обычным ребенком, ее старшая сестра училась в Эндрю Кантри, а годовалый братик оставался дома. Или маленький ребенок занял ее место в семейной иерархии?

Или это было из чувства какой-то приниженности? Кэйт знала, что Дженнифер и ее сестра получали финансовую помощь из-за трудного положения семьи, как считалось, хотя намного более приличного по сравнению со стандартами детства самой Кэйт, родители которой не могли полностью платить за обучение обеих девочек. Может быть, Дженнифер испытывала унижение, сравнивая себя со своими друзьями, у которых дома были больше, школьные каникулы они проводили в Аспене, Хэмптонсе или даже в Европе, и Дженнифер не могла соперничать с ними.

В худшем случае, разумеется, можно предположить, что у Дженнифер галлюцинации. Как бы то ни было, но сейчас, глядя на нее, Кэйт видела перед собой здоровую, общительную маленькую девочку, которая, несомненно, могла отличить фантазии от реальности.

Кэйт не желала продолжать выслушивать ложь Дженнифер, но и не хотела вступать в споры с ней. Она спокойно слушала, не выказывая особой реакции. Конечно, она могла рекомендовать показать ребенка психотерапевту, но у них с Дженнифер уже установился хороший контакт. Это всегда было непростым делом, но Кэйт помнила цитату из А. С. Нила: «Иногда стоит доверять своему чутью в работе с детьми. Детский психоанализ — это искусство, а не наука». Она решила попытать счастье.

— Хочешь, я открою тебе одну тайну? — спросила она. Дженнифер кивнула. — Я собираюсь замуж. И у меня будет по-настоящему большая свадьба. Она состоится в замке, и придет Джастин Тимберлейк. — Дженнифер вытаращила глаза. — Он собирается привести «Эн синк», но моя сестра этого боится, потому что она уже пригласила «Бэкстрит бойз», и ты можешь сама представить, что будет, если все они явятся.

Дженнифер хлопнула глазами и кивнула:

— Ручаюсь, что они ненавидят друг друга.

— Вот именно. И они все ненавидят моего будущего мужа. Знаешь, за кого я выхожу?

Дженнифер слегка встряхнула головкой, чуть приоткрыв рот.

— За доктора Мак-Кея, — сказала Кэйт.

Лицо Дженнифер застыло. Затем Кэйт наблюдала, как на нем выражения сомнения, недоверия, облегчения и, возможно, понимания сменяли друг друга, напоминая замедленную съемку раскрывающегося цветка.

— Не может быть! — сказала Дженнифер.

— Может, — настаивала Кэйт, кивая. — А знаешь, что еще? Мы оба поедем к алтарю на белых лошадях.

— Не может быть! — повторила Дженнифер более твердо. Потом она принялась хихикать. — Доктор Мак-Кей на лошади!

Кэйт тоже смеялась. Потом она выждала немного и сказала:

— Ты мне очень нравишься, Дженнифер. И знаешь почему? — Дженнифер мотнула головой. — Потому что ты находчивая, симпатичная и забавная. И у тебя богатое воображение. Это художественный дар.

— А что это такое? — нахмурилась Дженнифер.

— Это значит, что, по-моему, ты могла бы писать по-настоящему хорошие рассказы. Или книги. А может быть, даже сценарии фильмов.

— Я могла бы написать фильм?

— Конечно, — кивнула Кэйт. — Все фильмы начинаются с того, что кто-то сочиняет историю, — она не хотела начинать новый круг лжи. — Не каждая история достаточно хороша, чтобы по ней снять фильм, но, уж если она написана, никогда не скажешь заранее, что может случиться. — Она сделала паузу, давая время, чтобы до девочки дошла и похвала, и сама идея. — Конечно, это непросто. Ты не хочешь немного специально позаниматься с миссис Риз?

Джойс Риз была преподавателем словесности в шестом классе и подругой Кэйт.

— Я же еще в четвертом, — напомнила Дженнифер с некоторым энтузиазмом.

— Верно, — согласилась Кэйт, — но ты, думаю, вполне могла бы написать сочинение за шестой класс. Может быть, даже за восьмой. Если одна из твоих историй попадет в школьный журнал, все смогут прочесть ее.

Дженнифер уставилась на нее. Так, молча, они сидели несколько минут. Кэйт видела по серым глазам девочки, что ее ум занят работой.

— Бритни Спирс не была у нас дома, — созналась Дженнифер.

— Но это была хорошая история, — заверила ее Кэйт, стараясь сохранить нейтральный тон. — Если ты расскажешь ее или напишешь в виде рассказа, люди захотят продолжения. Они станут думать, что ты особенная, потому что можешь сочинять интересные истории.

— Но они рассердятся, — засомневалась Дженнифер. — Они рассердятся, потому что это неправда.

— А ты рассердилась на меня, когда я рассказала тебе о моей свадьбе?

Дженнифер сидела с минуту, рассматривая свои ногти.

— Сначала мне это понравилось. Я думала, это тайна. А потом поняла, что вы... лжете... И немного рассердилась, — призналась девочка.

Кэйт кивнула:

— Так бывает, когда ты обманываешь людей. Они злятся.

В коридоре зазвонил звонок. Через секунду они услышали звук открывавшихся дверей и шум выбегавших из классов учеников.

— Почему бы тебе не зайти ко мне на следующей неделе? А тем временем я поговорю с миссис Риз.

Дженнифер кивнула.

— А теперь извини, но тебе пора идти, иначе ты опоздаешь на автобус.

Дженнифер неохотно встала.

— А вы наврали мне, — сказала она.

— Никому не рассказывай, — прошептала Кэйт. — И особенно не говори доктору Мак-Кею.

Дженнифер рассмеялась.

— *Никто* не захотел бы за него замуж, — объявила она, выходя из кабинета Кэйт.

———

Кэйт пришла домой, бросила сумочку на диван и скинула туфли. Она не успела даже присесть, как постучали в дверь. Боже, она была не в настроении для визитов! Она повернулась и открыла. Это был Макс, еще одетый в костюм с галстуком — очевидно, только что вернулся с работы, хотя обычно не приходил до наступления темноты. Он прислонился к косяку, держась за него одной рукой и склонив голову на плечо. Вероятно, последний уикенд он провел не в городе, потому что выглядел слегка загорелым. Это еще больше оттеняло его голубые глаза.

— Привет, — сказала она.

— Привет, — ответил он. — Бина здесь? — спросил он тихо.

Кэйт почувствовала некоторое раздражение. С тех пор как Джек улетел из курятника, она стала чем-то вроде справочного бюро для Бины.

— Нет, — резко ответила она. — Ты можешь позвонить ей домой.

— Нет, это хорошо, — ответил Макс нормальным тоном. — Пойдем, я что-то покажу тебе, и... ну, я не знаю, должна она увидеть это или нет.

Кэйт закатила глаза, но позволила Максу взять себя за руку и увлечь вверх по лестнице.

Дверь его квартиры была открыта. Внутри — обычная холостяцкая обстановка: тахта, обтянутая черной кожей, спортивное снаряжение, дорогое стерео и кипа газет, которая, казалось, была обязательным атрибутом всякой мужской квартиры. Конечно же, у Макса был последней модели ноутбук, и именно к нему он повел Кэйт.

— Я хочу, чтобы ты посмотрела это и посоветовала, как поступить, — сказал он. Ослабив галстук, он нажал несколько клавиш. Один момент Кэйт с ужасом гадала, не собирается ли он спросить ее мнение о каком-нибудь падении акций, которыми никогда не владела. Но, вместо таблиц, графиков и анализов биржевых дел, на экране отобразилась фотография. То был Джек, с открытой грудью, стоявший на балконе с видом на прекрасную бухту и с не менее прекрасной женщиной рядом.

— Боже мой! — вырвалось у Кэйт. — Откуда это у тебя?

— Он прислал мне сегодня по электронной почте, — ответил Макс. — Как думаешь, стоит мне это показать Бине?

— А ты думаешь, мне стоит поднести пламя к гелю на твоих волосах? — спросила Кэйт. От мысли о Бине, глазеющей на эту осклабившуюся задницу, у нее буквально кольнуло в желудке. Когда Кэйт узнала, что Стивен обманывал ее, она была так расстроена, что три дня провела в постели. Бина же просто могла впасть в коллапс.

Макс бессознательно погладил свои волнистые волосы.

— Я тоже так думаю, — сказал он. — Но, знаешь ли, я чувствую свою ответственность за это. Это я познакомил их и...

Кэйт ощутила, как ее раздражение исчезло. Она всегда видела в нем некий стереотип — своего рода клон плутоватого яппи с Уолл-стрит. Когда Макс дружил с девушками некоторое время, он не выказывал особой привязанности или страсти. Теперь, однако, он казался искренним и трогательным. Она почувствовала внезапную теплоту к нему и некоторую вину за предубеждение, с которым относилась к нему раньше.

— Я знаю Джека, он однолюб, — покачал он головой. — Я видел Бину. И знаю, как эта история повлияла на нее, и я сказал ей, что не стоит так расстраиваться из-за его слов. Кто бы мог подумать, что Джек... — Макс смотрел на картинку на экране. Кэйт заметила, что он на мгновение забылся, глядя на нее. — А она очень красивая, — пробормотал он.

— Что ж, надеюсь, они очень счастливы вместе, — заметила Кэйт едко. — Я уверена, что у них общие цели и интересы.

— Э, да он не женился! — возразил Макс. — Даже Джек не такой глупец.

— Откуда тебе известно? — спросила Кэйт.

— Почитай письмо, — сказал Макс, открывая сообщение Джека.

Что за место! Виды необыкновенные, электроника дешевая, а женщины — необыкновенные и дешевые. Ты должен приехать! Здесь царство денег, и доллар заправляет всем.

Кэйт не стала читать дальше.

— Он отвратителен, — сказала она, отвернулась и принялась осматривать квартиру.

— Так ты думаешь, что я не должен показывать это Бине, верно?

— Так, Эйнштейн, — ответила Кэйт, направляясь вниз по лестнице к себе домой. В дверях она услышала телефонный звонок. Увидев номер Эллиота на определителе, она крикнула в трубку:

— Стреляй прямо в голову!

— И тебе добрый вечер, — ответил Эллиот. — Надеюсь, я не прервал твоего ужина, но Брайс и я в субботу утром встречаемся с Биной для радикального обновления. Ты участвуешь? — спросил он.

Кэйт немного колебалась, раздираемая новостями с верхнего этажа и негативным отношением к плану в целом. Было ли это преображение чем-то вроде лжи, наподобие историй маленькой Дженнифер? Это был способ внешне заявить о том, что ты другой, чем есть на самом деле. Но письмо Джека повергло ее в шок.

— Я приду, — ответила она.

Только повесив трубку, она сообразила, что ее согласие означало отмену встречи с Майклом. Они проводили вместе ночь каждую пятницу и каждую субботу. После непостоянства Стивена Кэйт ценила то, что Майкл проводил с ней каждую ночь по пятницам, субботам и воскресеньям.

На неделе они частенько ходили в кино и потом оставались у нее.

Вероятно, Майклу требовалась стабильность, поскольку он всегда выглядел расстроенным, если Кэйт вынуждена была изменить их планы, и виноватым, если ему самому приходилось прибегать к этому (что бывало редко). Что ж, Кэйт оставалось лишь сожалеть о приятной, ничем не занятой субботе, но, возможно, ей удастся убедить Майкла поработать, пока она проводит время с друзьями. Она снова взялась за трубку и со смешанным чувством набрала номер Майкла.

Глава XIX

Два дня спустя «шавки» в сопровождении Брайса и Эллиота шагали по Пятой авеню. Все они пожелали принять участие в преображении Бины.

— Что меня беспокоит, так это возраст, — говорила Барби. — Ты начинаешь выглядеть как ортодоксальная еврейка.

— Это волосы, — согласился Брайс. — Они напоминают плохой парик.

— Брайс! — одернул его Эллиот прежде, чем это успела сделать Кэйт.

— Правда глаза колет, — заметила Бев, погладив Бину по руке, а потом и свой живот.

— Думаю, мне просто надо, э-э, зайти в ванную, — сказала Бина. — Я так нервничаю. Джеку нравились мои волосы.

— Недостаточно, — подытожила Барби.

— Не переживай. У Луи есть комната для леди, — сообщил ей Брайс и потащил в отделанный мрамором вестибюль. Кэйт покачала головой.

Вся компания знала, что она не одобряла идею, но игнорировала это, исключая Брайса. Тот обернулся к ней и сказал:

— Знаешь, если уж мы здесь, Пьер мог бы постричь и тебя.

— Не думаю, — возразила Кэйт. Ей нравились длинные волосы. Как и Стивену, и Майклу. Они выглядели сексуально, и их было легко уложить при необходимости. Теперь, уже оскорбленная, Кэйт присоединилась к компании, забившейся в лифт, и они поднялись на четырнадцатый этаж, в салон, выходивший окнами на кафедральный собор Святого Патрика.

— Вот это да! — сказала Бина, оценивая открывшуюся перспективу. — Это так же красиво, как в Эпкоте.

Кэйт закатила глаза.

Брайсу было не до красот.

— Пьера, пожалуйста, — обратился он к женщине у стола. — Скажите ему, что пришел Брайс, и у нас стрижка и консультация у Луи.

Бев, Барби и Банни изумленно переглянулись. За годы чтения «Аллюра» они накрепко запомнили имя Луи Ликари, бога в искусстве окраски волос. А Брайс запросто называл его по имени.

— Пошли, дорогая. Думаю, нам здесь могут сделать все, в чем нуждается твоя головка, — сообщил он Бине, предлагая ей руку и провожая до кресла стилиста.

— Не мешало бы еще ее и протестировать, — проворчала Кэйт. Она взглянула на Эллиота, но тот лишь пожал плечами. Барби, Банни и Бев стояли поодаль. Кэйт была довольна, что Бина окружена таким вниманием. Это было как раз то, что нужно для нее. Но, как ни странно, она испытывала своего рода зависть. Кэйт никогда не просила о помощи, когда переживала кризис со Стивеном, да и «шавки» вряд ли смогли бы ей как-то помочь.

Бина провела в салоне часа четыре. Пока она была там, Барби сделала хорошую стрижку, Бев — массаж лица, и Банни массаж сделали в качестве запоздалого свадебного подарка от Брайса с Эллиотом. Кэйт ограничилась только маникюром, почти не заботясь о выборе цвета. Но зато Бина претерпела полную трансформацию. Ее волосы спереди слегка посветлели, и светло-пепельные пряди оживили ее натуральный темно-коричневый цвет. Кэйт была поражена тонким вкусом мастера. Стиль, длина до подбородка, виртуозная стрижка — и во-

круг головы Бины возникло какое-то сияние,
словно нимб из волос. Даже Кэйт признала, что
подруга потрясающе преобразилась.

— Милая стрижка, Бэтмен, — все, что сказал
Эллиот, оторвав глаза от школьных тетрадей, которые проверял. Бина хихикала и вертела головой
из стороны в сторону. Нимб светился, как у свя-
тых в часовне. Приемщица заказов и две кассир-
ши охали и ахали, словно им за это платили. Барби, Бев и Банни, пораженные, ворковали, как го-
лубки. В краткий момент внезапной слабости
Кэйт спросила себя, почему она сама не сделала
стрижку. Может быть, подрезать волосы, осветлить
несколько прядей, сделать макияж, и смена имиджа
была бы налицо Она глубоко вздохнула. Потом
взяла себя в руки.

— Отлично, — сказал Брайс. — У нас есть дра-
пировка. Теперь — за обивкой.

Он осмотрел наряд Бины, старую блузку из
«Гэпа» и жалкую юбку.

— Первая остановка — Прада! — объявил он,
и вся компания вышла на улицу и села в два такси.

Прежде чем Бина успела осмотреться и про-
читать ценники, она уже стояла перед трехствор-
чатым зеркалом, а продавщица булавками закреп-
ляла ей подол юбки, которая, по мнению Кэйт, и
так уже была слишком коротка и узка. Она была

с драпировкой с одного бока, оставляя другое бедро напоказ.

— Не верите, что это *я*? — спросила Бина группу восхищавшихся.

Барби чуть отступила назад и оценивающе оглядела Бину. Кэйт вспомнила, как этот взгляд смущал ее в десятом классе. Барби увиденное одобрила.

— Разве не мило носить что-нибудь красное? Этот новый бежевый, знаете ли, — сообщила она.

Кэйт не поняла, что это означало, но ей казалось, что Бина выглядела смешно. Однако это не помешало им купить юбку и направиться дальше, в «Виктория'с сикрет». Брайс схватил «Уандербра» и протянул его Бине.

— Вот, возьми, дорогая, — сказал он. — Каждая девушка нуждается в небольшой поддержке.

— И это не забудь, — Банни протянула ей кружевные черные трусики.

Бина смотрела на бюстгальтер и кружевной шелк, что держала в руке.

— Я это не ношу, — она подняла трусы и держала их за оба конца. — Я... я даже не знаю, как это надевается, — призналась она. — Кроме того, я не сплю с ним. Мое белье не играет роли, — она посмотрела на Эллиота. — В таблицах не было ничего про то, что я должна заниматься сексом с ним, не так ли? Поэтому я не буду этого делать.

— Милая, речь идет не о занятиях сексом,
а о том, чтобы чувствовать себя сексуальной, — пояснил Брайс. — И если ты чувствуешь себя сексуальной, ты так же выглядишь в глазах других людей. Правильно, Эллиот?

— Так считают на Пятой авеню, — отвечал
Эллиот.

— Бина, ты — Козерог, — начала Бев, — и, поверь мне, Козерогам нужно брать на вооружение
все средства, если речь идет о привлечении мужчин.

Бина исчезла в примерочной и вышла оттуда не
только с выпяченной грудью, но и с выпученными
глазами. Она надела блузку, забыв застегнуть две
верхние пуговицы. Барби, подавшись вперед, расстегнула третью, заметив:

— Вот так, нужный ракурс.

Бина уставилась на себя в зеркало. Потом, повернувшись к Кэйт, она сказала:

— Хотела бы я, чтобы Джек видел меня сейчас. — Кэйт испытала прилив нежности к подруге.
Повеселевшая маленькая Бина, прелестная девушка, выглядевшая теперь словно пирожное
«поп-тартс», все еще думала только о Джеке. Она
делала все это ради него, и Кэйт решительно не
могла сказать, было ли это проявлением любви
или самоистязанием. Она сомневалась, чтобы все
эти уловки могли заставить мужчину вроде Билли Нолана желать Бину. В конце концов, она оставалась «Биной, хорошей девушкой с Оушен- аве-

ню». По крайней мере, решила она, это дало возможность Бине сосредоточиться на чем-то другом, и кто знает? Но в чем Кэйт была уверена, так это в том, что если она сама могла прожить без Майкла и даже без замужества, то у Бины всегда была одна цель — семья и дети, и только с Джеком.

— Эй, повернись-ка, — скомандовала Бев. — Посмотрим, не просвечивают ли трусы.

— Откуда? — удивилась Бина. — Есть чему просвечивать? — но, подчиняясь, повернулась. — Это так неудобно, — пожаловалась она.

— Красота требует жертв, — заметила Банни.

В «Тутси Плохаунд» Бина снова следовала инструкциям Барби, купив свои первые настоящие «фак-ми» босоножки.

— Тебе нужен глубокий вырез, — заметила Бев, проявляя изобретательность по мере их продвижения вперед. — Думаю, раз у тебя есть грудь и ты ее подняла, пора показать ее. У тебя всегда была тонкая талия, так что мы можем найти что-нибудь потуже. — Бев взглянула вниз, на собственный живот. Нельзя было надеть лайкру поплотнее без риска задушить плод, подумала Кэйт.

— Да, это бы дополнило образ, — согласился Брайс.

Пока все семеро шли по запруженному тротуару Западного Бродвея, Кэйт дивилась, насколько безболезненно Эллиот и Брайс присоединились к ее бруклинским подругам. Она боялась этого годами и никогда не знакомила Бину и других с Ритой, ее подругой по работе в школе, или Мэгги, хореографом, которую она встретила в танцевальном классе. Во всяком случае, Кэйт не могла себе представить подобного альянса, да еще чтобы все проходило столь гладко, и предположила, что объяснить это можно тем, что Брайс и Эллиот были очень наблюдательны, когда ввязывались во что-либо.

Хотя все остальные казались довольными собой и друг другом, сама Кэйт чувствовала себя весьма некомфортно. Она последовательно и долго работала над тем, чтобы изменить свой стиль, внешний вид, лексику... почти все. Она думала, что добилась успеха, работая над созданием индивидуальности, своей собственной, что было для нее так важно. Теперь же, наблюдая за мгновенным преображением Бины, она раздумывала, насколько оно органично, если происходило под давлением других. В конце концов, Кэйт прошла этот путь, частично опираясь на то, что ей подсказывали другие — пусть даже это были журнальные статьи или иностранцы, за которыми она наблюдала в Манхэттэне.

Пока Эллиот пытался вновь поймать такси, пришла очередь Брайса проявить инициативу.

— Дайте мне полчаса на посещение «Мэйк-ап форевера», и я заставлю ее выглядеть как королева, — обещал он.

Выражение ужаса появилось на лице Бины.

— Я не буду менять макияж, — запротестовала она, когда такси выстроились в ряд.

— У тебя для начала должен *быть* макияж, чтобы его *изменять*, — подколола Банни. Она полезла в сумочку и достала губную помаду. — Попробуй это.

— Ах, оставьте ее! — взмолилась Кэйт. Она пыталась представить, как вся эта критика и перемены могли повлиять на самоуважение Бины. Но та взяла помаду и попробовала ее. Это было ужасно — похоже на миссис Горовиц на похоронах.

— Не думаю, что красный цвет идет ей, — возразила Кэйт и вдруг поняла, что внесла свою лепту в общую дискуссию.

— Тут я с тобой согласен, — откликнулся Брайс с переднего сиденья. Он протянул Бине салфетку. — Скорее я бы предложил завораживающий сомо.

К моменту, когда они уже готовились к возвращению домой, Бина потратила больше денег со своих кредиток, чем обычно тратила за три месяца. Кэйт чувствовала себя обессиленной, но была счастлива оттого, что Бина наконец-то казалась довольной собой. Это был первый день, когда она уделила себе самой больше внимания, чем Джеку, с тех пор как он уехал. Эллиот помог Бев вскарабкаться на крыльцо дома Кэйт.

— Показ мод! — потребовал Брайс, как только они оказались внутри. Барби, Банни и Бев хором присоединились, да и Кэйт тоже, хотя и неохотно. Когда все они забились в ее гостиную, там стало не просто тесно, тут уж впору вспомнить о клаустрофобии. Это был этакий коктейль из культур и сексуальных ориентаций, объединенных в маленьком пространстве, которое, в каком-то смысле, было для нее священным. Но Кэйт, похоже, была единственной, кого это смущало: Бев задрала ноги, обхватила руками живот, Барби села в кресло-качалку, Банни стояла напротив камина, часто посматривая на свой медовый загар в зеркало над каминной доской, Брайс копошился в сумках, а Эллиот молча сидел, откинувшись на диване и улыбаясь сам себе.

Бина отнесла пакеты с покупками в спальню Кэйт, и через несколько минут возвратилась совершенно преображенной. Все сидели тихо. Кэйт была в шоке. За один-единственный день Бина изменилась буквально с головы до пят, и Кэйт едва могла узнать ее. Она думала о Билли Нолане и его взгляде, адресованном ей там, на террасе. Мог ли мужчина, оценивший ее стиль и внешность, желать женщину, разодетую подобно Бине?

— Да! Ты классно выглядишь! — воскликнула Бев, прервав молчание.

Затем Эллиот издал ликующий волчий вой, а Барби, Брайс и Банни принялись аплодировать. Кэйт присоединилась к ним.

— Прекрасно, теперь все, что нам осталось — это выйти на Билли и подать ему тебя на тарелочке, — сказал Эллиот.

— Каким образом? — спросила Бина, словно для нее было естественно изображать дичь на тарелке.

— Мы пойдем туда, где он работает, — отвечал Эллиот, — в бар «Барбер» в Вильямсбурге. Там мы...

— Он что, там работает? — прервала его Кэйт. Эллиот не обратил на нее внимания и сообщил время, место рандеву, захват источников водоснабжения и все остальное, будто он был «Айрон Дьюк», планирующий наступление.

— Теперь — не потому, что ты сама не можешь этого сделать, — но все же позволь мне прийти и подправить твою прическу и макияж в следующий уикенд, — попросил Брайс. — И я смогу тебя удивить.

— Мне придется удивиться после, — заметила Бев. — Мне пора домой к моему Джонни.

— Конечно, Бев, — сказала Барби. — Банни, ты с нами?

— Разумеется, — ответила Банни.

Кэйт смотрела на нее и размышляла, неужели Банни получила удовольствие от своего медового месяца, особенно после... после Билли. Потом она задумалась, понравился бы ей самой «медовый месяц» с Майклом или нет. Они провели вместе уикенд на побережье Джерси, и это было замечательно. Но две недели...

Кэйт вернулась мыслями к вечеринке, которая подходила к концу.

— Увидимся, — сказала Барби. — О, Бина, я так рада за тебя. Хорошая одежда открывает все двери.

Кэйт старалась не расхохотаться. И как только мама Барби могла знать заранее, *какое* имя станет самым подходящим для ее дочери?

Последовали поцелуи и объятия, после чего три женщины исчезли за дверью.

Бина ушла с Брайсом и Эллиотом, которые решили проводить ее до метро. Наконец-то Кэйт осталась одна. Она представляла, что скажут мистер и миссис Горовиц, увидев Бину в дверях дома. У миссис Горовиц слабое сердце; может быть, стоит предварительно позвонить ей.

И только уже в постели, на кромке сна, Кэйт снова представила, как она бы могла выглядеть после такого преображения. Она закрыла глаза и заснула — Кэйт плохо спала в эту ночь.

Глава XX

Кэйт сидела в своем кабинете напротив двух мальчиков-близнецов, одетых в одинаковые зеленые вельветовые штаны и белые футболки с одинаковой картинкой на груди. У каждого на футболке был ярлык — на одном написано «Джеймс», на другом — «Джозеф». Кэйт намеренно села на свой письменный стол, чтобы возвышаться над двумя маленькими третьеклассниками. Все трое разговаривали уже некоторое время, и Кэйт думала, что выяснила положение вещей.

— Теперь я отправлю вас обратно в класс, где каждый из вас и числится: тебя, Джеймс, к миссис Гупта, — сказала она, указывая на одного из мальчиков, того, что сидел с ярлыком «Джозеф» на футболке. — А ты, Джозеф, пойдешь к миссис Джонсон, — строго сказала она другому мальчику.

Близнецы Рэйли были хорошими мальчиками, с хорошим поведением и смышленые. Но они, с согласия родителей, в этом году были рассажены по разным классам, а после разделения взяли дурную привычку обманывать не только одноклассников, но и учителей и даже самого мистера Мак-Кея, меняясь друг с другом. Они менялись по своему усмотрению, но, когда Кэйт сказала родителям, что третьеклассникам было бы легче, если бы их одевали по-разному, а не в одинаковую одежду, те заявили, что это решать самим мальчикам. А дети, в свою очередь, хотели по-прежнему одеваться одинаково.

Их озорство заходило все дальше, но сейчас Кэйт почувствовала, что ее рассуждения о доверии и обмане людей вроде бы начинали проникать в сознание близнецов.

— Так мы договорились? — спросила она.

Зазвонил телефон. Кэйт повернулась к близнецам спиной и потянулась к трубке.

— Доктор Джеймсон, — ответила она.

— Доктор Джеймсон? Это доктор Бина Горовиц. Я буду в вашем офисе на нашей конференции завтра в шесть. Мне говорили, что сначала я должна буду проконсультироваться у доктора Брайса, — сказала Бина.

— Никто нас не слышит, Бина, — объяснила она подруге. Годы, когда мать подслушивала, используя спаренный телефон, довели Бину до паранойи. — Отправляемся на операцию «Посмешище». Я буду в пять. Мне пора. Я на работе.

Кэйт положила трубку и повернулась к близнецам.

— Я хочу, чтобы вы сейчас же поменялись вашими ярлыками, — сказала она. Мальчики кивнули, отодрали клейкие полоски и передали их друг другу. Телефон снова зазвонил. Кэйт вздохнула и снова повернулась спиной к близнецам, которые быстро обменялись ярлыками и стульями.

— Здесь к вам пришел доктор Майкл Этвуд, — проинформировала Кэйт гнусавым голосом Луиза, секретарь главной канцелярии.

— Спасибо, я сейчас выйду, — ответила она и повесила трубку. Это было неожиданно. Майкл не был бы Майклом без своих привычек. Кэйт гадала, чем мог быть вызван этот спонтанный визит.

Ее голова была так занята этими раздумьями, что она не заметила увертки близнецов.

— Помните, — рассеянно сказала она, — это не просто шутка — меняться местами. Это зло — обманывать людей. После обмана они не будут вам верить, когда вам это будет необходимо. Поняли?

Обычно она не повторялась, но сейчас ее немного повело в сторону из-за сюрприза, ей не терпелось узнать, что же Майкл скажет ей.

Близнецы невинно кивнули. Она соскочила со стола, взяла мальчишек за руки, повела их за дверь и по коридору. Майкл стоял в дальнем конце холла. Он широко, если не сказать глуповато, улыбался, на что Кэйт не стала отвечать. Вместо того она остановилась напротив двери класса и кивком велела «Джеймсу» войти. «Джозеф» шел с ней, держась за другую руку, он торжествующе улыбнулся ей и шмыгнул в другую дверь на противоположной стороне коридора.

Только теперь Кэйт улыбнулась Майклу в ответ и подошла к нему.

— Приятный сюрприз, — сказала она, поощряя его спонтанное поведение. — Что ты здесь делаешь?

— Я подумал взглянуть на тебя за работой, — он улыбнулся. — Ты так естественно смотришься с детьми.

— Спасибо, — ответила Кэйт. В одну секунду промелькнула мысль, не видит ли он в ней мать своих детей, но тут же себя остановила. Слишком рано думать об этом.

— Ты уже собираешься уходить? — спросил он. — Не сердишься, что я заехал?

— Вовсе нет, — ответила Кэйт. — Мне это нравится.

И это было правдой.

— Я хочу показать тебе кое-что еще до сегодняшнего вечера, — объявил Майкл, шаря в портфеле. С некоторой помпой он вытащил академический журнал.

— О, Майкл! Твоя статья!

Он работал над ней несколько месяцев. Он даже проводил выездные изыскания. Они много значили для него и для его карьеры. Кэйт порадовалась за него.

— Только что из типографии Мичиганского университета, «Журнал прикладных наук», — гордо провозгласил он.

Кэйт крепко обняла его.

— Я так рада за тебя! Это такой сюрприз! — Она взяла журнал и открыла его в поиске статьи. Майкл уже отметил страницу ярко-красной закладкой, и Кэйт улыбнулась, заметив это. В нем иногда было что-то... от ребенка, как ни удивительно. И это подкупало.

Они вернулись в ее кабинет.

— Это самый первый экземпляр, — сообщил он ей. — Я думал, как только ты освободишься, мы могли бы зайти что-нибудь выпить, а потом, возможно, и поужинать.

Она улыбнулась и кивнула.

— Я предвосхищаю наш уикенд, — продолжал он, обнимая ее и целуя в шею. Она ощутила его колючую щетину и захихикала, и тут в дверях показался доктор Мак-Кей.

— Простите, — сказал он.

Майкл отпрянул назад, а Кэйт старалась изо всех сил не выглядеть нашкодившей школьницей. То есть она пыталась подавить улыбку, поскольку на лице доктора Мак-Кея читались смущение и неодобрение одновременно. Она вполне могла представить ход его мысли: эта потаскушка изменяет Эллиоту или уже нашла другого мужчину. Хоть это не его дело, она все же улыбнулась ему:

— Да, доктор Мак-Кей?

— Кажется, существуют проблемы с близнецами Рэйли, — сообщил ей доктор Мак-Кей. Кэйт заметила, что он старается не смотреть на Майкла.

— Я знаю, — ответила она. — Они были у меня в кабинете, и мы беседовали об этом. Доктор Мак-Кей, я хотела бы вам представить доктора Майкла Этвуда.

Доктор Мак-Кей слегка кивнул в сторону Майкла и сразу повернулся к Кэйт.

— Мне известно, что вы вызывали их, — сказал он, — но, очевидно, они поменялись друг с другом опять.

— Упс! Полагаю, мне придется провести с ними более тщательную работу, — ответила она.

— Думаю, да. — Доктор Мак-Кей повернулся и исчез.

Майкл посмотрел на Кэйт.

— Упс — это термин Фрейда или Юнга?— спросил он.

Кэйт несмотря на некоторое замешательство и тревогу, не могла не рассмеяться. Что ж, она займется этим в понедельник. Теперь ей нужно разобраться с изменениями в планах на уикенд.

Когда они вышли из школы и проходили через игровую площадку, Кэйт взяла Майкла за руку.

— Я так рада, что ты зашел в школу, — начала она. — У нас появилось лишнее время, чтобы побыть вместе.

Майкл кивнул и улыбнулся, слишком безмятежно для текущего положения дел, как показалось Кэйт.

— Дело в том, что мне нужно будет уйти завтра вечером.

— Завтра вечером? Но это же суббота.

— Я знаю. Но это Бина...

— Ах, Бина.

— Мне надо отлучиться всего на несколько часов, — пояснила ему Кэйт.

— Несколько часов в субботу вечером, — сказал Майкл, и Кэйт услышала упрек в его голосе.

— Я сожалею, — говорила она. — Это вовсе не будет так забавно. Я просто должна, — произнося эти слова, она злилась и на себя, и на него. Ей не за что было извиняться. Почему она считала себя виноватой? Это была всего лишь незначительная поправка, а вот ему следовало бы поучиться быть немного поуступчивее.

Майкл кивнул, посмотрел на свои ботинки. Кэйт видела, что он смирился, затем он опустил руку в карман пиджака и, вытащив что-то, раскрыл ладонь. Там, на ладони, лежали два блестящих ключа на новеньком колечке.

— Вот, — сказал он. — Я был рад заказать их для тебя. В субботу так нам будет удобнее. Ты сможешь сама попасть ко мне домой.

Кэйт взяла ключи, словно это была какая-нибудь драгоценность. В самом деле, обмен ключами равнозначен закреплению отношений, так было и десятки лет тому назад. Это считалось знаком доверия и обязывало.

— О, Майкл! — Взяв ключи, она поцеловала его и уже потом поняла, что ей теперь придется дать ему свои ключи. И осознала, что эта перспектива ей вовсе не по душе.

———

На следующий вечер провинившаяся Кэйт и обновленная, крутая и сверхмодная Бина встретились с Брайсом и Эллиотом в квартире Кэйт, чтобы сделать прическу и макияж и отправиться в Бруклин. Кэйт оглядела свое простенькое голубое трикотажное платье — короткое, но с высоким воротом — и почувствовала себя не вполне одетой, хотя понимала, что смотрится это заманчиво. Стивену такое нравилось. К тому же она напомнила себе, что речь шла о Бине, а не о ней самой. Билли для нее ничего не значит.

— Это даже лучше того путешествия в Невис прошлой осенью, — сказал Брайс. — Разные культуры и туземные народы всегда пленяли меня.

Кэйт кашлянула, чтобы привлечь внимание Брайса, и покосилась на Бину. Бина, однако, была слишком поглощена поиском секрета ходьбы в «фак-ми» босоножках, чтобы заметить комментарий Брайса. Тот, сжалившись над несчастной Биной и ее бедными пятками, вскинул голову кверху и сказал:

— Воодушевление, дорогая! Выше! Выше!

Бина расправила плечи, и вмиг выражение крайнего напряжения на ее лице сменилось улыбкой. Она сделала несколько пробных шагов, а затем почти уверенно пошла по небольшой гостиной Кэйт.

— Вот это да! — воскликнула она. — Спасибо, Брайс. Это и правда помогло.

Кэйт не могла не поинтересоваться:

— Брайс, где ты научился тому, как надо ходить на шпильках?

— Эй, здесь что, вечеринка?

Голос из-за двери, прервавший беседу, принадлежал, несомненно, Максу. Эллиот, стоявший ближе всех к двери, потянулся и открыл. Макс стоял с вещами из химчистки через плечо и с пакетом продуктов в руке, глядя на Бину через гостиную Кэйт. Его взгляд скользил то вверх, то вниз, и Кэйт увидела, как от изумления он выпустил из рук пакет и упакованные в пластик вещи. Все это упало на пол, и тем не менее еще некоторое время Макс не мог оторвать глаз.

— Бина? — спросил он. — Это ты?

Затем, словно очнувшись от чар, он посмотрел на пол и покраснел в замешательстве. Он наклонился, чтобы поднять вещи, а Эллиот подошел собрать пластиковые контейнеры с чем-то вроде китайской еды. К счастью, они не раскрылись.

— Привет, Макс, — ответила Бина. Кэйт даже оторвалась от созерцания последствий аварии в холле: она с трудом поверила, что именно Бина вложила столько игривости в два простых слова. За все годы, что она знала ее, Кэйт никогда не слышала кокетства в ее голосе. Но сейчас в нем слышалось определенно что-то новое, тембр стал вкрадчивым. Внезапно Кэйт подумала, что Бине, возможно, и удастся залучить Билли Нолана.

— Вот твой ужин, — весело сказал Эллиот
Максу, протягивая ему пакет. — Нам пора.

Кэйт схватила сумочку и повела Бину за дверь
вслед за Брайсом. Вот незадача, ей пришлось за-
держаться, чтобы запереть дверь, и в этот момент
Макс, все еще не сдвинувшийся с места, спросил
Бину:

— Что с тобой случилось?

Бина открыла рот, но прежде чем она успела
ответить, вмешался Брайс:

— Только я и ее парикмахер знаем наверняка. Ту-ту.

Он взял Бину за руку и повел ее на лестницу.
Кэйт обернулась к обомлевшему Максу.

— Не беспокойся. Это не Бина, — сказала она
ему. — Это ее порочный близнец.

Такси проехало по мосту и уже нырнуло
в Бруклин.

— Вы хоть знаете, где этот бар «Барбер»? —
спросила Кэйт.

— Конечно, — ответил Эллиот. — Мы там и
остановимся. Это всего в одном-двух кварталах,
и мы встречаемся с остальными на углу. Мне нужно успеть еще проинструктировать Бину, — сказал
он, повернувшись к ней. — Запомни теперь, если
хочешь, чтобы все получилось, ты должна запомнить ОВИС.

Кэйт вздохнула:

— Если от Бины что-то еще потребуется, мы можем возвращаться домой прямо сейчас. Она ясно дала понять, что не собирается спать с этим парнем.

— Я думала, что мне не придется дойти до постели, чтобы это получилось, — захныкала Бина. — Я люблю Джека и не...

— О, успокойтесь обе, — прервал Эллиот.— Ложиться в постель не нужно, нужно помнить ОВИС, — произнес он по буквам. — Боже, как я ненавижу аббревиатуры. Они звучат так по-солдафонски грубо. В общем, это значит: облизывать, возбуждать, игнорировать и смущать.

— А что мне нужно облизывать, Эллиот? — спросила Бина неуверенным голосом.

— Собственные губы, — отвечал Эллиот.

— И это все решает, мисс! — добавила Кэйт.

— И это его будет возбуждать? — нахмурилась Бина. — А что я должна игнорировать?

— Его! — отвечал Эллиот. — Ага!

— А почему? — спросила Кэйт, совсем не в восторге от этого сокращения. Она думала, что Билли сам проигнорирует Бину и весь план развалится.

— Потому что он, возможно, предложит близость, — объяснил Эллиот, с раздражением обернувшись к Кэйт. — Боже! Это ты психотерапевт, а не я.

— Я не поняла, — призналась Бина.

— Если ты будешь его игнорировать, он тебя не будет бояться, — объяснял Эллиот. — А раз он не боится, то попросит снова встретиться с тобой. Нам только надо протянуть требуемые два целых и семь десятых месяца.

— Отлично, — сказала успокоившаяся Бина. — А потом что?

— Смущать, — ответил Эллиот.

— Это было бы просто, — добавила Кэйт. — Скажи ему прямо, зачем мы этим занимаемся. Думаю, Билли Нолан будет очень смущен этой идеей.

Эллиот не обратил внимания на Кэйт.

— Старайся волновать его настолько, чтобы только бросить ему вызов, но не доводить до сексуального возбуждения. Ты поняла?

— Я... я думаю, да, — запнулась Бина.

— Что ж, пошли, дети, — сказал Брайс, когда такси подрулило к обочине. — «Шавки» и Билли ждут нас! — Он посмотрел на них и принялся хохотать. — Это как если бы Осборны пришли на Сезам-стрит.

Такси остановилось возле станции метро на Ведфорт-стрит, где они договаривались встретиться. Бев и Барби были уже там. Бев выглядела *очень* беременной, а Барби, казалось, опустошила шкаф пятнадцатилетней девчонки.

— Я уже не помню, когда проводила вечер вместе с девочками! — пронзительно заорала Бев.

— Я тоже. В биологическом смысле, по крайней мере, — присоединился Эллиот, нежно глядя на Брайса, который не мешкая вступил в «глубокомысленную» беседу с Барби о юбках.

— Мы встречаемся с Банни в баре, — сообщила Бев.

— Разве она не новобрачная? — удивленно спросила Кэйт. — Они только что вернулись из свадебного путешествия. Разве она не хочет провести уикенд с Арни?

Закончив свои вопросы, Кэйт осознала, насколько ее новые понятия расходятся с теми, старыми.

— Эй, она недавно вышла замуж, и медовый месяц позади. Чего же ты еще хочешь? — спросила Бев.

Кэйт не сдержала улыбки. У шайки был весьма шаткий, но очень прагматичный взгляд на брак: он необходим, но его легко можно игнорировать. Девочки развлекаются с девочками, а мальчики — с мальчиками.

Теперь, однако, глядя на свою разношерстную команду, она снова стала всерьез сомневаться в успехе всей затеи. Потихоньку она отвела Бину в сторону от остальных.

— Ты не обязана делать это, ты знаешь, — прошептала она ей на ухо.

— Кэйт, — начала Бина, — я посвятила ему годы жизни, а он хочет проверить себя в одиночестве. Кем он себя представляет? Понсе де Леоном? — Она смотрела на Бев, особенно на ее выпуклый живот. — А ты не думаешь о своих биологических часах?

Эллиот, подслушавший весь разговор, выбрал момент, чтобы вмешаться.

— Как всякая современная девушка, — заявил он, обнимая Кэйт, — Кэйт заморозила свои яйцеклетки для использования в будущем.

— Да? — в ужасе спросила Бина.

— В самом деле? — присоединилась Барби.

— Не слушайте его. Он сумасшедший, — сказала им Кэйт, словно его глупости ее не смутили, хотя предательский румянец слегка тронул ее щеки. — В конце концов, где же, черт возьми, это место? — спросила она, переключая внимание на текущую задачу.

— Думаю, нам надо свернуть за тот угол, — показала Бев на соседнюю улицу. — Банни дала мне кое-какие ориентиры. Я знаю, что это где-то здесь.

Они свернули за угол.

— Там должен стоять указатель парикмахера...

— Вот он! — указал Брайс вдоль квартала на еле видимый красно-сине-бело-полосатый указатель, и все направились к нему.

Глава XXI

— Раз уж мне встречаться здесь с Билли, то я
плачу́, — прервала Бина раздумья Кэйт. — Что
будете пить? Пиво?

— Я помогу, — предложила Кэйт. — А вы по-
ищите столик для нас. И если мы не вернемся
минут через десять, отправляйте поисковую экс-
педицию.

Кэйт повела Бину сквозь толпу к стойке.

— Старайся привлечь внимание Билли, — говорила она, завидев его в конце стойки. Белая
рубашка подчеркивала широкие плечи и загар.
Кэйт вдруг подумала: неужели он такой пижон,
что ходит в солярий, но времени для долгих рас-
суждений не было.

— Позови его, — сказала она Бине.

— Как позвать? — спросила Бина.

К несчастью, в этот момент другой бармен, постарше, лысеющий и с пивным животом, приблизился к ним от другого конца стойки.

— Что будем заказывать, леди?

— Боже мой! — прошептала Бина. — Это же
не он.

— Хорошенькое знакомство, — сказала Кэйт
Бине. Повернувшись к бармену, она ответила:—
Спасибо, мы просто смотрим.

Кэйт быстро сканировала толпу у стойки. Было
ясно, что большее оживления было на том конце,

где работал Билли и где шумная стайка девиц монополизировала все табуреты. Молодой человек склонился над стойкой и стал принимать заказы на выпивку. Кэйт схватила Бину и направила ее сквозь толпу в другой конец помещения, а затем, толкаясь и пару раз поработав локтями, добилась того, что они обе опять оказались прямо возле стойки, как раз в нужном месте.

Ожидая своей очереди, Кэйт вздыхала. Она чувствовала себя не достаточно молодой для сцены в баре. Значило ли это, что она становится старухой в тридцать один год? По крайней мере, это место было довольно своеобразным, — это она должна была признать. Старинные парикмахерские кресла, очевидно, отреставрированные, были все еще ввинчены в черно-белый мраморный пол, а стойка темного красного дерева сзади была украшена оригинальным зеркалом и полками, должно быть, из лавки брадобрея. Среди водок и солодовых шотландских виски, выстроенных в ряд, стояли также старинные чаши для бритья и древние бутылки от эликсиров для волос, лосьонов и тому подобного.

Помещение, вероятно, было перестроено из лавки парикмахера. Помимо стойки и ряда стульев, где роился народ, у дальней стены были банкетки и кабинки напротив. Шум стоял оглушительный — словно раскаты смеха в тоннеле метро, и Кэйт благодарила Бога, что не взяла с собой Майкла. Сцена выглядела так... не по-нью-йоркски.

Бина выглянула из-за Кэйт.

— Боже мой! Это и правда он.

Кэйт держалась спиной к стойке и Билли и лицом к Бине.

— Да. Элвис не сбежал из дома. Держись слева от меня и старайся привлечь его внимание, — скомандовала она, надеясь на результат.

— Что сначала, — в отчаянии спросила Бина, — облизываться или раздражать?

— Просто назови его по имени и закажи пиво, — подсказала ей Кэйт, поворачиваясь к стойке, чтобы помочь.

Билли, зубы которого были такими же белыми, как и его рубашка, а волосы еще золотистее, чем запомнила Кэйт, закончил разливать напитки. Она толкнула Бину локтем:

— Говори же что-нибудь.

— Билли! Сюда, — задыхаясь, крикнула Бина. Вероятно, ему послышалась неотложность в ее голосе, поскольку он тотчас же подошел.

— Что для вас, леди? — спросил он, сияя в высшей степени совершенной, деловой улыбкой.

Кэйт отвернулась, но слишком поздно. Билли смотрел ей прямо в лицо, и то ли ей показалось, то ли на самом деле его глаза широко распахнулись, он явно пытался вспомнить ее. Кэйт снова толкнула Бину локтем.

— Два кувшина «Ширли Темплс» и пиво, — выпалила Бина и сразу густо покраснела.

— Уже лучше, но неэффективно, — тихо сказала Кэйт Бине, которая буквально застыла с деланной улыбкой и выпученными глазами.

Билли, чуть прищурив глаза, рассматривал лицо Кэйт, но она старательно блюла свою неотразимую бледность.

— Это для целого стола получивших работу шоферов и одного пьяного? — спросил он, оскалившись. Он не обратил внимания на смущенное хихиканье Бины и посмотрел прямо на Кэйт.

— Это два кувшина пива и один «Ширли Темплс», — парировала Кэйт без затей.

Билли не мог оторвать глаз от Кэйт.

— Рискую повторить клише, — начал он, — мы не встречались раньше?

— Думаю, вы видели мою подругу Бину. На свадьбе Банни и Арни, — ответила Кэйт. — Бина, это Билли.

Она обратила внимание, что Билли даже не взглянул в сторону Бины и еще пристальнее смотрел на нее. Ее лицо горело под его взглядом.

— Приятно встретить вас, — сказал Билли в адрес Бины, лишь кивнув в ее сторону. — Но вы и я, — продолжал он, все еще в упор глядя на Кэйт, — мы встречались...

— Бина тоже живет здесь, в Бруклине, — прервала его Кэйт, отведя взгляд и сфокусировав его на подруге.

— О, правда? Поблизости? — спросил Билли, взглянув на Бину в первый раз.

— Да, почти. В Парк-Слоуп, — ответила Бина в сильном волнении.

Билли принялся наливать в кружки пиво.

— Эй, это большая разница — Парк-Слоуп и Вильямсбург, Рина.

— Бина, ее зовут Бина, — поправила Кэйт.

Билли пожал плечами и поставил поднос с напитками. Кэйт взяла поднос и подтолкнула Бину к столу, где сидела остальная компания.

— Это был он! — воскликнула Бина.

— Кто? — лукаво спросил Эллиот.

— *Он!* — завизжала она.

— Мэл Гибсон? — спросила Бев, включаясь в игру.

— Билл Клинтон? — присоединилась Барби.

— Это был Билли, — сказала Кэйт, садясь рядом с Эллиотом, — но он не проявил ни малейшего интереса.

Эллиот изобразил гримасу. Было ясно, что Бине нужно помогать всеми возможными способами.

— Вот ваши кружки, леди, — сказала Кэйт, ставя поднос. — Мне нужен умывальник.

Она направилась сквозь толпу к маленькой туалетной комнате с единственной кабинкой.

Там было неожиданно чисто. Она едва успела войти, как услышала два голоса прямо за дверью.

— Эй, ты заметил, как эта рыженькая посмотрела на меня? — сказал первый. Это был низкий голос, хриплый и гортанный — голос бармена постарше, которого, как запомнила Кэйт, посетители называли Питом. — Дружище, она классная! Ты видел глаза этой девчонки? И у нее есть еще парочка замечательных вещей, — и он непристойно заржал.

— Какую рыжую? — И Кэйт тут же узнала второй голос: Билли Нолан.

— Ту, что ушла с теми двумя кружками пива.

— Она смотрела не на тебя, — сказал он со слабо скрываемым презрением.

— Знаешь, — ворчал Пит. — Ты все принимаешь на свой счет, но порой не замечаешь тонкостей. Ей нужен я.

Кэйт услышала тяжелый вздох Билли, потом оба на некоторое время притихли. Билли прервал молчание:

— Сьюзи заходила сегодня.

— Черт! — воскликнул Пит. — А я не видел ее. Такая темпераментная была, черт возьми! Почему ты бросил ее?

— Не знаю, — ответил Билли. — А теперь она приходит и говорит мне, что...

— Можешь не продолжать, — перебил Пит, — она обручена, верно?

— Откуда тебе известно? — спросил Билли.

— Билли, дружище, подумай. Я не знаю, как это тебе удается, но, если ты хоть раз встречаешься с этими женщинами, они превращаются в подобие брачных мотелей с тараканами. Другие парни регистрируются, но не могут оставить номер.

Кэйт была сражена наповал, и не желала слушать дальше. Она спустила воду, помыла руки и нажала кнопку сушилки, но все равно ей было слышно, о чем дальше говорили мужчины.

— Обычно это меня не задевает, — сказал Билли, — но несколько недель назад я был на свадьбе Арни и вдруг понял, что я чуть ли не единственный холостой парень из всех моих друзей.

— Ты же бармен, — сказал Пит. — Барменам лучше быть холостяками. Ты не из тех, кто женится. Между прочим, а что с Тиной?

Кэйт достаточно наслушалась. Она быстро открыла дверь, надеясь успеть добраться до стола раньше, чем Билли со своим товарищем закончат свой небольшой перерыв, но было уже поздно. Только она вышла в проход между туалетами, как столкнулась с Билли Ноланом лицом к лицу.

— А! Постой-ка, Рыжая, — сказал он, пытаясь следовать за ней. Она его проигнорировала.

В узком проходе какой-то парень, проходя мимо, толкнул ее прямо к Билли. Он придержал ее руками за плечи и посмотрел на проходившего посетителя.

— Эй, смотри, куда идешь! — крикнул Билли. Потом снова взглянул на Кэйт. *Je pense...*, — он запнулся. — *Je n'oubliez pas*[1], — продолжил Билли, переходя на французский.

«Что с парнем и его французским?» — подумала Кэйт.

— Я вас тоже не забыла, — созналась она, но лишь для того, чтобы отделаться.

— Правильно. Мы беседовали на философские темы. Я всегда люблю сочетать Сартра и свадьбы, — добавил он, и Кэйт не смогла подавить улыбку, хотя и старалась. Этот парень невероятно самоуверен. И как заманить его встречаться с Биной?— Так что же вы делаете на этом берегу реки? — спросил Билли.

— Пришла выпить с друзьями в том уголке, — отвечала Кэйт, указывая на их столик.

Тут Пит схватил Билли сзади за плечо.

— Эй, Билл, забудь о любовных подвигах. Посетители ждут.

Кэйт покраснела против воли, разозлившись на слово «подвиги».

— Увидимся, — сказала она, выдавив из себя милую улыбку.

Она вернулась к столу в надежде, что крючок закинут. И действительно, как только их стаканы опустели и Барби освежила Бине помаду на

---

[1] Я думаю... Я не забываете (*искаж. франц.*).

губах, Билли возник у их стола с кружками пива
в каждой руке.

— Добро пожаловать в бар «Барбер», — сказал
он, ставя кружки. Он улыбался Кэйт: — Значит,
вы не обманывали, рассказывая о своей команде
на той свадьбе?

Все за столом уставились на Кэйт. Она никому
не говорила о маленьком па-де-де на террасе и теперь пожалела об этом. Через стол она заметила,
как Бев толкнула Бину локтем в бок.

— Похоже, Билли, — крикнула Банни, — дела
идут хорошо.

— У вас настоящее столпотворение, — одобрительно заметила Бев. — И танцы.

— Да, — сказал Билли и снова посмотрел
на Кэйт.

— Мы изобразим немножко хоки-поки.

— Разве у тебя сегодня не свободный вечер? — спросила Бев.

— Да, обычно по субботам. Но один из парней
позвонил, что заболел. К счастью, я был здесь
и смог встретить вас, мои красавицы, — ответил
Билли.

Покрывая обычный шум, Пит, пузатый бармен постарше, крикнул:

— Эй, Билли! Это не театр одного актера. Где
Джоди?

Билли не обернулся. Банни, заметно расстро-
енная, схватила его за руку.

— Это моя подруга Бина, — сказала она. —
Вам двоим нужно обязательно познакомиться.

Билли на некоторое время задержал на Бине
безучастный взгляд.

— Да. Рад видеть вас, — и он опять повернулся к Кэйт, которая сама уже была в отчаянии.

— Не хотите с Биной и со мной сыграть в боулинг в следующую пятницу? — спросила она.

Он моргнул, потом улыбнулся:

— Я ни за что б не догадался, что вы созданы
для боулинга, — сказал он.

Барби, всегда наготове, всучила ему в руку кусок бумаги с нацарапанным на нем номером телефона Бины.

— Вот, — сказала она, — позвони Бине, и вы
договоритесь. Она отвечает за все походы в боулинг вместе с Кэйт.

Раздался еще один окрик со стороны стойки,
и на этот раз Билли обернулся.

— Иду, — сказал он, одарив всех ослепи-
тельной улыбкой, прежде чем раствориться
в толпе.

— Бог мой! — сказал Брайс. — Он прекрасен.
Могу я тоже пойти?

Эллиот удостоил его выразительным взглядом, затем повернулся к Кэйт и посмотрел на нее
еще выразительнее. Однако не успел он что-либо
сказать, как Бев принялась обмениваться шлеп-

ками пятерней со всеми за столом. «Дальше, — подумалось Кэйт, — они начнут изображать волну».

— Классная работа, — сказала Барби, шлепнув по ладони Кэйт.

— Хороший ход, — согласилась Банни.

— Полагаю, что он подумал, будто идет с тобой, Кэйт, — заметил Брайс.

— Ну, — сказала она для всех, — он подумает иначе, когда увидит Майкла. К тому же у него есть телефон Бины.

— Спасибо, Кэти, — сказала Бина, выглядевшая совсем изможденной. Кэйт ответила улыбкой, хотя размышляла о том, как сказать Майклу о перспективе поиграть в боулинг в следующую пятницу.

Глава XXII

Нажимая на звонок, Кэйт чувствовала себя виноватой, потом вспомнила о ключах, что ей дал Майкл. Она тихо проклинала себя, а взглянув на часы, еще сильнее расстроилась, так как было уже без четверти час. Кэйт была уверена, что Майкл уже спит, как и в том, что ей не хотелось бы, чтобы он почувствовал запах пива, исходивший от нее. Тем не менее вполне нормально сходить в бар и выполнить свой долг перед друзьями, ведь речь не шла о развлечении.

Когда Майкл подошел к двери, еще одетый, но уже протирая слипавшиеся глаза, она отблагодарила его крепкими объятиями и прошла в узкую прихожую.

— Тебе не следовало ждать, — сказала она. Что она подумала в действительности? Что ей нужно было идти домой, в свою квартиру, или, еще лучше, и вовсе не отправляться в Бруклин.

Но Майкл просто зевнул и потянулся.

— Пора идти спать, — сказал он.

Кэйт кивнула, но направилась в ванную.

— Мне надо пописать, — сообщила она.

Закрыв дверь, Кэйт вымыла лицо, почистила зубы, прополоскала горло и еще раз почистила зубы. Она поймала взглядом свое отражение в зеркале, потянувшись за полотенцем. Она выглядела так... воровато. С минуту Кэйт рассматривала скулы, форму глаз, линию волос, находя поразительное сходство с отцом. Дрожь пробежала по телу. Затем ей показалось, что еще сильнее физического сходства был виноватый, вкрадчивый язык тела и выражение лица, вызывавшие в памяти его образ. Она неподвижно стояла в свете голой лампочки холостяцкой ванной Майкла и смотрела сама себе в глаза. Ей не за что чувствовать себя виноватой, сказала она себе. У нее нет причины чувствовать вину, если Майкл так зациклен на своем расписании. Выпила с подругами — здесь не за что винить себя.

Но Кэйт знала, что все не совсем так. Ее мысли о Билли Нолане были из ряда вон. Она не хотела думать, как думала, и чувствовать то, что чувствовала, флиртуя с ним. И пусть даже она делала это ради Бины, пусть даже обманывала Билли, но фактически действовала так, как если бы встречалась с другим мужчиной, и этот мужчина поверил в это. Обманывала ли она этим Майкла? Воспитывавшаяся при жизни матери в католичестве, Кэйт никогда до конца не преступала заповедей, страшась грехов вольных или невольных. Была ли она виновата в совершении последних?

Она вернулась сюда, чтобы спать со своим любовником, и испытывала неприятное чувство, словно была потаскухой. И вовсе не пивные пары в ее дыхании и не запах сигарет от одежды смущали ее. Нет — то были ее собственные чувства.

Кэйт быстро помылась и вышла из ванной в трусах и бюстгальтере. Проходя в спальню Майкла, она с ужасом заметила, что он зажег свечу на ночном столике и лежал под простыней полностью раздетым. Обычно Майкл спал в пижамных брюках и футболке. Их отсутствие и горевшая свеча посылали ясный сигнал.

— Могу я занять твою рубашку? — кротко спросила Кэйт.

Майкл кивнул и рукой указал на комод. Она вынула простую белую рубашку «Фрут оф зе Лум» и, надев ее, скользнула к нему в постель.

— Было весело? — спросил Майкл, закидывая руку вокруг нее.

— Совсем нет, — ответила Кэйт. — И я так устала, — она умолкла. Майкл был знаток в таких сексуальных нюансах. Она выждала минуту. — Можем мы просто полежать вместе? — спросила она и повернулась спиной к нему, ощущая его грудь своими лопатками.

— Конечно, — ответил Майкл, и Кэйт почувствовала облегчение, не уловив разочарования в его голосе. Он, отвернувшись на секунду, задул свечу, потом прижался к ней своим телом. Кэйт вздохнула и от стыда, и от утомления, и, возможно, от пива, закрыла глаза и уснула через несколько минут.

Воскресным утром они с Майклом выполняли свой обычный ритуал. Он покупал «Нью-Йорк таймс» и багет, и они проводили пару часов, читая выдержки из газеты друг другу и поедая маленькими кусочками сливочный сыр. Кэйт развернула раздел «Стили», чтобы прочесть продолжение статьи о салонах красоты в Афганистане, и случайно наткнулась на страницу «Свадьбы/Поздравления». Это было то, чего она старалась избегать, нечто неприятное, — похожее ощущение испытываешь, проходя мимо мертвого голубя, лежащего на тротуаре.

Затем она стала читать этот раздел, как обычно делала, если не забывала пропустить его. Это было жестокой ошибкой. Колонка за колонкой перечислялись счастливые союзы, списки родственников женихов, невест, цитировались поздравления их братьев и сестер, описывались празднества, и это всегда вгоняло Кэйт в депрессию и наводило на мысль, что она не как все. Если она выйдет замуж за Майкла, что сможет написать об этом «Таймс»? «Невеста, почти тридцати двух лет и сирота, выбрала скромную свадьбу. „Я не могу себе позволить большой праздник, и у меня мало родственников и друзей, которые могли бы присутствовать на нем, — говорит Кэтрин Джеймсон-Этвуд. — По правде говоря, я не уверена, что сделала правильно, но тогда — кто поступает правильно?“» Тайком она всматривалась в Майкла поверх газеты и представляла себе, как он мог бы выглядеть на одной из серых зернистых фотографий, склонив голову к ее голове. Она свернула газету и отложила ее.

Разволновавшись, Кэйт встала и подошла к окну. Дом Майкла, огромный белый кирпичный комплекс послевоенных лет, состоял из нескольких сотен однообразных квартир, но вид с верхних этажей открывался живописный. Она смотрела в окно на Тартл-Бей. Вдали можно было разглядеть даже мерцание Ист-Ривер.

— Похоже, собираются облака, — сказала она.

Майкл подошел к ней сзади и обхватил ее грудь и плечи рукой, наподобие высокого воротника.

— Ну, — сказал он, — мы можем пойти покататься наперегонки на скейтборде или же полежать в спальне. Тебе выбирать.

Кэйт рассмеялась и позволила ему взять себя за руку и отвести к постели, хотя не была уверена в своем настроении. Но, когда они легли и он стал раздевать ее, она расслабилась под его поцелуями. Он нежно покусывал ее шею сзади, отчего приятная дрожь пробежала по спине. Кэйт забывалась в трансе сексуального блаженства, медленно возраставшего, подобно приливу при полной луне. Она чувствовала скольжение его рук по своему телу, проворных и умелых, хотя немного предсказуемых. Когда он повернул ее и лег сверху, она уже желала его. Кэйт, увлекаемой ритмом его движений и собственным страстным порывом, стало хорошо впервые за этот уикенд. Кэйт закрыла глаза и предвкушала приближение оргазма. На пике она прошептала: «Да» и зажмурила глаза, и тут лицо Билли Нолана возникло перед ней так же явно, как прошлым вечером. Она задержала дыхание и издала стон, но это уже было не от блаженства.

Когда Майкл кончил, Кэйт поняла, к своему ужасу, что ей стало легче.

Пока они лежали вместе, Кэйт размышляла о походе в боулинг. Кэйт не могла представить Майкла кидающим кегли, но ей надо было идти с ним, иначе Билли продолжал бы считать ее своей партнершей. Ей нельзя было идти с Эллиотом, поскольку любой мужчина догадался бы, что между ними ничего нет, во всяком случае, в смысле секса. Вина подспудно призывала ее решить вопрос как можно скорее.

— Майкл, — прошептала она, — ты заснул?

— Не совсем, — пробормотал он.

— Я хочу тебя о чем-то спросить.

Он повернулся к ней с тем видом «оленя в свете фар», который принимают мужчины, когда они думают, что с ними собираются говорить об «отношениях».

— Как ты относишься к боулингу? — спросила Кэйт.

Глава XXIII

— Фью! — произнесла Бина, когда она, Кэйт и Майкл пыхтя надевали взятые на прокат ботинки для боулинга.

— Сбито!

— Ах ты, сукин сын! — За ними кучка игроков в голубых воротничках устроила что-то вроде азартных состязаний то ли в боулинге, то ли выпивке, а может, и в том и другом одновременно.

Они пришли в «Боул-а-Раму». Шум стоял невообразимый от падавших кеглей и воплей этих сумасшедших.

— Восторг победы, агония поражения! — прощебетала Кэйт.

— Агония в ногах уже начинается, — пошутил Майкл, глядя вниз на зловонные ботинки. Бину, казалось, тоже слегка мутило, но она была больше озабочена своим внешним видом.

— Как ты думаешь, эти красные сочетаются с моей одеждой? — нервничая, спросила она Кэйт.

— Конечно, — сказала Кэйт, хотя ботинки были кошмарные, как и новый наряд Бины. Кэйт заметила, что Барби «помогла» приодеться Бине по такому важному случаю.

Размышляя об этом, Кэйт сканировала толпу, выискивая Билли Нолана. Кругом царил хаос. На ближних к ним дорожках какая-то команда уже заканчивала игру, от мельтешения их оранжево-коричневых рубах и джинсов почти тошнило. Сама Кэйт была в простой белой рубашке и джинсах, а Майкл надел спортивный пиджак, вероятно, единственный пиджак спортивного покроя на десять кварталов вокруг.

Бина поднялась. Кэйт еще раз окинула взглядом ее наряд и поняла, что коротенькая черная мини-юбка ничего не скроет, когда она наклонится для броска. Зеленый топ в обтяжку контрастировал с шарфиком цвета фуксии, коронного цвета Барби. Не в плюс Бине — шарф отбрасывал на лицо розовато-лиловый отсвет. «Увы, — подумала Кэйт, — ничто не поможет успеху этого чертова двойного свидания».

Они нашли свой кегельбан, и, пока устраивались на литых пластмассовых сиденьях, Майкл, джентльмен во всем, спросил, не хотят ли они чего-нибудь выпить. Бина попросила колу, а Кэйт без раздумий заказала пиво. Она представила себе, как Майкл выгнул брови по дороге в бар.

Как только он ушел, Бина повернулась к ней.

— Где он, Кэти? — спросила она, глядя на вход. — Он сказал, что придет вовремя. Может быть, он обманул меня? О, я так нервничаю.

— Успокойся, дорогая, — сказала Кэйт. — Он придет.

По правде, она и сама нервничала. Кэйт знала, что ввела Билли в заблуждение, хотя Бине это и было невдомек. И если она все не уладит так ловко, чтобы возможное недоумение представлялось ошибкой Билли, то возможен скандал. Билли Нолан не растеряется, если поймет, что его обманом заманили провести вечер с Биной.

— Боже, я вся мокрая под блузкой, — сообщила Бина. — Пойду в туалет подправить макияж еще разок.

Она встала и ушла, пробираясь сквозь толпу скачущих голов и толстых животов.

Вернулся Майкл с напитками, Кэйт заметила, что он купил также кое-что поесть.

— Бина выглядит... хм, иначе, по сравнению с тем, как я ее видел в последний раз, — запинаясь, сказал он.

— Ну, я думаю, ты только однажды видел ее, когда у нее случился истерический припадок, — напомнила ему Кэйт.

— Нет, я не это имею в виду, — возразил Майкл. — Она выглядит... ярче.

— Уволь! Она выглядит так, словно снимается в «Сорок второй улице», — сказала ему Кэйт и сама заметила, что сказанное прозвучало натянуто, но соответствовало ее эмоциональному состоянию. Она потянулась и взяла Майкла за руку. — С твоей стороны очень мило, что ты пошел сюда. Дать Бине импульс к новой жизни — это так важно после всего, что она пережила.

— Однако она быстро сумела оправиться после всего, — заметил Майкл.

Он сел и взял бумажный стаканчик с газировкой. Кэйт охватило раздражение. В прошлом она искала мужчину, который старался бы не пить слишком много, но совсем не пить — это, пожалуй, тоже плохо. Впервые она подумала о том, что Майкл, должно быть, просто действительно боялся утратить контроль над собой.

Он сжал ее руку:

— Мне было приятно увидеть тебя за работой на прошлой неделе. Полагаю, ты могла бы заниматься этим где угодно. Можно даже заняться частной практикой.

— Мне нравится работать в школьной обстановке, — ответила она, думая о другом. — Здесь видишь отдачу и замечаешь перемены.

Он не ответил, а Кэйт вытянула шею, глядя то в сторону женского туалета, то на входную дверь, все еще надеясь на успех этой дурацкой затеи с Билли. В этот момент Билли вышел на дорожку кегельбана. Он заметил Кэйт раньше, чем она успела поднять руку, и направился прямо к их ряду. Проклятая Бина, теперь будет довольно непросто искусно дать ему понять, кто его пара. Сейчас это уже и вовсе не представляется возможным. Какого черта она делает в комнате для леди так долго, принимает душ?

Кэйт представила Билли Майклу. Они пожали руки. Кэйт не могла не заметить, как невероятно привлекательно выглядел Билли. Он был в старについьких черных джинсах и того же цвета чуть обтягивающей футболке, под которой угадывалось тело настоящего атлета. Она посмотрела на его руки и подумала, что у парня не было и двух процентов лишнего жира. Типичный нарцисс, подумала она. Он должен быть помешан на гимнастическом зале, чтобы иметь такие литые бицепсы. Ее позабавило, что у него с собой была собственная экипировка. Она не знала никого за последние пятнадцать лет, у кого бы был свой шар для боулинга.

Билли поставил свою сумку для боулинга на соседнее с Кэйт сиденье.

— Рок-н-боул! — сказал он, глядя сверху на нее несколько пристальнее, чем следовало бы.

Кэйт поспешно встала, осматривая кегельбан.

— Бина будет через минуту, — сообщила она ему.

— Прекрасно, — сказал он, явно не интересуясь местопребыванием Бины. Кэйт встревожилась, когда он, положив руку ей на плечо, доверительным тоном сказал: — А ты классно смотришься.

Кэйт быстро отпрянула от него и пододвинулась поближе к сидевшему рядом Майклу. Затем положила свою руку Майклу на плечо. Билли, замешкавшись на секунду, уселся и принялся натягивать принесенные с собой ботинки. Кэйт, чувствуя одновременно вину и неловкость, села рядом с Майклом. Тот, словно отвечая на слишком теплое приветствие Билли, положил руку на плечо Кэйт.

Билли отвлекся от своих шнурков и взглянул на них обоих.

— Вы только что познакомились? — спросил он. — Или у вас отношения?

— Нет. Мы встречаемся уже некоторое время, — невинно ответил Майкл. Кэйт показалось, что Билли покраснел, но он уже смотрел на свои ботинки.

Как раз в это время, к огромному облегчению Кэйт, вернулась Бина. Можно было подумать, что весь персонал «Макс Фактора» потрудился над ее лицом. Еще тот был видок для боулинга. Но стоило ей улыбнуться, как проявилась свойственная ее натуре теплота.

— Эй, — сказала она Билли, садясь с ним рядом.

Билли смотрел то на Кэйт, то на Бину. Потом опять на Кэйт, склонившуюся к владетельной руке Майкла.

— Я уже боялась, что ты не придешь, — сообщила ему Бина.

Кэйт старалась отвести взгляд, но уж было поздно. По лицу Билли она видела, что теперь он уже разобрался в том, что происходит, и был явно недоволен таким разделом территории. Она решила надеяться на лучшее.

— Отлично, — сказала Кэйт, проскользнув к сдвоенному сиденью позади табло для демонстрации счета. Она быстро ввела данные в кейпад, и их имена высветились на верхних экранах — ее с Майклом и Бины с Билли. — Теперь можем начинать.

— Да, — отозвался Билли, глядя на экран, — но что именно?

Кэйт уловила какое-то раздражение или, может быть, горечь в его голосе, но решила, что лучше просто не обращать на это внимания.

— Мы не можем начинать, — заныла Бина. — Я не нашла шара. — Она смотрела на Билли и изображала глазами что-то невообразимое. — Ты не мог бы мне помочь? — Тут она облизала губы. Кэйт подумала, что она перепутала инструкции Эллиота и теперь пыталась раздражать, вместо того чтобы возбуждать.

Билли выстрелил в Кэйт взглядом, которым было сказано все. Он взял Бину за руку и, не переставая смотреть на Кэйт, встал.

— Конечно, — сказал он. — Я не эксперт по шарам, кроме собственных, но постараюсь. Хотя иной раз мне кажется, что у других шаров в избытке.

Кэйт покраснела. Ей был известен такой тип поведения, она с ним сталкивалась у своих маленьких пациентов. Он собирался паясничать, давая ей понять, что в расплату за ее маленькую хитрость будет вести себя настолько безобразно, насколько только возможно. Билли и Бина оставили место битвы, а Майкл поджидал, пока они покинут пределы слышимости.

— Очаровательно, — сказал он. — Билли станет обсуждать и прочие детали своей анатомии ближе к ночи? — Он присел рядом с Кэйт на сиденье возле табло. — И как давно ты его знаешь? — спросил он, подражая Билли то ли сознательно, то ли нет.

Его собственнический тон, к удивлению самой Кэйт, вызвал в ней приятное чувство.

— О, он подцепил Бину на той свадьбе, где была и я, — ответила она.

— Дружелюбный парень. И хорошо экипированный. — Это было все, что соизволил сказать Майкл в ответ.

Бина и Билли вернулись от стеллажа. Бина тащила уродливый шар для боулинга, голубой с пятнами цвета фуксии.

— Мы все-таки нашли шар, который подошел к моему шарфу! — воскликнула она с преувеличенным восторгом. — Билли мне помог.

Кэйт воздержалась от реакции. Бина вела себя так, словно выбор какой-то мелочи спортивного снаряжения по важности чуть ли не равнялся убийству дракона. Она подбросила шар и едва не уронила его. Кэйт вдруг вспомнилось, какая Бина была неловкая. «Ловкий-шмовкий, — говаривала миссис Горовиц, — лишь бы приносила хорошие отметки». А Бина между тем пыталась просунуть свои пухлые пальцы в узкие отверстия.

В это время Билли расстегнул сумку и достал намного более тяжелый черный шар.

— Смотри-ка, — воскликнул он, — я тоже нашел шар, который подходит к моему костюму!

Кэйт, оскорбившаяся за Бину, решила вмешаться:

— Что же, вы молодец! Оделись во все черное, и в соответствии с этим и шар собственный принесли.

Билли неискренне улыбнулся:

— Так уж точно меньше проблем.

Он посмотрел на Майкла:

— Эй, Майк, как велик твой шар?

— Десять фунтов. Но я предпочитаю, чтобы меня звали Майклом, — добавил он без обиняков.

Кэйт видела, как он хмурится. Ясно, он не доволен собой. Но это могло также значить, что он почувствовал или заметил что-то между ней и Билли.

Бина потянулась за колой.

— Я не была в боулинге с шестого класса, со дня рождения Энни Джексон. Помнишь, Кэти?

— Как же я могу забыть? — ответила Кэйт, улыбнувшись при воспоминании. — Я вывернула съеденные конфеты «поп-рокс» прямо на себя.

— О да! — закричала Бина. — И еще как. — И она посмотрела на Билли, опять облизывая губы.

Билли подошел к сидевшим возле табло.

— О, я не знал, — сказал он, поставив ногу прямо рядом с Кэйт и наступив на ее шнурок. Кэйт подвинула ногу, и шнурок развязался. — Полагаю, некоторые женщины занятно выглядят в собственной блевотине.

Кэйт, теперь уже в полнейшем замешательстве, подняла поскорее ногу на сиденье и быстро завязала шнурки.

— Ну, я уверена, что у вас было немало возможностей наглядеться на это, — заметила она и отвернулась к Майклу: — Билли работает в баре.

— Вот уж где полно возможностей порезвиться с пьяными женщинами, — продолжал Билли. — Так, Майк?

— Майкл, — поправил тот. — Не обладаю подобным опытом.

— Ну, как у владельца собственного бара, думаю, у меня опыта побольше, — сказал Билли невозмутимо.

Кэйт была удивлена, услышав, что бар «Барбер» принадлежал Билли, если это соответствовало истине.

Билли посмотрел вниз на Кэйт, потом обнял Бину рукой и сказал:

— Я уверен в том, что у меня намного больше опыта в некоторых вещах.

Глава XXIV

— Ох, — кричала Бина. — О-о, о-о, — трясла она рукой так, что казалось, это билась рыбина на удилище, потом она засунула указательный палец в рот. Кэйт не видела этого, но, когда Бина пыталась достать свой шар из возвратного механизма, ее палец прищемило другим шаром, который выплюнула машина.

Билли склонился над ее рукой, держа ее в своей.

— Тебе лучше? — спросил он.

Кэйт отвернулась от них и посмотрела на Майкла, который сидел рядом. Когда она пошла на осуществление этого идиотского плана, то думала о Билли, о том, как ему будет трудно и как он разозлится. Она думала о Бине, о том, как та будет разочарована. Но она совсем не думала о Майкле и о том, какое воздействие на него сможет оказать вечер, проведенный в «Боул-а-Рамс». Кэйт обняла его. Он вел себя намного тише обычного и явно был расстроен своим слабым результатом. Хотя Майкл и не строил из себя мачо, он был в форме, регулярно играл в сквош и, как ей было известно, считался сильным игроком. Он не любил проигрывать.

Кэйт опустила глаза, потом приникла головой к плечу Майкла.

— Счет не имеет значения, — проворковала она, вдруг осознав, что таким тоном обычно утешала своих юных пациентов. — Тебе было весело?

Майкл не ответил, хотя очевидно было, что нет.

— Не могу поверить, что я на третьем месте, — сказал он наконец, качая головой. Кэйт подумала, что ей надо было играть хуже, чтобы Майкл оказался на втором месте, но она знала, что ее с Биной результаты не имели значения. Майкл был расстроен, потому что Билли побил его, да еще с очень большим перевесом.

Билли приблизился к ним. Он взял свой стакан с подлокотника, посмотрел на табло и покачал головой:

— Да уж, у всех нас вышел сегодня печальный вечер.Он усмехнулся и направился помочь

Бине бросить еще один, конечно же, заведомо проигранный шар.

Кэйт оставила их и посмотрела на Майкла. Она чувствовала ответственность за происходящее и не хотела видеть его расстроенным. Уж если быть полностью честной с самой собой, то она должна была сознаться, что вообще не хотела, чтобы Билли превзошел его. Было глупо, убеждала она себя, Майклу так переживать и позволять себе так смотреть на вещи. И остался же у *homo sapiens* такой рудимент — самцы борются за первую позицию.

— Люди часто переносят спортивные результаты в область личных взаимоотношений, — сказала она.

— Естественно. Когда «Кабс» проигрывают, мне кажется, что мир перевернулся, — признался Майкл, чуть зло усмехаясь.

Майкл был из Чикаго, и он действительно болел за несчастных «Кабс». Но речь сейчас не шла о борьбе «Кабс» с другой, более сильной бейсбольной командой. Это Майкл пытался противостоять Билли Нолану. И Майкла — как говорили во времена ее далекой юности — просто *шмякнули*.

— Это вовсе не так уж трудно. Не могу поверить, что не смог сбить все.

— О, это же просто забава, — старалась она его успокоить. — Боулинг никогда не был твоей любимой игрой. Тем более, — сказала она, одновременно помахав Бине, которая все еще в нерешительности стояла у дорожки, — никто не играл хуже Бины.

Билли, потягивая свой напиток, расслышал ее слова, ухмыльнулся и рассмеялся.

— Глаз на головную кеглю, Бина, — подсказал он и отставил стакан. — Эй, подожди! — крикнул он, подошел к ней сзади, обвил своей рукой и изменил ее позу.

Кэйт, наблюдая за ними, почувствовала, в чем не хотела бы себе признаться, — приступ ревности. Затем Бина, руководимая Билли, запустила шар по дорожке, теперь уже с закрытыми глазами. Все смотрели, как шар катился прямо посередине дорожки и едва ли не чудесным образом перевернул все кегли. У Кэйт отпала челюсть.

— Бог ты мой! Бог мой! Я сбила их! Их всех! — орала Бина. Она сплясала победный танец, задрав обе руки к потолку и демонстрируя значительную часть трусов цвета фуксии из-под тесной юбки. Кэйт наблюдала, как игроки с других дорожек улыбались, показывали в их сторону и посылали знаки одобрения большим пальцем вверх.

— Гол! — визжала Бина. Она крепко обняла Билли, потом побежала к Кэйт. — Кэти, я не могу поверить, — говорила она, схватив ее за руки и прыгая взад-вперед. — Я сбила их все!

И тут, широко раскинув руки, она нечаянно выбила пиво из руки Кэйт — и прямо Майклу на рубашку.

— Бина, да ты, похоже, вошла в роль — все опрокидываешь, — заметила Кэйт. Майкл вскочил.

— Мне так жаль, — сказала ему Бина, густо покраснев. Она схватила и так почти мокрую коктейльную салфетку «Боул-а-Рамы», лежавшую на табло. Майкл оттянул рубашку на груди, выставив локти в сторону, и позой напоминал актера, изображавшего петуха. Кэйт видела, как пиво текло не только по рубашке, но и по брюкам. Когда Бина принялась бессмысленно размазывать пиво ему по груди и между ног, он отступил на шаг назад.

— Нет. Я помогу, — умоляла она. — Я могу все вычистить. Газированной водой на рубашке, газированной водой и солью на брюках.

Кэйт чуть не улыбнулась, несмотря на испытываемые Майклом неудобства. Горовицы были эксперты по выведению любых пятен с любого материала: вина со льна, чернил шариковой ручки с шелка, смолы с кожи. Список был бесконечный и часто обсуждался. Кэйт взяла Майкла за руку. Он беспомощно взглянул на нее.

— Скорее, — настаивала Бина, цепляя его за вторую руку. — Нам надо сделать это прежде, чем пятно схватится. Поверь мне, я знаю.

— Знает, — подтвердила Кэйт, кивая.

— Может быть, и правда, — позволил себя убедить Майкл, опять окинув себя взглядом сверху донизу.

— Иди с ней, — посоветовала Кэйт.

— Да. Пойдем и вычистим все, — говорила Бина, уводя его с дорожки.

Кэйт наблюдала, как он уходил, и чувствовала глубокую вину за то, что пригласила его. Он растворился в толпе, словно поврежденное судно, которое уводил маленький буксир. Кэйт вздохнула.

— Сегодня не день Майкла.

Она повернулась к Билли.

— Не больно сильный игрок, — сказал он, подняв брови.

— Если он на третьем месте... — начала Кэйт.

— Последнем, — поправил Билли.

— Что? — переспросила Кэйт. Билли указал на электронное табло. Он шагнул к ней. Кэйт чувствовала его руку у своего плеча, ощутила, как по груди вверх поднялась жаркая волна и надеялась, что он не заметит, как она покраснела при этом.

— Последнем, — еще раз повторил он и наклонился вперед, чтобы сбросить счет. — После удара Бины он на последнем месте.

Кэйт почувствовала легкое головокружение. Билли Нолан был так близок к ней, что она могла ощутить запах его мыла и жар его тела. В один миг промелькнуло безумное желание закрыть глаза и упасть в его объятия. Вместо этого она отступила на шаг и подняла один из шаров.

— Ты просто ревнуешь, — сказала она необдуманно, не вполне уверенная в том, что хотела это сказать.

Он повернулся от табло к ней и сказал твердым голосом:

— Ты права, ревную.

— Правда? — спросила Кэйт. Ее удивило его признание.

— Да, — ответил Билли и продолжил куда менее непринужденно. Он сдерживал голос, но напряжение в нем нарастало. — Я думал, я иду на свидание с тобой. И ты это знала. Я попался на старую наживку и на подмену, или же вы разыграли меня.

Кэйт уронила шар обратно в загон. Несмотря на то что он говорил правду, она была возмущена. Она проделала все это из самых лучших намерений, и кто он такой, чтобы требовать высокого морального уровня от нее?

— Ты пришел на свидание с моей лучшей подругой, — сказала она защищаясь.

— Правда? — спросил Билли, вложив в голос долю сарказма. — Именно так вы и думали?

— Да, — лгала Кэйт. — И еще ты оскорбил моего бойфренда и набросился на меня. Что с тобой?

— Что ж, уж если на то пошло, то я сам выбираю себе женщин, — сказал Билли. И он измерил ее взглядом с головы до ног, помолчал, отошел на пару шагов и присел на банкетку, закинув ногу на ногу. — И еще одно — я бы уж точно не выбрал Бину, — сказал он без обиняков.

Кэйт разозлилась за свою подругу. Она предполагала, что подобное могло произойти, и теперь ее беспокоило то, что Билли способен унизить Бину. Она тихо проклинала Эллиота, Барби и всю их шайку. Играть жизнями людей всегда опасно, и она сейчас расплачивалась по полной за их глупость.

— Это просто грубо, — заметила она.

— Грубо? Нельзя злиться, если меня провели? Просто я называю вещи своими именами, — ответил Билли.

— Я полагаю, что и тебя называют «твоим» именем, — бросила Кэйт.

— И что бы это значило? — спросил Билли, выпрямившись.

Кэйт контролировала себя, но не без труда. Ей не хотелось, чтобы Бину обидели, и ей надо было постараться как-то выкрутиться. Она отвернулась от него.

— Это значит, что всякой женщине в Бруклине, может быть, за исключением Бруклин-Хайтс, известна твоя репутация, — сказала она и отправилась за своей сумкой.

— Какая репутация? — спросил Билли. Он шел за ней. Поскольку она не отвечала и не поворачивалась к нему, он взял ее за плечо и развернул к себе. — Какая репутация? — повторил он.

— Ах, брось. Будто ты не знаешь, что все тебя зовут Билли-талисман? — воскликнула Кэйт, выведенная из себя.

— Билли-талисман? Но почему?

Кэйт посмотрела вверх. Он был высок, по меньшей мере, на семь или восемь дюймов выше ее, но она увидела, как его глаза помрачнели. Казалось, он даже не подозревал о своем прозвище.

— Почему, черт возьми, меня так назвали? — спросил он.

— Потому что ты бросаешь любую женщину, с которой встречаешься.

Кэйт посмотрела в сторону бара. Когда же вернутся Майкл и Бина? Она устала от этого разговора, ей хотелось только спасти остаток вечера.

— Я не бросаю женщин, — сказал Билли. Впервые, казалось, он защищался. — Я считаю, что прерываю отношения, но я не бросаю людей.

— Ах, перестань, — сказала Кэйт. — Мои подруги знают десяток женщин, которых ты бросил. Это не я придумала прозвище. И, кроме того, твое поведение — это патология.

— Что? — спросил Билли. Он явно был в бешенстве.

Кэйт знала, что зашла слишком далеко, но она не удержалась и, набрав воздуха, медленно, словно для ребенка, продиктовала:

— Па-то-ло-ги-я — это значит...

— Любое отклонение от нормы, — закончил Билли за нее.

Кэйт моргнула, отпрянув. Билли схватил свою сумку и обернулся.

— Это также значит, что я ухожу. Плохая новость: я только что бросил Бину, но хотел бы бросить тебя. Хорошая новость: теперь твой друг Майкл получил шанс занять третье место.

Через минуту его уже не было, а Кэйт стояла возле опустевшей дорожки, раздумывая, что она скажет Бине и Майклу, когда они вернутся.

Глава XXV

На следующее утро Кэйт сидела в своем кабинете лицом к лицу с маленькой девочкой. Тина, отважная третьеклассница, устроилась на одном из небольших стульев, на ее руке была широкая повязка. Тина добровольно истязала себя снова и снова, и Кэйт не считала, что эти травмы следует объяснять неловкостью. Она предполагала, что Тина, вероятно, демонстрировала компульсивное поведение. По каким-то причинам она просто, если можно так выразиться, разыгрывала травмы: то ли на спор, то ли из страха, или ее вынуждали так реагировать. И хотя многие специалисты в этой области отвергали эту гипотезу, Кэйт считала ее вполне обоснованной.

Она беседовала с девочкой уже больше часа, и ей казалось, что наметился определенный прогресс.

— Так ты не станешь повторять этого снова? — спросила она Тину.

Тина смотрела на нее снизу вверх и улыбалась.

— Нет. Если только Джейсон не подзадорит меня.

— А если он скажет тебе прыгнуть с крыши...

Кэйт осеклась. И как это вырвалось? Так мог говорить ее отец. Не закончив, она улыбнулась, прикрыла глаза и наклонилась к Тине, девочке, которая не умела отказываться от пари.

— Я клянусь, ты не станешь, — сказала она. — Держу пари, что тебе не следует делать ничего из того, на что тебя подбивает Джейсон.

— Не следует, — согласилась Тина.

— Клянусь, что нет, — повторила Кэйт.

Она не была уверена, что это контрпари сработает. Тина вполне могла спрыгнуть с крыши. В этот момент зазвенел звонок и прервал ее раздумья.

— Мы поговорим о твоей дружбе с Джейсоном в следующий раз, хорошо, Тина? — спросила Кэйт.

Тина опять кивнула, соскользнула со стула и выбежала из кабинета.

— Я тебе говорила, что ничего не получится. — Кейт каждое слово произносила медленно и отчетливо, чтобы Эллиот мог усвоить сказанное своей математической головой. — Ноль, пустое дело, никоим образом. *Невозможно*. Кончено. Капут.

— И ты в этом уверена? — спросил Эллиот.

Она посмотрела на него. Они шли в гимнастический зал «Кранч» — место, которое рекламировали по телевизору. Но Кэйт была расположена высказать несколько суждений прямо сейчас. Эллиот выглядел ужасно. Они шагали по Восьмой авеню, а на нем были мешковатые шорты, рваная футболка и полосатая рыбацкая шляпа родом из какой-нибудь лавки старьевщика, к тому же на ногах у него высвечивали разные носки.

— Знаешь, — заметила Кэйт, стараясь сменить тему, — у тебя вид только что выпущенного из сумасшедшего дома.

— Спасибо, — поблагодарил Эллиот. — Это именно то, что мне было нужно. Брайс мне помог.

Кэйт улыбнулась против воли. Как мог парень, настолько далекий от моды, как Эллиот, составлять пару стильному Брайсу — это было непостижимо для нее. Однако они были крепкой и счастливой парой и имели много общего по жизни, уважая взаимные различия, и это делало их совместное существование еще интереснее. Трудно представить, что Брайс мог выпустить Эллиота из дома одетым подобным образом, но Кэйт была уверена, что тот, скорее всего, просто пожал плечами, посмеялся и обнял Эллиота. Вдруг образ Майкла из предыдущего вечера в его спортивном пиджаке непрошено возник в ее воображении. Нельзя осуждать человека, основываясь на том, что он бездарно одевается, но все же она упрекала Майкла за это.

— Я должен выслушать все, что произошло, по порядку, фраза за фразой, слово за словом, действие за действием.

Они свернули на восемнадцатую улицу, и Кэйт посмотрела на Эллиота с неприкрытым раздражением.

— Если ты думаешь, что я собираюсь пережить вчерашний вечер еще раз, то тебе лучше бы передумать. — Они приблизились к входу в зал. — Иначе ты можешь разминаться без меня.

Они оба приобрели членство в «Кранче» и потому могли ходить заниматься вместе, подстегивая друг друга. Это было прекрасно, но у Кэйт не было желания препарировать вчерашний вечер. Она, по правде говоря, испытывала некоторую неловкость и стыд и из-за своего вранья, и из-за своего поведения. Но это не означало, что она должна посвящать Эллиота во все это. У двери в женскую раздевалку она обернулась и сказала ему:

— Отвали. Я найду себе для тренировки парня-натурала.

После того как она переоделась в тренировочные штаны и свободный топ, скрутила волосы резинкой и закрепила их на макушке шпильками, сложила свои вещи в шкафчик, она, выйдя, обнаружила Эллиота стоящим там же, где она его оставила.

— Ну, пожалуйста, — умолял он, словно она никуда не уходила на целых десять минут. — Ты уже мне ничего не рассказываешь.

— Ах, ради бога, — рассмеялась Кэйт в раздражении. Но она уже не могла отказать ему. И ей пришлось снова вникать во все детали ужасного вечера — как Барби вырядила Бину танцовщицей из Лас-Вегаса, как Билли явно показал, что пришел на свидание к ней, и как он был расстроен, поняв, что предназначен Бине, как в конце вечера дело дошло до ссоры.

Они подошли к матам, и Кэйт взяла большой пластиковый мяч, чтобы начать разогреваться. Она легла на него спиной, чтобы растянуть переднюю часть туловища. Растяжка была приятной, и она дышала глубоко и ровно. Растяжка была единственным элементом тренировки, от которого она получала настоящее наслаждение, а ей это было особенно необходимо после вчерашних и сегодняшних событий. Если Брайану Конрою стало лучше и он теперь уже способен оплакивать потерю своей матери, то другого ребенка, Лизу Аллен, привели к ней потому, что она казалась «рассеянной». А Тину Фостер прислали к ней вторично из-за того, что она заключала глупые пари и прыгала со школьной ограды... Кэйт вздохнула.

Теперь они с Эллиотом сцепились руками и делали наклоны друг против друга, чтобы растянуть мышцы спины. Они вместе ходили в гимнастический зал уже семь месяцев и выучили обязательные упражнения наизусть. Они сначала тянули друг друга за руки, потом вытягивали ноги, сжимая голубой мяч.

— Знаешь, я получил частичный отчет от Бев вчера вечером, которой все рассказала Бина.

— Бев звонила тебе?

— О да. Мы с ней поддерживаем связь. Я хочу стать крестным ее ребенка.

— Боже упаси! — воскликнула Кэйт.

Она почувствовала неподдельное раздражение от того, что Эллиот так... внедрился в среду ее бруклинских друзей, и была удручена тем, что Бев внесла в это свою лепту.

— Учти, я не верю, что Билли Нолан полюбит Бину. Вышло так, что он обиделся на то, что я им манипулировала, и — вот шок так шок — он не желает гулять с Биной, невзирая на наряды от Барби, прически от Брайса и на весь твой план. А кроме того, он *мне* не нравится. Он — неприятный человек.

— *Тебе* он не обязан нравиться, — начал Эллиот. *Мне* тоже. Даже *Бине* он нравиться не обязан. Ей только нужно встречаться с ним примерно два целых и четыре десятых месяца. Это около десяти недель, или семьдесят дней — как тебе больше подходит.

— Но ему-то Бина должна нравиться, — напомнила Кэйт. — А это не так. И делу конец.

— Технически мы этого не знаем, — прохрипел Эллиот с запрокинутой назад головой. Он прогнулся назад, сделав «мостик».

— Что ты имеешь в виду? — спросила Кэйт, снова выпрямляясь.

— Я считаю, из твоего пересказа явствует, что он поссорился с тобой, — сказал Эллиот.

— Да. И что?

— А то, что его проблема в тебе, а *не* в Бине, — Эллиот строго посмотрел на нее.

— Эллиот, поверь мне, между ними не существует никаких флюидов.

— Кэйт, из того, что ты мне рассказала, и того, что со слов Бины говорила Бев, мне ясно, что вчерашний вечер был лишь первым номером программы. Фактически ты обманула парня, и он разозлился и невзлюбил тебя, но он вполне мог бы при случае полюбить Бину, по крайней мере на достаточно долгий срок в семьдесят три дня.

— О, Эллиот, не будь смешным, — бросила Кэйт. Она отпустила его руки, и он упал, звучно шлепнувшись задом и растянувшись на мате. — Ты пытаешься убедить меня, что фиаско произошло по моей вине?

Эллиот медленно поднялся с мата, растирая заднее место руками.

— Вот об этом как раз я тебе и говорю. Об этом и о том, что ты обязана извиниться перед ним.

Кэйт посмотрела на него в изумлении.

— Никогда не слыхала ничего более возмутительного, — сообщила она ему. — Никогда не попрошу прощения у этого невыносимого, высокомерного... — Она повернулась и пошла вон.

— Он тебе нравится, не так ли? — спросил Эллиот.

Кэйт остановилась на месте, развернулась кругом и уставилась на него.

— Нет! — крикнула она.

Эллиот пожал плечами.

— Я просто поинтересовался, — сказал он. — Просто я никогда не видел тебя в таком возбуждении из-за Майкла. — Он набросил полотенце на шею и спокойно пошел к топчанам.

— Не вмешивай в это Майкла, — бросила Кэйт.

Она глубоко вздохнула. Эллиот, который знал ее, пожалуй, лучше любого другого, жал на все клавиши. Но она ему не позволит. Пока он задавал программу своему тренажеру, стоя спиной к ней, она заставила себя медленно и тщательно перебрать в уме все вчерашние события и чувства. Может быть, она действительно была одновременно катализатором и камнем преткновения. Возможно, если бы она не стояла на пути, Билли заинтересовался бы Биной. Казалось, он не пропустил ни одной женщины к востоку от Корт-стрит. Что бы ни произошло, даже если у нее плохо получилось, все равно у нее были добрые намерения. Она подошла к соседнему с Эллиотом тренажеру и ввела свои данные и программу.

— Ты думала о чем-то другом или просто такая неуклюжая? — спросил Эллиот, когда она заняла позицию и приспособила свой ритм к его ритму.

— Возможно, — признала Кэйт. — Но мне претит сама идея просить у него прощения. Разве я должна?

— Кэйт, — сказал Эллиот, не обратив внимания на ее тон, — я не вижу выбора. Не имеет значения, что ты не веришь в «глупый» план. Бина верит, ты ее лучшая подруга, и именно ты оттолкнула Билли. Ты обязана извиниться.

«Боже, — подумала Кэйт, — как ни противно, но Эллиот всегда оказывается прав».

Глава XXVI

В четверг вечером в своей спальне Кэйт стояла перед большим зеркалом, примеривая к себе унылую, но вполне приличную блузку. Отказавшись от нее, она бросила ее в кучу забракованных нарядов, которая уже выросла на ее кровати. «И что мне надеть?» — спрашивала она себя. Она отвернулась и задумалась на минуту. А почему, собственно, ее это так заботит? Билли ничего не значит для нее, пусть он даже так привлекателен. Она направилась к своей небольшой кладовке и принялась искать зеленый топ с прямоугольным вырезом, который так красиво смотрелся на ней. Снимая его с вешалки, она вдруг остановилась. Билли Нолан стал занимать гораздо больше места в ее мыслях, чем был того достоин. К тому же он уже видел ее раньше. И ни к чему ей на этот раз производить на него какое-то впечатление.

Кэйт перевела дух и спокойно взглянула сама на себя.

— Привет, — произнесла она так, словно с кем-то разговаривала. — Билли, я хочу извиниться за мое поведение в тот вечер...

Она стиснула зубы. Это оказалось труднее, чем она себе представляла. Кэйт подумала о тех детях, которых она просила поиграть в ролевые игры: дети должны были разговаривать с отцами, которые ушли из семей — дети, уставшие от понуканий, дети, которые практиковались в том, как нужно просить то, чего бы им хотелось. Теперь была ее очередь, и это был унизительный опыт. И это заставило ее глубже сострадать своим маленьким пациентам.

Послышался телефонный звонок, он вывел ее из забытья, хотя она без радости узнала номер на определителе. Так или иначе, но Кэйт была не

в настроении разговаривать с Майклом именно
сейчас, и с его стороны было странно звонить ра-
бочим утром. Она неохотно подняла трубку.

— Привет, — сказал он весело. — Я тебя раз-
будил?

Кэйт убедила его, что нет.

— Слушай, я подумал сейчас, что мы могли
бы встретиться сегодня вечером.

Кэйт несколько смутилась. Они никогда еще
не встречались в четверг. Обычно по пятницам.

— Что-нибудь не так? — спросила она.

— Да. Я скучаю по тебе, — ответил Майкл.

— Мне тоже не хватает тебя, — ответила она
автоматически. Она остановилась, к удивлению
осознав, что это не было правдой. Она задумалась,
почему так. Возможно, ей не хватало бы Майкла,
если бы она сейчас не была так занята Билли?
Внезапное раздражение охватило ее. Конечно, нет!
Это было бы просто смешно. — Сожалею, но я...
у меня поручения, которые я должна выполнить
вечером.

— О, хорошо. Нет проблем. Увидимся завтра,
надеюсь.

— Да, — ответила Кэйт. — До завтра.

Она повесила трубку, вздохнула и вернулась
к прерванным занятиям.

В тот же день после школы Кэйт прибыла к ба-
ру «Барбер» с прекрасно уложенными волосами
и выглядела так, будто собиралась вступить во

владение одной из компаний «Форчун 500». От
школы до ближайшей к этому месту станции она
ехала на метро. Вокруг было тихо, бар, казалось,
был закрыт, однако она постучала в дверь. Отозвался женский голос.

— Мы не открываем до... — Дверь рывком при-
открылась, и высокая и худая женщина лет тридцати восьми в старых джинсах и обрезанном топе предстала перед ней. Она протирала передни-
ком бокал и подозрительно уставилась на Кэйт. —
Эй, слушайте, если вы заблудились, то я не могу
показать вам направление, я дислектик. И если вы
не клиент, то вам не полагается пользоваться туалетом. — Она уже собиралась хлопнуть дверью, но
Кэйт придержала дверь. Женщина остановилась. —
Рыжая, — произнесла она, словно ей было известно все про Кэйт.

— Простите? — переспросила Кэйт. Ее репутация бежит впереди нее? — Вообще-то я ищу одного человека, который работает здесь... Билли
Нолана. — Она покраснела, подумав обо всех
женщинах, которые могли стоять у этой двери
и говорить то же самое.

— Разумеется, — устало заявила женщина. —
Но он будет вечером, не раньше шести.

Кэйт взглянула на часы. Ей предстояло ждать
еще два часа. Она вздохнула тяжко, как никогда
ранее.

— Что ж, спасибо вам, — сказала она и повернулась, чтобы уйти. Ей надо поискать, где бы пока выпить чашку кофе. Но едва она сделала пару шагов вниз по ступенькам, как работница бара закричала ей вслед:

— Эй! Это не вы сказали ему его прозвище?

Кэйт повернулась и кивнула.

— Билли-талисман, — сказала она. — Ведь именно так его все называют?

— Да. А он не знал про это, — смеялась она. — Это его просто взбесило, не в бровь, а в глаз. — Она измерила Кэйт взглядом еще раз.

— Ладно, я приду позже, — сказала Кэйт. По крайней мере, она хоть чем-то задела чванливого ублюдка. Это могло помочь ей выполнить поручение.

— Постойте, если вы хотите встретиться с ним сейчас, так он живет над баром, — женщина указала на кнопку с другой стороны дверного проема.

— Ну и пусть. Я приду в другой...

Прежде чем Кэйт успела договорить, та нажала на кнопку и прокричала в домофон:

— Эй, Билли! К тебе гость, и — сюрприз, сюрприз — это женщина.

— Спасибо, Мэри, — послышался голос Билли из домофона. — Я открою.

Кэйт криво улыбнулась Мэри.

— Благодарю, — сказала она, хотя не была уверена, что думала то же самое.

— Да не стоит, Рыжая, — ответила работница.

— Меня зовут Кэйт, — сообщила ей Кэйт.

Лицо Мэри расплылось в улыбке:

— О, Кэйт... — произнесла она понимающе и отправилась обратно в бар.

Дверь открылась. Кэйт еще раз пригладила волосы и взялась за ручку. Она поднималась по ступенькам на второй этаж. Дверь комнаты уже была открыта настежь. Открывшееся перед ней вовсе не было похоже на то, что она ожидала увидеть. Вместо «холостяцкой берлоги», забитой пустыми коробками из-под пиццы и мебелью, которая выглядела свалившейся с грузовика, она увидела комнату с полированным деревянным полом, покрытым поношенным, но красивым персидским ковром, большой потертый коричневый диван «честерфильд» и две стены книжных полок, забитых до потолка сотнями книг. Окно между книжными полками было открыто. Из него было видно дерево и кусочек неба, хотя раздувавшиеся белые занавески затеняли маленький пейзаж. Вся обстановка была очаровательной и куда более домашней и изысканной, чем Кэйт могла вообще ожидать от Билли Нолана.

Билли сидел за письменным столом красного дерева спиной к ней, прикованный к экрану переносного компьютера, стоявшего перед ним. Кэйт вошла в комнату и огляделась. Ее удивление возрастало. Почти половина книг на полках была на французском языке, и она узнала два прекрасных издания Домье. Как будто женщина обставляла это жилище, подумалось ей.

— Привет, — сказала она.

Билли не отрывал глаз от монитора.

— Подождите. Подождите. Я получаю электронную почту, — таким было его приветствие.

— Это не займет много времени, — начала Кэйт. Билли поднял руки с клавиатуры и повернулся. Установилось неловкое молчание.

— Я н-н-не видел, что это вы, — заикнулся он. — Я думал, пришла н-н-новая барменша.

— Не думаю, чтобы я подошла для такой работы, — заметила Кэйт и едва не прикусила язык. Это прозвучало злобно, а этого ей совсем не хотелось.

Билли встал.

— Так вы пришли сюда лишь для того, чтобы отклонить предложение работы, или есть другие причины для столь неожиданного визита? — спросил он.

Оба так и стояли по разные стороны комнаты, разделенные диваном и растущим напряжением между ними. Кэйт попыталась решить, стоит ли сначала выпалить свое извинение и бросить вызов или сначала попытаться устранить возникшее между ними недоразумение. Все, что она могла почерпнуть из своего опыта, не подходило.

— Я хотела... — начала она.

— Да? — Билли выгнул брови. Было невыносимо смотреть, насколько он привлекателен, даже с непричесанными волосами и в рубашке, расстегнутой до третьей пуговицы. Она отвела глаза от него.

— Я хотела извиниться за... — Все выходило как-то не так. — Я хотела извиниться за то, что не сказала вам правды в тот вечер.

Билли рассмеялся:

— По-моему, это не очень-то похоже на извинение.

— Я понимаю, что после всего, что случилось, я не самая приятная для вас персона, но не в этом дело, — объясняла она, положив свою сумочку на стол.

— Не в этом? — спросил Билли.

— Нет. Важно лишь то, что Бине вы действительно нравитесь, — продолжала Кэйт. Получалось неубедительно. Она говорила слишком прямо и в то же время слишком уклончиво, и ее скованность перед этим парнем злила ее. — И я думаю, может быть, она вам понравится.

— О, неужели? — ухмыльнулся Билли. — И как же вы смогли проникнуть в глубину моих чувств?

— Послушайте, это не мое дело, но...

— Ну, наконец-то вы сказали хоть что-то близкое к истине, — заметил он, садясь на свой «честерфильд». Так в чем же тогда *ваше* дело?

— Я психолог, — ответила она.

Он покачал головой.

— Мне следовало догадаться, — пробормотал он. — Кто может быть хуже психолога, кроме психиатра?

— Почем вам знать? Вы встречались и с тем, и с другим?

— Нет. Я консультировался у обоих. Очень давно. И это были просто бесполезные интеллектуалы.

Она подумала, зачем такому типу, как он, было обращаться к доктору, но сочла благоразумным не спрашивать об этом. Она лишь подошла к небольшому стулу у окна, решив попытаться вести разговор дальше.

— Мне не по душе это.

— Сожалею. Я не должна была вам говорить, но не я автор этого прозвища. Очевидно, оно в ходу у всех.

— Очевидно, — сухо повторил он. — Как будто моя личная жизнь касается кого-то еще.

У Кэйт появился шанс обернуть дело в пользу Бины. Она пошла в наступление.

— Что же, вот почему я зашла. Конечно, это не мое дело, но я думаю, вы двое могли бы очень... знаете ли... подойти друг другу... и это было бы совсем... чем-то... что я хочу сказать, я уже вам говорила... понимаете?

«И что только я несу?» — подумала она. За всю свою жизнь она еще не говорила ничего более бессвязного.

— Без сомнения, нет, — отрезал Билли, слегка улыбнувшись, видя ее явное замешательство.

— О, да я знала, что вы воспримете это в штыки! — Кэйт встала и в отчаянии прошла к двери. Ей никогда не было так трудно с детьми. Или с Эллиотом. Или с Биной, подругами и даже с Майклом. Почему же ей так трудно дается разговор с Билли Ноланом?

— С какой стати я должен встречаться с Биной? Я сам выбираю своих женщин. А она выглядит как охотница за мужем, — добавил Билли. — Не мой тип.

Кэйт могла еще стерпеть некоторые его насмешки над собой, но как он смеет оскорблять ее подругу?!

— Это уже из ряда вон. Вы просто неудачник! — почти закричала она на него.

— Я?! — изумился Билли. Он вскочил с дивана и подошел прямо к ней. — Эй, это место принадлежит мне. Я создал его из ничего. И у меня большие планы, да! Я собираюсь открыть собственный ресторан в следующем году.

— Да. Но способны ли вы быть порядочным в отношениях с женщиной? — спросила она.

— Я могу встречаться, с кем захочу!

— Не со всеми. Вы не сможете заполучить меня! — в ярости бросила Кэйт. — Вы — как какой-нибудь заурядный Мик, который никогда не бывал за пределами Бруклина. Ваше счастье в том, что внешне вы чуть-чуть привлекательнее выглядите, чем изнутри, и вас терзает непрекращающийся конфликт между внешней оболочкой и внутренним содержанием. И вы сами не сознаете того, что вы — неудачник, — задыхалась в запале Кэйт, ее лицо горело. Так не прийти ни к чему хорошему. Она смотрела на Билли, но его лицо оставалось поразительно невозмутимым.

— Вы разговариваете со мной как доктор или просто как злобная шавка? — спросил он с ошеломляющей холодностью.

Кэйт было открыла рот, но сдержала себя, вспомнив о своей миссии. Она шагнула к столу, взяла сумочку и пробормотала настолько громко, чтобы Билли мог расслышать:

— У вас это никогда не получится.

— Что именно? — поинтересовался он.

Кэйт резко повернулась к нему лицом с горящим глазами. Они смотрели друг на друга так же, как тем вечером в боулинге.

— Ничего, — бросила она. — Абсолютно ничего.

— Объясните же мне, — потребовал он сквозь зубы, склонившись в ее сторону через спинку дивана.

Кэйт чуть не улыбнулась, поскольку предчувствовала свою победу. С ним оказалось не труднее, чем с Тиной Фостер.

— Только сейчас, придя сюда, я убедилась в том, что вы не смогли бы встречаться с Биной больше одной-двух недель, — сказала она уверенно. — Вероятно, у вас компульсивное поведение.

— Что? — спросил возмущенный Билли.

— Компульсивное поведение, — ответила Кэйт, теряя терпение.

— И что же это такое? Какой-нибудь жаргон из «ДСР-IV»?

Кэйт удивилась, что ему известно о «Диагностическом и статистическом руководстве по психическим расстройствам». То была своего рода библия, созданная для специалистов, работающих в области изучения психических нарушений. Но ей удалось скрыть от него свою реакцию.

— Это не из «ДСР-IV». Это старое фрейдистское теоретическое положение.

— Я думал, что Фрейд не столь популярен в наше время. Эдипов комплекс, размер пениса. Разве это уже не устарело? И кроме того, этот парень не разбирался в том, чего хотят женщины.

И снова Кэйт была удивлена его поразительной осведомленностью в вещах, о которых, по ее мнению, он не должен был иметь понятия.

— Полагаю, что это до сих пор в силе, — сказала она. — В особенности точно в случаях вроде вашего. Это примерно можно описать как компульсивное невротическое поведение, при котором человек повторяет несколько измененные версии травмировавших его событий из прошлого. Однажды начавшись, компульсивность толкает человека на неадекватные поступки.

— Да неужели? — спросил Билли. Как она того и хотела, он раззадорился. — И что же за неадекватное поведение я должен якобы повторять?

— Вступление в интимную связь, которая должна заканчиваться оставлением партнера. И каждый раз вы выбираете неподходящего вам партнера, чтобы обеспечить заранее гарантированный разрыв.

— И откуда вам может быть известно обо мне все это? — спросил он.

— Ну, я же доктор, — ответила она, — и мне известны несколько неподходящих вам женщин, с которыми вы играли по подобной схеме. И я просто подумала, что Бина могла бы стать той, к кому вы могли бы привязаться по-настоящему. Она не из привычных вам длинноволосых бруклинских пустышек. И она сейчас переживает очень трудный момент. Тем не менее это не получилось, и ни для меня, ни для Бины это отнюдь не судьбоносно. Я уже сожалею о том, что так опрометчиво попросила у вас прощения, так и не получив его.

— Я же не получил от вас ничего, кроме головной боли, — парировал он.

— Так мы говорим не обо мне, верно? Речь идет о вас. Вы сочли невозможным встречаться с прекрасной девушкой, с которой в будущем возможны любые серьезные отношения.

— Это не так, — заметил он.

— Я думаю, это не так по той самой причине, по которой вы получили свое прозвище, — сказала она.

— Я без проблем вполне мог бы встречаться с Биной. Она довольно милая девушка и знает, как приятно провести время. В отличие от некоторых зажатых словоохотливых психологов, которых я знаю. И я отнюдь не собираюсь... жаловаться... ни в коем случае.

— Отлично. Так докажите это, — подхватила она. — Попробуйте встречаться с ней пару месяцев и не бросайте ее, и я откажусь от своего убеждения и признаю свою полную неправоту. К тому же, если вы сможете установить прочные взаимоотношения, от вас отстанет и ваша кличка. Только я не думаю, чтобы вы смогли.

— Согласен, — заявил он. — И лишь потому, что я сам этого хочу. И потому, что она — приятная девушка. Не мой тип, но мила. И я буду с ней столько, сколько захочу. Мне не нужен психиатр ни для того, чтобы сделать это, ни для того, чтобы потом подвергнуть себя психоанализу.

— Да я и не мечтаю об этом, — улыбнулась Кэйт, направляясь к двери. Она взялась за ручку двери, но, прежде чем повернуть ее, обернулась к Билли.

— Я могу дать вам номер Бины, — предложила она.

— Спасибо, у меня уже есть. И я прекрасно помню: Бина Горовиц, Оушен Парквей. — Он смотрел на Кэйт взглядом триумфатора. А Кэйт, по некой непонятной ей причине, была раздосадована.

Ладно, ее чувства не в счет. Она выполнила то, что от нее требовалось. Воодушевленная, она просто открыла дверь и захлопнула ее у себя за спиной.

Глава XXVII

В пятницу вечером Кэйт, боясь опоздать, пришла в ресторан «Ла Марка» на четверть часа раньше назначенного времени. Ресторан — скорее непритязательное бистро в Челси — не относился к тем малоприятным местам, где вам приходится ждать в баре, пока ваш партнер к вам не присоединится. Кэйт сидела за столиком у окна, получив возможность освежить губную помаду и уложить волосы в узел. Потом она просто ждала, очень стараясь ни о чем не думать. Рядом с губной помадой в косметичке, которую она носила в сумочке, лежала красивая голубая коробочка с парой новеньких ключей на серебряном колечке от Тиффани. Кольцо это скорее напоминало букву U с маленькими серебряными шариками на обоих концах, которые легко отвинчивались, с тем чтобы можно было добавлять или вынимать ключи. Там был также крошечный брелок. Номер, выгравированный на серебре, был зарегистрирован у Тиффани, и если бы ключи были когда-либо утеряны или провалились в почтовый ящик, можно было получить новые. У Кэйт появилось чувство, что, может быть, она дошла до предела и этот подарок — компенсация за ее охлаждение к Майклу.

Она пыталась снова и снова анализировать причину этого охлаждения. Разумеется, их секс был великолепен, и их отношения основывались на общих интересах, но все же она никогда не испытывала настоящей страсти к Майклу, как то было со Стивеном. Тем не менее она это считала плюсом. После Стивена Кэйт обещала себе больше никогда не допускать, чтобы мужчина полностью заполнял ее жизнь. И до сих пор она была более чем счастлива с Майклом. Несмотря на предубеждение Эллиота к нему, Майкл был зрелым, возможно, первым зрелым мужчиной в ее жизни, и он уважал и любил ее. В отличие от многих молодых людей, Майкл не пасовал перед ее работой, ее внешним видом, даже ее независимостью. И он не относился к мужчинам, избегавшим интимной близости. Так почему же она чувствовала в себе внутреннее сопротивление ему? Действительно ли она боялась следующего шага в их взаимоотношениях? Она так не думала. Но, как указывала Анна Фрейд, сопротивление — это бессознательная вещь.

— Не желаете чего-нибудь выпить, пока ожидаете? — спросил официант, застав ее врасплох.

— Бокал «Шардонне», пожалуйста, — сказала она, почувствовав себя несколько виноватой, что, в свою очередь, раздосадовало ее.

Сделав первый глоток вина, она заметила Майкла, входящего с непривычно широкой улыбкой на лице. Она смогла еще раз убедиться, что он очень привлекателен. Не столь театрально великолепен, как тот идиот из Бруклина, но красив в общепризнанном смысле. Его волосы были густы, и малая толика серебра преждевременно примешалась к их каштановому оттенку. Очки в стальной оправе очень шли к его волосам, и Кэйт иногда гадала, знал ли он сам об этом. Хотя его плечи были несколько узковаты, это искупалось его высоким ростом. Сейчас он склонился к ней, взял рукой за подбородок и повернул ее голову так, чтобы поцеловать в губы. Она ему улыбнулась, и он уселся на банкетку напротив нее.

— Очень мило, — произнес Майкл, осматриваясь кругом. Они постоянно меняли рестораны, Майкл чаще всего ориентировался на сайт Zagat, а Кэйт полагалась на Эллиота, своего персонального специалиста по рейтингам ресторанов.

— Похоже, ты в хорошем настроении, — заметила она.

— В более чем хорошем! — подхватил Майкл. — Я получил приглашение из Остина, — просиял он. — Это просто настолько хорошо, что даже не верится.

— Это официально? — поинтересовалась Кэйт. У нее свело в желудке.

— Ну, считай, что да. Мне позвонил Чарлз Хопкинс из Фонда Саджермена и сказал — по секрету, разумеется, — что меня избрали и что я скоро получу вести из Остина.

— Ого. Так ты будешь деканом факультета?

Кэйт была очень рада за Майкла, но ее чувства смешались, и какое-то давление появилось в груди, будто бюстгальтер вдруг стал на два размера меньше. Остин, Техас, вероятно, прекрасное место, с большим университетом и живописными окрестностями. Для такого молодого человека, как Майкл, получить место руководителя факультета было почти неслыханно. Но Кэйт не желала думать о других последствиях, кроме одного: если Майкл выберет переезд, попросит ли он ее отправиться с ним? И если попросит, что она ответит? Она любила свою работу, друзей и...

Снова подошел официант.

— Что-нибудь выпить, сэр? — спросил он.

Майкл кивнул:

— Бутылку шампанского, пожалуйста.

Кэйт почти испугалась, но она лишь едва улыбнулась. Вероятно, Майкл слишком возбужден.

Когда принесли шампанское, Кэйт предложила тост:

— За самого успешного и достойного мужчину из всех, кого я знаю. — Ей показалось, что Майкл при этом покраснел. Был подходящий момент, и она полезла в сумочку и достала маленькую голубую коробочку от Тиффани. — Я не уверена, что это понадобится в Остине, — сказала она, положив коробочку между ними на стол. — Я бы выбрала что-нибудь другое, если бы знала.

Тут Майкл на самом деле покраснел, видимо, как от радости, так и от замешательства — некоторым мужчинам неловко получать подарки, а Кэйт подумала, что он, должно быть, ужасно разочарован. Но он открыл коробочку, взял цепочку с ключами и улыбнулся.

— Как изящно, — сказал он. — И как изысканно.

Они заказали ужин, и Майкл действительно выпил один-два глотка шампанского. Он большую часть времени посвятил разговору о Фонде Саджермена и Техасском университете. Кэйт была удивлена, заметив, что он не был готов к такому решению вопроса, казавшемуся ей неизбежным уже не первый месяц. Почему?

Она ждала момента, когда он спросит ее мнение о том, как ему поступить, или, по крайней мере, поведает ей о своих планах и поинтересуется, не против ли она к нему присоединиться. Но ничего

подобного не произошло. Он продолжал рассказывать, и ей было трудно понять, то ли он не намерен приглашать ее с собой, то ли считал это само
собой разумеющимся.

После ужина они отправились пешком к ней
домой. Ночь была великолепна, и Майкл, размахивая портфелем в одной руке, другой держал ее
за руку. Когда они дошли до ее дома, он полез
в карман и достал ключи.

— Позволь мне, — сказал он и открыл дверь
для нее. Пока они поднимались по лестнице, Кэйт
полезла в сумку. По некоторой причине она хотела сама открыть дверь своей квартиры и поэтому
старалась опередить в этом Майкла.

Войдя в гостиную, Майкл бросил портфель на
диван и сразу же развязал галстук. Кэйт подумала,
что он, наверно, немного опьянел от выпитого
глотка шампанского. Сама же она была ни в одном
глазу — как судья. Она и в самом деле, как судья,
взвешивала все про и контра складывавшейся ситуации. Когда Майкл взял ее за руку и повел
в спальню, она просто пошла за ним.

Он принялся расстегивать рубашку, сидя на
краю кровати, снял ботинки, потом носки, которые аккуратно засунул в ботинки. Затем он встал
и, расстегнув пряжку ремня, посмотрел сверху на
нее, улыбнулся и спросил:

— Мне тебя раздеть?

Кэйт улыбнулась в ответ в надежде замаскировать свою тревогу. Она беспокоилась не потому, что Майкл мог покинуть ее. Ее прекрасное настроение было, конечно же, неуместно, а Майкл не был непроницательным человеком.

Однако, как большинство мужчин, он не думал о ее настроении, начиная заниматься с ней любовью. Она ощутила его руки на талии и ниже, и он снял с нее трусы. Затем он поднял руки выше, к ее груди. Он целовал ее долго и пылко, но Кэйт это не возбуждало. Когда он вошел в нее, она поняла, что оргазма сегодня ей достичь не удастся. Стыдясь выдать себя, она просто перешла к позиции поверх него и сделала все, чтобы он получил удовольствие. Позднее, когда они закончили, Майкл вздохнул и, уронив голову на подушку, сказал:

— Тебе понравится Остин.

Кэйт не была уверена, что расслышала.

— Что? — спросила она.

— Тебе понравится Остин, — повторил он. — Там здорово.

Он повернулся на бок, и по нескольким глубоким вздохам она поняла, что он заснул.

Она тихо лежала рядом, хотя ее обуревали чувства. Ей только что сделали предложение? Было ясно, что Майкл не только не сомневался сам в том, что она поедет с ним, но и не считал необходимым спрашивать ее об этом. Он пространно рассказывал о кафедре Саджермена и о том, как это было для него важно, но никогда — о том, что все это могло означать для нее. Она предположила, что он, вероятно, думал: ей все равно. Он с ней просто не считался. Она была той, которая поедет туда, куда он захочет. Она не могла поверить, что он так самонадеян или так плохо знал ее. Вдруг глубокий стыд охватил ее, ей было стыдно и за него, и за себя. Как она могла спать с мужчиной, как он мог спать с ней, если они абсолютно не знали друг друга?

Кэйт смотрела через его голову на туалетный столик и на статую Девы Марии, стоявшую на нем, и не могла разобраться и понять, что с ней самой было не так.

Глава XXVIII

Вот уже несколько дней Кэйт ничего не слышала от Бины. Когда Бина наконец позвонила, она болтала без умолку, не давая ей открыть рта. Было ясно, что она полностью занята Билли. Кэйт думала, что это , пожалуй, даже хорошо, поскольку ей самой нужно было разобраться в собственных эмоциях.

Как ни странно, через несколько минут Кэйт стала раздражать беззастенчивая болтовня Бины. Она все говорила и говорила о Билли, какой он забавный, как чудесно они проводили с ним время вместе, каким он казался ей искушенным во всем и какой он к тому же настоящий джентльмен. Так, поняла Кэйт, Бина оценила то, что при расставании вместо секса он желал ей спокойной ночи.

— Теперь я вижу, чем он берет всех своих девчонок, — продолжала Бина. — Он выглядит действительно внимательным, когда ты говоришь. Знаешь, как парни не любят разговаривать, и еще глаза у них словно стекленеют, когда ты начинаешь говорить? — Кэйт, вспомнив Майкла, неохотно согласилась: она тоже знала. — Так вот, он совсем не такой.

— Какая новость, — сказала Кэйт суховато. — Что же, все идет хорошо.

Не то чтобы она поверила в успех плана Эллиота, но внимательность Билли хотя бы превращала их встречи в необходимое Бине развлечение после недавней драмы в ее жизни.

— О, мы бесподобно провели время, — не унималась Бина. — Он такой забавный. Когда мы пришли в тот клуб, он...

Кэйт тяжко было это выслушивать. У нее хватает и своих неурядиц. Ей ужасно не хотелось признавать это, но она уже готова была поверить, что суждения Эллиота о Майкле были верны. Достаточно приятный и заботливый в некотором смысле, Майкл оказался эгоцентричным, и теперь она находила его даже... скучным. На прошедшей неделе он звонил ей ежедневно, делясь с ней новостями о том, что Кэйт уже называла «ситуацией с Саджерменом». После того ужина он почти все проводимое ими совместно время говорил об этом.

— ...и тут он говорит: «Я бы сделал это, будь я сумасшедшим», — а я отвечаю: «Ты и есть сумасшедший»...

Кэйт сегодня только полдня была в школе Эндрю Кантри, поскольку учебный год заканчивался, и завтра ей нужно было работать еще полдня. Она справлялась у Майкла о его планах — он должен был пойти на важную лекцию, и ей в голову пришла мысль, что сегодня вечером появлялась прекрасная возможность отдохнуть от Майкла и встретиться с Биной. Как психолога ее интересовало то, как Билли вел себя с Биной. Хотя все вроде бы шло хорошо, но она могла бы разобраться в этом поглубже, если у Бины есть время и желание встретиться с ней.

— Эй, — прервала она монолог Бины, — не хочешь прогуляться пешком по мосту?

Еще будучи подростками, Кэйт с Биной любили гулять по Бруклинскому мосту из конца в конец. Теперь, когда Кэйт переехала за мост, они при случае встречались посередине и затем шли в одну или в другую сторону.

— Ты шутишь? — спросила Бина. — Боже, мы не проделывали этого давным-давно.

— Почему бы и нет? — спросила Кэйт. — Я приглашаю тебя на ужин в Бруклин-Хайтс.

В «Изабел». — Им обеим нравился этот ресторан, и Кэйт знала, что приманка подействует.

— Все та же Кэти, — произнесла Бина. — Давай — каждый платит за себя.

— Все та же Бина, — рассмеялась Кэйт, и они договорились встретиться на середине моста.

Прогулка была полезна Кэйт. У нее было ощущение, словно весь хлам выветрился из ее головы. Она вспоминала детей, думая, как они проведут лето, она размышляла о Майкле и его «предложении», но прежде всего она думала о себе самой. Она должна подготовиться к разговору с Майклом. Должна же она найти свое счастье. Не это ли та самая возможность, на которую она и рассчитывала? Если и так, что-то свербило внутри при мысли о том, как Майкл обошелся с ней. Не то чтобы он был холоден в прямом смысле. Он скорее был эгоцентричным, но разве не таковы все мужчины? Если уж быть до конца честной с самой собой, она должна была признать: ей претила сама мысль о том, что он мог предположить, будто она бросит все и поедет с ним. Правда, она могла в этом винить только саму себя. И как только он мог подумать (если он думал), что она захочет с ним ехать в Техас? К сожалению, повсюду полно неблагополучных семей и есть нужда в детских психологах. Она могла бы основать свою частную практику.

Она могла бы стать первым человеком в своей семье, который не только сам стал доктором, но и вступил в брак с доктором. Горовицы так бы ею гордились! Если даже чего-то, возможно, и не хватало в их отношениях с Майклом, разве не все на свете в каком-то смысле несовершенно? Отношения строятся со временем, при условии, что оба желают слышать и стараются понять друг друга. Майкл, разумеется, будет прислушиваться.

Кэйт, с роящимися в голове мыслями, шла быстрее, чем ожидала. Она уже была на середине моста, одна, а Бину еще даже не было видно. Она остановилась ненадолго, повернулась лицом на север и посмотрела вверх по Ист-Ривер. Вода была почти голубого цвета, и мосты Вильямсбургский и Триборо, обхватившие Манхэттэн, казались волшебным миражом. Посмотрев направо, она увидела Бруклин плоским и скучным в сравнении с Манхэттэном. Сердце Кэйт словно разрывалось. Она вновь посмотрела на Манхэттэн. Там пусть маленькое, но у нее было собственное гнездышко, которое она свила и где жила. Могла ли она оставить его? Ради чего? Она так глубоко погрузилась в раздумья, что не заметила Бину, пока ее подруга не оказалась совсем рядом и не положила руку ей на плечо.

— Пять центов за твои мысли, — предложила Бина.

— Пять центов? Я думала, они стоят цент.

— Инфляция. К тому же твои мысли лучше, чем у других людей.

Бина взяла ее за руку и повела дальше от Манхэттэна, по традиционному для их прогулок маршруту.

— Так как же идут дела? — спросила Кэйт. — Тебе не сделали предложения?

Бина смеялась. На ветру, развевавшем ее волосы и игравшем в солнечном свете светлыми прядями, она была хороша, как девушка с рекламы шампуня.

— Этот парень — сумасшедший, — начала она. — Мы ходили в клуб, где его знают. Так его знают повсюду. Все здоровались с ним. Нам не приходилось ждать, чтобы войти... — Она углублялась в детали, которые Кэйт находила утомительными. — ...И тут они поставили «Аромат недели»... ты знаешь эту песню? — спросила она Кэйт.

— Да. Знаю, — ответила Кэйт.

— Так вот, ее можно было бы назвать его личной песней. И все в баре стали кричать: «Билли! Билли!» Сначала он отмахивался, понимаешь? — спросила Бина.

— Да. Понимаю, — отозвалась Кэйт. У нее было странное чувство, будто простодушный рассказ Бины расстраивал ее на каком-то глубинном уровне.

— Но они не переставали. Так он влез на стойку и стал петь во весь голос. Это было так здорово, — Бина рассмеялась, вспоминая.

— Похоже, что так, — сухо заметила Кэйт.

— Он не такой, как Джек! — продолжала Бина. — Ты можешь представить Джека... — на ее лице появилось выражение, словно она удивилась, услышав собственные слова.

Кэйт достаточно хорошо знала свою подругу, чтобы распознать внутреннюю борьбу. Могла ли Бина запасть на Билли?

— Слава Богу, он не такой, — произнесла она, глядя на Бину. — Верно? — Бина кивнула, но при этом она выглядела приунывшей.

Макс забегал несколько раз, чтобы рассказать Кэйт о последних сообщениях от Джека. Сложно было понять, делал ли он это из желания помочь или просто сплетничал. Разумеется, он преувеличивал, рассказывая о его похождениях и восхищении прелестями и очевидной доступностью гонконгских женщин, азиаток и прочих. Она не знала, дошло ли до Бины что-нибудь об этом или нет, но догадывалась, что от самого Джека не слышала Бина ничего с тех пор, как он уехал.

Мост заканчивался.

— Не хочешь прогуляться перед ужином? — предложила Кэйт.

— Конечно, хочу, — ответила Бина, и они пошли прямо, пересекли Кэдман-Плазу, миновали «Изабел» и направились по Крэнберри-стрит. Эта очаровательная часть Бруклина, казалось, практически не изменилась с начала девятнадцатого века.

Они шли вдоль домов из коричневого песчаника, с маленькими садиками и деревьями, переплетающимися над головой и образующими зеленую арку.

— А как дела с фрут-энд-натс? — спросила Бина.

Кэйт выгнула брови, приняв шутку Бины на счет Эллиота или же ее маленьких клиентов. Потом до нее дошло, что Бина, вероятно, вложила в слова не тот смысл.

— Они вовсе не психи, — сказала она. — Хотя их родители иногда — да[1].

— Прости, — сказала Бина. — Не хотела оскорбить твои чуйства.

Кэйт не сдержала улыбки. Они с Биной говорили «чуйства» вместо «чувства», когда им было по десять лет, и Бина до сих пор так шутила. Кэйт решила сменить тему.

— Что ты купила Бев на прием подарков? — поинтересовалась она.

— Боже мой! Боже мой! — воскликнула Бина, переходя, судя по ее лицу, на новый уровень воодушевления. — Я ходила с мамой в «Мэйси» во Флэтбуше. Мы нашли самый красивый наряд, какой когда-либо видели. Крохотные ботиночки, такой же свитер и чепчик. Ты б только видела пет-

---

[1] Игра слов nuts (*англ.*) — «орехи», но также и «псих».

ли — они такие малюсенькие. Знаешь, теперь все вяжут. Как ты думаешь, Бев поверит мне, если я скажу ей, что связала это сама? — Кэйт покачала головой. — Я показала это Билли, посмотрела бы ты на его лицо! Не думаю, что он поверил, будто человек может быть таким крошечным.

— С какой стати ты показывала Билли детские вещи? — спросила Кэйт, сама удивляясь раздражению в своем голосе.

Она продолжала болтать о приеме для принятия подарков и вскоре предложила вернуться и поесть в «Изабел».

Бруклин-Хайтс фактически не были частью Бруклина, как всегда считала Кэйт, а являлись продолжением Манхэттэна, и от вида острова с набережной захватывало дух. Они постояли недолго молча, потом Бина прервала молчание:

— Я только и говорю, что про себя. А куда же вы с Майклом ходили вчера вечером?

— Мы были в кино, — сообщила Кэйт своей подруге и заметила сама, что говорила примерно с тем же воодушевлением, как если бы они были на похоронах.

— Новый фильм с Джорджем Клуни? — спросила Бина с горящим взором. Для нее Джордж Клуни был воплощенным божеством.

— Не совсем, — сказала Кэйт. — Мы смотрели документальный фильм.

— О, — вырвалось у Бины. — О чем?

— Об афганских женщинах и их борьбе за грамотность, — уныло сказала Кэйт.

Бина казалась смущенной, и Кэйт подумала, что Бина в последний раз смотрела документальный фильм в их школьные годы.

— Это звучит... серьезно, — запнулась Бина, явно не зная, что и сказать. Она умолкла и посмотрела через бухту на красно-бело-голубые огни Эмпайр стейт билдинга, которые только что зажглись. — Так у вас все становится серьезнее и серьезнее?

В голосе Бины прорезались интонации миссис Горовиц.

— Я не уверена, — ответила Кэйт.

— А вот во всем теле Билли не найти места для серьезных мыслей... и что за тело! — добавила Бина.

— Бина! — воскликнула Кэйт. Она внимательно взглянула на свою подругу, которая со времени отъезда Джека изменилась не только физически. — Ты же не... я думаю, ты не должна... — Мысль о Бине с Билли глубоко тревожила ее. Она старалась разобраться: это из страха за Бину или из ревности.

— Конечно, нет. Я все еще люблю Джека, — сказала Бина. Кэйт облегченно вздохнула. — Но у меня есть глаза. А у него есть руки. — Бина игриво подняла брови.

Кэйт сомневалась, что предмет разговора был столь безобидным, как его представила Бина.

Она на себе испытала обжигающий шарм Билли, а Бина была так неопытна.

— Бина, помни, что ты не должна привязываться к этому парню. Он только средство достижения цели — по крайней мере, так думаете вы с Эллиотом.

— Я знаю. Поверь мне, я знаю. Этот план сработает. У меня предчувствие. — Бина замолчала. — Но есть что-то еще. Билли заставляет меня чувствовать... ну, это как будто я становлюсь красивее, когда я с ним. — Она с минуту смотрела в сторону, и ее лицо покраснело. — Я знаю, что люди, наверно, смотрят на него, а не на меня. Но это заставляет и меня испытывать особое чувство. — Она улыбнулась, будто вспоминая что-то. — Он всегда говорит, как хорошо я выгляжу, и он замечает все, есть ли, например, у меня заколка в волосах. — Она опять умолкла. Потом снизила голос, словно собиралась сообщить нечто столь хрупкое, что опасалась легко разбить. — Ты же знаешь, как я люблю Джека. — Кэйт кивнула. — Так вот, я встретила Макса, ты знаешь, он так мил. Не понимаю, почему он до сих пор никого себе не нашел. И он мне рассказал, что Джек пишет ему по электронной почте.

Кэйт усилием воли не выказала никаких эмоций. Только одна из тех фотографий была способна разбить Бине сердце.

— Что бы ни случилось, я уверена, что он скучает по мне. И, когда он вернется, я уверена, он попросит меня выйти за него.

Они шли по Генри-стрит. Кэйт боялась сказать хоть слово своей подруге. Ей не хотелось обнадеживать ее по поводу Джека, и в то же время она желала уберечь ее от какой бы то ни было привязанности к Билли Нолану, хотя свои собственные мотивы в этом деле смущали ее. Они подошли к ресторану «Генри Энд», в котором уже царило оживление, хотя для ужина еще было рано. «Конечно, на этой стороне реки люди садятся за стол раньше», — подумала Кэйт.

— Хочешь есть? — спросила она. — Может, пойдем сюда вместо «Изабел»?

— Конечно, — ответила Бина. Только не заставляй меня есть «Бамби», и сама не ешь «Тампер».

«Генри Энд» славился дичью, но Кэйт охотно съела бы кусок мяса.

— Доверься мне, — сказала она Бине.

Подруга взяла ее за руку:

— Я всегда доверяю тебе, Кэти. — Они постояли так немного. — Эй, может быть, вы с Майклом поженитесь, и мы устроим двойную свадьбу. Мои родители были бы рады.

Кэйт представилась напыщенная церемония, они обе под руку с мистером Горовиц идут под венец. После этого — жизнь, заполненная документальными фильмами, разговорами об антропологических находках и коктейльными вечеринками в Техасе.

— Прошу тебя, Бина, — сказала Кэйт. — Не сейчас, когда мы рядом с очень высоким мостом и холоднющей водой под ним.

Глава XXIX

— Неужели на самом деле возможно, чтобы тебе сделали предложение? — спросил Эллиот Кэйт, неодобрительно насупившись. Они сидели в «Старбаксе», расположенном точно на полпути между их домами.

— Лучше бы ты перестал ненавидеть его, — ответила Кэйт. — Если я *выйду* замуж за него, а ты будешь продолжать ныть, я не смогу больше встречаться с тобой.

— Свадебные колокольчики развалили мою старую банду, — пропел Эллиот. Кэйт покачала головой. — Значит, мне не грозит, что ты разорвешь нашу дружбу, — продолжил он. — С кем еще ты сможешь поговорить обо всех колебаниях твоего эмоционального сейсмографа и о Барбаре Пим?

Кэйт улыбнулась. Это правда, что она при любых потрясениях делилась с Эллиотом, и, подобно геофизику, он предсказывал, какие катаклизмы могли поколебать ее мир. И Барбара Пим, британская писательница, которую они с Эллиотом частенько перечитывали, была одной из ее тайных слабостей. Кэйт считала ее романы успокаивающими, потому что в них почти ничего не происходило; ничьи чувства не были задеты, и мало что изменялось. Визит священника рассматривался как крупное событие, а большинство глав заканчивалось тем, что кто-нибудь пил горячее молоко. Это напомнило Кэйт о напитке Эллиота.

— Тебе известно, что в этом кокосовом фраппучино больше калорий, чем в трех биг-маках? — спросила Кэйт.

— Поговорим лучше о Максе, — сказал Эллиот, не обращая внимания на проявление заботы о нем. — Он еще вынюхивает все кругом? В частности, вокруг вас с Биной?

Кэйт отмахнулась. Подобно доброй матушке, Эллиот был убежден, что все мужчины должны любить Кэйт, и, если это было не так, он чувствовал себя оскорбленным.

— Он, похоже, занят распространением новостей о Джеке каждому, кто готов слушать. Я думаю, что он все еще чувствует свою вину за то, что познакомил Бину с Джеком. Однако, он ни в чем не виноват. — Кэйт поморщилась, когда Эллиот принялся высасывать через соломинку все до последней молекулы жидкости со дна чашки. — Это просто отвратительно, — заметила она.

— Хорошо, я обещаю не проделывать это перед твоими друзьям на приеме для подарков.

— Приеме для подарков Бев? — спросила Кэйт срывающимся голосом. — Ты приглашен?

— Ты, похоже, удивлена, — заметил Эллиот. — Ты же знаешь, что Бев, Брайс и я *очень* близки, — добавил он насмешливым тоном. Кэйт лишь повела глазами. — Эй, я сегодня за ленчем видел Брайана Конроя, и он весело смеялся с двумя другими маленькими бандитами, — продолжал он. — Похоже, они метали салат из тунца в сторону столика девчонок, но я не поймал их на месте преступления. Пожалуй, ты действительно неплохо проделала свою работу.

Они некоторое время смотрели друг на друга, Эллиот улыбался, его карие глаза были теплыми и нежными, и Кэйт была так приятна его похвала. Затем, по своему обычаю, они, вдруг встряхнув головами, прокричали:

— Ха-а!!

— Так чем же тебе не угодил Майкл? — спросила Кэйт, возвращаясь к теме. — Он стабильный, приятный парень, какого ты и хотел бы для меня. И он меня любит.

Она бросила взгляд на браслет на своем запястье, и в этот момент зазвонил ее сотовый телефон. Она ждала звонка от Риты: они должны были договориться выпить вместе, после того как Рита освободится, а это бывало обычно не раньше шести или семи часов. Она вытащила свой сотовый и, не глядя на определитель номера, нажала на зеленую кнопку.

— Привет, — сказала она весело, ожидая услышать гнусавый голос Риты.

— И тебе привет, — ответил Стивен.

У Кэйт все внутри екнуло. Ей вдруг не хватило воздуха.

— О, Стивен. Здравствуй. — Она широко распахнула глаза, но это не шло ни в какое сравнение с тем, как их вытаращил Эллиот.

— Стивен? Тот самый Стивен? — гримасничал он.

Кэйт, нервничая, отвернулась от него. У нее пересохло в горле.

— Я в неподходящее время? — спросил Стивен.

Ей хотелось ответить: «Нет, хуже было шесть месяцев назад, когда ты прекратил звонить», — но, разумеется, она этого не сказала. Для разговора со Стивеном любое время не годилось, как она поняла.

— Нет, — сказала она. — Сейчас я пью кофе с Эллиотом, — она захотела прикусить себе язык. Ну почему она не сказала, что у нее свидание?

— Старый добрый Эллиот, — сказал Стивен, чем еще больше раздосадовал Кэйт. — Я скучаю по нему, — его голос понизился на полрегистра. — Я скучаю по *тебе* тоже, — добавил он.

Кэйт почувствовала, как багровая волна побежала по ее шее и груди. Тем временем Эллиот буквально скрючился напротив нее, приставив указательный палец к горлу, тем самым намекая на то, чтобы она прервала разговор. Кэйт отвернулась вправо.

Ей не надо было напоминать, насколько опасен Стивен. Она его любила по-настоящему, и он поощрял ее привязанность. Кэйт давно уже приняла решение никогда не любить мужчину сильнее, чем он любил ее. Но Стивен любил ее — по крайней мере, до тех пор, пока длилась страсть. Потом, через восемнадцать месяцев, его пыл и привязанность испарились. Сначала Кэйт не замечала этого, но потом она постепенно осознала, что он больше не сосредоточен на ней. Затем она наткнулась на него, шедшего под руку с женщиной, которая стала его новой целью. Когда униженная Кэйт поставила перед ним вопрос, он был вынужден неохотно сознаться, но притом заявил, что между ним и Сабриной ничего не было, однако стоило Кэйт порвать с ним, как через каких-то шесть недель он уже был с Сабриной. Теперь Кэйт очень хотелось спросить, что же случилось с Сабриной. Но она не позволила своему любопытству одержать верх над здравым смыслом и гордостью.

— Послушай, я подумал, может быть, мы выпьем вместе кофе или что-то еще, — предложил Стивен.

— Не думаю, — отрезала Кэйт. — Я сейчас уже пью кофе.

— С тобой не так просто, — заметил Стивен, и проникновенность его голоса слегка взволновала Кэйт. Вдруг она поняла, чего ей не хватало в Майкле — способности к настоящим чувствам или умения их изобразить.

Но на чувства Стивена, какими бы глубокими они ни казались, нельзя было положиться. Он был или прекрасным актером (мнение Эллиота), или мужчиной, который боялся собственных эмоций, страстно желающим связи и затем убегающим от нее (теория Кэйт). Кэйт все еще верила, что Стивен любил ее, но испугался этого.

— Разве от меня зависело, чтобы сделать все проще? — спросила Кэйт. Эллиот закатил глаза и закрыл рот ладонью, чтобы показать ей, что она должна молчать — словно она сама не понимала этого. Она шлепнула его.

— Кэйт, у тебя есть полное право сердиться на меня. Но я клянусь, что не было дня, чтобы я не думал о тебе, не скучал по тебе, чтобы не пытался найти в себе мужество и позвонить тебе.

— Должно быть, это был тяжелый год, — ответила Кэйт.

— Не говори, что ты не думала обо мне, — сказал Стивен, и все сразу — жалкие ночи, уикенды в одиночестве, утра, когда она просыпалась одна и скучала по нему, — все эти картины пронеслись перед ней.

— Я была слишком занята, — сказала она. — И я вот-вот буду обручена...

Эллиот выпрямился, обеими руками показал ей большим пальцем вверх и потом, словно в изнеможении, откинулся назад к спинке стула.

На другом конце было молчание, и Кэйт разрывали два чувства: она хотела, чтобы Стивен сдался и хотя бы немного пострадал из-за нее. В то же время ей хотелось, чтобы он был настойчивее, и ей было стыдно и неловко из-за этого.

— Это помешает тебе просто выпить со мной? — спросил Стивен. — У меня в самом деле есть потребность рассказать тебе, что произошло. Я думаю, что я сейчас излечиваюсь... Я просто понял некоторые вещи, о которых не знал раньше.

Кэйт сама не знала, хочет ли она слушать, что же Стивен узнал о себе самом. Она понимала, что встречаться с ним — плохая затея. Но ее непреодолимо тянуло к нему.

— Что, если в понедельник? — предложила она. — В четыре часа.

— Это было бы отлично, — обрадовался Стивен. — «Онил»? — Это был ресторан на Гранд-стрит, отличный, но несколько шумный бар и зал. Они часто бывали в этом месте неподалеку от его голубятни.

— Нет, — возразила она.

Она не хотела, чтобы он ее склонил к выпивке, затем к ужину, за которым последовало бы что-то еще. Об этом не могло быть и речи. Кэйт думала о более нейтральном месте.

— А что, если в «Старбаксе»? — И после его согласия она прервала разговор и бросила телефон в сумочку.

— Ты не пойдешь, — заявил Эллиот. — И знаешь почему? Потому что я больше не могу слышать об этом чертовом безмозглом мерзавце. Помнишь, что мне пришлось вынести в прошлом году? И сколько раз можно мужчине, пусть даже гею, петь с тобой «Я выживу»?

Кэйт не знала, смеяться ей или плакать. Они и вправду не раз пели песню Глории Гейнор, но только по просьбе Эллиота и потому, что она всегда вызывала у нее смех.

— Мы износили до дыр три компакт-диска, и если уж говорить об износе, то ты можешь заниматься саморазрушением, но я ценю жизнь и не смогу еще раз пережить Стивена. Если ты забыла, что это принесло тебе, зато я помню. Я просто не могу пойти на это. И ты тоже.

— Я вовсе не собираюсь проходить еще раз цикл «Стивена», — парировала Кэйт. — Но он лечится, и, вероятно, ему нужно высказаться.

— Что ему нужно, так это баба, и я могу быть спокоен до тех пор, пока это будешь не ты.

— Эллиот!

— Я не могу поверить, что он впервые за год звонит тебе посреди дня на мобильный и ты назначаешь ему свидание. У тебя что, нет гордости? — спросил Элиот и продолжил дальше, не дожидаясь ответа: — Ты позоришь всех женщин. Из-за таких, как ты, женщины вынуждены читать «Правила» и другие идиотские книги по самосовершенствованию.— В досаде он взмахнул руками и опрокинул питье Кэйт. — Ах, черт! — воскликнул он, и Кэйт не поняла, то ли это реакция на собственную неловкость, то ли на ее оплошность.

Потому что это была оплошность. Разве нет?

Глава XXX

В новой квартире Банни и Арни было тесно; все сидели или стояли в полной тишине и в полной темноте. Это было похоже на чудо, учитывая, что вместе с Кэйт там находились такие отчаянные болтушки, как Банни, Барби, миссис Горовиц, Бина, две кузины Бев, ее мать и две тетки, несколько друзей по работе и астролог Бев, не говоря уже об Эллиоте с Брайсом. Однако все сидели тихо. Но только минуту.

— Сюрприз! — закричали все, когда открылась дверь. Загорелся свет, и голубые шары — большие, но не настолько, чтобы сравниться с животом Бев в последней трети ее срока, — каскадом посыпались с потолка. Вспышки фотоаппаратов замигали по всей комнате, запечатлевая навечно раскрытый рот

Бев, пока она кричала и прыгала от испуга. Гости тоже прыгали и кричали. Когда гвалт прекратился,
Кэйт увидела, что Бев оперлась на руку своей мамы.

Она села, окинула взглядом смеющихся друзей и родственников и, закрыв лицо руками, произнесла:

— А-а-а! Ребята, — едва смогла сказать она. —
Клянусь, у меня чуть воды не отошли! Не надо
было так.

Ей просто сказали, чтобы она зашла посмотреть новую квартиру Банни.

Кэйт с этим была согласна. В сюрпризах есть
всегда что-то садистское, но Барби заявила:

— Нет, надо, — и она села с ней рядом на диван синего цвета.

Фактически все в новой квартире Банни было
синим, и почти все приводило в ужас. Кэйт забыла,
что никто в Бруклине южнее Проспект-парк ни
в грош не ставил антикварные вещи — все было либо новым, либо просто хламом. Она считала ярко-
синий гарнитур гостиной, обитый дамаском, *новым
хламом*, но все охали и ахали, обязательно обходя
новый семейный очаг Банни перед прибытием Бев.
Даже Эллиот, не только дальтоник, но и человек
без особого вкуса, выгнул брови от изумления при
виде мутного зеркала в раме с золочеными херуви-
нами и светильников «Мьюзеум Шоп» с античны-
ми бюстами под абажурами. Как бы то ни было,
Брайс был в экстазе.

— Как у Пикассо, — бормотал он Кэйт и Эллиоту. — У нее свой голубой период.

Стены были переливчато-синего цвета: голубого в стиле Мадонны в хозяйской спальне и яркосинего в гостевой спальне. Ванные, одна целиком, другая наполовину, само собой, тоже были синими. Одна из них была украшена барвинком и виноградными лозами, а зеленые в тон полотенца служили «важным цветовым акцентом», как объяснила Банни. Другая была декорирована орнаментом из темно-синих листьев — в готическом стиле.

— Мне хотелось для Арни сделать что-то более соответствующее мужчине, — сообщила она, хотя Кэйт не могла уразуметь, что особенного в этих темно-синих блестящих стенках.

— Я и не предполагал, что до сих пор еще делают готические орнаменты, — сказал пораженный Брайс.

— Да. Мне пришлось заказывать это он-лайн, — призналась Банни.

Но Кэйт не только осматривала квартиру, но и приглядывалась к своим друзьям. Они вели жизнь, в которой неизбежно были дети, родительские собрания, семейные праздники, поездки в «Диснейленд» и вся эта кутерьма вокруг рождественской елки (или хануки). Она гадала, покинет ли она когда-нибудь свое гнездышко, свитое на Манхэттэне, и, если да, что могло бы его заменить. Во всяком случае, перспектива от-

правиться в Остин и лишиться своих манхэттэн-
ских и бруклинских друзей не слишком привле-
кала. По крайней мере, когда она встречалась со
Стивеном, она не сомневалась, что ее будущее,
если о таковом имело смысл говорить, будет связано с Нью-Йорком.

Поскольку Бев уже оправилась после сюрприза,
гости получили возможность наброситься на блюда с закусками. Накрытый обеденный стол и буфет
(тот и другой с небесно-голубыми скатертями и со-
ответствующими салфетками) выглядели впечат-
ляюще. Все — от блюда с четырьмя разновидностя-
ми сливочного сыра до салата с пастой, тайского
сате, канапе, канноли — было представлено тут
в невероятном изобилии. Эллиот взял тарелку
и счастливо вздохнул.

— Мне здесь нравится, — заявил он.

— Упс! У него новый размер талии, — сообщил Брайс, ласково пошлепав Эллиота.

Казалось, все, за исключением Бины, были без-
мерно довольны собой. Кэйт не хотелось выслушивать очередной дифирамб обаянию Билли Нолана, и поэтому она немного избегала ее. Но, похоже, в том не было необходимости: Кэйт поняла, что
Бина сама ее избегает. Она сидела с полной тарел-
кой рядом с одной из кузин Бев, но не разговаривала
и не ела. Только четырехлетнему племяннику Бев,
сидевшему на полу и покорно жевавшему все, что
запихивали ему в рот бабушка и мама, удалось
вызвать улыбку на ее губах.

— Отлично. Перейдем к делу, — сказала всем Барби, когда оживление вокруг еды несколько притихло. — Открываем подарки! Открываем подарки!

Все, кроме Бины, зааплодировали в знак согласия. Кэйт наблюдала за ней, пока открывалась коробка за коробкой.

Все подарки были открыты, и мама Бев барахталась в горе упаковочной бумаги, словно в куче осенних листьев. Бев держала крошечный свитер и маленький чепчик к нему.

Кэйт прикоснулась к вязанной вручную вещи, и вдруг на нее неожиданно и так неостановимо нахлынула волна чувств, что она снова села. До сих пор непонятно, почему беременность Бев для нее означала лишь растущий живот, несколько необычных платьев, какие-то жалобы. Но теперь, прикоснувшись к маленькому свитерку, Кэйт наконец поняла, что очень скоро у Бев и, конечно же, у Джонни появится маленький человечек, которого можно любить и заботиться о нем всю оставшуюся жизнь. Кэйт почувствовала себя настолько далекой от всего этого, что слезы зависти и отчаяния подступили к глазам. Она была вынуждена отвернуться, чтобы никто не заметил этого внезапного всплеска эмоций.

«Я хочу своего ребенка», — подумала она, поняв в то же самое время, что сейчас она как никогда далека от этого, потому что вдруг осознала, абсолютно четко ощутила, держа маленький свитерок в руках, что она никогда не станет надевать такой свитерок на ребенка от Майкла. Сама мысль об этом была... в общем, это было просто невозможно.

— Попробуй ругелах, Кэти, — предложила миссис Горовиц, и Кэйт встрепенулась. Она, наверно, и выглядела такой же обескураженной, какой ощущала себя, потому что миссис Горовиц произнесла затем: — Ты такая бледная. С тобой все в порядке, дорогая?

Ответ, конечно же, был бы: нет. Но как объяснить это доброй, заботливой, простодушной Майре Горовиц?

Поскольку все подарки уже были открыты, женщины вернулись к еде. Вскоре у них в руках осторожно балансировали перегруженные бумажные тарелки и пластиковые стаканчики сока, коктейля «Маргарита» или шампанского «Нью-Йорк Стейт». «Шавки», Брайс и Эллиот небольшой группкой устроились в уголке рядом с мягким креслом, в которое уселась Бев.

— Так мальчик или девочка? — спросила Барби, держа кусок сыра в руках.

Бев взглянула на свою мать и пожала плечами.

— Мы с Джонни ждем сюрприза, — сказала она, но Кэйт перехватила их взгляд и все поняла.

— Полагаю, что вам следует назвать его Уильямом, — провозгласил Эллиот.

— В честь принца? — спросила Бев.

— Нет. В честь Билли Нолана. Мужчины, который сделал все это возможным, — объяснил ей Эллиот.

— Смотри-ка, теория Эллиота работает. Подумать только. Ты — следующая, — сказал Брайс Бине с пугающей уверенностью.

— Это верно, Бина, — подтвердила Бев.

— Джек на очереди, — уверила Бину мать Бев успокаивающим голосом. — Помнишь, как нелегко было заставить Джонни сделать предложение? Я рада, что ты осталась здесь, Бина, а не переселилась в Манхэттэн, как Кэти.

— Да уж, — отозвалась Барби. — Там только труднее заставить их принять обязательства.

— Это неправда, — запротестовала Кэйт, — я не думаю, что от места зависит...

— У Кэйт все хорошо, — покровительственно вступился Эллиот.

— Да, — присоединился Брайс. — Ей вот-вот сделает предложение тот доктор.

Кэйт ощутила, как кровь отхлынула от ее лица.

— Вот те на! — закричала Барби.

— Ах ты, хитрюга! И ни слова не сказала, — громко упрекнула Банни.

— А какой у него знак? — осведомилась Бев.

Несколько минут Кэйт целовали и обнимали, прежде чем она успела сказать хоть слово.

— Но мне вовсе не «делают предложения», объявила она всем наконец, отблагодарив Брайса укоряющим взглядом. Тот пожал плечами в знак сожаления. Кэйт искала слова, чтобы описать свои отношения с Майклом и снять это напряженное любопытство к себе. — Мы лишь обсуждаем варианты.

— Варианты-шмарианты, — отозвалась миссис Горовиц. — И что за доктор? Надеюсь, он не хирург, — предостерегла она. — Хирурги ко всему равнодушны, Кэти.

— Но он не врач, — объяснила Кэйт миссис Горовиц и тут же уловила, как вздохи разочарования летним ветерком пронеслись по комнате.

— Это не важно, что он не *настоящий* доктор, — заверила она Кэйт низким голосом. — Лишь бы он тебе нравился. — Кэйт попыталась улыбнуться и взяла пирожное, затем послала Эллиоту и Брайсу убийственный взгляд.

— Они не имеют понятия, о чем говорят. Как бы то ни было, мы говорили о Бине.

— Может, не будем, — тихо сказала Бина.

— О, все должно получиться прекрасно, — провозгласила Банни, обнимая Эллиота. Кэйт подумала, что в их группу Эллиот с Брайсом были приняты в качестве ряженых подружек.

— С ней рядом *Билли-талисман*, — сказала Барби.

— Он еще тебя не бросил, а? — спросила Бину Бев.

— Нет. Пока нет. Но я с нетерпением жду этого, — ответила Бина с очевидным смущением.

— Ну, на все надо время, — заметила Барби.

— По теории Эллиота, в этом есть смысл, — сказала Банни.

— Нет. Абсолютно. Все это совершенно бессмысленно, и это сводит меня с ума, — раздраженно высказалась Кэйт.

Непостижимо, но ей все казалось не так: она с Майклом, Бина с Билли, Джек в обществе заграничных красоток, да еще Стивен со своими звонками из небытия. Это напоминало французский фарс. Взглянув на Бину и внезапно пожалев саму себя, она проглотила слезы и взялась за кусок праздничного торта, чтобы успокоиться.

— Увы, это должно продолжаться не меньше двух месяцев, иначе ничего не выйдет. И мне немножко неудобно, — призналась Бина.

Бев оперлась на спинку стула, чтобы легче было встать.

— Дорогая, ты не имеешь понятия о том, что значит неудобно. Ты *не можешь* теперь пойти на попятную, — констатировала она.

— Держи курс, — советовала Барби. — Билли не сможет выдержать дольше. Ты не в его вкусе.

— О да? Он позвал меня в Хэмптонс в этот уикенд, — сообщила Бина без воодушевления.

«Шавки» завизжали от восторга, подталкивая друг друга локтями и смеясь.

— А что тут забавного? — спросила их Бина.

— Если описывать все, чего ты не знаешь о мужчинах, так можно заполнить целую библиотеку, — подколола Бев.

— И большую, Манхэттэнскую, — добавила Барби.

— И чего же я не знаю? — выпытывала Бина.

— Бина, милая, это и будет конец. Мужчины вроде Билли приходят в ярость после уикенда с женщиной один на один, — пояснила Барби. — Он точно бросит тебя после этого.

— Но зачем тогда ему приглашать меня? — Бина казалась очень расстроенной. Кэйт снова подумала, не влюбилась ли она в этого эгоцентричного идиота. — Это была не моя идея.

— В том-то и дело, — сказала ей Банни.

— Им нравится близость... — начала Бев.

— Но на самом деле они выходят из себя, если оказываются с кем-то один на один надолго, — продолжила Барби.

— Правда, Бина. Отправляйся в Хэмптонс, и тебя благополучно бросят, — уверила Бину Банни.

— Я не знаю. Тогда это выглядит притворством, — отвечала им Бина.

— Может, и так, но у тебя уже нет пути назад, — сказала Бев, направляясь к столу с прохладительными напитками.

Бина задумчиво вертела тарелку на коленях и вдруг выронила ее. Содержимое вывалилось ей на платье и на пол. «Шавки» умолкли и уставились на нее.

Кэйт с самого начала приема поняла, что с Биной было что-то не так, и теперь, словно подтверждая это, Бина, вместо того чтобы убрать за собой, схватила Кэйт за руку и потащила ее в холл.

— Мне надо поговорить с тобой, — прошептала она.

— Подожди минуту, — ответила Кэйт, поставила свой стакан с красным вином на стол, мимо которого они проходили, из опасения вылить пурпурный напиток на ковер. Бина привела ее в спальню для гостей и усадила на диван-кровать.

— Я не могу поверить, Кэти, — начала она, глотая слова. — Мне так стыдно. Я никогда не думала... Я ни за что не подумала бы, что я... Боже мой, Джек.

Кэйт не могла понять, что Бина хотела поведать, но ее расстроило уже то, что ее подруга была так расстроена. Она вела себя как-то иначе, это не было похоже на ее обычную невинную истерику.

— *Что* с тобой, Бина? — спросила она осторожно.

— Если бы только мама узнала... О, Кэти! Я изменила Джеку.

— Бина, несколько свиданий еще не значат...

— Нет. Я думаю, это на самом деле так. У меня был секс. Я думаю, это все. И это было... великолепно.

Когда Бина разразилась слезами, и комната, и шум вечеринки ушли для Кэйт на второй план. Эта новость, это сексуальное злоключение Бины было как раз тем, чего она больше всего опасалась. Она злилась все сильнее, но не могла разобраться сама, на кого и за что. Эллиот никогда ничего подобного не предлагал, она бы этого ни за что не позволила, Бина не должна была запасть на Билли, но более всего ее злило, что этот Билли, этот отъявленный повеса, воспользовался неопытностью Бины.

Что она наделала? Она вместе с Эллиотом и «шавками» вторглась в жизнь Бины, и вот результат: девушка умывается слезами, страдая от чувства вины и стыда. Разве они не преуспели, делая все, чтобы разрушить верность и преданность Бины? Возможно, не так уж хорошо рассчитывать только на одного мужчину и не видеть вокруг никого другого. Но Бина должна была сама сделать свой выбор. А связаться с человеком вроде Билли Нолана, безусловно, было губительно для нее. А если она решит, что влюблена в него? А если после бегства Джека, растоптавшего ее сердце, ее снова оставят, что кажется неизбежным? Это может подорвать ее веру в себя. Кэйт не хотела даже думать о том, до чего Бина могла дойти.

Она держала подругу за плечи и смотрела ей прямо в глаза.

— Послушай, Бина. Что бы ни случилось, ничего страшного не произошло. Джек был далеко, и если ты переспала...

— Но я не могу назвать это «переспала», — говорила Бина, принимаясь опять реветь. — Я почувствовала, что он оценил меня. Он сказал, что с тех пор, как он меня увидел, он понял, что не ухаживать за мной было бы ошибкой.

Кэйт вспомнила, как ей пришлось убеждать Билли просто взглянуть на Бину в качестве возможного объекта для встреч. Она была в гневе на всех — на Джека, Эллиота, «шавок»... и даже на себя. Но за всем этим таилось и еще одно чувство.

— Бина, ты не должна верить всему, что говорят мужчины, — осторожно сказала она.

— Кэти, я никогда не сомневалась в своей любви к Джеку. Я думаю, что я люблю Джека. Просто теперь у меня стало больше опыта... ну, я не могу это объяснить. Он такой чуткий. И кажется, у нас с ним всегда есть о чем поговорить, — она остановилась.

— Послушай, Бина, ты не стала неверной. Не путай вещи: это приключение и настоящую любовь.

Бина мрачно посмотрела на Кэйт.

— Ты права, — сказала она, кивнув. — Я не допущу этого больше. Потому что я в самом деле по-настоящему люблю Джека.

— Хорошая моя, — говорила Кэйт. — А теперь не думай об этом больше. Ты не должна делать того, чего не хочешь.

Бина кивнула, потом вытерла слезы.

— Но он был так хорош, так хорош в постели. — И она покраснела, а Кэйт в свою очередь тоже, потому что поняла, каким было то, другое чувство.

Она ревновала.

Кэйт ушла с приема раньше Брайса и Эллиота. Она была слишком подавлена, чтобы ехать в метро, и, пощадив себя, решила взять такси. Это непросто в Бруклине — еще одна причина жить в Манхэттэне, угрюмо подумала она. Наконец она поймала свободное такси. Его водитель не хотел брать пассажира, который мог бы завлечь его глубже в Бруклин.

Кэйт уселась на заднем сиденье, радуясь возможности побыть в одиночестве. Хотя она любила Брайса и Эллиота, у нее просто не было сейчас настроения болтать с ними. Ей надо было многое обдумать, и, хотя до сих пор она старалась не вникать в собственные дела, все же необходимо было в них разобраться. Что ей, в сущности, было нужно? Конечно же, ответ был простой: интересная, наполненная жизнь, любимая работа, любящий, надежный и страстный муж, здоровые дети и добрые друзья. «Это чертово счастье», — сказала Кэйт себе. Она не видела никаких признаков того, что все это непременно ждет ее в будущем. Если есть что-то одно, то нет другого. И еще все эти годы Кэйт клялась себе, что она никогда не пойдет на компромисс.

Проезжая Бруклинский мост, она любовалась городом. Открывающаяся до самого горизонта панорама, как всегда, глубоко взволновала ее. Но сегодня признание Бины занимало ее гораздо больше. Как она могла продолжать жить с Майклом, если ее так тянуло к такому пустому человеку, как Билли Нолан? То, как он повел себя с Биной, лишний раз убеждало ее в его бессердечии, и тот факт, что какая-то часть ее — не самая лучшая часть — все еще желала его, вызывал чувство стыда. В одном она была уверена: она не даст себя запутать и не станет оценивать Стивена, сравнивая его с Билли. Какое значение имеет, кто из них хуже?

Кэйт смотрела из окна такси, и ей хотелось навсегда остаться на мосту между двумя вехами ее жизни.

Глава XXXI

Кэйт сидела за столиком у окна в «Челси Китчен» и играла вилкой — то положит ее, то снова возьмет, то поставит вверх тормашками, то коснется зубцами стакана с водой, тарелки и даже смятой салфетки. Ей было неуютно в ресторане, но она решила сделать это в публичном месте. Так поступают мужчины, вспомнила она и подумала о Стивене. Вероятно, они просто боятся сцен. Кэйт понимала, что с Майклом такой поворот маловероятен, и тем не менее не представляла, как можно завести подобный разговор у нее в квартире, а потом попросить его покинуть ее дом. После вчерашнего приема с подарками она с полной ясностью утвердилась в том, что Майкл был вовсе не для нее. И вот сегодня она попросила его о встрече здесь, чтобы избежать затяжного бессмысленного разговора, которого было бы не избежать, если бы они шли пешком.

Рядом на полу стояла большая коричневая сумка из «Блумингдэйла». Заставив себя положить вилку на стол, она принялась той же рукой проверять, на месте ли сумка, как будто кто-нибудь мог бы покуситься на шорты и спортивные носки, бритву, туалетные принадлежности да старый галстук, который Майкл забыл в ее доме. Она вытерла руки салфеткой, удивившись тому, какими они были потными. По правде, у нее было мало опыта для того, чтобы выступать в качестве инициатора разрыва.

Когда подошел официант, Кэйт спросила водки со льдом. Обычно она не пила крепких напитков, а если пила, то, как правило, только «космополитан», напиток, который был когда-то в моде и который ей все еще нравился. Сегодня, однако, ей нужна была небольшая встряска. Она вспомнила фразу, которую говаривал ее отец — «смелость во хмелю», — и впервые по-настоящему поняла ее смысл. Ей сейчас необходима смелость, во хмелю или нет.

Когда официант вернулся с заказом, она выпила водку в два долгих глотка, почти не вздохнув между ними. Лишь потом она поняла, что не хочет, чтобы Майкл видел ее пьющей, и он не должен почувствовать запах алкоголя от нее. Почему? Это всегда создавало некоторую напряженность между ними. Хотя он никогда не запугивал ее и не пытался заставить измениться, Кэйт понимала, что с ним ей постоянно приходилось соблюдать осторожность. Она не была уверена в том, что именно под влиянием его индивидуальности была вынуждена во многом держать себя в узде. Наверное, это было не так. Скорее, его академические замашки и благополучное провинциальное прошлое пробуждали в ней чувство неполноценности. А может, они оба побаивались близости. Но, как бы то ни было, Кэйт чувствовала: что-то неполноценное, что-то непрочное было в их отношениях.

Она махнула официанту, и он ждал этого.

— Вам принести еще? — спросил он, явно принимая ее за любительницу выпить, но она покачала головой. Потом она взяла кусок чесночного хлеба из корзинки на столе: лучше пахнуть чесноком, чем водкой. Люди ошибаются, думая, что вы не сможете заметить разницу по их дыханию, но Кэйт всегда определяла, возможно, из-за отца.

Она жевала хлеб и смотрела в окно. После полудня на Восемнадцатой Западной улице было немного народа. Она думала о том, куда мог направляться черноволосый мужчина с окрашенными красным кончиками волос, и была ли женщина, одетая в подделку от «Шанель» и выглядевшая как брокер конторы по продаже недвижимости, брокером на самом деле. Кэйт вздохнула. По всей видимости, она никогда не сможет купить квартиру или собственный дом. Здесь, в Манхэттэне, это было сложно даже для пары, одинокому же человеку — просто нереально.

У нее нет собственного дома, нет планов на лето, и вскоре в ее жизни не будет и мужчины.

Кэйт выпила глоток воды и взглянула в окно. Был сырой день, и, хотя мелкий дождь на время прекратился, все блестело: грузовики, такси и даже тротуары и здания напротив. Она любила Манхэттэн, и этот простой серебристый пейзаж за окном действовал на нее успокаивающе. Смогла бы она уехать отсюда в Остин или куда-то еще?

С другой стороны, она могла просто сойти с ума. Помимо всех этих Арни, Джонни, Эдди и прочих из Бруклина, казалось, больше не было кандидатов в мужья. Рита и все ее манхэттэнские подруги жаловались, что здешние мужчины были игроками либо невротиками, либо страдали фобией к любым обязательствам. Она вновь вспомнила Стивена и ту боль, которую он ей оставил недолго после разрыва. Сегодняшний разговор с Майклом не связан с тем, что она вскоре встретится со Стивеном. Стивен ушел из ее жизни, хотя она и чувствовала легкое волнение — отзвук прошлого — при мысли о встрече с ним. Было бы интересно взглянуть на него, поговорить — и при этом ничего не чувствовать. Кэйт надеялась, что ей удастся это. Она посмотрела вниз и заметила, как дрожит вилка в ее руке. Сможет ли она так ранить Майкла? Сможет ли вынести одиночество, начать встречаться снова и рисковать быть брошенной опять?

Официант вернулся с кувшином воды. Ее стакан был полупуст, или наполовину полон. Это, думала она, наливая воду, зависит от глаз наблюдателя. Если бы она обсуждала с Барби, Бев и даже миссис Горовиц то, что сейчас собиралась сделать, они бы сказали, что она сумасшедшая. Ее стакан был полон наполовину. Стивен опасен, и он не для нее, но и сейчас простого его звонка оказалось достаточно, чтобы напомнить ей, какое сильное чувство она испытывала к нему, когда они были вместе. Несоизмеримость того чувства и его бледного эха — того, что она питала к Майклу — просто пугала. Она и не думала о том, что сможет жить без сильного чувства к своему спутнику.

Кэйт безуспешно пыталась подавить волнение, которое охватило ее не только после звонка Стивена, но также из-за непреодолимой ревности, которая овладевала ею, когда Бина рассказывала о своих делах с Билли. Кэйт понимала, что оставаться с Майклом она не может. Майкл — осторожный, надежный партнер, и, конечно же, он мог стать ответственным отцом. Но не ее детей.

Пусть она разрушала последний шанс устроить жизнь, но Кэйт не могла выйти за него. Она положила вилку на место. Молодая женщина, похожая на домработницу, шла мимо с маленькой девочкой лет четырех. У обеих были желтые плащи. Кэйт улыбнулась, подумав о детях, с которыми она работала в Эндрю Кантри. Все, связанное с работой: небольшой кабинет, Эллиот, возможность легко добраться до дома, сами дети, — все это было ей дорого. Сейчас при мысли о возможности потерять все она осознала, насколько это было ценно для нее. Даже доктор Мак-Кей казался милым, как бы он ни был смешон. И Майкл считает, что все это ничего не значит для нее? Да разве он вообще знает ее?

Когда вошел Майкл, Кэйт еще смотрела в окно. Она вскочила, когда он взял ее за плечо.

— Я попал под дождь, — сказал он, встряхивая зонтик и садясь напротив.

Кэйт взглянула на него. Волевые скулы, правильный нос, теплые карие глаза. Но очарование

словно исчезло куда-то, и Кэйт уже не находила
его привлекательным. Пока он ставил портфель на
свободный стул, она подумала: неужели ту же самую перемену испытывал Стивен — в один прекрасный день он просто посмотрел на нее и не почувствовал ничего, кроме... легкой неприязни. Мурашки пробежали по ее спине. От выпитой водки
в сочетании с тем, что она собиралась совершить,
было тошно.

— Не хочешь чего-нибудь выпить? — спросил
Майкл.

Она выдавила жалкую улыбку:

— Нет, благодарю. — Она старалась, чтобы голос прозвучал как можно трезвее.

Откуда ни возьмись появился усердный официант, и Кэйт беспокоилась, что он разоблачит ее
вопросом, не желает ли она *еще* водки со льдом.

— Чашку чая, — заказал Майкл. — «Эрл Грей»,
если есть.

— Мне ничего не нужно, — сказала Кэйт.

Когда официант исчез, Майкл посмотрел в окно, как до того смотрела Кэйт.

— Что ж, в Остине нам не придется страдать
из-за такой погоды.

— Почему? — спросила Кэйт. — Там не бывает
дождя? — она оселкась. К чему этот отталкивающий тон. Она не знала, с чего начать, и просто произнесла заранее заготовленные слова. — Майкл, я
не могу уехать в Остин. Во-первых, просто не хо-

чу; мне нравится здесь. Во-вторых, потому, что ты не спросил меня. Ты *решил за меня*, что я поеду с тобой. У нас не было разговора. Похоже, что ты просто удостаиваешь меня свой милости. Ты думал, я буду рада такой возможности.

Майкл моргнул и поставил на место чашку, которую было взял. Кэйт видела, как капля чая с его губы упала на скатерть, но Майкл этого не заметил.

— Кэйт, Кэйт, я чувствовал...

— Не знаю, что ты чувствовал, — перебила Кэйт. — Но *я* не чувствовала. И ты не замечал этого.

Майкл сидел тихо, и разделявший их стол шириной не больше двадцати шести дюймов в глазах Кэйт превращался в бескрайнюю тундру. Майкл словно постепенно отдалялся в пространстве, а в его глазах появился голубоватый отблеск белой скатерти между ними.

— Кэйт, я никогда не считал себя самонадеянным. Просто я думал, что ты хотела того же, что и я.

— Может быть, и так, но поскольку мы никогда не обсуждали, чего хотим, как я могла об этом знать?

Майкл спокойно сидел и смотрел на нее, словно видел ее впервые. Была ли она виновата в том, что слишком старалась угодить ему? Скрывала ли она от него свои чувства и тревоги? В любом случае это уже не имело значения. Даже если Майкл сейчас скажет, что хочет отказаться от работы в Остине и создать с ней семью здесь, это ей уже не интересно. «Неужели я так непостоянна?» — думала она и не могла ответить, но понимала, что жить одной, остаться бездетной для нее было лучше жалкой жизни с Майклом. Он просто не был ее мужчиной.

— Кэйт, мне трудно выразить, насколько я подавлен. Я уверен, что для этого нет никаких оснований. Я строил планы, предполагал...

— Никогда не предполагай, Майкл, — оборвала его Кэйт. — Не решай заранее. Моя жизнь так же важна для меня, как и твоя для тебя. Я не уверена, что ты когда-либо понимал это.

— Конечно, я знал, — сказал Майкл. — Но ты могла бы найти новых друзей в Остине и заняться своей практикой. Ты могла бы в любое время приезжать сюда. И потом, у тебя ведь нет семьи здесь.

— О нет, у меня есть, — сказала Кэйт. Она вспомнила Эллиота и Брайса, Бину и семью Горовиц. Даже «шавки» много значили для нее. — Мы, конечно, не родные по ДНК, но у меня есть настоящая семья. — Она остановилась. — Я не знаю, чья это ошибка, Майкл. Давай не будем говорить об ошибках, не станем укорять друг друга. Было бы неправдой сказать, что я так чувствовала все эти месяцы и скрывала это от тебя. Но, когда ты рассказал мне об Остине и принял решение сам, я сделала то же самое. Я очень сожалею. — Она протянула руку, чтобы коснуться его руки, но он отпрянул и пролил чай, расползавшийся коричневой кляксой на белом пространстве между ними. В эту минуту Кэйт вспомнился их поход в боулинг и ее расплескавшееся пиво. — Мне жаль, — повторила она, — но мне нечего больше сказать. — Она поднялась с сумкой в руке. — Вот твои вещи. Если я что-то забыла, сообщи мне.

Странно: ей не было грустно, но и ощущения свободы тоже не было. Она ничего не чувствовала. Майкл все смотрел на нее с выражением то ли недоумения, то ли гнева на лице.

— Удачи в Остине, — сказала она и вышла из ресторана.

Кэйт шла под моросившим дождем, он начался вновь и теперь вполне соответствовал ее настроению. Ей казалось, что она будет несчастной всю свою жизнь, но не думала, чтобы Майкл стал переживать слишком долго. Это было не в его стиле. Именно это было причиной, по которой она ушла от него: он был бесчувственным.

Через полчаса она оказалась у входа в гимнастический зал. Кэйт вошла туда, когда Эллиот как раз заканчивал снимать свою кардиограмму. Завидев ее, он тут же принял озабоченный вид.

— Чем ты занималась? По-моему, прежде чем принять душ, ты должна была раздеться. — Он повел ее к одной из кожаных банкеток и помог снять плащ. — Ты насквозь промокла, — заметил он и несколько минут возился вокруг нее с полотенцами. Когда мокрые волосы Кэйт были убраны в тюрбан, а шея укутана полотенцем, Эллиот был готов к беседе.

— Я порвала с Майклом, — сообщила Кэйт.

— Хорошо, — кивнул Эллиот, потом обнял ее. — Это было только вопросом времени. И ты можешь сэкономить на билете до Остина, а деньги потратишь, вложив свою долю в наш летний домик.

Кэйт, ожидавшая от него большего удивления и сочувствия, мотнула головой.

— Я не думаю, что оказаться единственной женщиной в доме в Черри-Грув, забитом геями, — это то, что мне сейчас нужно.

— О, брось. Тебе будет куда веселее, чем с любым из твоих любовников. Когда это Майкл заставлял тебя так смеяться, как Брайс? А Стивен хоть *когда-нибудь* рассмешил тебя? — Остановившись, Эллиот вглядывался в ее лицо столь пристально, что она подумала: ей действительно плохо. Он нагнулся к ней и, облокотившись на колени, приблизил свой нос на расстояние в один дюйм от ее лица. — Ты же не собираешься встречаться со Стивеном, не так ли?

Конечно же, Кэйт собиралась.

Глава XXXII

Кэйт ничего не ожидала от свидания со Стивеном, намеченного на следующий день, но гордость
побуждала ее прихорошиться. У нее хватило тще-
славия, чтобы постараться выглядеть как можно
лучше, так что она использовала дополнительное
количество туши и убрала волосы по-французски.
Стивену всегда это нравилось.

Выходя из квартиры и захлопывая за собой
дверь, она помедлила, глядя куда-то в пространство и живо вспоминая последнюю встречу со
Стивеном и как они расставались с ним у этой
двери.

— Что-нибудь забыла? — спросил Макс из-за
ее спины.

Вздрогнув, она повернулась.

— О нет, просто задумалась — и все. А как
у тебя дела?

— Ничего нового. А у тебя? — Он прислонился к стене.

Было неподходящее время объяснять, что она
собиралась делать, и Макс, разумеется, был не
тем человеком, кому бы она стала доверяться.

— Пожалуй, я уже опаздываю на встречу, —
сказала Кэйт, стараясь пройти мимо него. Макс не
был столь уж неприятной персоной: он славный
парень, но у нее не было на него времени.

Но он не дал ей уйти. Он потянулся и коснулся ее руки. Она снова вздрогнула.

— У меня опять новости о Джеке. Вернее, я получил электронные письма. Он послал мне еще фотографии.

Кэйт вздохнула. Это была плохая новость, которой не следовало делиться.

Будто читая ее мысли, Макс отвел глаза и произнес:

— Я по-прежнему считаю, что мне не следует показывать их Бине.

— Разумеется, нет, — сказала Кэйт. — Знаешь, она сейчас близко дружит с Билли, и я не хочу, чтобы она опять расстраивалась из-за Джека.

— С Билли? С каким Билли? — спросил Макс, сморщив лоб.

— О, это долгая история, у тебя нет времени, чтобы...

— Я слушаю. Расскажи. У меня есть время, — сказал он на удивление озабоченно.

Боже, какой же он сплетник!

— К сожалению, у меня нет, — ответила Кэйт. — Я опаздываю.

Она направилась через холл к лестнице, затем обернулась к Максу, соскользнувшему по стене и севшему на пол. С каких пор Макс так сопереживал своим друзьям? Конечно, Джек был его кузеном, и он мог чувствовать некоторую ответственность за Бину, но не до такой же степени.

— Знаешь, я беспокоюсь за Бину, — сказал Макс. — Я должен поговорить с Джеком.

— Нет, не нужно, — крикнула ему Кэйт, сбегая по лестнице. — Оставь все как есть.

Стивен выглядел потрясающе. Что ж, Стивен всегда для нее выглядел потрясающе. Когда он поднялся во весь рост, Кэйт подумалось о складном метре. Он улыбнулся, и вокруг его рта появились ямки, похожие на скобки, что придает некоторым мужчинам особую привлекательность.

— Привет, — сказал он. — Что тебе заказать?

Кэйт обрадовалась, что ужина не будет. Хотя он жил в Ист-Виллидже, Кэйт выбрала «Старбакс» неподалеку от своего дома. Это было безопаснее: Стивен не ждал, что она будет ужинать с ним, а Эллиот сюда никогда не заходил. Перед Стивеном было нечто вроде крепкого кофе с молоком, половину которого он уже выпил. Должно быть, он пришел рано.

— Охлажденный чай, — ответила Кэйт на его вопрос, садясь напротив него за маленький столик в углу. Он кивнул и через момент уже был у стойки. Это позволило Кэйт пригладить прическу и рассмотреть его сзади.

Он был все такой же худой и высокий: шесть футов и три дюйма, хотя, может быть, и не такой тощий, как раньше. У него были великолепные волосы: густой черный водопад, блестевший, как вороново крыло. Кэйт живо вспомнила, как ей нравилось теребить его волосы. Он вернулся с холодным чаем и бискотти на бумажной тарелке в руках. То были анисовые бискотти, которые она любила. Кэйт была тронута и удивлена, что он помнил это, но когда Стивен взял одно из них сам, решила, что он, похоже, купил их для себя.

Был час между ланчем и ужином, когда мало кто заходил выпить кофе. Клиентов почти не было, если не считать какого-то сумасшедшего, писавшего в чем-то, напоминавшем дневник, и пожилого джентльмена (по виду), устроившегося на плюшевом стуле у окна и читавшего мятую «Нью-Йорк Таймс» при тусклом вечернем свете.

Она пригубила чай, и так они сидели с минуту в тишине. Кэйт обещала себе много не говорить. Она ощутила на себе его взгляд и бесстрастно посмотрела на него в ответ.

— Потрясающе выглядишь, — сказал он.

Кэйт улыбнулась, надеясь, что улыбка не выглядит «загадочной», как любят писать искусствоведы и романисты.

— Я рад, что ты пришла, — добавил он. Стивен умолк, но Кэйт выдерживала паузу. — Ладно, хватит о тебе, — сказал он, — а как я выгляжу?

— Мне показалось, что ты подрос, — лукаво заметила Кэйт. — У мужчин бывают импульсы роста?

— Конечно, но только эмоциональные. И очень
редко.

Он перестал улыбаться, и на лице его появилось то выражение голода, которое, как помнила
Кэйт, появлялось в минуты интимной близости
и тогда, когда он говорил о своих эротических же-
ланиях. Оно возникало, если ему что-нибудь было
нужно. Но она продолжала молчать и ждала, чего
же ему нужно на этот раз.

— Кэйт, ты когда-нибудь размышляла о том,
как это было... Я имею в виду, было между нами?

Она благодарила Бога за то, что рядом не было
Эллиота, который сейчас ударил бы себя по лбу
и принялся бы оплакивать месяцы, на протяжении
которых она переживала заново каждую деталь их
отношений со Стивеном.

— Я была занята, — ответила она.

Стивен кивнул:

— Я заслужил это. Но я думал о тебе. По
правде, я не перестаю думать о тебе. Я думаю постоянно.

— Это нехорошо, — заметила Кэйт тоном Эллиота.

Стивен, казалось, этого не заметил.

— Я пришел сказать тебе, что был негодяем.
Я бы сказал — хамом, хотя это звучит несовремен-
но. Ты понимаешь, о чем я говорю.

Кэйт кивнула и сделала еще один глоток чая.

— Мне кажется, лживый негодяй было бы
ближе к истине, — сказала она. Она отвернулась

к окну, чтобы не выказать ему своих эмоций. К своему ужасу, краем глаза она заметила проходившего мимо Макса. Он был с женщиной? Она не разглядела их, так как они свернули за угол, но она молилась о том, чтобы они не зашли в кафе. Макс не раз видел Стивена и определенно согласился бы с такой его самооценкой.

— Не знаю, что сказать, честно говоря, — продолжал Стивен. — Разве то, что я читал Пиаже и думаю, что могу считать себя примером задержавшегося в развитии. Эмоционально мне было лет семь-девять, когда мы встретились с тобой, — Кэйт выгнула брови. Она ждала извинений, но не настолько углубленных и точных.

— Кэйт, я ни о чем в жизни так не жалею, как о том, что позволил тебе уйти.

Кэйт старалась не позволить себе растрогаться. Прошло так много недель, месяцев с того времени, когда она мечтала услышать подобные признания. Теперь она хотела сохранить хладнокровие и спокойствие.

Стивен осмотрелся кругом.

— Боже, это место убивает меня, — заявил он. — Пожалуйста, Кэйт, позволь мне пригласить тебя выпить и поужинать. Дай мне шанс все объяснить.

Кэйт хотела сказать «нет». Она хотела покачать головой. Она была удовлетворена результатом беседы, которой так долго ждала, и теперь от нее требовалось только оставаться холодной, вежливой и непреклонной. Лишь одно движение головой.

— У меня сейчас очень ответственная работа, — сказала она.

— Когда сможешь?

— Учитывая годовые отчеты, через месяц, может быть.

— Если я тебе позвоню, мы сможем встретиться?

Когда Кэйт поняла, что кивает, то была удивлена не меньше, чем появлением Стивена.

Глава XXXIII

Только Кэйт приняла душ и легла в постель в полном изнеможении от встречи со Стивеном, как зазвонил телефон. Она с опаской проверила определитель и, увидев номер Бины, с облегчением вздохнула и ответила.

— Я не могу поверить! — почти кричала Бина. — Это получилось! Почти все! И он еще не порвал со мной.

Кэйт была в полном смятении.

— О чем это ты? — спросила она.

— Он позвонил! Он собирается просить моей руки!

Помимо изумления, Кэйт ощутила прилив ревности.

— Билли делает предложение? — спросила она недоверчиво.

— Не Билли! Джек! Джек звонил из Гонконга, — почти вопила Бина. — Он сказал, что летит домой послезавтра и встретится со мной. Кэйт, ты не поняла? План Эллиота работает. Джек возвращается ко мне.

Усталая, Кэйт с трудом переваривала новость. У нее в голове все смешалось: электронные письма Макса, цифры и графики Эллиота, болтовня Бины про ее свидания и последняя шокирующая новость на приеме подарков. Все это превратилось в кашу, булькающую у нее в голове.

— Джек позвонил и сделал предложение?

— Ну, и да, и нет, — ответила Бина уже не так весело.

— Хорошо. Объясни мне, что произошло, — сказала Кэйт, пожалев о том, что несколько лет назад бросила курить, так как все это должно было вылиться в долгую, запутанную историю, которую разве что сигарета могла помочь пережить. — И расскажи мне по порядку все, с начала до конца.

Было слышно, как Бина глубоко вздохнула.

— Ну, сначала зазвонил телефон.

Кэйт порадовалась, что она бросила курить: для такого случая ей пришлось бы выкурить целую пачку.

— Так. Дальше что?

— Дальше, я беру трубку. Нет, это моя мама взяла. Потом она передала ее мне и сказала: «Это тебя».

— Она узнала, что это Джек?

— Нет. Пока я не закричала. Ну, может, и узнала. Ты хочешь, чтобы я у нее спросила?

— Нет. — Кэйт подложила под голову еще одну подушку и подумала, что не мешало бы выпить стакан пива. — Просто расскажи мне, что он сказал и что ты ему ответила, Бина.

— Хорошо, так, он сказал: «Бина, это ты?» Я говорю: «А кто спрашивает?» Но я поняла, что это он, потому что узнала его голос сразу же. Знаешь, как будто он звонил из Кони Айленда или еще откуда-то, а не с другого конца света.

Кэйт вздохнула:

— Что он сказал дальше?

— Он говорит: «Бина, мне нужно поговорить с тобой». А я говорю: «Слушаю». А он дальше: «Я совершил большую ошибку, Бина». А я: «Ну и какое мне до этого дело?» Тогда он говорит: «Это Джек». А я говорю... ты только послушай, Кэти. Я говорю: «Какой Джек?» Это правильно?

— Здорово, — похвалила Кэйт.

— И он говорит: «Джек Вайнтрауб». А я: «Ой, а я не поняла. Я думала, это Джек Марко Поло». А он вроде как: «Что?» А я: «Ну, знаешь, тот холостяк, что открыл целый новый мир на Востоке».

Кэйт подумала было поправить Бину, но времени на урок географии и политкорректности не было.

— И он говорит: «Бина, не издевайся надо мной. Ты встречаешься с кем-то другим?» А я говорю:

«Что с тобой?» А он говорит: «Теперь я понимаю, что да». А я: «Реши, что тебе нужно, но я знаю правду». А он потом: «Бина, мне правда надо поговорить с тобой». Я говорю: «Ну и что?» А он говорит: «Я знаю, ты, наверно, сердита на меня, и все такое...» А я перебиваю его и говорю: «Скажи, что тебе нужно, потому что я с трудом припоминаю тебя». Эй, Кэти, ты думаешь, он слышал сплетни там, в Японии?

— Он в Гонконге, Бина.

— А это не в Японии?

Кэйт только покачала головой.

— И что было потом?

— Потом все пошло хорошо. Он продолжает: «Мне надо поговорить с тобой». А я говорю: «Разве сейчас ты не говоришь?» И он дальше: «Мне надо поговорить с тобой лицом к лицу». А я: «Это будет непросто, раз ты такой двуличный». А он говорит: «Встречай меня в аэропорту в четверг, Бина. Я прилечу, чтобы увидеть тебя. Пожалуйста, не говори „нет"».

Кэйт ждала. На другом конце было тихо.

— И что же ты ответила? — спросила она запинаясь.

— Я ответила: «Да!» — почти пропела Бина в трубку. — А он говорит: «Мне нужно кое-что сказать тебе и что-то подарить». Разве это не здорово? Как думаешь, не поздно еще позвонить Эл-

лиоту и Брайсу и рассказать им, или мне подождать до завтрашнего утра? Я думаю, если бы не
статистика Эллиота, я б никогда... — Она умолкла. — Бог мой, Кэти! Бог мой! Ведь еще же нужно, чтобы Билли бросил меня, чтобы это сработало, верно?

— Брось, Бина, это бессмыслица. Джек позвонил тебе, потому что он любит тебя и скучает
по тебе.

— Забудь об этом. Это все благодаря Эллиоту. Если бы я не пошла с Билли...

Кэйт откинула одеяла и вскочила:

— Не будь дурой. Тебе теперь больше ничего
не надо делать, только приехать в аэропорт.

— Я позвоню Эллиоту, — сказала Бина. — Мне
нужно узнать, сколько я еще должна встречаться
с Билли, а потом вы с Эллиотом придумаете, как
нам с ним расстаться.

— О, хватит, — возмутилась Кэйт. — Тебе
просто надо сказать ему, что все кончено.

— Ну-у, — протянула Бина. Кэйт тем временем шлепала в свою маленькую кухню с телефоном в руке. Она молила Бога, чтобы в холодильнике нашлась хоть одна бутылка пива. — Он же должен порвать со мной, помнишь?

Кэйт открыла холодильник. Его лампочка из-
лучала печальный свет — подходящая иллюмина-
ция для одинокой женщины в час ночи после серии роковых разочарований.

— Мне нужно придумать способ, чтобы заставить его бросить меня, Кэти, — продолжала Бина. — И это нужно успеть до четверга, иначе...

За майонезной банкой мелькнула коричневая шейка бутылки «Сэмюэль Адамс». Она мысленно поблагодарила бога алкоголя и схватила ее.

— Слушай, Бина, можешь мне не верить, — сказала она подруге, наливая стакан пива. Она никогда не пила из горлышка — это было бы слишком горьким напоминанием об отце. — Джек только что практически сделал тебе предложение. Я не знаю, должна ли ты соглашаться, но если ты этого хочешь, то сделаешь это при встрече.

— Я звоню Эллиоту, — настаивала Бина. — Я позвоню ему, а потом Барби и потом...

— Прекрасно, — перебила ее Кэйт. — Звони всем, но меня оставь в покое.

Она сомневалась, что выдержит еще одно мероприятие с «шавками» после приема подарков. Она повесила трубку и жадно допила пиво. Потом, оставив стакан на стойке, отправилась, одинокая, к своей постели.

Глава XXXIV

Утро было великолепное. Кэйт могла это оценить, поскольку почти не спала — всю ночь она то засыпала, то просыпалась. Окно ее спальни выходило на восток, и она наблюдала, как полная тьма постепенно сменялась бежевым, затем розовым и, наконец, ярко-алым светом при восходе солнца, однако в сердце Кэйт царил мрак. Несмотря на то что это было ее любимое время года, она проснулась с чувством тяжести в груди и такой серой безысходности, которые не смог развеять чудесный рассвет. Последние дни она работала, ела, ходила в школу и из школы почти автоматически. Хотя Кэйт не жалела о разрыве с Майклом и ничего не ждала от Стивена, она чувствовала себя одинокой и не видела выхода. Как многие женщины, она оставалась без мужа — не важно, она сама была недостаточно хороша, либо мужчины. Бруклинские подруги утомили ее, и навязчиво, как оскомина, и болезненно ее мучил образ Билли Нолана и его приключение с Биной, о чем она предпочла бы не вспоминать, но эти мысли непрошено возвращались к ней опять и опять. Возможно, еще хуже было то, что она не могла рассказать об этом Рите или другим своим манхэттэнским друзьям, потому что они никогда бы не поняли ее, а разговаривать на эту тему с Эллиотом не хотелось, поскольку он явился подстрекателем, и, по правде говоря, она побаивалась его, как боятся дантиста, тонким инструментом прикасающегося к самому чувствительному месту.

Кэйт погрузилась в легкую дремоту. В четверть седьмого раздался телефонный звонок. Она не представляла, кто бы это мог быть. Взяв трубку, она услышала слезливый голос Бины.

— Пожалуйста, Кэйт, помоги мне! Я не могу справиться сама, а мне уже надо ехать в аэропорт. Я была с Билли вчера вечером и вела себя так плохо, как только могла, но он только смеялся. Я флиртовала с другим парнем, но, похоже, ему было все равно...

— Ну, Бина, успокойся.

— Кэйт, я испробовала все, что мне советовали. Ты должна мне помочь. Билли не бросил меня, а Джек приземляется через полтора часа и...

Бина принялась реветь. И всякий раз, на всех этапах их дружбы, когда Бина принималась плакать, Кэйт находила способ ее успокоить. Сейчас она произносила какие-то междометия, стараясь окончательно проснуться, чтобы понять, чем сегодняшние слезы отличаются от прежних. И вдруг до нее дошло. Впервые Бина плакала как взрослая женщина. Исчезла истерика, делавшая ее такой непредсказуемой и в то же время такой милой. Вместо того Кэйт уловила нотки вины, стыда и страха.

— Я сделала ошибку, Кэйт. Но я не хочу рассказывать это Джеку, и если Билли меня не бросит и Джек не сделает предложение, моя жизнь будет разбита.

— Все будет хорошо, — успокаивала ее Кэйт. — Я возьму лимузин и заеду за тобой сегодня утром и отвезу тебя в аэропорт. Ты должна выглядеть хорошо. Я позабочусь обо всем. Обещаю, все будет хорошо.

— Скрестить руки перед смертью? — спросила Бина. Кэйт улыбнулась. «Все та же Бина», — подумала она и подбодрила подругу.

Нарядная, накрашенная, причесанная и надушенная, Бина сидела в лимузине рядом с Кэйт, заехавшей за ней в Бруклин. Машина произвела на нее впечатление, однако Бина все еще очень нервничала.

— А что ты собираешься предпринять? — спросила она.

— Это мое дело, а тебе знать необязательно, — ответила Кэйт и наклонилась вперед. — На Бруклин-Куинс-Экспресс-вей, — сказала она водителю, который, казалось, выбирал дорогу поживописнее (если такая имеется).

— Вам известно, к какому терминалу он прибудет? — спросил шофер.

— Международному, — ответила Кэйт. — Следуйте указателям. — Она откинулась на кожаную спинку сиденья и повернулась к подруге, глядя ей в глаза. — Слушай меня, — сказала она.

— Я слушаю, — отозвалась Бина.

— Хорошо, слушай внимательно. Ты не должна ничего рассказывать Джеку. Ни в чем признаваться. — Кэйт сделала паузу. Мысль о Бине и Билли, мысль о нем, о ней... Она подавила ревность. — Это было всего лишь раз.

— Допустим, нет. На прошлой неделе мы с ним попали под дождь, и он привел меня к себе, чтобы растереть меня полотенцем, и...

Кэйт представилась живая сцена. Образ Билли, нежно вытиравшего ее волосы и прочие части тела, и волновал, и возбуждал. Она вполне понимала, почему Бина вполне могла согрешить еще раз.

— Это не имеет значения. Вы с Джеком расстались. Он был свободен, и ты тоже. Помнишь армейское правило: «Не спрашивают — не говори»? — Бина кивнула. — Так и поступай. И если Джек тебя спросит о чем-нибудь, напомни ему, что ты любишь его. Спроси его, любит ли он тебя.

— Но я спала с...

— Никаких «но».

— Но если даже я не скажу ему о сексе... Хорошо, я не буду ничего рассказывать Джеку.

— Ты обещаешь?

— Обещаю. Но, чтобы исполнить все до конца, надо, чтобы Билли бросил меня.

— Я беру на себя заботу об этом, — заверила Кэйт. — А теперь подправь макияж.

Бина покорно полезла в сумку и вытащила косметичку. Кэйт помогла ей прихорошиться, затем повернула зеркало к себе. Она была немного бледна, некоторая синева появилась под глазами из-за недостатка сна, но это все она уладит позже.

— Отлично, — сказала, когда они подъехали к зданию аэропорта. — Ты прекрасно выглядишь, ты должна *так же* чувствовать себя, а Джек приезжает ради тебя. Потому что любит тебя.

Бина колебалась:

— Но я не уверена...

— А я уверена, — прервала ее Кэйт. — Теперь иди в зал прибытия, куда пассажиры выходят после таможни. Он, наверно, будет там уже меньше чем через полчаса.

— Ты не собираешься ждать со мной? — спросила Бина, глядя на нее широко раскрытыми глазами.

— Нет. У меня есть другое занятие, — отвечала Кэйт, обнимая Бину. — Держи сотовый включенным и пудру — сухой. Звони мне сразу, если что-нибудь случится.

Бина вышла из машины и вошла внутрь через раздвижную стеклянную дверь, затем она обернулась и, помахав Кэйт, подняла вверх большой палец. Как только она смешалась с толпой в терминале, Кэйт, наклонясь вперед, сказала водителю:

— Отвезите меня назад в Бруклин.

Глава XXXV

Кэйт звонила в квартиру Билли Нолана. Он ответил лишь через несколько минут. Кэйт подняла руки к домофону и пробормотала что-то, сознательно придав своему голосу необычную высоту. Без сомнения, он не впервые удостаивается неожиданного визита женщины в неподходящее время и вполне правдоподобным конфузом было бы присутствие у него какой-то другой женщины. Однако дверь открылась, и Кэйт вошла в подъезд. «Я это делаю только ради Бины», — говорила она сама себе, отлично сознавая, что это неправда.

После признания Бины на приеме подарков Кэйт испытывала растущее влечение к Билли Нолану. Как бы отчаянно она ни старалась отрицать это, она ревновала и была заинтригована флиртом Бины с Билли. Если быть честной до конца, с первого мгновения их встречи на террасе ее почти неодолимо тянуло к нему. Кэйт пыталась сопротивляться, помня, что он, подобно Стивену, был не подходящим «материалом» для отношений. Как бы то ни было, но Кэйт пришла к решению, что если уж она делает это ради Бины, то, возможно, ей удастся заполучить Билли Нолана — его улыбку, его шарм, все его физическое совершенство — против собственных правил только на один-единственный раз. Она не расположена тратить попусту время на бессмысленные отношения, но если это сможет ускорить разрыв с Биной и придать ей уверенности, тогда...

Кэйт остановилась, чтобы взглянуть в зеркало на лестничной площадке. Она не была в восторге от увиденного. Лицо ее все еще было бледным и с темными кругами вокруг глаз. Что же, это следует исправить. Кэйт достала из сумки щетку и взбила волосы. Помада еще держалась на губах, но она широко улыбнулась, словно проверяя, все ли зубы на месте. Поднимаясь по ступенькам, она поймала себя на том, что облизывает губы. Тут Кэйт вспомнилась абсолютно дурацкая аббревиатура Эллиота, и она пожалела об этом. «Ладно, — подумала она, — после этого дня мне придется еще о многом пожалеть». Она подошла к двери Билли и постучала.

Билли, с взъерошенными волосами, в запахнутом просторном хлопчатобумажном халате, — очевидно, только что из душа, — открыл дверь.

— Что?..

Его присутствие физически воздействовало на нее как удар. Она ощущала запах шампуня, исходящий от него. Это было лучше любого одеколона.

Кэйт проскочила в квартиру мимо него, прошла через комнату, положила сумку и села на край кровати, скрестив ноги.

— Садитесь. Чувствуйте себя как дома, — сказал Билли со всем возможным сарказмом, на который только оказался способен. Он закрыл за собой дверь. — Чему обязан... — но, решив перестать манерничать, спросил: — Хотите чашку кофе? — и, почесывая затылок, уже направился к кухне.

— Нет, благодарю, — сказала Кэйт, стараясь не облизывать губы. — Я пришла сюда не ради кофе.

Билли замер у раковины, рука зависла — между кофеваркой и водопроводным краном. У нее не было возможности любоваться его руками с несчастного вечера в «Боул-а-Раме». Кэйт всегда обращала внимание на мужские руки. Она считала себя в этом своего рода знатоком и не любила короткие, широкие или волосатые руки, равно как и слишком тонкие, женоподобные. Сейчас она не могла отвести взгляд от его рук. Они были совершенны — сильные, но чуткие, чувственные и умелые. Она покраснела. Он медленно подошел к ней, подтащил стул и сел напротив.

— Зачем вы пришли, доктор? — спросил он. — Еще одна консультация?

Хорошо. Она этого заслуживала. И, возможно, большего. Если он потребует от нее испить чашу унижения до дна, она согласна. Но ощутил ли он ее влечение? Она была рада, что оно неосязаемо для него, хотя и овладело сейчас всем ее существом.

— Послушайте, я была не права, — признала она — и остановилась. Она репетировала свои слова по дороге от самого аэропорта, но все заготовки куда-то улетучились. — Вся затея с Биной не удалась, ведь так? — выпалила она.

Билли смотрел на нее.

— Я что-то пропустил? Мы еще в средней школе? — спросил он.

Черт! Джек должен в этот самый момент уже быть с Биной.

— Просто скажите мне правду, — продолжала она. — Бина ничего не значит для вас, ведь верно?

— Бина — очень хорошая девушка.

— Мне это известно, но я вас спрашиваю не об этом. — Она посмотрела на пальцы своих ног, и прерафаэлитская картина под названием «Король и нищенка» предстала перед ее глазами. Она всегда находила в ней что-то эротическое. — Послушайте, — продолжала она, — я пришла признаться в том, что совершила ужасную ошибку. Бина начинает по-настоящему привязываться к вам, и это нехорошо. Она получит травму, и в том будет как моя вина, так и ваша.

Впервые с момента ее появления Билли казался встревоженным. Он долго смотрел в пол, потом перевел глаза на нее.

— Знайте, что у меня никогда не было намерений ранить ее. Я гуляю с женщинами, которые знают, как позаботиться о себе.

— Но Бина как раз не из таких женщин.

— Я знаю. Поэтому я не спал с ней. Хотя это и не ваше дело.

Кэйт отвела глаза от его прекрасного лица. Оказывается, он еще и лгун, а не только фат и серийный любовник.

— Не тратьте время на ложь, — усовестила она его.

— Эй! — Он встал. — Я не лгу. Я никогда не встречаюсь более чем с одной женщиной одновременно, и я прерываю связь с одной прежде, чем начинаю с другой. Я никогда не обещаю того, чего не в состоянии выполнить. У меня есть бар, слава Богу. Все знают, что я... ну, не имею пока серьезных намерений. И если это компульсивное поведение, что ж, это моя проблема. По крайней мере, я помогаю им ощутить себя женщинами.

— Пора порвать с Биной, — настойчиво заявила Кэйт. На деле она чувствовала в себе что угодно, только не стойкость. Она была так напугана, как никогда на ее памяти. Что, если Билли останется равнодушен или, хуже, посмеется над ней и вышвырнет вон? В этот момент такой поворот казался ей просто невыносимым. Пока она еще не выдала своего страха. Она смотрела на него, на его растрепанные после душа волосы, но, как всегда, восхитительные, на недоверчиво сведенные брови. — Пора, — повторила она.

— Да кто вы ей? Общественный попечитель или мать? И откуда вам известны мои чувства?

Кэйт встала, подалась вперед и взглянула ему в глаза. Она ощущала жар от его груди и почти таяла. Уже не нужно было слов, когда откровенное желание говорило само за себя. Кэйт теперь больше чем просила прощения. Она разоблачала себя и предлагала ему все прочесть по ее глазам. Молча она смотрела ему прямо в глаза, позволяя почувствовать ее влечение. И весь жар желания, вся страсть, которую она подавляла в себе, была обнажена и видна ему, если он только не был слеп. Билли даже отпрянул на секунду, затем подался вперед.

— Доктор, вы?.. — Смущение, читавшееся на его лице, сменилось недоверием, затем... да, это уже напоминало восторг.

Кэйт сняла свитер и повесила его на стул позади себя. Затем села на кровать и расстегнула верхнюю пуговицу блузки.

— Думаю, вам следует позвонить Бине, — произнесла она. — Ее нет дома сейчас, но вы можете оставить сообщение.

— Это выглядит так бессердечно, — осмелился противоречить Билли.

— Ее старый бойфренд в городе. Она не расстроится, если вы порвете с ней прямо сейчас.

— Н-н-но по телефону? — заикнулся он.

Кэйт прямо смотрела ему в лицо. Она была изумлена его щепетильностью в вопросах чести, и ей на мгновение стало стыдно своей изворотливости. Но и то и другое она выбросила из головы.

— Уверяю, это наилучший способ. Я ни за что на свете не могла бы причинить ей боль.

Словно под гипнозом, Билли выполнил все. Он взял трубку, из деликатности Кэйт вышла из комнаты, пока он звонил, оставляя сообщение, которому Бина придавала судьбоносное значение. Из ванной Кэйт позвонила на работу и сообщила, что больна — лишь в третий раз она пропускала рабочий день. Затем она с минуту разглядывала себя в зеркале. «И что ты делаешь?» — молча спрашивала Кэйт свое отражение. Она разумеется не могла сказать себе, что отдается этому мужчине только ради того, чтобы придать завершение сумасшедшему плану, в который она, разумеется, никогда не верила. Она хотела переспать с Билли, но ей было страшно, так как она хотела большего. А ей была известна его послужная характеристика относительно дел с женщинами. Могла ли она позволить себе тратить время на связь, которая в конце ни к чему не приведет?

Она отвела в сторону свои светло-голубые глаза. Кэйт знала, что у нее нет выбора. Она желала Билли Нолана больше, чем кого-либо другого до сих пор. «Но это ничего не должно значить, — убеждала она себя. — Будущего не существует, только настоящее. Я не буду повторять ошибки, которые делала со Стивеном и Майклом. Это не отношения, — твердо говорила она себе. — Это то, что обычно называют „забавой"».

———

«Забава» было не тем словом, которое Кэйт могла бы использовать, оказавшись в постели с Билли.

— Я хотел тебя с тех пор, как впервые увидел на террасе, — признался он.

Кэйт ощутила, как что-то сжалось у нее внутри. То были слова, которые она хотела услышать. Именно их она ждала, хотя не признавалась в этом себе и, конечно же, не призналась бы Билли. Так можно сойти с ума. Она лишь улыбнулась загадочно и попыталась выбросить из головы любые мысли. Это не составило труда, поскольку никто еще никогда не занимался любовью с ней так, как Билли. Ее не удивляли его сила или умение, но нежность просто ошеломила. Он держал ее голову обеими руками и целовал лицо. Он теребил ее волосы.

— Они такие красивые, — бормотал он. — Люблю твои волосы. — Он погружался в них лицом, прямо у нее за ухом. — Мне нравится их запах, и мне нравится чувствовать их. Я хотел прикоснуться к ним, но уже не верил, что у меня будет шанс.

Кэйт повернулась к нему, и он прильнул к ее рту губами. Она не могла понять, что ей нравилось больше: когда он использовал губы, чтобы целовать ее, или когда говорил с ней. Руки его были столь же красноречивы. Они чудесным образом скользили от ее груди к бедрам, всякий раз все дальше, затем снова вверх к ее губам, становясь все увереннее, все откровеннее и даже отзывчивее к ее ощущениям.

Кэйт всегда испытывала какую-то неловкость и неудовлетворенность, занимаясь любовью с кем-либо первые несколько раз. Но с Билли все было иначе. Он слышал и ощущал каждое ее дыхание, легкое движение тела. Она могла просить его о чем угодно, не произнося ни слова. Но ей не о чем было просить. Он был нетороплив, опытен и ловок, но, кроме того, она ощущала такой поток чувств, такой водоворот эмоций, что тонула в нем с головой. Занимаясь любовью, Билли все время не отрывал своих губ от ее губ, и ей казалось, что он умеет целовать сотней способов, всякий сочетая с его или ее движениями. Он отрывался от ее губ только для того, чтобы взглянуть на нее, или если он устремлялся губами к ее соскам и затем ниже.

Он доводил ее до предела своей рукой и губами, потом движениями тела, потом снова рукой, пока Кэйт не охватывал трепет. Она едва могла перевести дыхание, но это было чудесное ощущение, ей не было страшно. Когда она касалась его рукой, он дышал так глубоко, что она испытывала не меньшее наслаждение, чем от его движений. Она не знала, сколько времени прошло, когда он вошел в нее в последний раз, и, когда они оба уснули, обессиленные и удовлетворенные, он продолжал обнимать ее рукой, прижимая к себе, даже когда они спали.

Глава XXXVI

Кэйт открыла глаза. Где она? Так бывает, когда просыпаешься в новом месте. Это потолок не ее квартиры и не спальни Майкла. Она повернула голову и увидела Билли, еще спавшего. События прошедшего дня мысленно пронеслись перед ней. Кэйт улыбнулась и покраснела, но, что было неожиданно — она ни в чем не раскаивалась.

Пока они спали, ее волосы растрепались, и сейчас рыжая прядь вилась вокруг плеча Билли. Просто смотреть на его руку, покоившуюся на простыне и залитую солнечным светом из окна, — одно это вызывало в ней ощущение... запредельного счастья. То было чувство, к которому она не привыкла.

Кэйт потянулась, блаженствуя. Столь полное ощущение счастья невозможно удержать долго, и она была достаточно мудра, чтобы не пытаться. Но сейчас она лишь просто пьянела от солнечного света, меж спутанных простыней и упивалась моментом. Она не думала о сексе, хотя он и был исключительно хорош. Просто она смотрела на Билли, и вид волосков, так красиво выстроившихся на его предплечье, казалось, еще усиливал ощущение теплоты, комфорта и защищенности. Это был момент чистого восторга.

Медленно, чтобы не разбудить его, она подняла голову, чтобы разглядеть его лицо во сне. Даже неподвижные, его черты отличались поразительной красотой и живостью. Судя по их беседам вчерашней ночью, она поняла, что Билли — не рядовой красавчик. В конце концов, Стивен по-своему тоже очень красив. Но у Билли была глубина чувств, способность к сопереживанию и пониманию, на которые Стивен не способен из-за своего нарциссизма.

Словно почувствовав на себе испытующий взгляд, Билли открыл глаза.

— Привет, — сказал он, и его голос немного понизился в середине слова, в его приветствии услышались и уверенность в себе, и пожелание счастья. Кэйт снова покраснела и на этот раз смутилась. Она опустила голову на подушку. Билли приподнялся на локте, склонился к ней и поцеловал. Его поцелуи были так чувственны, так изысканны и нежны. Это напомнило ей, как они занимались любовью, как его губы почти не отрывались от ее рта, исключая те моменты, когда он целовал другие части ее тела. Он приподнял голову.

— Доброе утро, — отозвалась Кэйт и поправила простыню.

— Теперь ты — моя узница. Оставайся в моей постели на всю жизнь.

Кэйт подумала, что это было бы восхитительно, но она только улыбнулась в ответ.

— Который час? — спросил Билли, падая на спину и зевая.

Кэйт не имела понятия. В эту минуту она не могла вспомнить, какой сегодня день, и это тоже было восхитительно. Лежать в его постели и чувствовать себя подвешенной во времени. Если бы ее попросили выбрать чувство, которое достойно того, чтобы длиться вечно, то более подходящее было бы трудно найти. Затем она заставила себя повернуться и взглянула на часы на ночном столике.

— О, боже, — выдохнула она. — Сегодня же пятница! И уже почти девять. Мне нужно позвонить в школу, — сообщила она ему, в ужасе падая на постель. Не могла же она выскочить из его квартиры и бежать сломя голову, на ходу собирая пожитки, да и все равно она бы слишком поздно появилась в школе. Кэйт еще *никогда* не пропускала на работе двух дней подряд. Даже когда она подцепила желудочную инфекцию, распространившуюся в школе, она ухитрилась выйти, отлежавшись только один день. Дети вправе всегда рассчитывать на ее помощь. Но учебный год заканчивался, рабочий день был наполовину сокращен, и ей оставалось только написать отчеты и характеристики для администрации и родителей. Она обязана еще привести в порядок записи, но все-таки она имела право хотя бы однажды в первую очередь подумать о себе. Доктора Мак-Кея все же нужно было предупредить. Как раз сейчас время продления контракта, и не следовало идти на конфликт. Но уйти она была не в силах. Билли смотрел на нее, вопросительно выгнув брови.

— Работа, — сказала она. — Мне нужно позвонить.

Он взял телефон и протянул ей.

— Бери, — сказал он. — Пока ты не звонишь другому мужчине, все мои минуты — твои.

— Это не совсем мужчина, он — директор, — поведала ему Кэйт.

— Что же, я рад, что у тебя есть хотя бы один принцип[1], — пошутил он, целуя ее вновь, пока она набирала номер Эндрю Кантри. — Когда ты появилась, я в этом не был уверен. — Она состроила гримасу и оттолкнула его. Он лег и принялся играть прядью ее волос.

Когда Вера, секретарша доктора Мак-Кея, ответила, Кэйт почувствовала облегчение. Она спросила доктора Мак-Кея в надежде, что его нет на месте, чтобы просто оставить сообщение.

К сожалению, Вера соединила ее, и Кэйт услышала гнусавый голос директора по ту сторону телефонной трубки.

— Мак-Кей, — представился он. — Да?

— Это Кэйт Джеймсон. Очень сожалею, но я не смогу опять сегодня прийти.

На том конце было тихо. Удивительно, какая сила воздействия заключена в молчании. Ей хотелось заполнить паузу, выпалив извинения, но она сдержала себя.

---

[1] Игра слов: principal — «директор школы» и principle — принцип. В англ. яз. произносятся одинаково.

— Вы все еще нездоровы? — наконец спросил доктор Мак-Кей.

— Нет, — призналась она, — но у меня неотложные дела личного свойства. — Она смотрела на Билли, который из-под простыни выказывал явные признаки возбуждения. — Возникли некоторые обстоятельства. — Тут Билли глянул на нее. Кэйт тянуло улыбнуться, но она ощутила, как молчаливое любопытство доктора Мак-Кея змеей пытается просочиться по телефонному проводу. Кэйт стойко держала паузу. Она видела, как Билли взял кончики ее волос, поднес их к губам и принялся целовать.

— Очень жаль, — пропел доктор Мак-Кей, и Кэйт показалось, что он действительно переживал, хотя ей было невдомек почему.

— Поскольку сегодня укороченный день, я смогу легко наверстать. Большая часть моих отчетов о детях уже готова.

Они обсуждали рабочий график еще некоторое время, и наконец Кэйт с радостью повесила трубку. Она вздохнула с облегчением, а Билли, оскалившись, спросил:

— Играем в хуки? — Она кивнула. — А я поиграл бы во что-то еще, — продолжал он. — И если ты не согласна, опасаюсь, что мне придется позвонить начальнику и доложить о прогуле.

Кэйт засмеялась:

— Я уже давно не школьница.

— Ну, это мы еще посмотрим, — заметил Билли.

———

Она решила, что можно сойти с ума, если размышлять об этом. Ведь это мужчина, который спал с половиной женщин в Бруклине, включая ее ближайшую подругу. От одной этой мысли тошнило, и она, подобно своим маленьким пациентам, решила ее просто отбросить. Она упаковала эту мысль в воображаемый ящичек, закрыла его накрепко и отставила в сторону. Просто неправдоподобно, чтобы Билли Нолан мог *разыгрывать* все эти чувства, или он все же мог? Его немалый опыт обнаруживался в полной мере, когда он занимался любовью. Каждое прикосновение, любое движение были удивительны, почти совершенны. Если могло быть еще лучше, то это уже пугало. И так было чего опасаться. Он, казалось, знал заранее, что делать руками, с какой силой и где нажать, куда целовать, когда быть игривым, а когда страстным. Если бы она сравнивала, каким был в постели он и Майкл, чего безуспешно старалась избежать, то Майкл это сандвич, а Билли — праздничный стол на День благодарения.

Они все утро занимались любовью. Потом Билли приготовил завтрак. Он был хорошим поваром. Кэйт тем временем осматривала гостиную.

— Очень приятная комната, — заметила она, доедая бекон.

Билли только смеялся:

— Похоже, ты удивлена.

Кэйт покраснела.

— И давно ты живешь здесь?

— Мой отец переехал сюда, когда заболел. Эмфизема. Он не хотел оставаться один в нашем старом доме после смерти матери. Он больше не мог работать пожарником, и тогда стал работать в баре, и я помог ему превратить это помещение в квартиру.

— Так ты умеешь не только готовить, но и плотничать? — спросила Кэйт, собирая грязные тарелки в раковину.

— Да, — отвечал он. Потом приостановился и отвел взгляд. — Было здорово работать вместе с отцом, но мы едва успели обустроить квартиру, как он умер.

— От эмфиземы? — спросила Кэйт.

Билли кивнул, и его лицо исказилось.

— Да, от осложнений. Страшная смерть. И страшно было смотреть.

— Мне очень жаль.

Билли пожал плечами и принялся скрести тарелки.

— Нельзя быть пожарником и притом курить, — заметил он.

— Мой отец был полицейским и пил, и это тоже плохо, — призналась Кэйт.

Билли кивнул, наполнил раковину водой и положил тарелки, чтобы они отмокли. Он посмотрел вокруг.

— Как бы то ни было, я люблю эту квартиру, и, когда бар стал моим, стало очень сподручно жить здесь. Это место мне все еще напоминает о нем. — Он вытер руки бумажным полотенцем и обратился к ней: — Забавная вещь, — провозгласил он. — Мы только что позавтракали, а я опять голоден. — Он недвусмысленно поднял брови, обнял ее рукой за талию и потерся носом о ее шею. Кэйт не могла не ответить на этот призыв, и, продолжая держать ее за талию, он снова повлек ее к постели.

Позднее, когда Билли вновь принимал душ, зазвонил сотовый телефон Кэйт. Она ответила, увидев, что это Бина.

— Кэти? Кэти?

— Да, разумеется, я, — сказала Кэйт.

— Боже мой, Кэти! Он сделал предложение. Прямо как Эллиот говорил. Я не могла поверить, но Джек сделал предложение.

Кэйт окатила волна ужаса: она вспомнила — впервые за время пребывания у Билли, — что пришла сюда для того, чтобы помочь устроить Бине ее долгожданную помолвку. Как ее назвать — самовлюбленной или самоотверженной подругой?

— Это здорово! Это просто по-настоящему здорово!

— И ты просто не поверишь, — продолжала Бина. — Вот почему я знаю наверняка, что Эллиот был прав. Ты этому не поверишь.

— Попробуй сказать, — сухо произнесла Кэйт, заранее зная, что она скажет. Тут ее телефон стал сигналить о другом поступившем звонке. Она глянула на номер в определителе и переадресовала его в голосовую почту.

— Так вот, я получила сообщение от Билли, что он со мной расстается — прямо вовремя! Джек попросил меня выйти за него сразу после того, как я проверила голосовую почту и прослушала сообщение Билли!

— Мои поздравления. И наилучшие пожелания. Или *мазель тов*[1], — сказала Кэйт. — Твоя мама будет поражена, и твой папа. И я. Я так рада за тебя.

— Я тоже рада. И самое интересное: он извинился за то, что произошло, знаешь, за то, что он не... ну, ты знаешь. Он сказал, что он просто запаниковал. Он испугался и не мог сказать ни слова. — Она сделала паузу. — Ты думаешь, это правда?

— Я уверена, что это часть правды, — ответила Кэйт.

— И он сказал, что он захотел немножко еще, ну, ты знаешь... мы так долго встречались, и он никогда не обманывал меня, он только хотел увериться. Я его не ругаю за это. А ты?

— Нет.

---

[1] Еврейское приветствие.

— Да, но... — остановилась Бина, понизив затем голос. — Но я не могу забыть то, что случилось. Понимаешь, о... ну, ты не представляешь, как это было здорово...

— Думаю, представляю, — прервала ее Кэйт, поглядывая в сторону ванной. — Мне пора идти. Поговорим вечером.

Кэйт сама только что вышла из душа, когда ее сотовый зазвонил опять. Она проверила определитель и поняла, что у нее сейчас будут неприятности. Она решила было не отвечать, но ей было ясно, что Эллиот все равно не отстанет.

— Где ты? — спросил он без всякого вступления. — Тебя нет на работе и нет дома. Ты ушла, значит, не больна. Если только ты не у врача. Ты у врача?

— Нет, — ответила Кэйт. — И я не могу сейчас говорить, — ей было неудобно. Казалось, Билли слышит, хотя она не могла знать наверняка.

— Отлично, тогда где же ты?

— Я расскажу после, — сказала Кэйт, понижая голос.

— Что?

— Я расскажу после.

— О, боже. Ты в постели со Стивеном.

— Не совсем, — поправила Кэйт.

— И что это может значить? — спросил Эллиот. — О, я это знал. Это ужасно. Значит, ты со Стивеном.

— Нет.

Эллиот умолк, пытаясь разгадать.

— Но тогда ты в постели с кем-то еще.

— Да, Эйнштейн.

— Мне не передать, какое это облегчение, — признался Эллиот. — Сначала я хотел обзвонить больницы, потом, вспомнив про Стивена, психушки. Но вместо того, чтобы пополнить ряды умалишенных, ты нашла свое счастье.

— Это нельзя назвать счастьем, — возразила Кэйт.

— Ладно, подруга, я хочу услышать все детали сразу же, как только ты попадешь домой.

Глава XXXVII

— Мы уже на горке. Ты готова?

Кэйт кивнула.

Было жарко, и знойный воздух струйками поднимался над асфальтом, по которому они катились. Кэйт до этого дня лишь пару раз каталась на роликах и никогда не чувствовала себя в безопасности. Сегодня, этим чудесным, теплым утром, все казалось ей так легко, когда они мчались вдвоем , скрестив руки за спиной. Билли оказался удивительно добрым и терпеливым учителем, он тренировал ее, пока она не научилась самостоятельно уверенно отталкиваться. Но самое приятное — она занималась этим с Билли. Он удерживал ее нежно и вызывал полное доверие, предупреждал заранее о каждом бугорке или выемке и крепче сжимал ее, когда они неслись под уклон. Это буквально опьяняло. Кэйт подумала, что такой скейтинг почти столь же чувственен, как и секс.

— Ты так хорошо катаешься, — сказала она, когда они оказались на тенистой части дорожки.

— Шесть лет в хоккейной команде — и лишь один сломанный зуб, — поведал он ей.

Кэйт взглянула на него и улыбнулась. Она была заинтригована сообщением о зубе. Это был недостаток, который лишь подчеркивал его совершенство. Она вспомнила Брэда Питта в фильме, где он играл боксера. Специальным гримом ему изменяли форму носа, придав ему излом. Кэйт где-то читала, что многие женщины находили, что актер в этом фильме более привлекателен, чем в других.

— Мне нравится тот сломанный зуб, — сказала она и почувствовала, как он легонько толкнул ее. Она сначала подумала, что это была реакция на комплимент, но тут Билли крикнул:

— Смотри вперед!

— Они едва не столкнулись с запнувшимся скейтером, а потом Билли осторожно провел

Кэйт сквозь толпу ребятишек, переходивших дорогу. За пределами тенистой аллеи нещадно па-
лило солнце, но набранная ими скорость создава-
ла приятный ветерок. Когда они оказались на от-
крытом месте, то побежали по-настоящему
быстро.

— Я смотрю, у тебя большой опыт, — заметила она, держа лицо прямо, как он советовал.

— Эй, — отозвался Билли, — да и ты не но-
вичок.

— Я — вовсе нет. Это только благодаря тебе, — призналась она.

Благодаря Билли в ее жизни все переменилось.
Прошло больше недели со дня возвращения Джека и визита Кэйт к Билли, и с тех пор она все свободное время проводила с ним. Первый уикенд
пролетел в чудесной праздности. Потом, после работы в понедельник, он приготовил ей ужин. Она
осталась у него, но следующим вечером, когда
в баре, по обыкновению, было мало посетителей,
он пришел к ней, и они съели принесенную с собой пиццу и один из ее фирменных салатов. И все
эти дни они постоянно были вместе. Она встречалась с Эллиотом в школе, но увертывалась от него,
как и от подруги Риты и от бруклинской компании. Сейчас они уже проводили второй совместный уикенд.

Кэйт была поражена тем, сколько у нее с Билли общего. Это было не только увлечение фран-

цузским: он тоже рано лишился матери, но никогда не говорил о ее смерти. Он провел отроческие годы с отцом, который и растил его. Они оба были единственными детьми в семье, и оба — сироты.

Кэйт вынуждена была признать, что она предвзято судила о нем: он не был тупицей и подкупал не только внешней привлекательностью. В самом деле, если бы она могла забыть об этом фантастическом списке его побед, то можно было бы его считать самым подходящим мужчиной из всех, с которыми ей приходилось проводить время. Работа Кэйт в этом семестре подходила к завершению, и теперь, имея больше свободного времени для прогулок по магазинам и занятий кулинарией, она была очень рада пригласить к себе Билли на ужин.

На неделе, когда наступала очередь Билли закрывать бар, она приходила к нему в квартиру заранее и работала или читала, пока он не освободится. В перерывах он поднимался к ней, чтобы поцеловать ее, обычно захватив какое-нибудь угощение или напиток. Если вечером он освобождался рано, то сам отправлялся в Манхэттэн — как он выражался, «в сити». Кэйт еще помнила времена, когда сама тоже так называла Манхэттэн, и она всякий раз улыбалась, когда он повторял это.

— Еще один холм, — предупредил он ее. — Давай-ка отработаем его.

Кэйт отрабатывала. И его скейтинг производил впечатление, вообще в Билли Нолане почти все производило на нее впечатление. Он оказался совсем не таким, каким она его представляла; он отнюдь не был болтливым, пустым или высокомерным. Его любовь к ней казалась такой теплой и настоящей. Но может, это актерство? Кэйт отбрасывала любые сомнения в нем. Он казался таким чутким, и не только к своим переживаниям, как Стивен, но и к чувствам других.

Единственным облаком над ее полным счастьем висела сверлящая мысль о толпе женщин, которые были им покорены. В часы разлуки с Билли Кэйт часто задавалась вопросом, все ли женщины испытывали то же, что и она, и еще важнее для нее было знать, были ли его чувства к ним такими же, как к ней теперь. Вряд ли она позволила бы себе задать ему этот вопрос, а если бы и осмелилась, то трудно было ждать на него честного ответа.

Они поднялись на вершину, и, катясь по длинному спуску, Кэйт кричала во весь голос: не то от удовольствия, не то от страха. Примерно такие же чувства вызывали их странные отношения. У подножия холма Билли отпустил ее руку и подкатил к скамье рядом с продавцом мороженого. Прямо позади них была площадка для хоккея на роликах, а за ней — выход из парка. Кэйт была рада присесть.

— Я в полном изнеможении, — призналась она.

— Я тоже, — сказал Билли, хотя она сомневалась, что это действительно так.

В его теле не было ни унции лишнего жира, и Кэйт уже убедилась, что он строен и силен. Только подумать о его теле ей было достаточно, чтобы дрожь желания моментально возвращалась к ней.

— Хочешь пить? — спросил Билли, она кивнула. — Пойдем.

— Они сняли «роллерблейдс», переобулись и загрузили свои транспортные средства в его рюкзак.

Они уже покидали парк, когда зазвонил ее сотовый телефон. Вытащив его, она увидела: это Эллиот. Всю неделю Кэйт избегала его звонков, если только могла, и точно так же вела себя с ним в школе. Она разговаривала с ним о помолвке Бины, о планах Эллиота и Брайса на лето — словом, обо всем, кроме как о своем новом любовнике. Лгать ему ей не хотелось, вместе с тем она прекрасно знала, как он будет непреклонен, когда узнает правду.

— Ты будешь отвечать? Или это другой бойфренд? — спрашивал Билли. А телефон тем временем замолк.

— Это он, и он — друг, но он гей, — призналась Кэйт Билли. — Это считается?

Кэйт и Билли держали курс на «Джойс Свит Шоп», чтобы съесть мороженое в старомодной кондитерской, куда родители приводили детей и угощали их горячим шоколадом после катания на коньках и мороженым в жаркую погоду. Кэйт всегда завидовала детям, которых водили «Джойс». Только что закончился матч, и вслед за ними ввалилась толпа скейтеров, роллеров и хоккеистов, оснащенная своими снарядами, и всем хотелось охладиться напитками и мороженым. Как обычно, старшие ребята растолкали локтями малышей, некоторые родители полезли вперед — словом, царил хаос. Кэйт с Билли видели, как семи- или восьмилетнего мальчика чуть не затоптали. Он заплакал.

— О, бог мой! — крикнула Кэйт. Она подобралась к нему, встала на колени и обняла его. — Что, милый, ты ушибся?

— Он наступил на меня! — мальчик, рыдая, указал вверх. Кэйт взглянула туда и увидела здорового парня-хоккеиста, он был еще в своем снаряжении. Снизу он казался великаном. Подоспевший Билли схватил его за шиворот хоккейной футболки и вытащил вон.

— Видишь? Он уже ушел, — утешала Кэйт ребенка.

Люди стали выкрикивать свои заказы.

— Две булочки и две сливочные сладкие трубочки с обсыпкой!

— Колу с ванилью!

— Три больших шоколадных стаканчика и холодный чай!

Выкрики заказывавших почти заглушались возбужденным визгом детей и громкими жалобами тех, кто стоял в очереди, на тех, кто пролез без очереди. Девушка-подросток за кассой была почти оглушена криками толпы. Кэйт отвела мальчонку к отцу, а несчастная продавщица содовой бестолково пыталась призвать толпу к порядку. Чем больше прибывало гуляк из парка, тем буйнее становился народ впереди.

— Пожалуйста, встаньте в очередь! — отчаянно кричала продавщица. Но никто не слушал.

Билли вернулся к Кэйт. Он поставил ее у входа в рабочую часть позади стойки.

— Это сумасшествие, — возмутился он.

Перескочив через прилавок, Билли встал посередине лицом к толпе.

— Отлично! — начал он голосом, который было слышно до дверей и дальше в парк. — А ну-ка те, кто с хоккейными клюшками, — налево. Кто с коньками — направо.

На секунду стало тихо, но потом толкотня и крики возобновились, когда толпа пыталась рассортироваться.

— *Потише! Я кому сказал!*

Билли стоял, как Моисей перед Красным морем, роль которого, покоряясь его воле, исполнял народ. Кэйт улыбнулась, видя, как образовались две очереди. Билли наклонился к бедной оглушенной девчонке в переднике и скомандовал:

— Тебе — те, что постарше, а мне достанутся утята «майти-дакс».

Девушка кивнула и стала принимать заказы от правой очереди. Билли посмотрел на детишек и поманил восьмилетнего мальчика, который недавно плакал.

— Первым обслуживаем игрока, к которому применили силовой прием.

Папа подвел мальчишку к прилавку. Кэйт вся сияла. Билли наклонился к мальчику:

— Кем играешь на поле?

— Голкипером, — ответил он, посмотрев на отца, словно сам не был в этом вполне уверен.

— У тебя счастливый день! — воскликнул Билли. — Вратари получают бесплатные стаканчики! Хочешь лишний черпак?

Девушка за прилавком взглянула на него, словно говоря: «Еще чего!» Но Билли не обратил внимания, достал бумажник и положил его рядом с бочонками с мороженым.

— Что тебе?

— Чашку шоколада с орехами и взбитыми сливками, — заказал следующий ребенок.

— Вот. И это за мой счет. — Немного сливок попало на рубашку Билли. — Ты понял? Я плачу.

Те из очереди, кто был поближе к стойке, засмеялись. Кэйт смотрела на Билли с удивлением, благоговением и восхищением. Приняв следующий заказ, он улыбнулся мальчику:

— Позиция?

— Защитник, — гордо сказал тот.

— О-о! — Билли изобразил восторг. — Защитники получают верхушку бесплатно.

— Ура! — закричал мальчик. — Эй, мама! Мне дали верхушку бесплатно!

Билли склонился к Кэйт и быстро поцеловал ее под ухом.

— А что получу я? — спросила она лукаво.

Билли уже был занят новым стаканчиком, но успел взглянуть на нее.

— Смотря в какой позиции ты играешь, — сказал он и улыбнулся.

Его отличительным качеством, подумала Кэйт, является умение разумно организовать пространство вокруг себя. Он не был мачо, но проявлял силу и волю в стремлении управлять ситуацией. Когда появился администратор, проверявший уличные киоски и столы, то сразу подошел к Билли и, поблагодарив, настоял на том, чтобы Билли и Кэйт ушли со стаканчиками в подарок.

Наконец они вышли из кондитерской, и Кэйт, посмотрев на Билли, заметила:

— Вот это был спектакль, мистер Нолан. Как я посмотрю, ты из тех парней, которые все берут на себя.

— Эй, а что ты ожидаешь от бармена, который обслуживает мальчишники? — пошутил Билли.

— Да-а, ты лихо справился с толпой.

Было жарко, и Билли смотрел на свой растаявший стаканчик.

— Н-да. Вот как справиться с мороженым?

— Прекрасно. Это уже знаю я. — Она подтащила его к урне, выбросила его стаканчик, как и свой, достала из кармана влажную салфетку, вытерла его руку, а потом пальцем собрала с его шеи растекавшиеся сливки.

— Это нечестно, — возмутился Билли. — Это мое.

Кэйт, улыбаясь, сунула испачканный мороженым палец в рот. Билли взял ее руку и облизал с пальца остатки сливок. Потом он нежно прислонил ее к стене кондитерской и, держа за левую руку, навалился на Кэйт всем телом. Ей вспомнилось, как когда-то героини викторианской эпохи «падали без чувств». Она испытывала нечто в этом роде.

— Как ты назовешь эту позицию? — спросил он низким голосом.

В этот момент двери кондитерской распахнулись, и толпа ребятишек вывалилась на улицу.

Некоторые из них заметили Билли и принялась улюлюкать.

— Эксгибиционист, — сказала ему Кэйт и улыбнулась.

В метро неуправляемая толпа из парка штурмовала двери поезда. Кэйт чуть не раздавили о поручень, и Билли устроил ее в углу вагона. Он закрыл ее собственным телом, но их снова прижали друг к другу. Кэйт была ошеломлена, когда он опустил руки за пояс ее джинсов. Он нагнулся, чтобы прошептать ей на ухо:

— Как ты назовешь эту позицию?

— Туго. Очень туго, — ответила она.

Чуть позже, уже в квартире Кэйт, Билли медленно раздевал ее. Она была поражена и тронута его нежностью. Он снял с нее босоножки, как с маленькой девочки. Постепенно двигаясь выше, расстегнул ее блузку и обращался с ней уже как со взрослой женщиной. Позже, лежа поверх нее, он целовал ее шею и грудь. С трудом она сдержала стон полного блаженства. Вдруг он остановился, взял ее руки своими руками и прижал их к подушке, слева и справа от ее лица. Он посмотрел ей в глаза.

— А как ты назовешь эту позицию? — спросил он.

— Совершенство, — прошептала Кэйт.

Глава XXXVIII

Каким бы чутьем ни обладал Эллиот, как бы часто ни попадалась Кэйт ему на глаза в школе, ей удавалось не заронить в нем подозрений и избежать допросов, отчего она в эти дни выглядит такой счастливой. Возможно, он приписывал это чувству освобождения после разрыва с Майклом, и это тоже было верно. Хотя они с Эллиотом частенько ссорились и не разговаривали потом день-другой, но друг другу они никогда не лгали, и Кэйт не хотелось создавать подобный прецедент. Невольный грех всегда предпочтительнее лжи. Эллиот был настоящей ищейкой, он не мог пропустить такую пикантную новость, и Кэйт со страхом сознавала: рано или поздно он разнюхает все — это было только делом времени. Он раскроет причину ее солнечного настроения, и тогда соберутся грозовые тучи.

Кэйт стояла в освещенном солнцем пятне и наблюдала за детьми вокруг. Эндрю Кантри относилась к немногим городским школам, где можно было поддерживать видимость обстановки загородного лагеря. Старые деревья, прекрасные вылизанные лужайки создавали окружение, напоминавшее двор колледжа в Новой Англии.

Кэйт думала, что ее первый год работы был удачным, но не была уверена, что доктор Мак-Кей разделял ее мнение. Когда Майкл предположил, что она сможет оставить Эндрю Кантри, она неожиданно для себя вдруг поняла, насколько важна для нее эта работа, какое удовольствие она ей доставляет. Окружавшая ее обстановка так подкупала, а работа с детьми была так важна, что она не представляла, что могла бы расстаться со всем этим. Неприятный внутренний голосок нашептывал, что достичь личное счастье невозможно без некоторых профессиональных потерь. Само собой, это была глупость, бессмыслица, и Кэйт в ней распознала свои страхи из детства, которые, видимо, всегда, как призрак, возникали в те моменты, когда все шло хорошо.

Кэйт убрала с лица выбившуюся прядь волос и запихнула ее обратно под берет. Группа пятиклассниц, сидевших на солнечной лужайке, вызвала в памяти томных и ярких женщин Клода Моне.

— Здравствуйте, доктор Джеймсон! — кричал Брайан Конрой, выбегая на траву, и Кэйт поморщилась. Доктор Мак-Кей маниакально берег лужайку, и бегать по ней было строго запрещено. Но Кэйт не была расположена журить мальчика. Он выглядел счастливым, по крайней мере в эту минуту.

Ветер стих, и солнце припекало все сильнее. Кэйт сняла свитер, завязав его вокруг шеи, и продолжала рассматривать школьный двор.

Она вспомнила о Билли и улыбнулась. Конечно, если она позволяла себе размышлять, то сомнениям и вопросам не было конца. Не заблуждается ли она, расценивая Билли как подходящего мужчину для себя? Бруклин, алкоголь, ирландские мужчины, неблагополучные семьи — как она могла окунуться во все то, от чего бежала?

Чтобы не нарушить ощущение счастья, Кэйт выкинула думы о Билли и о будущем из головы и продолжала просто глядеть на детей, игравших и бегавших вокруг. Она улыбнулась. Команды, игры менялись все время, напоминая движение волн морского прилива: в дальнем углу бушевал вихрь, в середине уже затихал, а дальше, в сторонке, было совсем тихо.

Снова волосы вырвались на волю и упали на лицо. Убирая их, ее пальцы проделали тот же путь, что и пальцы Билли, ласкавшего ее всего несколько часов назад. Легкая дрожь пробежала по спине, в животе что-то сжалось. Спать с ним было чем-то невероятным: и страсть, и нежность — даже подумать об этом, казалось, было небезопасно, и Кэйт страшилась того, что после пробуждения от сна вдруг обнаружится холодная реальность.

Она подошла к иве, но не села на скамейку возле нее. Всем было известно, как доктор Мак-Кей хмурился, заметив, что преподаватели во время дежурства в школьном дворе сидят. Поэтому она лишь оперлась рукой на спинку скамьи, другой рукой взялась за ветвь ивы и подняла лицо к солнцу. Ее изумляло, что жизнь может меняться так неожиданно и глубоко. В эту минуту она считала себя счастливицей — одной из тех людей в мире, у кого все получается, кто просто может жить и вдыхать теплый воздух без усилий. У нее появилось чувство, что она получит все, что только захочет.

Однако Кэйт вовсе не была уверена в том, что ей хотелось общаться с доктором Мак-Кеем: она повернула голову и увидела его, быстро шагавшего к ней по выложенной плитами дорожке. Она напряглась, и ивовая веточка, за которую она еще держалась, обломилась. Она еще не разговаривала с ним после тех звонков, когда отсутствовала на работе. От одной мысли она покраснела.

— Доктор Джеймсон, — начал доктор Мак-Кей, — я хотел поговорить с вами.

У Кэйт опять сжалось в животе, но на этот раз не от наслаждения. Может, он собирался укорить ее за мечтательный вид или за то, что она не соизволила отчитать девочек, сидевших на лугу, несмотря на запрет? Или, хуже, он хотел отклонить продление ее контракта? Неужели тот зловещий голос нашептывал правду?

Но доктор Мак-Кей смотрел на нее с некоторым подобием улыбки, и, к ее облегчению, на сей раз он не обратил внимания на свой драгоценный газон.

— Рад, что застал вас здесь, — его голос в этот момент звучал почти сердечно. — Ваш контракт подлежит продлению, и департамент образования, как и я, хотели бы его подписать. — Он остановился. — Я полагаю, что вы вносите важный вклад в продолжение традиций дневной школы Эндрю Кантри.

— Благодарю вас, — сказала Кэйт. — Я счастлива работать здесь, и я рада быть полезной.

Доктор Мак-Кей кивнул, его лицо снова приняло строгое выражение, словно он израсходовал всю свою сердечность.

— Хорошо. Вера подготовит документ о продлении контракта.

Когда он уходил, Кэйт смотрела на его узкую спину и даже чувствовала некоторую привязанность к нему, несмотря на то что он все же жестом прогнал девчонок с лужайки.

Раздался звонок, дети стали строиться, и Кэйт могла теперь вернуться в свой кабинет. Когда она шла по коридору, в дверях своего класса появился Эллиот.

— Ты избегаешь меня? — спросил он.

Она отвела глаза.

— Нет, разумеется.

— Знаешь, я догадался. Я знаю, кто твой таинственный мужчина и почему ты не посмела рассказать это мне.

— Тс-с, — предусмотрительно произнесла Кэйт, потянув его за рукав. — Пойдем в мой кабинет.

Она была в ужасе. Эллиот знает, и он расскажет всем, и Бруклин будет жужжать об этом.

Войдя в кабинет, Эллиот закрыл дверь, и она повернулась к нему.

— Я догадался, — повторил он самодовольно, — это Макс. Ты спишь с Максом, и ты этого стесняешься. Но в этом как раз нет ничего плохого. Я всегда считал, что в нем есть что-то классное. Возможно, будет неудобно, когда ты с ним расстанешься, поскольку он живет наверху. Но в беде любая поддержка хороша.

Сначала Кэйт подумала, что она оставит Эллиота в заблуждении, будто он и правда разгадал ее тайну. Но она просто была не в состоянии обманывать своего близкого друга.

— Хорошо. Тогда что же? — нажимал Эллиот, после того как она мотнула головой.

— Доктор Мак-Кей хочет продлить мой контракт.

— А я не об этом спрашиваю. — Эллиот вдруг умолк и вгляделся в нее. — Ты встречаешься с *ним*, так? — произнес он с упреком.

Вновь Кэйт могла упрекнуть цвет своего лица в предательстве. Багрянец выступил на щеках, она потупила глаза.

— Да, — призналась она.

С минуту Эллиот потрясенно молчал. Потом покачал головой:

— Ах ты, бесстыжая. Я должен был догадаться, что с тобой что-то неладное. Я думал, ну, подозревал, что ты опять мечтаешь об этом идиоте

Стивене. Но нет, ты откопала кое-что похлеще. А я-то думал, что ничего хуже Стивена Каплана уже быть не может.

Кэйт хотя и готовилась к этому, но была сражена наповал.

— Ты даже не знаком с Билли. Для тебя он разве что только обаятельный колдун, статистическое недоразумение.

— А для тебя он кто? Классный трахатель? Похоже, на это только он и пригоден.

Кэйт побелела, кровь теперь отхлынула от ее лица, у нее от этого почти кружилась голова.

— Я уважаю твое мнение, — сказала она холодно. — Но не думаю, что ты разбираешься в этом настолько, чтобы судить.

— Верно! Я же не был свидетелем всех колдобин и зигзагов твоей так называемой любовной жизни за последние десять лет. Ты забыла, с кем говоришь, Кэйт. — Он указал на рисунки на стенах, некоторые из них были новые, подаренные детьми ей на память. — Ты хочешь разрушить свою жизнь? — спросил он, понижая голос. — В этом году я заметил, что ты повзрослела. Майкл был неподходящим для тебя парнем, но он уравновешен, он — профессионал и, возможно, неплохой потенциальный отец. — Он приблизился к ней, но Кэйт отпрянула назад. Если бы он прикоснулся, она бы, наверно, ударила его по руке.

— Ты несправедлив и отвратителен, — сказала Кэйт, понимая, что это звучит почти по-детски. Она глубоко вздохнула. Она много хорошего видела от Эллиота: его лояльность, дружелюбие, помощь в учебе в аспирантуре, участие в обретении столь любимой работы. Но все это не давало ему права судить о ней, и тем более о Билли таким образом. — Тебе не понять, — добавила она.

— О, разумеется. Мне известно, что такое мазохизм. И я вижу пример перед глазами.

— Замолчи, — бросила Кэйт, голос ее сорвался на шепот.

Эллиот пожал плечами и отвернулся. По дороге к двери он все же оглянулся и произнес:

— Из огня да в полымя. Это уже становится для вас образом жизни, мисс.

Глава XXXIX

Кэйт сидела в кухне Билли и смотрела на шипящую на огне горелки сковороду. Пахло просто замечательно, но она не ощущала голода. Утренняя ссора с Эллиотом вывела ее (и ее желудок) из строя, и она нервничала. Что она здесь делает? Эллиот утверждал, что это просто попытка отвлечься после разрыва с Майклом, но разве это так? Это было... в общем, ей бы так хотелось услышать от Билли, который сейчас перемешивал содержимое сковороды вилкой, что ее чувство к нему взаимно.

Он стряпал ужин для них. Кэйт старалась не мешать ему, пока он колдовал над сковородой, заполненной изрядным количеством кипящего томатного соуса, мяса и каперсов.

— Что это? — поинтересовалась она, поглядывая недоверчиво.

— Старый фамильный рецепт Ноланов. Эй, не суди, пока не попробуешь, — он улыбнулся, заметив выражение на ее лице, затем потянулся через нее за бутылкой красного вина, которое ему было нужно для соуса. — Послушай, пока я не забыл, как ты смотришь на совместный ланч в субботу? Мне придется работать в ночь на воскресенье.

Кэйт покачала головой:

— У меня приглашение на предсвадебный прием подарков у Бины. А что, если в пятницу.

— Хорошо, — сказал он, затем пожав плечами. — Наш бар заказан для проведения мальчишника жениха Бины. Не скрою от тебя: я от этого не в восторге.

Кэйт опять взглянула на сковороду и задумалась о том, как должна быть расстроена Бина. Деля свое время между школьными делами и Билли, она почти не уделяла времени подруге, да и трудно ей было выслушивать бесконечные детали приготовлений к свадьбе. Бину, наверно, удивляло странное безразличие Кэйт.

Озадаченный ее видом, Билли тронул ее за плечо:

— Не беспокойся, всем оно нравится. Это лучший способ сделать мягче любое жесткое мясо. Мама обычно готовила так. — До этого он никогда не говорил о матери: только упомянул о ее смерти. Поначалу Кэйт хотела расспросить о ней, но передумала.

Она держала стакан красного вина, который, хлопоча вокруг соуса, ей налил Билли, и рассеянно смотрела в окно. Эллиот после скандала позвонил, чтобы помириться, и приглашал ее сходить выпить с ним куда-нибудь, но Кэйт вынуждена была признаться, что проведет вечер с Билли. Эллиот высказал свое неодобрение. Кэйт старалась не брать в голову взвешенные и логичные аргументы, использованные им для ее вразумления: и что Билли плейбой, и что она уцепилась не за то дерево, и как он, Эллиот, ее любит, но ему надоело «собирать кусочки» ее разбитого сердца. Затем он неожиданно поделился новыми домыслами:

— Ты же не для того пошла на это, чтобы получить от кого-либо предложение, а? Ведь ты Майкла отставила и теперь не можешь знать, какой еще кот привяжется к тебе после того, как Билли бросит тебя.

Эти слова оскорбили ее.

— Я никогда не верила в эту дурацкую теорию, — бросила она.

— И как только ты можешь говорить такое? — возмутился он. — Это теория уже сделала Бину невестой. Тебе нужны еще доказательства?

Ценой немалых усилий ей удалось убедить Эллиота в том, что она не относится к этой связи серьезно. Теперь же, глядя на дождь за окном, она призналась себе в том, что лгала. Она принимала Билли весьма серьезно и уже надеялась на то, что его чувства к ней искренни. Полная уверенность Эллиота в том, что Билли непременно бросит ее, неожиданно потрясла ее. Возможно ли, что она ничего не значит для Билли? Не станет ли она всего лишь очередной насечкой на его ремне? Кэйт посмотрела на него, занятого сейчас размешиванием в сковороде невообразимого количества перца. Да он даже не носит ремня, боже упаси, а джинсы «ливайс» обтягивают его так соблазнительно. Кэйт отвернулась. Она никогда не смотрела на Майкла с таким вожделением.

Она пробежалась глазами по комнате. Вестсайдская квартира Стивена всегда напоминала студенческое общежитие с диваном на пружинах и книгами вечно в картонных коробках, а квартира Майкла, хотя и чистая, и обставленная новенькой мебелью из «Икеа», в сравнении с этой казалась временным пристанищем. Зато три большие комнаты Билли свидетельствовали о том, что он пустил здесь глубокие корни. Под ногами Кэйт лежал персидский ковер в голубых и бордовых тонах, выцветший и изношенный, возможно, его бабушка еще ходила по нему. Диван «честерфильд» явно не был заказан по каталогу — кожа цвета «бычьей крови» не была специально «состарена» на фабрике до того, как его доставили сюда. Но были и новые вещи: на одной из стен висело некое произведение искусства — Кэйт не осмелилась бы назвать его картиной или коллажем, поскольку это было нечто среднее, будто лоскутное одеяло из рваных кусочков белой бумаги, наклеенных на белое полотно. В простенке между окнами висело маленькое изображение женщины, лежащей на чем-то напоминающем очень высоко взбитую перину. А над диваном рядком расположились литографии. Кэйт принялась их рассматривать.

— Как ты думаешь? — спросил ее Билли, появившийся из кухни. Это искусство или художник, который задолжал мне по счету, меня надул?

Она улыбнулась:

— Они мне нравятся.

Он посмотрел оценивающе.

— Пожалуй, мне тоже, — заметил он, все еще держа испачканную мясом вилку. — Ужин почти готов.

Кэйт кивнула, и Билли снова исчез на кухне. Она не могла не признать: Билли Нолан был первым мужчиной, к которому ее настолько сильно

влекло. Желание было слишком страстным, чтобы
дать покой, и слишком умиротворяющим, чтобы
быть безрассудным. Скорее всего, дело кончится
слезами. И дождь за окном казался тому порукой.

— Эй! Не хочешь немножко помочь? — спросил Билли, опять выскочив из кухни, теперь уже
с тарелками и столовыми приборами. — Ты серви-
руешь стол. — Он снял с каминной доски два под-
свечника, свечи в них были коренастые и разной
высоты. — Экономим, — пошутил он. — Свечи. Бумажные салфетки. И работа.

Кэйт, улыбаясь, стала накрывать стол. Она поставила бокал для Билли и достала соль и перец.
Спички лежали на кофейном столике, и она взяла
одну, чтобы зажечь два черных фитиля. Неожиданно Кэйт подумала, что, может быть, в последний
раз Билли использовал эти свечи, когда ужинал —
и спал — с Биной. Она так и застыла со спичкой,
пока та не догорела до самых ногтей. Затем она выбросила ее, а с нею и саму мысль о Билли и Бине и
обо всех других и отошла от стола.

Чтобы отвлечься, Кэйт стала перебирать фран-
цузские книги, аккуратно выстроенные на полках
Билли. Она напомнила себе, что не собиралась ничего разведывать и не будет смешивать прошлое
с будущим, но любопытство брало верх, хотя что-
то спросить она стеснялась.

— Как дела с французским? — крикнула она
в кухню.

Билли появился с готовым загадочным блюдом и принялся раскладывать его по тарелкам.

— О, я люблю французский. Он не так богат, как английский, но в нем есть тонкости, которых у нас нет.

Кэйт села к столу и положила салфетку на колени.

— Ты учил его в школе? — поинтересовалась она, принимая из его рук тарелку и подозрительно рассматривая ее содержимое.

— Немного, — ответил Билли. Он наполнил свою тарелку и сел.

Кэйт осторожно попробовала жаркое — вкуснейшее, мясо стало таким нежным, что само отходило от костей.

— Вкусно?

— Очень. Правда.— Она откинулась на стуле и улыбалась ему. — Ты, наверно, был ужасным ребенком? Настоящим классным клоуном, — заметила она.

С полным ртом он мотнул головой. Проглотив, он смог ответить:

— Нет. Я даже не разговаривал в классе. Я так заикался, что был самым стеснительным. Я не хотел ни с кем говорить.

Кэйт положила вилку и уставилась на него. Она почти забыла о его легком заикании. Но этот недостаток, как ей было известно, почти невозможно вылечить до конца, и многие методы дают лишь временное улучшение.

— Как же... когда ты избавился...

— О, я прошел с этим через все школьные годы. Но в колледже у меня была хорошая учительница французского, и я заметил, что на французском я не заикаюсь. Это было странно — говорить что захочешь, не опасаясь, что на каком-то слове или звуке обязательно запнешься.

— Это просто поразительно.

— Да. У меня было такое ощущение, словно меня выпустили из тюрьмы. Знаешь, я выучил все слова на французском, какие только мог. Я хотел знать, как будет «хлыщ» по-французски.

— И как же?

— Полного эквивалента не существует. Поверь мне, я искал. В последний год я почти ничего другого не учил. И мне было наплевать на отметки. Мне просто хотелось говорить и не заикаться.

Кэйт была ошарашена.

— И что дальше? — спросила она, как ребенок, слушающий сказку перед сном.

— Моя учительница познакомила меня с некоторыми своими друзьями французами, а потом помогла мне поступить в Школу изящных искусств в Париже. Мне пришлось изучать историю Франции, но в действительности я вновь открывал себя самого. Я словно родился вновь. Я был мальчиком-заикой. И я был американцем, который говорил по-французски как парижанин. Порой люди не верили, что я американец.

— И что произошло с заиканием? На английском, я имею в виду? — спросила Кэйт.

Билли пожал плечами:

— Когда мне пришлось вернуться назад из-за отца, оказалось, оно просто прошло. Иногда, если я устал или сильно переживаю, я немного заикаюсь.

Кэйт вспомнила его речь на свадьбе. Тогда он слегка заикался.

— А как ты себя контролируешь?

— Просто расслабляюсь, и оно уходит.

— И ты никогда не проходил курс речевой терапии? Никто не пытался помочь, пока ты был маленьким?

— О, какие-то попытки были в начальной школе. Знаешь, врач-логопед. Она обычно приходила и забирала меня из класса. Это унижало меня.

— А родители не пытались помочь? То есть была ли какая-то другая?..

— Ну, оба они были очень заботливыми. Если попадалась еще одна статья о каком-то новом методе лечения, они радовались. Но это было дорого, а реально ничто долго не помогало, и ближе к старшим классам я сказал им, чтобы они забыли об этом.

— И ты сам нашел способ вылечиться, — заметила Кэйт. Его изобретательность ее поражала.

— Я вообще-то случайно наткнулся на него, разве нет? Я не мог верить в полный успех. Просто я не был так глуп, чтобы пренебречь возможностью измениться к лучшему.

— А что ты изучал в Париже?

— Девчонок. Наверно, впервые я смог заговорить с ними. Еще я изучил дешевые маршруты на поездах. Съездил в Берлин, Брюгге и Болонью за каких-то десять центов.

— Только в города на «Б»? — улыбаясь, спросила Кэйт.

Билли смотрел прямо на нее.

— «Б» была для меня самой трудной буквой, — признался он. — Сам не знаю, может, это простое совпадение.

Кэйт пожала плечами:

— Юнг сказал бы, что нет, но я не уверена.

— А что Юнг сказал бы о компульсивном поведении? — поддразнил Билли, и Кэйт не знала, смеяться ей или плакать. Но ей не пришлось делать ни того, ни другого: он встал и обхватил ее рукой за шею, затем запустил пальцы в ее волосы. — У меня есть мороженое, — сообщил он, — но можно найти еще более приятный десерт.

Кэйт только улыбнулась ему.

Глава XL

Погода была отличная: тепло на солнце и прохладно в тени зданий; дул легкий бриз, поэтому несколько влажный воздух в городе не казался таким плотным.

— Давай пройдемся, — предложил Билли. — Я покажу тебе некоторые уголки Бруклина, о которых ты можешь и не знать.

К счастью, Кэйт была в своих кроссовках «Найк» и чувствовала прилив энергии.

— Мне жаль, что мы не сможем провести вместе вечер в субботу, — говорил Билли, когда они покидали квартиру. — Я всегда на карауле во время мальчишников.

Кэйт кивнула. Билли, похоже, принял свадьбу Бины как должное. Может быть, их отношения ничего не значили для него? Она задрожала, хотя погода была прекрасная. Без сомнения, ее чувства к нему не были взаимными.

Всегда чуткий к ней, Билли обнял ее и заметил:

— Да уж, эти мальчишники меня тоже заставляют дрожать, но я просто закрываю глаза и думаю об Англии.

Кэйт не могла даже представить себе, насколько грязные ритуалы сопровождали мальчишники. Она не собиралась спрашивать, пригласит ли Джек стриптизерш, а то и кого похуже. Солнце и безоблачное небо были так прекрасны, что она решила все это выкинуть из головы и получать удовольствие от настоящего. А настоящее было великолепно.

Билли взял ее за руку, и пусть это было ее сентиментальным заблуждением, но Кэйт чувствовала себя любимой и защищенной только потому, что он держал ее руку в своей руке.

— Это Виндзор-парк, — сказал он, когда они свернули за угол и шли вдоль небольших домов с садиками перед каждым из них. — Здесь живут в основном итальянцы — полицейские, сантехники.

Кэйт любовалась газонами, но порой чрезмерное увлечение разнообразием оттенков делало цветник безвкусным. В некоторых дворах перед домами — словно недостаточно было цветов — возвышались еще и статуи, какие угодно, от Бэмби до Богородицы. Они прошли мимо большой католической средней школы и пересекли по переходу Бруклин-Куинс-Экспресс-вей.

— Это край Парк-Слоуп, — рассказывал Билли. — Здесь уже не найдешь дома дешевле восьмисот тысяч долларов.

Кэйт смотрела по сторонам на фасады домов из коричневого песчаника и кирпича. Билли указал на один из них, отличавшийся от других облупившейся краской на двери и старыми металлическими решетками на окнах.

— Всюду можно найти пережиток былых дней, — заметил он. — Пожилая леди, хозяйка этого дома, очевидно, не красила кухню лет десять.

Они подошли к закусочной на углу, возле которой на улице было выставлено несколько столиков.

— Это еще не совсем французское кафе, — сказал он с улыбкой. — Хочешь выпить?

Кэйт кивнула. Они взяли по пиву и присели на скамье, наблюдая за женщинами с детскими колясками, детишками на велосипедах и их папашами; страховавшими сзади.

— Значит, ты пьешь? — спросила Кэйт, хотя уже было ясно, что иногда он это себе позволял. Она опасалась, что он — трезвенник и вообще не пьет. Или помешан на самоконтроле, как Майкл. — Отец говорил, что нельзя доверять двум типам людей: тем, кто пьет слишком много, и тем, кто совсем не пьет.

Он встал и спросил:

— Готова идти дальше?

Кэйт поднялась и взяла его за руку.

Они шли еще с полчаса, пока не оказались у дома, который не был ни так изыскан, как другие, ни запущен, подобно тому, на который Билли недавно указывал. Остановившись, он стал искать что-то в кармане.

— Зайдем сюда, — предложил он, сделав три шага и обернувшись у входа.

Сначала Кэйт подумала, что он ищет уединенное место, чтобы поцеловать ее, но, пока она догоняла его, он уже вставлял ключ в дверь. Взяв за руку, он ввел ее в прихожую дома на две квартиры. Потом достал другой ключ, чтобы открыть вторую дверь. За ней была пустая комната.

— Пройдем здесь, — сказал Билли и повел Кэйт по деревянному полу к задней двери.

Кэйт показалось, что она попала в другой мир. То был внутренний сад, но что за сад!. Небольшая лужайка была в прекрасном состоянии. В сравнении с ней зеленые площадки доктора Мак-Кея казались лысыми. Там и тут на лугу были разбросаны серо-голубые камни, подобно островкам в зеленом море. Они вели к неутоптанной изогнутой тропинке, ведущей к шатру из цветущих деревьев. За ними был небольшой пруд, окруженный ирисами и папоротниками. Кэйт видела промелькнувшую под листьями кувшинки и ряской золотую рыбку. Два деревянных стула, обветрившиеся до серого цвета, стояли у воды. Увитая плющом кирпичная стена за ними отделяла этот дворик от остального мира.

Но Кэйт не заботило сейчас, что было за той стеной. Это был самый безмятежный, самый ухоженный из всех садиков города, которые она видела. Ей теперь хотелось остаться здесь. Она взглянула на Билли, стоявшего в солнечном свете посреди лужайки и наблюдавшего за ней. Она подошла к нему.

— Как только ты узнал об этом месте? — спросила она.

— Это принадлежит мне.

— В каком смысле?

— Когда я был ребенком, мы жили здесь. Это бабушкин дом. Она жила на нижнем этаже, а мы наверху. Мама ухаживала за садом. Она меня научила, и мне это стало нравиться. — Взяв Кэйт за руку, он повел ее к одному из стульев. — А тебе нравится?

— Потрясающе, — ответила Кэйт. Она вспомнила «Тайный сад» — свою любимую книгу детства. — И ты сам за всем этим ухаживаешь? А люди, которым принадлежит дом теперь...

— Дом принадлежит мне, — сказал Билли.

— Но ты же живешь...

— Да, я живу над баром, поскольку это удобно и там вполне комфортабельно, к тому же то место напоминает мне об отце. Я сдал этот дом, но нижний этаж оставил свободным, так что всегда могу попасть в сад. Я обновил дом — точнее, не один, а с помощью друзей — плотника и водопроводчика, которые когда-то работали с отцом. Так что теперь здесь отдельные квартиры, но их легко снова превратить в семейный дом — возможно, когда-нибудь.

Кэйт сидела, стараясь не обнаружить своего изумления.

— *Ça te plaît?*[1] — спросил он.

Понравилось ли ей?

— *Je l'adore,* — призналась она. — *C'est un vrai paradis*[2].

Ей не хотелось, чтобы Билли заметил, насколько она восхищена, потому что это могло привести

---

[1] Тебе это нравится? (*фр.*)
[2] Обожаю. Это — настоящий рай (*фр.*).

в замешательство и ее, и, возможно, его. Будучи
психологом, она самоуверенно полагала, что разбирается в глубинах душ людей, но на каждом шагу ошибалась, оценивая Билли. Мысль о том, что
он мог ухаживать за травой, сажать цветы, сгре-
бать листья, никогда бы не пришла ей в голову.
С какой стати? Она еще не знала, как может этот
сад помочь ей лучше узнать Билли, но видела, как
он много значил для него. И как много значит для
нее самой. Мужчина, способный создать и лелеять
такой сад, вероятно, человек необыкновенный.
И как она не смогла этого разглядеть? Может
быть, потому, что он выглядел таким несерьезным
и беззаботным? Но такой сад требовал и заботы, и...
усердия. И еще фантазии. Она еще раз осмотрела
все это выпестованное великолепие. У Кэйт захватывало дыхание. Мужчина с такими качествами,
без сомнения, мог быть прекрасным отцом, мужем,
другом.

Она осмелилась взглянуть на него. Он пожал
плечами.

— *Il faut cultiver notre jardin*[1], — процитировал
он Вольтера. — Я когда-то работал здесь вместе
с мамой.

Билли рассказал ей о смерти отца, но она еще
не задавала ему вопросов о матери. Теперь же
осмелилась.

---

[1] Нужно ухаживать за своим садом (*фр.*).

— Рак поджелудочной железы, — поведал Билли, и Кэйт вздрогнула. Ей было известно, что это означает ужасную и болезненную смерть.

— Я так сочувствую, — сказала она. — Когда?

— Не так давно. Накануне Дня благодарения. Мне до сих пор тяжело в этот праздник.

Кэйт кивнула. Хотя она не так скучала по отцу и всегда была гостьей за праздничным столом у Горовицей, но всегда ощущала себя сиротой в День благодарения или в Новый год. Они посидели еще немного молча, но молчание не была неловким. Кэйт поняла, что, приведя ее сюда, Билли отнюдь не думал демонстрировать свои способности в садоводстве. Она держала его за руку, и они смотрели, как золотая рыбка играла в воде.

Глава XLI

— Боже! Уж эти подружки с их приемами с подарками! Они, должно быть, самые чистые люди во всем Нью-Йорке[1]. Не будем говорить о том, где взять столько подарков.

Несмотря на отпущенную остроту, Брайс улыбался. Он сидел между Кэйт и Эллиотом в такси с большим и очень красиво упакованным подарком на коленях. Кэйт не была готова пред-

---

[1] В англ. яз. игра слов: shower — «душ», в Америке означает и «прием с подарками».

стать перед всей бруклинской компанией, но предсвадебный прием Бины пропустить было невозможно.

Эллиот помалкивал. Она знала, что он еще зол на нее, но не могла ничего поделать. Она вспомнила строчку Паскаля *Le coeur a ses raisons que la raison ne connaot point*[1].

История о Билли и французском языке не выходила у нее из головы. Она пыталась представить себе Билли Нолана молчаливым и униженным юношей. И не могла. То ли от недостатка воображения, то ли потому, что картина была слишком печальная. Билли ей больше не казался ни кичливым, ни самодовольным, напротив: своеобразие его личности представлялось ей теперь как торжество обретения свободы. Она любила его еще нежнее, как будто он нуждался в защите. Конечно, это было смешно, поскольку те времена, когда он был ребенком и подростком с уязвленным самолюбием, остались в далеком прошлом. Билли Нолан, несомненно, мог сам позаботиться о себе, но как ни старалась она взять под контроль свои чувства к нему, они становились все глубже и сильнее.

Друзья теснились на заднем сиденье такси, и Кэйт с облегчением обнаружила, что машина уже подъехала к дому Горовицей.

---

[1] У сердца свои мотивы, которые умом не постичь (*франц.*).

Еще до того, как они подошли к входу, дверь распахнула миссис Горовиц.

— Входите, — воскликнула она. — Поторопитесь, чтобы не испортить сюрприз.

Кэйт не была намерена рассказывать ей, что уже «испортила» сюрприз, заранее договорившись с Биной о вечеринках. Они с Биной уже давно заключили соглашение, что ни одна из них никогда не позволит себе появиться разряженной или по-уродски размалеванной, чтобы преподнести «чудесный сюрприз».

Кэйт с друзьями вошли и присоединились к компании. Последовали поцелуи, объятия и представления. Кэйт добавила свой подарок к большой разноцветной куче, уже загромоздившей стол. Потом миссис Горовиц громко заявила:

— Тихо, тихо! Они идут!

Кэйт вздохнула, видя, как все в комнате набирают в легкие побольше воздуха, чтобы потом кричать как можно громче. Доктор Горовиц открыл дверь и пропустил Бину. Кэйт подумала, что вид Бины — лишь жалкий намек на то, как она должна была выглядеть для «сюрприза», но никто как будто этого мнений не разделял. Когда Бина многозначительно посмотрела на нее, она улыбнулась ей.

Праздник шел по общепринятому порядку: сначала часть под названием «вот вам наш сюрприз», потом «спасибо, мы не ожидали» и, наконец, «угощайтесь, это так вкусно». И было в самом деле вкусно. Кульминацией было оханье и аханье по поводу подарков. Кэйт понимала, что участвует в важном для любой женщины ритуале, но была совсем не в настроении. Она жалела о времени, проведенном без Билли, ее раздражала представленная здесь полностью семья Горовиц с их вопросами, когда же наступит ее очередь, ей наскучили старые разговоры и шутки, не говоря уже о возмутительно смаковавших все это Эллиоте и Брайсе.

Кэйт думала, с какой стати Бина все поглядывает на нее, и надеялась, что Эллиот еще не рассказал ей о том, что он теперь называл «историей с Билли». Несколько раз Бина старалась подойти к Кэйт и поговорить, но та ускользала от нее. Эллиот не должен был и не мог распространяться о ее личной жизни без ее разрешения.

Когда торт был разрезан и пущен по кругу, Кэйт больше уже не могла терпеть и вышла в ванную немного освежиться. Вид у нее был такой же паршивый, как и настроение. Она добавила каплю губной помады и румян, но это мало помогло. Она решила не обращать внимания. Будучи такой счастливой в последние недели, Кэйт сейчас особенно остро ощущала дискомфорт. Почему ей так тяжело в кругу друзей? Она задумалась об этом. У нее была работа, и она ее любила. Она не бегала в поисках мужа с двадцатилетнего возраста. Ей не нужен был мужчина, чтобы защищать и содержать ее. И тем не менее из-за разрыва с Майклом или встречи со Стивеном, или из-за этой... истории с Билли Ноланом она ощущала себя такой же одинокой и незащищенной, как в школьные годы.

После разговора с Эллиотом у нее появились сомнения. Что ни говори, но, наблюдая за Биной и прочими замужними бруклинскими подругами, она только утверждалась в том, что вряд ли когда-либо последует их примеру и устроит подобную массовую церемонию. Билли не был «надежной партией». Он был не из тех мужчин, которых женщины могут женить на себе или для которых устраивались мальчишники. Кэйт подумала, что вся его жизнь похожа на сплошной мальчишник, и прав был Эллиот: нет никаких оснований считать, что это может измениться. Ей стало ужасно жаль себя, и она решила, что лучше выйти из ванной, пока она там не расплакалась.

Не успела она выйти в коридор, как Бина подошла к ней.

— Мне надо поговорить с тобой, — прошептала она. — Скорее, пока никто не видит. — Она схватила Кэйт за руку и потащила по узкому коридору в свою комнату.

Ничто не изменилось. Те же занавески в розовых цветочках на окнах, под цвет им обои на стенах и тот же рисунок на покрывале кровати. Туалетный столик с розовой бахромой, о котором Кэйт так мечтала в седьмом классе, все так же стоял между окнами. Кэйт села напротив него.

— Что случилось? — спросила она.

— О, Кэти, я уже больше не могу продолжать лгать, — призналась Бина.

Кэйт глубоко вздохнула. Она любила подругу за простоту, но иной раз Бина переходила все границы.

— Ах, Бина, кому какое дело? Если ты сейчас будешь себя вести правильно, все будут довольны.

У Бины на лице читался страх.

— Я не могу поверить, что это ты мне говоришь такое, — заплакала она.

— Бина, это же просто вечеринка. Это еще не вся жизнь.

Бина открыла рот:

— Извини, но я с тобой не согласна. Я думаю, что брак — это на всю жизнь.

Кэйт перестала рассматривать фотографии на туалетном столике.

— О чем ты говоришь? Прием с подарками еще не значит, что ты начинаешь семейную жизнь со лжи. Ради бога, не путай вещи.

Бина отступила на шаг, словно Кэйт ей угрожала. Губы ее задрожали.

— И это говоришь ты? — изумилась она. — Макс уверял, что ты поймешь, но уж если ты не поняла, я не знаю, как дальше жить. Я не могу выйти за Джека. И не так уж он меня и любит. Мне известно, чем он занимался в Гонконге. Макс показал мне.

Кэйт раздраженно вздохнула. После всего, через что Бина прошла для того, чтобы заполучить Джека, было уже поздновато вспоминать о гордости.

— Что же, это некрасиво со стороны Макса. Вспомни-ка, ты тоже ведь встречалась с другим.

— Да, но я не хотела.

— О, брось, тебе было совсем неплохо с Билли.

— Но это просто было развлечением.

Кэйт подняла брови:

— Так чего же ты тогда так винишь себя за эту маленькую сексуальную шалость?

— Потому что это не было шалостью, — заявила Бина. — А уж если сравнивать с Джеком...

Кэйт не думала, что Джек мог быть особенно эротичен, изобретателен и горяч в постели. Но о своих подозрениях она Бине, разумеется, не сказала. Однако видеть в Билли альтернативу Джеку для Бины было делом безнадежным. Кэйт искренне верила, что Бина любит Джека и через некоторое время преодолеет чувство вины, избавится от неуместного сравнения и успокоится.

— Бина, — сказала она, встав и обняв подругу за плечи, — ты должна перешагнуть через этот грех. Тебе надо идти вперед. К тому, чего ты добивалась всю жизнь.

— Но я заблуждалась, — стонала Бина.

— Нет, неправда, — уверяла ее Кэйт. — Ты заблуждаешься сейчас. Так что успокойся. И получай от этого удовольствие.

Тут отворилась дверь.

— Ой, вот они где, — пропела миссис Горо-виц. — Лучшие подружки тут как тут. — И она подняла камеру, чтобы запечатлеть то, чему суждено было стать самой неудачной фотографией их обеих за всю жизнь.

Глава XLII

Кэйт на ощупь возилась с замком своей двери и наконец вошла. Внутри горел свет, и она открыла рот и чуть не подскочила от изумления, увидев, что в гостиной полно народа. Сначала она боялась, что Эллиот, Барби, Бина и прочие сейчас закричат: «Сюрприз!» Но никто не визжал — более того, все молчали. Ей не верилось, что Эллиот, которому она доверила ключ, мог посягнуть на ее гнездышко, да еще привести с собой целую стаю хищников. Нет, ей нужно забрать ключи обратно, и она ему еще отомстит. Пока она собиралась с силами спросить, что, черт возьми, происходит, Эллиот, пристроившийся на подоконнике, начал сам.

— Кое-кто спросит, зачем мы сегодня здесь собрались, — сказал он, весьма удачно имитируя помпезный тон доктора Мак-Кея.

— В чем дело? — спросила Кэйт. У нее было ощущение, словно она летит в падающем лифте. В то же время ее охватило бешенство. Ей даже негде было сесть или бросить сумку.

— Мы переживаем за тебя, — сообщила Бина. Только она одна выглядела виноватой.

— Кэти, послушай, ты можешь гулять с ним и даже спать с ним, но тебе нельзя влюбляться в него, — добавила Барби.

— О чем вы говорите? — спросила Кэйт.

Конечно, она все поняла. Эллиот должен был всем рассказать, и теперь они старались осуществить что-то вроде... интервенции или чего-то еще, как будто она была пьяницей, нуждавшейся в изменении разрушающего ее поведения.

— Пора расходиться. Вечеринка закончена, — бросила им Кэйт, взяв на вооружение фразу, которой Билли предупреждал о закрытии бара.

Она повернулась, чтобы направиться в ванную, прочь от этих так называемых друзей. Однако там, прислонясь к стене, стоял Брайс.

— Извини, подруга, ты должна это выслушать, — сказал он, бережно поворачивая ее кругом и провожая в центр гостиной.

Бина поднялась с кресла-качалки, а Брайс усадил в него Кэйт. Бев нагнулась вперед, насколько ей позволил живот, и взяла ее за руку.

— Я знаю, как это бывает, — поведала она. — Ты хочешь свой дом. Ты хочешь свадьбу, мужа и ребенка.

Кэйт отдернула руку:

— У меня есть дом. Он здесь, и я бы хотела, чтобы вы все сделали мне одолжение и убрались отсюда. Пожалуйста, — добавила она, чтобы не выглядеть уж слишком грубой. Вероятно, они пришли все же с благими намерениями.

Эллиот вышел из-за ее спины и положил руки ей на плечи. Он нагнулся к ней:

— Я бы не сделал этого, если бы не считал дело очень серьезным.

— Я прошу отдать ключи обратно, — потребовала Кэйт, протягивая руку. — Немедленно, я сказала. — Уж лучше навсегда выгнать его, подумала она, чем еще раз пережить подобную сцену.

— Послушай, ты уехала от своих старых соседей. Ты уже, похоже, забыла, каковы игроки в Бруклине, и уже потратила достаточно времени на всяких тупиц. Ты не стала моложе за эту неделю, — выговаривала Банни. — И через неделю не станешь тоже.

— Да. Погулять, конечно, хорошо, но после тридцати разгульная жизнь уводит далеко, — добавила Барби. — О чем ты только думаешь? О каком, к чертям, замужестве?

— Замолчи, Барби, — возмутилась Кэйт. — Это не твое дело.

— Она повернулась и оглядела всех в комнате. Кэйт знала, что в известном смысле они были, вероятно, правы. Но даже прислушиваться к своим сомнениям она не собиралась.

Эллиот вздыхал.

— Я вас предупреждал, что легко не будет, — сказал он, обращаясь к шайке сплетниц и идиотов, которых до сих пор Кэйт считала своими друзьями. Он снова наклонился к ней. — Кэйт, я не утверждаю, что ты поступила неправильно, отклонив Майкла.

— Я утверждаю, — вмешалась Бев. — Он был доктор и Рыбы. Прекрасно.

Брайс успокоил ее взглядом.

— Мне кажется, Эллиот хотел сказать, что ты попусту тратишь время на мужчин вроде Стивена или Билли, но получаешь от них только обещания, а не предложение.

Кэйт покраснела от злобы и возмущения.

— Мы хотим тебе только добра, — добавил Эллиот.

— Мы переживаем за тебя, — добавила Барби и, глянув на ноги Кэйт, не удержалась: — Где ты взяла эти туфли? Это «Феррагамо»?

— Не сейчас, Барби, — усовестил ее Брайс. — Это же не демонстрация мод.

— Нет. Это демонстрация наглости, и она закончена, — сказала Кэйт с глубоким вздохом. Она взглянула на Бину, самую спокойную из всех. — Как прошел мальчишник?

— Разве ты не слышала? — спросила Бев. — Там была драка.

— Вы шутите? — удивился Брайс. — Почему я ничего не знаю об этом?

— Мой Арни говорит, что случилось нечто невероятное. Макс и Джек просто набросились друг на друга.

— Да, мой Джонни сказал, что синяк под глазом у Джека не пройдет до самой свадьбы. Если бы Билли не вмешался...

И снова у Кэйт сжалось внутри, на этот раз уже из-за драмы, разыгравшейся в бруклинском баре на вечеринке. Она знала, что у Билли за кассой всегда была наготове бейсбольная бита, и теперь беспокоилась, не ранен ли он, но сочла момент неподходящим для расспросов.

— Так что же произошло? — допытывался Эллиот.

— О, Макс обругал Джека, тот разозлился и ударил его, а потом уже Макс озверел и кинулся на него. Чего же было еще ожидать? Все были пьяные.

Кэйт встала. Она хотела немедленно позвонить Билли и узнать, в порядке ли он. И когда же эти так называемые друзья оставят ее в покое? Но у Эллиота были другие намерения.

— Кэйт, ты должна обещать нам, что порвешь с Билли, — заявил он. — Знаешь, к чему я веду? Ты же не хочешь, чтобы тебе сделал предложение какой-нибудь бродяга, когда он тебя бросит.

— Может быть, ты прекратишь?! — возмутилась Кэйт. — Откуда ты можешь знать, что он бросит меня? И если ты веришь в эту ерунду про предложения...

В комнате послышались оханья.

— Боже, — сказала Барби. — Ты что, действительно веришь, что у него с тобой серьезно?

— Кэйт, этот парень бегство от обязательств превратил в свой образ жизни, — подключилась Бев.

Она с трудом встала и только открыла рот, чтобы продолжить свою проповедь, как на лице ее появилось странное выражение.

— Мне что-то больно. — Она приложила руку к животу, и тут у нее начали отходить воды.

Глава XLIII

Это был последний школьный день, и Кэйт укладывала свои папки, упаковала два горшка с цветами и прощалась на лето с забегавшими к ней в кабинет детишками. Покончив с этим, она собиралась отправиться к Бев взглянуть на новорожденного. Хоть ей было и любопытно, однако возмущение «шавками» еще не улеглось, и, по правде говоря, она к тому же боялась, что вновь станет завидовать.

Нет, она не была несчастлива. У нее ведь были дети в школе. Кроме того, она очень любила работу в Эндрю. Если ей пока и не удалось добиться результата с близнецами Рэйли, зато она убедила их родителей одевать их по-разному. Правда, детишки не отказались от розыгрышей, но теперь им приходилось прятаться в душевой или в физкультурном зале, чтобы поменяться нарядами. Если за этими проделками кроется что-то нехорошее, она сумеет разобраться с этим в сентябре. В основном же работа шла успешно. Тина Фостер больше не заключала пари и ниоткуда не бросалась. Правда, она оставалась сорванцом и предпочитала дружбу с мальчишками посиделкам с девочками, но уже не выказывала признаков саморазрушения.

Когда Кэйт укладывала бумаги в рюкзак, в дверях появилась Дженнифер Уэйлен. Теперь Дженнифер больше не лгала напропалую, и Кэйт улыбнулась девочке:

— Пришла сказать «до свидания»? — Дженнифер кивнула. — Мы увидимся в сентябре. — В ответ Дженнифер опять кивнула, а потом заскочила в комнату и обняла Кэйт.

— Спасибо, что помогли мне найти самоуважение, — сказала она.

Кэйт смотрела на нее сверху вниз, стараясь не улыбнуться.

— Всегда пожалуйста, — сказала она.

Дженнифер кивнула с серьезным видом и показала на пустые полки кабинета.

— А у вас тоже есть самоуважение? — спросила она.

Теперь Кэйт позволила себе улыбнуться.

— Полно́, — ответила она девочке, а Дженнифер улыбнулась и выскочила из комнаты.

— До следующего года! — крикнула она.

Кэйт встала на колени, чтобы привести в порядок кукольный домик, но вдруг ощутила чье-то присутствие у себя за спиной. Она обернулась, не поднимаясь с колен, и в изумлении увидела стоявшего в дверях Билли. Он шагнул в комнату и закрыл за собой дверь. Его лицо было в синяках, пластырь на щеке вздулся, над глазом царапина. Она вскочила на ноги.

— С тобой все в порядке? Я оставляла сообщения на твоем автоответчике. Где ты был? — спросила она, приближаясь к нему.

Он, должно быть, был ранен в свалке на вечеринке Джека, чего она и боялась. Ей хотелось обнять его и коснуться его лица, но он протянул руку, чтобы остановить ее.

— Так от кого же ты ждешь предложения? — Его лицо было бледным, и синяки казались еще чернее на этом фоне.

— О чем ты? — спросила она.

— В какие игры вы со мной играли? Не пытайся отрицать, поскольку я наслушался об этом на холостяцкой вечеринке. Эти ослы называли меня Билли-талисман почти весь вечер. И когда один из них мне сказал, в чем дело, я не мог этому поверить. — Кэйт почти не дышала. — Бина получила своего задрипанного Джека. А кого нужно тебе?

В эту секунду Кэйт собиралась сказать: «Тебя, я хочу тебя», но решила, что это все же неподходящее время для подобного признания. Она подалась к нему и пыталась взять его за руку, но он снова отдернул ее, молчаливо приказывая ей держаться подальше. Гнев был написан на его лице, и в то же время в глазах было неподдельное страдание. Очевидно, она вовсе ему не безразлична.

— Все не так, как ты думаешь, — начала Кэйт, пытаясь найти способ объяснить все, начиная с рокового дня бракосочетания Бани, но не успела сказать больше ни слова — заговорил Билли.

— Вы провели совместное исследование? Ты понимаешь, о чем я — нашли всех женщин, с которыми я встречался в прошлом, проследили, как у них все сложилось после того, как я расстался с ними.

— Я не занималась этим, — защитилась Кэйт.

— Не строй из себя адвоката, — бросил Билли. — Если не ты, то кто-то из вашей шайки.

Кэйт отвела глаза. Она должна была это предвидеть. Ей хотелось как-то выкрутиться, но лгать она не могла. Однако проблема была и в том, что она не хотела говорить правду.

— Мой друг Эллиот... — попыталась она.

— Тот, от которого ты ждешь предложения после нашего разрыва?

— Билли, он гей, у него есть пара, и он — мой лучший друг. Он математик, и он заметил... он открыл, что после того, как ты бросаешь женщин, они выходят замуж. Он посчитал, что одно — это следствие другого. И он убедил Бину, чтобы...

— А ты убедила меня встречаться с ней. Компульсивное поведение, мой бзик. Все было подстроено. Понятия не имею, отчего это сработало, но Бина выходит замуж за Джека, и полагаю, что и у тебя уже кто-то на крючке...

— Билли, ты все понимаешь неправильно.

— Да? Меня три часа валяли в собачьем дерьме все парни на вечеринке, и каждый из них обвинял меня в своей женитьбе.

Кэйт начинала терять терпение.

— Мне кажется, ты сам создал себе такую репутацию еще до моего появления на сцене, — бросила она. — Я не знала только, когда же ты оставишь меня.

— Что, если сейчас? — ответил он. — И наилучшие пожелания к твоей будущей свадьбе. Надеюсь, твоя жертва, кем бы он ни был, вполне тебя заслуживает.

Он развернулся, отворил дверь и буквально наткнулся на доктора Мак-Кея.

— Я вас прервал? — спросил доктор Мак-Кей, выгнув брови и глядя то на Кэйт, то на Билли.

— Нет, — ответил ему Билли. — Мы закончили.

Кэйт смотрела ему в спину, пока он шел по коридору.

Глава XLIV

Целый час Кэйт плакала в своем кабинете. Потом, после того как Эллиот нашел ее и почти на руках притащил к себе в кабинет, она плакала в такси всю дорогу до его квартиры. Она плакала, когда пришел Брайс, и потом, пока он готовил ужин. Наконец Эллиот отвел ее к дивану, усадил и обнял.

— Кэйт, — начал он теплым и сочувствующим тоном, — я знаю, как тебе больно. И мне больно за тебя. Но не собираешься же ты разыгрывать теперь а-ля Бину Горовиц?

Несмотря на свое горе, Кэйт почти рассмеялась и чуть не подавилась слезами.

— Ты также можешь рассчитывать на мой ковер, — добавил Брайс. — Это имитация антикварного тебризского ковра.

Кэйт прерывисто вздохнула. Она уже больше не могла реветь, хотя эмоции рвались наружу. Она разбила свою жизнь. Ранила сердце мужчины, которого любила, и теперь он презирает ее. Однако пора бы уже кончать реветь. Она попыталась улыбнуться сквозь слезы.

— Вот, моя хорошая девочка, — сказал ей Эллиот.

— Почему бы тебе не постараться взять себя в руки? — предложил Брайс. — Пойди в ванную и вымой лицо.

Кэйт кивнула и поднялась.

— Хочешь, чтобы я помог? — спросил Эллиот, но Кэйт помотала головой.

— Я заварю чайные пакетики для глаз, — продолжал Брайс, бережно взяв ее за руку. — Это поможет снять отеки. Поверь, я знаю.

Глядя на себя в зеркало ванной, Кэйт заревела опять. Ее лицо напоминало руины, глаза покраснели и стали крошечными на фоне отеков вокруг них. Нос, особенно возле ноздрей, по цвету стал почти под стать волосам. Боже, она стала такой уродиной! Кэйт налила в раковину холодной воды, набрала воздуха в легкие и опустила лицо в воду. Шок был приятным, и она стояла так, согнувшись и опустив лицо в раковину, казалось, очень долго. «Может, стоит утопиться», — подумала она.

Она вспоминала Билли в постели, его руки, обнимавшие ее, его спину, когда он без рубашки готовил завтрак. Она помнила каждую книгу и картину в его квартире, их прогулки по Бруклину и его сад. Не признаваясь даже самой себе, она надеялась, что в этом саду, в этом доме они когда-нибудь будут жить вместе со своими детьми.

Запас воздуха иссяк, и она подняла лицо из раковины. Глубоко вдохнув, Кэйт снова посмотрела в зеркало. Она понимала, что не только Билли был причиной этого срыва. Кэйт плакала оттого, что ранила его и была ранена сама. Но кроме того, она оплакивала и свое прошлое, и свое будущее. Все слезы, которые она держала в себе в начальной школе, в дни одиночества, в старших классах, — все они словно выплеснулись теперь. Кэйт снова наполнила раковину и опустила в нее лицо. Под водой она открыла глаза.

Кэйт понимала теперь, что Билли мог стать вознаграждением ей за ее прошлое, бальзамом на ее старые язвы. Она, быть может, изменила стиль жизни, но, несмотря на образование и переезд в Манхэттэн, ее корни обнаруживали себя. Она моргнула. Глядя в воду распухшими от слез глазами она поняла, что Билли был единственной возможностью любить и быть любимой на равных, он был человеком, который мог действительно понять ее.

Кэйт вырвалась из воды, подобно подводной лодке, всплывающей на поверхность океана. Она едва не начала плакать снова, когда услышала звонок сотового телефона. И выскочила из ванной.

Брайс изобразил пальцами воображаемую раму вокруг ее головы.

— «Офелия в слезах с телефоном», — произнес он.

— Не хочешь остановиться и помочь накрыть стол к ужину? — спросил Эллиот.

Она не обратила на них внимания. Подбежав к сумке, она ковырялась в поисках телефона. Тот еще все звонил. А вдруг Билли передумал. Каким-то образом выяснил, что все это было ошибкой, что она любит и ждет его, а все остальное — нонсенс.

Она стояла на коленях, косметичка, кошелек с мелочью и бумажник разбросаны вокруг по ковру Брайса. Но когда она наконец нашла телефон, звонки прекратились. Она быстро нашла список полученных звонков, но не узнала номера. Он начинался с кода 212, а не с бруклинского кода 718. Не важно. Это должен быть Билли. Он приехал за ней. Она нажала кнопку вызова и ждала, буквально не дыша. Все еще могло быть хорошо, говорила она себе. Все *должно* быть хорошо. Спустя момент кто-то ответил на звонок:

— Алло, Кэйт?

Голос был мужской, но внутри у нее все сжалось от осознания, что это вовсе не Билли.

— Да? — сказала она, хотя ей так хотелось прервать разговор и вышвырнуть телефон в раковину с водой. Если Билли не позвонил, к чему ей вообще телефон?

— Кэйт, это я, Стивен.

— Стивен!

При звуке его имени Брайс и Эллиот оба чуть не выронили тарелки, которые они протирали для ужина.

— Тот самый Стивен? — прошептал Брайс.

— Немедленно брось телефон в суп, — заявил Эллиот, протягивая миску. Я настаиваю, мисс.

Кэйт жестом приказала им молчать.

— Я застал тебя в недобрый час? — спросил Стивен.

Кэйт чуть не рассмеялась. «Недобрый час» вряд ли было подходящим к случаю выражением. Она не помнила, чтобы за всю жизнь ей приходилось так долго плакать.

— Нет. Я вполне могу говорить, — ответила она.

Эллиот в ярости качал головой, но Кэйт не обращала внимания. Она вспомнила, как когда-то страстно ждала его звонков. Теперь же холод, который она ощущала при разговоре с ним, удивил ее. «Может быть, через пару лет я буду испытывать те же чувства по отношению к Билли, — подумала она. — Может, со временем я уже ни о ком не буду переживать. Только какая в том польза?»

— Послушай, если ты не занята, не составишь мне компанию чего-нибудь выпить?

— Сейчас? — спросила Кэйт и посмотрела на часы. Она думала, что уже около полуночи, но оказалось всего четверть девятого. В стиле Стивена: позвонить неожиданно и надеяться, что она вскочит и побежит. Но она не рассердилась. — Нет, не думаю, — сказала она.

— Это очень важно, — заверил Стивен. — Я понимаю, что у тебя хватает других дел, но мне нужно кое-что сказать тебе.

Кэйт сомневалась, что Стивен способен сказать хоть что-нибудь интересное ей, разве только он устроился распространителем чеков лотереи «Паблишерс Клиринг Хаус», и она в результате выиграла. А если и так, что ей делать с деньгами? Купить большую квартиру и быть в ней одинокой? Мысль о пустой квартире заставила ее согласиться.

— Где? — спросила она, пока Эллиот качал головой и крутил палец у виска.

— Ты можешь приехать в центр?

Как характерно для него: ему нужно, а она должна ехать. Она думала: «Черт», — и выглядела как черт, но ответила ему «да». О чем ей беспокоиться? Он дал ей адрес, и она повесила трубку.

— Кэйт, только не говори мне, что ты пойдешь, — волновался Эллиот.

— Пойду. — Кэйт порылась в косметичке, достала зеркало и наложила тени под глаза.

— Терапия отскоком — не самый подходящий способ в подобном случае.

Кэйт встала, бросила свои раскиданные вещи обратно в сумку и посмотрела на Брайса с Эллиотом.

— Я не собираюсь никуда отскакивать. Я вам не чертов баскетбольный мяч. — Она направилась к выходу, затем обернулась к ним — счастливой паре в мире пар. — Я уже разрушила свою жизнь, — сказала она. — Вам уже больше не о чем переживать.

Глава XLV

Кэйт сидела рядом со Стивеном, держа сумочку на коленях и скрестив ноги. Одной ногой она упиралась в перекладину стула в баре. Кэйт теперь уже радовалась тому, что он назначил встречу в «Темпле», поскольку это, вероятно, было самое темное заведение в Манхэттэне. Особый его шик заключался, вероятно, в том, что оно не имело даже вывески на входе. Именно такие места были известны Стивену, и он их часто посещал. Обитое темным бархатом, элегантно освещенное и предлагавшее «космополитен» за семь долларов заведение располагало к тихим беседам. Ничего общего с баром «Барбер». Это был настоящий Манхэттэн.

Стивен, казалось, не заметил, что она неважно выглядит, а если и заметил, то галантно не упомянул об этом. Посидев с ним некоторое время и понаблюдав за ним, Кэйт поняла, что он не только не был расположен замечать что-то в других, а, напротив, сам как-то отличался от себя обычного сегодня. В его манерах — в том, как он откидывал со лба прядь темных волос, как держал голову, как жестикулировал, — всегда было, как считала Кэйт, что-то напоминавшее игру на публику, не важно, реальную или воображаемую. Сейчас она просто сидела, усталая и грустная, и пыталась слушать его. Это был долгий монолог.

— ...И я заслужил это. Правда, — говорил он. — Знаю, я обидел тебя, и знаю, что был глупцом. Наверно, мне хотелось продлить свое детство.

Он отвернулся, но Кэйт видела его отражение в зеркалах напротив. Она уныло размышляла, с какой стати ей снова проходить через все это. Эллиоту не о чем беспокоиться. Хорошей новостью было то, что она ни в коем случае не собирается спать с этим актером, ни за что не позволит больше так ранить себя. Но была и плохая новость: она стала такой безразличной, что вряд ли что-нибудь могло теперь досадить ей.

— Я много рылся в своей душе, — продолжал Стивен, — и нашел отвратительным то, что обнаружил. — «Запишись в клуб», — подумалось Кэйт, но она только кивала. — Я был безответственным. Фактически я поступал как мальчишка, не как мужчина.

«И ты, и еще пятьсот тысяч других одиноких мужчин в Манхэттэне», — думала Кэйт. Но она снова кивнула. И как она только могла связаться с ним? Встречаться с кем-то опять, завести нового мужчину и сидеть с ним в барах, как этот, слушать рассуждения и принимать их всерьез — все это не стоило переживаний, которыми подобные отношения сопровождались и являлись в каком-то смысле пыткой, которой никому не пожелаешь. И где Международная Амнистия, когда в ней так нуждаются? Кэйт размышляла, сможет ли она теперь снова начать встречаться с кем-то или ей лучше просто поставить на всем этом крест и дожидаться, пока все ее подруги обзаведутся детьми, и сделать карьеру записной тетушки.

Неожиданно Стивен нагнулся и взял ее за руку. Кэйт слегка вздрогнула, но не уронила сумку с колен и не спустила ногу с перекладины.

— Я знаю, ты не слушаешь, и я тебя за это не упрекаю, — сказал он. Эти слова заставили Кэйт обратить на него внимание. Возможно, Стивен относился к другим с большим пониманием, чем она от него ожидала. — Кэйт, что я пытаюсь сказать: когда мы встречались, у нас были разные цели. По крайней мере, я так думал. Но у меня было много времени поразмышлять об этом, и большую часть этого времени я жалел о том, что потерял тебя.

Кэйт взглянула ему прямо в лицо, в первый раз. К чему он клонит?

Стивен вздыхал.

— Я не могу поверить, что вел себя настолько глупо, когда мы встречались в последний раз, — сказал он. — С моей стороны было самонадеянно думать, что простого извинения будет достаточно, чтобы помириться после нашего разрыва. — Он посмотрел в сторону. — Иногда мне не хватает... наверно, мне многого не хватает. Но прежде всего мне не хватает тебя, я бы хотел со временем доказать, что я все же изменился.

Несмотря на свое отчаянное настроение, Кэйт пыталась проанализировать, действительно ли он тогда вел себя глупее, чем обычно. Проблема Стивена, как она понимала, состояла в том, что он получил все блага слишком рано. Он никогда не страдал и не работал ради удовлетворения своих насущных желаний, и естественно, что он возомнил, будто может получить что угодно, стоит ему только попросить об этом. Кэйт убрала руку. Он некоторое время, опустив глаза, смотрел вниз, переваривая ее молчаливый упрек.

— Кэйт, ты не должна терять попусту время на какого-нибудь мужчину, который никогда не оценит тебя. Кто не захочет связать жизнь с тобой.

«Кто бы говорил», — подумала Кэйт, попутно заметив про себя, что Стивен, похоже, изображает из себя советчика одинокой женщины. Может быть, он хочет сделать ее своей клиенткой. А Стивен тем временем снова попытался взять ее за руку. Кэйт все было безразлично. Но из-за сумки и неустойчивого положения она не рискнула отпрянуть назад.

— Кэйт, я прошу твоей руки.

— Ты держишь ее, — заметила она.

— Нет. Я имею в виду... я прошу тебя выйти за меня замуж.

Кэйт не могла поверить — и не верила — своим ушам. У нее слуховые галлюцинации или он просто так неудачно шутит? Но к ее великому удивлению, он полез в карман и достал кольцо. Прежде чем она успела опомниться и сказать хоть что-то, он надел его ей на палец. Кэйт изумленно смотрела на бриллиант и окружавшие его два меньших по размеру изумруда — ее любимые камни.

— Тебе нравится? — поинтересовался Стивен.

Кэйт взглянула на него. О чем, в конце концов, он думает? Его наглость, решительность сами по себе должны были взбесить, но она посмотрела опять на свою руку. Бриллиант словно подмигивал ей в лучах, отражаемых бутылками за стойкой.

И вдруг она принялась смеяться. Начав, она уже не могла остановиться. Нога ее соскользнула, и сумка полетела на пол, но Кэйт не могла успокоиться. Она не хотела быть жестокой — просто она потеряла контроль над собой.

Поначалу, когда она только начала смеяться, Стивен смотрел на нее с улыбкой. Затем, видя, что смех не прекращается, он перестал улыбаться. Бармены уже повернулись в их сторону и наблюдали. Кэйт вовсе не хотела унизить его, но он уже сам сделал это. Почему жизнь так устроена? Когда ты желаешь чего-то, то не получаешь, а потом, когда получаешь, уже этого не хочешь.

С невероятным усилием Кэйт взяла себя в руки. Она перестала хохотать и перебирала в уме, что же ей сказать, что ответить Стивену. Наконец Кэйт приняла решение: она лишь отняла свою руку, сняла кольцо и протянула ему.

— Боюсь, что нет, Стивен, — сказала она. — Это не принесет ничего хорошего нам обоим.

Его лицо сразу же приняло хорошо ей знакомое страдальческое выражение. С минуту ей было его жаль. Боль причинять так же тяжело, как и переносить. Но она знала Стивена. Через несколько дней он найдет другую женщину, которая будет его ублажать, стараясь утешить и изменить это выражение, и Кэйт мысленно пожелала ей удачи. Потом она встала и коснулась плеча Стивена.

— Мне пора, — сказала она. И одинокая квартира вдруг показалась ей раем. — Будь здоров, — добавила Кэйт.

После этого она развернулась и мимо длинной стойки пошла к двери. Пусть это был не самый лучший, но все же исход.

Глава XLVI

Кэйт лежала в кровати. Удушливая жара опустилась на Нью-Йорк. По температуре и неподвижности воздуха можно было подумать, что уже середина августа. Кэйт была не готова к жаре. Она ни к чему не была готова: ее кондиционер был заперт в подвале; она не просила Макса помочь установить его, не убрала свою рабочую одежду и не заменила ее на легкие летние вещи; у нее не было никаких планов на уикенд четвертого июля. Лето наступило, а Кэйт была совершенно не готова к летним каникулам. Очевидно, ей было не до того: она потратила слишком много времени впустую с Майклом, пересматривала свои дурацкие взаимоотношения со Стивеном, некстати влюбилась в Билли и была им отвергнута. Жизнь всех остальных неслась вперед: Брайс продвигался по службе, Эллиот вел курс в Нью-Скул, оба сняли на паях домик в Файер Айленде, Бина была занята бесконечными хлопотами к свадьбе, Бев — ребенком, и — последняя новость — Барби объявила, что беременна. Казалось, у каждого была своя цель, и только она плыла по течению.

Кэйт придумывала причину, которая заставила бы ее встать. Куча грязного белья росла, нужно бы сходить в гимнастический зал, попытаться наконец достать кондиционер. Ее ждала стопка книг, которые она приготовила для летнего чтения. Цветы в гостиной не поливались. И все же она не могла себя заставить подняться. Она отчаянно, но бесплодно искала то, к чему ей можно было бы стремиться.

Ей приходили в голову неутешительные мысли: об умерших родителях, о том, что у нее не было братьев и сестер. Эллиот собирался уехать на все лето. Подруги все замужем. Она порвала с Майклом и была рада этому, но предложение Стивена застало ее врасплох. Сейчас ей не нужен был Стивен — но когда-то она хотела его. И Майкл тоже не был ей нужен, хотя когда-то казалось наоборот. Очевидно, она сама не знала, чего — или кого — она желала. Может быть, и вовсе никого и ничего. Она все больше утверждалась в том, что ей суждено остаться одинокой. Что-то с ней было не так, что-то подспудное и несомненно связанное с переживаниями детства. Мама ее умерла; отец был эмоционально не доступен, а потом умер и он. И она избрала одиночество и неприятие людей как образ жизни.

Она сбросила с себя простыню и от одного этого усилия ощутила страшную усталость. Зачем она перебралась в Манхэттэн? За что боролась в годы учебы? Даже ее работа с детьми сейчас, в середине лета, казалась бессмысленной, бесполезной и второстепенной.

Но окончательно растоптанной она чувствовала себя из-за истории с Билли. Думать об этом было просто невыносимо, но она вновь и вновь мысленно возвращалась в те дни. Теперь она вспомнила день, когда они ходили кататься в парке, и тот эпизод, когда он так легко справился с неуправляемой толпой в кондитерской. Она думала о том, прохладно ли в его саду в эту полуденную жару. Вспоминая траву, блестящую в воде рыбку, шатер из листвы, она снова приходила к выводу, что Билли был необыкновенным, а она сама оказалась редкой идиоткой. Кэйт отправила ему два письма: одно с простым извинением и второе — с подробным объяснением. Но не получила ответа. Так что теперь невозможно узнать, любил ли он ее в действительности, читал ли ее письма, бросил ли бы ее в любом случае — независимо от сложившихся неприятных обстоятельств. И все же относиться серьезно к глупым суевериям Бины и плану Эллиота было безумием. Она опять видела его лицо, когда он стоял перед ней в школе. На нем читалась такая неподдельная боль, и Кэйт было невыносимо думать, что она оказалась в том виновата. И Майкла она тоже обидела. И Стивена, не важно, что он это заслужил. Однако у нее не было намерений причинить боль любому из них, и тем более себе самой.

Одиночество здесь, в маленькой спальне, казалось безмерным, словно оно просачивается сквозь дверь и распространяется по всей квартире. Кэйт повернулась на бок и вновь задумалась о Билли. Повсюду был Билли. Она заплакала, и слезы потекли на уже влажную подушку.

Когда позвонили в дверь, Кэйт проснулась в испуге. Словно в тумане, она все же поднялась с мятой постели и поплелась к двери. И кто без предупреждения мог прийти к ней в час пополудни, да еще в будний день?

Она открыла дверь, то был Макс, а за его спиной — Бина. Оба должны были находиться на работе. Ведь понедельник, разве нет? Ужасный уикенд казался бесконечным, неужели еще только воскресенье?

— Кэти, нам нужно поговорить с тобой, — заявила Бина.

— Можно нам войти, или мы пришли не вовремя? — спросил Макс.

Кэйт была слишком расстроена, удручена и смущена, чтобы поведать им, что сейчас ей любое время казалось неподходящим для чего бы то ни было. Она просто отступила в сторону и пропустила их в гостиную.

— Боже, как жарко, — вздохнула Бина, садясь на диван.

— Ой, мне следовало поднять из подвала твой кондиционер, — вспомнил Макс. — Почему ты мне не напомнила?

— Мне было некогда, — сказала Кэйт, но они не уловили иронию в ее ответе.

Она, должно быть, ужасно выглядела, но ни один из них не замечал этого. Они лишь обменивались взглядами друг с другом, будто избегая смотреть ей в глаза. Кэйт вспомнились неслухи близнецы Рэйли, но в чем могли провиниться Макс и Бина и что предосудительного могло происходить между ними? Кэйт села в кресло-качалку.

— Что случилось? — спросила она.

— Просто... ну, я не могу...

Губы Бины задрожали. Кэйт не знала, сможет ли она выдержать еще один ее слезный шторм. В конце концов, она получила все, чего добивалась. У нее было сногсшибательное свадебное платье от Веры Ванг, подружки, деньги на первый взнос за дом, муж, который мог оценить ее, и, конечно, дети в скором будущем. Как обычно, после потоков слез Бина снова будет радостной и веселой. А Кэйт останется при своем интересе.

Прежде чем она успела что-то сказать или встать, Макс обнял Бину.

— Все будет хорошо, — сказал он. — Я обещаю. Все будет хорошо.

— Что́ будет хорошо? — спросила Кэйт. — Бина, прекрати реветь и расскажи, что не так.

— Все. Все не так, — рыдала Бина. — Я не хочу выходить замуж за Джека. Я не могу. Но я должна.

— Нет, не должна, — запротестовал Макс.

— Боже мой! — продолжала Бина. — Что подумают люди?!

Кэйт пыталась скрыть свое изумление. С какой стати Бина... Вдруг страшная мысль пронеслась в голове. Она беременна? От Билли?

— Бина, тебе следовало предохраняться, разве нет?

Бина взглянула на нее и утерла глаза.

— Да. Конечно. Ты что? Разве я располнела? — Макс протянул ей носовой платок, и она поднесла его к глазам. — Мама разослала триста приглашений, — сообщила она. — Адреса надписывал каллиграф.

Кэйт подалась вперед и взяла ее за руку.

— Ты не должна чувствовать себя виноватой. Если ты спала с кем-то еще, это не значит, что ты не можешь выйти за Джека. У тебя же не было настоящих отношений.

— Это отношения, — объявил Макс. — И серьезные.

— И я его люблю, — призналась Бина, вновь принимаясь рыдать. — Я люблю его всем сердцем. — Тут уже Макс взял ее за другую руку, и теперь Бине нечем было вытереть нос.

Кэйт отвернулась, у нее заболел живот. И она, и Бина безнадежно влюблены в Билли Нолана. Это было смешно.

— Послушай, это всего лишь слепое увлечение. Физическое. Это не настоящая любовь, — сказала она, пытаясь убедить не только подругу, но и себя саму.

— Это настоящая любовь, — заявила Бина и посмотрела на Макса. — Настоящая, правда, Макс?

— Конечно, — подтвердил тот.

Кэйт удивленно подумала, какого черта Макс так усердно поощряет заблуждение Бины, как вдруг, к полному ее изумлению, он наклонился к Бине и поцеловал ее страстно и взасос, отчего у Кэйт закружилась голова. После этого он повернулся к Кэйт и посмотрел на нее.

— Это не простое увлечение, Кэйт. Мы уверены. Я люблю Бину, и она меня тоже. Мы не хотели ничего делать у Джека за спиной. Кроме того, он все же мой двоюродный брат. Но он, в общемто, развлекался где-то и еще рассказывал мне про это, и...

— Постой! — Кэйт не верила своим ушам. — Ты спала с Билли Ноланом, а теперь спишь с Максом?

— С Билли Ноланом? С чего это мне спать с Билли Ноланом? — вопрошала Бина. — Мне просто было нужно, чтобы он бросил меня. Когда он бросил, а Джек сделал предложение, а я согласилась, и ты сказала, что это ничего, даже если я спала с Максом, но...

Кэйт старалась все припомнить. Оказывается, когда Бина говорила ей о своей «неосторожности», она вовсе не имела в виду Билли. Кэйт поняла все неверно. И она убила все это время на самоистязание из-за нечистоплотности Билли, когда они с Биной никогда не...

— О, господи! — воскликнула Кэйт.

— Видишь. Я же говорила. Боже мой! — как эхо, вторила Бина. Макс погладил ее по волосам и поцеловал в макушку.

— Послушай, — сказал он. — Я не боюсь рассказать Джеку и ее родителям тоже, но она боится, что из-за этого придется многое переделывать заново и они возненавидят меня.

Кэйт было так жарко, и она была настолько смущена, что у нее голова шла кругом. В комнате не хватало воздуха, но мозг ее усиленно работал, пока она пыталась перевести дух. Если только можно было еще отчаяннее сожалеть о печальном завершении их с Билли отношений, то сейчас был именно тот момент.

Билли никогда не спал с Биной. Ее сомнения, все ее подозрения не имели никакого основания. Билли гулял с невинной Биной, видя и уважая ее неопытность. Она с трудом осознавала это.

— Но полотенца. Вечером, когда шел дождь, а он растирал тебя.

— Бина тебе рассказала? — удивился Макс и, посмотрев на Бину, продолжил: — Ты рассказала и про то, что было потом?

— Так ты была с Максом?

— В том-то и дело, — ответила Бина. — Я и хочу остаться с Максом, а не с Джеком. Но у меня есть кольцо Джека, и рабби уже заказан, и цветы, и наняты музыканты... — Она снова заплакала.

— Так вы двое хотите пожениться? — спросила Кэйт.

— Конечно, — отвечали Макс и Бина хором.

Кэйт глубоко вздохнула. Она видела перед собой эту пару и вспоминала, как Макс смотрел на Бину после ее преображения, как она однажды обнаружила их сидящими на крыльце, тот вечер со Стивеном, когда Макс прошел мимо с какой-то женщиной, и даже странный шум, который был иногда слышен сверху.

— И как давно это продолжается? — поинтересовалась она.

— Почти с отъезда Джека, — поведал Макс.

Кэйт в конце концов поняла, что, пока Бина встречалась с Билли, она в действительности уже была увлечена Максом, а Кэйт ревновала и... О, все было слишком глупо. Она взглянула на подругу.

— Уже совсем не та Бина.

Та помотала головой.

— Хорошо, — продолжила Кэйт по мере прояснения ситуации. Справедливости ради, Джек никогда не нравился ей. Она никогда не считала его достаточно хорошей партией для Бины. А Макс был великолепен. Все это было к лучшему, и из того, что сама она практически угробила свою жизнь, вовсе не следует, что Бина должна идти по ее стопам. — Макс, ты позаботишься о Джеке и своей семье. Я возьму на себя дела Бины. И лучше сделать это немедленно. — Она взглянула на Бину: — Но ты должна вернуть ему кольцо.

Бина кивнула.

— Я подарю тебе кольцо еще красивее, — пообещал Макс.

— Мне не нужно кольцо. Мне нужен ты, — отвечала Бина, и они снова поцеловались.

Кэйт потянулась к телефону. Она набрала столь хорошо знакомый номер.

— Миссис Горовиц, это Кэйт.

Та, по обыкновению, многословно приветствовала ее, пригласила на обед, далее последовали вопросы о здравии, работе и личной жизни, и все без паузы, пресекая всякую возможность ответить.

— У меня все очень хорошо, — наконец умудрилась вставить Кэйт. — Но есть некоторые новости для вас.

Глава XLVII

— Боже, ну и жара, — ворчал Эллиот, как будто это не было и так очевидно для всех.

Они с Брайсом вновь были в официальных костюмах — и опять в Бруклине. Но теперь оба выглядели посвежевшими и благодаря контрасту загорелой кожи на фоне белоснежных рубашек — еще привлекательнее, чем обычно. Кэйт парилась в сиреневом платье без бретелек.

Вокруг бруклинской синагоги толпились десятки друзей и родственников, приветствуя гостей пронзительно, как скворцы.

— Как дела?

— Чем вы занимаетесь? Мы не виделись уже три пасхи.

— Она таки выходит замуж. Говорила я вам, что ее мать вся испереживалась.

— А Вайнтраубы тут? Вы слышали историю, а?

Люди начинали подниматься на крыльцо и заходить в здание. Кэйт держалась позади, а Брайс под давлением толпы продвигался вперед.

— Я займу вам хорошие места, — пообещал он.

Кэйт стояла рядом с Эллиотом.

— Еще одна свадьба, — произнесла она, глубоко вздохнув и стараясь придать голосу веселый тон. — По крайней мере, последняя. Мне больше не придется покупать платье подружки невесты.

— Э, да ты не подружка невесты, — заметил Эллиот. — Ты — почетная старая дева.

— Спасибо за напоминание.

Кэйт вздохнула. Брайс с Эллиотом все время старались развеселить ее, но все и в самом деле было очень грустно. Она никак не могла оправиться после разрыва с Билли, хотя понимала, что глупо думать, будто один человек обязательно создан для другого конкретного человека, однако ее не покидало предчувствие, что она всю жизнь теперь будет любого мужчину сравнивать с Билли. А те другие будут страдать из-за этого сравнения. Она была глупа и наказана за это, и с этим ничего нельзя поделать, разве только не убиваться так сильно, как раньше, и ждать, пока со временем боль утихнет. Необходимость присутствовать на этой свадьбе все же не способствовала обретению эмоционального равновесия.

Словно читая ее мысли — а обычно так и было, — Эллиот взял ее за руку.

— Ладно, Кэти, — сказал он, делая гримасу. — Это же шоу. — Они начали подниматься по ступенькам. — Подумай о светлых сторонах, — продолжал он. — Это же не трехчасовая католическая месса. — Он понизил голос, когда они вошли в храм. — Это похоже на еврейскую мессу. Взгляни на наряд той пожилой леди с тростью.

Кэйт посмотрела в направлении, которое указывал Эллиот, и увидела старую женщину в некоем меховом изделии, обвивавшем ее шею.

— Она живая или мертвая? — продолжал Эллиот. — Леди я имею в виду, а не горжетку.

— Замолчи! — прошептала Кэйт. — Это бабушка Гроппи. Мать миссис Горовиц, которая печет лучший в Бруклине мондельброт[1]. Она всегда посылала мне гостинцы в школьные времена.

— И ты благодарна за это? — спросил Эллиот.

Брайс окликнул Эллиота раньше, чем Кэйт успела отшлепать его. Люди переговаривались, махали друг другу ручкой, некоторые высказывали легкое недовольство местами, где они должны были сесть. За спиной Кэйт две кумушки были заняты сплетнями:

— ...Так вот, он передумал, но сам не подозревал, что она передумает тоже. — Женщина с волосами того же цвета, что у Хизер Локлиэр, только лет на пятьдесят старше, кивала, а ее собеседница, невысокая и коренастая, одетая в просто по-королевски расшитое бусами платье, качала головой и цокала языком.

— Уж за столько-то лет Джек Вайнтрауб должен был понять, чего же он хочет.

— О, Вайнтраубы. Для них это настоящий крах. Как сохранить лицо?!

— Ох уж эти нынешние дети! — Она грузно опустилась на сиденье.

Но почтенная блондинка не умолкала:

---

[1] Миндальный хлеб (*евр.*).

— Не судите так, Дорис. Я потеряла Мелвина после сорока двух лет замужества, и если бы довелось пережить все заново, то уж лучше бы сбежала тогда с Берни Сильверманом, когда он мне предлагал.

— Как, Берни и вам предлагал? — спросила пораженная Дорис.

Кэйт была в восторге, однако ей — участнице праздничного действа — пора было присоединиться к нему.

— Я могу вас оставить? — спросила она Эллиота и Брайса. — Или вы будете плохо себя вести?

— Можешь нам доверять, — успокоил ее Эллиот.

Брайс кивнул:

— Я никогда не видел еврейской свадьбы, кроме как в фильме «Обманщица Деланси». Они и правда поднимут Бину на стуле и будут танцевать вокруг?

— Это не «Скрипач на крыше», — заметила Кэйт и покинула друзей.

Она нашла Бину и ее маму уже в истерике. Каким-то образом Бина ухитрилась забыть одну туфлю.

— Наверно, я оставила ее на туалетном столике, — говорила она матери.

— Боже ж мой! И что нам теперь делать? — чуть не плакала миссис Горовиц.

— Майра, это не трагедия, — сказал мистер Горовиц. — Вот если бы она потеряла ногу, тогда была бы трагедия.

— Артур, что ей теперь делать? Хромать, как калеке? А ты знаешь, сколько мы дали за эти туфли? Ты должен вернуться домой и забрать вторую туфлю.

Кэйт смотрела на Бину и думала, что та вот-вот заплачет. Но сегодня Бина была совсем другой: взволнованная, явно довольная, она вся горела, но лицо ее было прекрасно и светилось так, словно внутри нее горела свеча.

— Забудьте об этом, — заявила Бина. — Просто пойду босиком.

— Ты сумасшедшая? — спросила миссис Горовиц. Она повернулась к Кэйт: — Моя дочь, невеста, сошла с ума. Скажи ей, Кэти.

— А я думаю, что это мысль, — сказала Кэйт. — И Джулия Робертс проделывала это.

— Еще одна *мешугене*, — сказала миссис Горовиц. — Она смотрела на Кэйт. — Ты выглядишь великолепно, дорогая, — добавила она и поцеловала Кэйт в щеку.

Тут вошел вспотевший мужчина в рубашке с открытым воротом.

— Мы готовы, — сообщил он. — Камеры расставлены, свет зажжен. Лучше вам начинать сейчас, пока все собравшиеся не растаяли.

— Где же девушки? — спросила миссис Горовиц.

— Они в комнате для леди. Где им еще быть? — воскликнул мистер Горовиц.

— Иди за ними, а я возьму цветы. Кэйт, пригляди за Биной, чтобы она не надумала выходить замуж за кого-нибудь третьего.

Кэйт с Биной остались наедине.

— Прекрасно выглядишь, — сказала Кэйт подруге. — Ты так же счастлива?

— Боже мой! Я так счастлива! И это было бы невозможно без тебя. Спасибо тебе, Кэти. — Бина прослезилась. — Я так люблю Макса. Я даже не подозревала, что такое бывает.

Кэйт понимала, что она имела в виду, но ничего не ответила. Явились девушки — будто мандарины высыпались из сломанного ящика.

— Кэти! — защебетали они.

— Тсс! — одернула их миссис Горовиц. — Ведите себя прилично.

— И букеты, — потребовал доктор Горовиц. — Только что из рефрижератора.

Всем подружкам невесты раздали по одинаковому букетику оранжевых орхидей с глянцевыми листьями лимона. Кэйт получила букет побольше — из сирени, гелиантусов и белых роз.

— И не только это, — прошептала миссис Горовиц Кэйт на ушко. — Я приготовила кугель специально для тебя. Только не рассказывай никому. — Она поправила Кэйт волосы и, посмотрев на Бину, сказала: — Пора идти.

— Верно, — согласился мистер Горовиц. — Иди и займи свое место, Майра. А я поведу ее к алтарю.

— Встретимся позже, Бина, — сказала миссис Горовиц. — Я ждала этого тридцать лет, — призналась она, отправляясь к своему месту.

Кэйт стояла под традиционным балдахином перед всем собранием. Позади нее выстроились «шавки». Было довольно тесно, и поля их живописных шляп соприкасались и упирались Кэйт в затылок. Волосы ее были убраны кверху, но она даже радовалась такой щекотке: это немного отвлекало ее. Макс и Бина стояли по обе стороны от ребби. Кэйт не могла оторвать глаз от Бины. Та выглядела такой счастливой и смотрела на Макса с обожанием. Он был немного бледен, но вполне соответствующим образом отвечал на взгляды Бины. В самом деле, Кэйт казалось, что им не было дела до ребби, до свадебных торжеств, до пары сотен гостей, собравшихся ради них. Кэйт окинула взглядом толпу. Она размышляла о том, как много пар в этих рядах любят друг друга. Она гадала, чувствует ли Джек себя несчастным в этот день. Вместе со своей семьей он решил бойкотировать свадьбу, и Кэйт понимала, что ему некого винить в случившемся, кроме самого себя.

Большая часть церемонии шла на иврите, и Кэйт не понимала происходящего. Но она прекрасно знала, что Бина получила любимого человека и что Макс был добрым, любящим и надежным мужчиной. Кэйт думала о том, что ей не суждено найти мужчину, на которого она могла бы смотреть так же, как Бина теперь смотрела на Макса. Когда брачный обет был повторен на английском языке, Кэйт и вовсе овладела грусть. Бина ныне присоединяется к сонму молодых жен и матерей... Как это странно, что именно теперь, когда ее старые друзья объединились с новыми, она теряет Бину, которая отныне посвятит себя домашнему хозяйству, материнству и дошкольным хлопотам.

— Согласен ли ты, Макс, взять Бину в законные супруги...

Кэйт внимала торжественным словам и на этот раз не у Бины, а у нее самой задрожали губы. Она вспомнила Билли, теперь для нее потерянном, о том, как он смотрел на нее, когда лежал рядом с ней. Была ли в его взоре та же теплота, которую она сейчас видела в глазах Макса?

— Да, — отвечал Макс.

— И я, — раньше времени выпалила Бина.

Народ в храме засмеялся, и Кэйт, которая уже чуть не плакала, тоже не смогла сдержать смеха. Бина все та же.

Жара и шум на свадебном приеме были просто запредельные. Настроение Кэйт не улучшилось от того, что прием проходил в том самом банкетном зале, где выходила замуж Банни и где брала начало вся эта абсурдная история с Билли Ноланом.

Эллиот и Брайс развлекали ее, как только могли, хотя это было непростой задачей.

— Когда же Сионские старцы произведут кровавый ритуал с христианским младенцем? — вопрошал Брайс.

— После закуски, — пояснила Кэйт.

К сожалению, они оба не смогли выполнять обязанности телохранителей, поскольку Кэйт была вынуждена сесть на возвышении свадебного торжества и оказалась беззащитной перед натиском женщин, которые донимали ее своим любопытством:

— И когда же твоя очередь?

Кэйт была готова сказать им, что она лесбиянка и уже сочеталась гражданским браком с одной леди — преподавательницей физкультуры в штате Вермонт, но побоялась, поскольку поблизости не было ни кислородных подушек, ни бригады скорой помощи. Как только руководитель ансамбля объявил начало танцев, Кэйт тут же встала, поскольку не могла дольше играть роль мишени.

— Теперь, леди и джентльмены, впервые соединим на танцевальной площадке наши руки в честь мистера и миссис Макс Чепек.

Зал захлестнули аплодисменты, крики «Мазель тов!» и стук вилок по бокалам. Макс поднялся, обнял Бину за талию, вывел ее на танцплощадку, и они закружились в вальсе. Кэйт аплодировала вместе со всеми, хотя на глазах у нее были слезы. Через плечо Макса Бина послала ей поцелуй и губами изобразила:

— Спасибо тебе.

Кэйт кивнула. При всем желании Кэйт не смогла бы вспомнить сколько-нибудь подробно, как она провела следующие два часа. Какое-то время она скрывалась в женском туалете, потом деревянно улыбалась, чувствуя себя мишенью в этом балагане, раз-другой танцевала с Эллиотом или Брайсом, едва воспринимая их шутки. Она только запомнила, что очень устала от необходимости постоянно держать улыбку на лице. Когда наконец был подан торт, появилась возможность хотя бы временно передохнуть. К ней подошла Бина.

— Скоро нам пора уезжать, — сказала она. — Готовься поймать букет, потому что я хочу, чтобы следующей замуж вышла именно ты. Жди нас внизу.

Кэйт кивнула. Больше она уже не могла держаться. Она сошла с помоста и осторожно открыла дверь на террасу.

Глава XLVIII

Кэйт незаметно проскользнула на террасу и прислонилась к закрытой двери. Голова ее кружилась, она с трудом перевела дух. Кэйт понимала, что с ней происходило то, что психологи называют «внезапным припадком паники», но в этот момент она ощущала себя больше женщиной, чем психологом. Требовалось несколько минут, чтобы успокоиться. В зале начинали играть «Если я любил тебя». Кэйт прошла по жаре в конец террасы, но спастись от этой избитой песни было негде. Ей не нравились баллады из мюзиклов — это больше по части Брайса. Но в песне звучало какое-то неотвратимое, невысказанное страстное желание. И чувство неизбывного одиночества овладевало ее душой.

Она никогда не выйдет замуж, а если и надумает, то у нее нет родителей, чтобы устроить свадьбу. Да и не так уж ей хочется свадьбы, равно как и заполучить несчастный букет, который Бина так желает бросить ей в руки. Она прерывисто вздохнула.

Вдруг в нескольких шагах от нее затрепетал плющ, обвивавший балюстраду. Кэйт отпрянула, подумав, что это, возможно, белка или бурундук. Но плющ колебался все сильнее, и Кэйт в изумлении наблюдала за этим, пока чья-то рука не вцепилась в перекладину. Затем появилась вторая рука, а потом показались голова и плечи Билли Нолана. Он подтянулся на руках и перебросил длинные ноги через балюстраду.

Кэйт не могла оторвать от него глаз, пока он, тяжело дыша, приходил в себя. На нем были джинсы, белая рубашка и легкие кожаные туф-

ли — явно не подходящий для свадьбы наряд.
Наконец, через несколько мгновений, которые
показались ей вечностью, она решилась спросить:

— Что ты здесь делаешь? — Кэйт старалась
сохранить спокойный тон, словно ничего особенного не произошло.

— Я мог бы у тебя спросить то же самое, — ответил Билли.

Она покраснела:

— Я здесь на празднике у Бины.

— Здесь, на террасе? — спросил Билли.

Это было уже слишком. Ей было ни к чему
терпеть издевательства от мужчины, которого
она любила и потеряла.

— Я просто... Мне уже пора возвращаться, —
сказала она ему. — Было приятно встретиться.

Она дошла до двери и взялась уж было за ручку, когда он положил свою руку поверх ее руки
и сказал:

— Подожди.

Кэйт видела отражение своего лица в стекле
двери террасы. Губы ее дрожали — не слишком
привлекательная картина. А внутри все танцевали
и веселились вместе с Максом и Биной. Зачем
Билли так мучает ее?

Его отражение в стекле наклонилось к ней.
Его лицо было рядом.

— Кэйт, — прошептал он ей на ухо, — не хочешь потанцевать со мной? — Не поворачиваясь,
Кэйт покачала головой. — Ну, давай же, — говорил

он таким подкупающе знакомым голосом. — Ты
же сама этого хочешь.

Кэйт обернулась, чтобы взглянуть на него,
глаза в глаза, в двух дюймах друг от друга. Она
ощущала, как воздух из его ноздрей ласкает ей
лоб. Ей не суждено обладать им, но она могла еще
подышать одним с ним воздухом. Затем он обнял
ее, и они стали двигаться в такт музыке.

Сначала Кэйт была напряжена, но потом расслабилась, не могла не расслабиться в его объятиях. Боже, как же ей не хватало запаха его кожи,
его тепла. Возможно, сердце ее разорвется в кло-
чья, но она ничего не может с собой поделать; она
подняла руки, чтобы положить их ему на плечи.

— Кэйт, — сказал Билли, чуть отклоняясь назад, — скажи, что ты скучала по мне.

— Скучала по тебе? — эхом повторила Кэйт.
Могла ли — и должна ли — она рассказывать о той
боли, пустоте и раскаянии, которые испытывала...

— Послушай, я не знаю, с чего все началось
и чья это была идея, или поначалу то было шут-
кой, — начал Билли, — но, я слышал, тебе сделали предложение.

Она смотрела на него снизу вверх. Откуда ему
известно про Стивена? Она рассказывала только
Эллиоту. Потом она вспомнила, что, пожалуй, еще
говорила и Бине, а она передала... в общем, всем.

— Это было глупо, — сказала она. — И это не
имеет никакого отношения к тебе.

Он пожал плечами, не убирая рук.

— Ты же знаешь, что бывает, когда встречаешься с Билли-талисманом.

— Постой, — остановила его Кэйт. — Я никогда не встречалась с тобой ради этого. Это глупое прозвище.

Билли снова пожал плечами.

— Все меня так зовут. И все знают, что я такой.

— Ты же не веришь, что обладаешь некой... властью, верно? В смысле — заставлять людей жениться друг на друге?

Билли рассмеялся:

— Не переживай. Это не бред. Во всяком случае, не настолько. Я просто перебрал всех, и все знакомые парни женаты. И я подумал, чего же я жду? Что со мной не так? — Он посмотрел на нее сверху вниз. — Моя юность затянулась. Я видел, как сильно отец любил маму. Я... я развлекался и не желал угомониться. Понимаешь, о чем я?

Кэйт кивнула.

— А ты была другая. У тебя хватило мужества уйти, вырваться из этого круга, несмотря на происхождение. Ты, в общем, ты — цельная натура. — Он сделал паузу. — Может быть, мне не стоило бы говорить, но, я думаю, у нас много общего. Я не утверждаю, что образован, как ты, и все такое. Но мы оба преодолевали горечь ранних утрат. Понимаешь, о чем я?

Кэйт опять кивнула, внимательно слушая. Его тело рядом с ее, движение под музыку — это было как сладкий сон. И ей не хотелось просыпаться.

— Думаю, те люди, которые не страдали, хотя за них можно только радоваться, они не такие, как мы — те, кто страдал, — продолжал он. — Я не так силен в психологии, как ты, но знаю, что люди вроде нас... мы опасаемся того, что нас могут к чему-то принудить, что мы сделаем неверный шаг, и решение начать что-то новое нам дается с трудом. Ты знаешь?

Кэйт кивнула. Она слишком хорошо это знала. Она чувствовала, как все быстрее колотится сердце. Возможно ли, что он не только простил ее, но и... Она и думать об этом не могла. Жара и волнение окутывали ее.

— Не знаю, почему у меня больше амбиций, чем у других знакомых мне парней. И почему я уехал во Францию. Не знаю, почему после возвращения оттуда я не выбрал какую-то другую работу. Почему взялся за бар и сменил клиентуру. Мне просто хотелось быть... — Он остановился. — Похоже, мне просто хотелось большего, чем Арни или Джонни, не то чтобы... — Он глубоко вздохнул. — Например, как выбрать партнера на всю жизнь, а не на несколько месяцев?

Кэйт кивнула. Стивен выбирал на месяцы, так же и Майкл... Но на всю жизнь? Как можно знать?

Билли продолжал:

— И я вовсе не сноб и не смотрю свысока на парней, которых знаю, или на женщин, с которыми встречался. Нам было весело. Когда мы расставались, я не обижал их. Я любил их.

— Я знаю, что ты их не обижал, — сказала Кэйт. — Все они любят тебя.

— Хорошо. И это, похоже, помогало им решать свои дела. — Он улыбнулся. — Похоже, они все вышли замуж. Мое волшебное прикосновение?

Кэйт опять почувствовала, что краснеет.

— Ты знаешь, что я никогда не верила в эту бессмыслицу...

— Пока это не случилось с тобой.

— Со мной этого не случилось. Я знала Стивена несколько лет. И он не был мне интересен.

— В самом деле? — удивился Билли. И в этот момент ансамбль в зале заиграл хоки-поки.

Кэйт отодвинулась от него, чтобы заглянуть внутрь.

— Как тебе это удалось? — спросила она.

Билли только смотрел на нее и улыбался.

— Совпадение.

Кэйт не верила. Он рассчитал? Он знаком с музыкантами? Кажется, он знал всех. Она все смотрела на него.

— Как ты заставил их играть это прямо сейчас?

Билли пожал плечами:

— Магия? — Он нагнулся и ткнулся ей в ухо. — «Ставь левую ногу вперед, ставь левую ногу назад. Ставь левую ногу вперед и встряхнись, — шептал он. — Делай хоки-поки и повернись кругом».

Он оттолкнул Кэйт от себя, продолжая крепко держать ее за руку, а затем снова привлек к себе еще ближе, чем раньше. Он перестал танцевать и обнял ее, затем целовал, и она не сопротивлялась. Она страстно поцеловала его в ответ, пусть даже это будет последний поцелуй. Даже если он пришел лишь для того, чтобы наказать ее за обман.

— В этом-то все и дело, Кэйт, — сказал он. Слезы подступили к ее глазам. А Билли снова целовал ее.

— Ты не злишься на меня? — спросила она.

— Конечно же, я злился на тебя. Я был в бешенстве. — Он остановился. — Ты же знаешь, как это бывает. Правда всегда ранит. Но я разобрался во всем, а то, чего не знал, мне с удовольствием изложили Барби и Бев.

— Они?

— Конечно. И знаешь, как говорят французы: *tout comprendre c'est tout pardonner*[1].

Кэйт почувствовала, что вернулась надежда.

— Но мы, мы лишь пытались использовать тебя ради Бины, и я, ну, я... я не хотела обидеть

---

[1] Понять — значит простить (*франц.*).

тебя, это просто было... — Она не успела закончить, так как Билли рукой прикрыл ей рот, а затем опять поцеловал.

Кэйт видела через дверь террасы, как толпа женщин собралась вокруг Бины и Макса. Она знала, что новобрачные планировали уйти пораньше, чтобы успеть на самолет и отправиться в свадебное путешествие.

— Кэйт, — сказал Билли, и она вновь посмотрела на него. — У меня есть всего лишь бар в Бруклине, и я не так образован, как ты, но я все время думаю о тебе. С первого раза, когда я увидел тебя, я... — Его прервал шум голосов снизу.

Свадебная толпа вырвалась из главного входа. Билли и Кэйт наблюдали, как Макс прикрывал лицо Бины. Дождь из конфетти и лепестков низвергался на них. (Миссис Горовиц не позволила использовать рис. Она заявила, что это опасно и может кому-нибудь выбить глаз.) Шофер лимузина держал открытую дверь наготове, но гости и родственники все шумели и не давали паре прохода. Билли смотрел вниз и улыбался. Кэйт следила за своей подругой. Бина смеялась и пыталась прорваться к машине.

— Бросай букет! Не забудь о букете! — визжала Барби.

Бина озабоченно огляделась вокруг.

— Где Кэти? Где Кэти? — кричала Бина. — *Она* должна поймать его.

«Все та же Бина», — подумала Кэйт. Она понимала, что должна быть там, чтобы проводить Бину, но уже не успевала спуститься и выйти на улицу, и, прежде всего, она была не в состоянии оставить Билли.

— Поедем, Бина, — послышался голос Макса. — Мы опоздаем на самолет.

А толпа все не унималась. Арни и Джонни «украшали» лимузин кремом для бритья и лентами. Миссис Горовиц передавала пакет, вероятно, полный кугеля, шоферу, пока мистер Горовиц пытался конфисковать баллончики с аэрозолями.

— Бросай букет! Букет! — раздался голос Бев.

— Кэти! — истерически закричала Бина.

В эту секунду Макс взял букет из ее руки. Изо всей силы он, извернувшись, бросил букет, который по кривой взвился высоко в синее-синее небо. Глаза всех следили за ним.

С каким-то необыкновенным шипением свадебный букет Бины летел, рассекая воздух, в сторону террасы. Кэйт вовремя отступила, чтобы люди снизу не заметили ее. К изумлению Кэйт, букет звучно шлепнулся у ее ног. Пораженные, они с Билли молча смотрели на него. Кэйт была словно парализована от волнения и... ужаса. Ее страстное желание было слишком огромным. В эту минуту, преодолев замешательство, Билли осторожно поднял его и протянул ей. Кэйт приняла букет, будто во сне. Она посмотрела на цветы в руках, потом на

Билли, затем снова на букет. Она про себя читала молитву, чтобы это не стало лишь простой случайностью, а превратилось в реальность и длилось вечно. Кэйт чувствовала, что покраснела, но все же заставила себя взглянуть на Билли Нолана, пусть даже она потом лишится чувств.

— Как тебе это удалось, — спросил Билли. — Это было волшебством?

Кэйт, уже ни о чем не сожалея, кивнула, поскольку это и в самом деле было так.

— Кэйт, ты выйдешь за меня замуж? — спросил Билли.

— Конечно, да.

Литературно-художественное издание

Оливия Голдсмит

БИЛЛИ-ТАЛИСМАН

Ответственный редактор *Елена Шипова*
Литературный редактор *Наталья Русецкая*
Художественный редактор *Егор Саламашенко*
Технический редактор *Татьяна Харитонова*
Корректор *Валентина Важенко*
Верстка *Максима Залиева*

Подписано в печать 15.09.2004.
Формат издания 75×100$^{1}/_{32}$.
Печать офсетная.
Усл. печ. л. 21,39.
Тираж 5000 экз.
Заказ № 848.

Издательство «Ред Фиш».
Торгово-издательский дом «Амфора».
197342,
Санкт-Петербург,
наб. Черной речки, д. 15, литера А.
E-mail: amphora@mail.ru

Отпечатано с готовых диапозитивов
в ФГУП ИПК «Лениздат»
Федерального агентства по печати
и массовым коммуникациям
Министерства культуры
и массовых коммуникаций
Российской Федерации.
191023, Санкт-Петербург,
наб. р. Фонтанки, 59.